기억 · 서사 · 정체성

경상대학교 인문학총서 **17**

기억 · 서사 · 정체성

초판 인쇄 2018년 12월 5일
초판 발행 2018년 12월 10일

지 은 이 강정화 · 김미정 · 김서윤 · 박선아 · 신종훈 · 이상형 · 이정민 · 정영훈 · 천대진 · 천현순
펴 낸 이 박찬익
편 집 장 황인옥
책임편집 강지영
펴 낸 곳 ㈜박이정
주   소 서울시 동대문구 천호대로 16가길 4
전   화 02) 922-1192~3
팩   스 02) 928-4683
홈페이지 www.pjbook.com
이 메 일 pijbook@naver.com

등   록 2014년 8월 22일 제305-2014-000028호

ISBN 979-11-5848-411-8 (93800)

인문학총서 17

기억·서사·정체성

경상대학교 인문학연구소

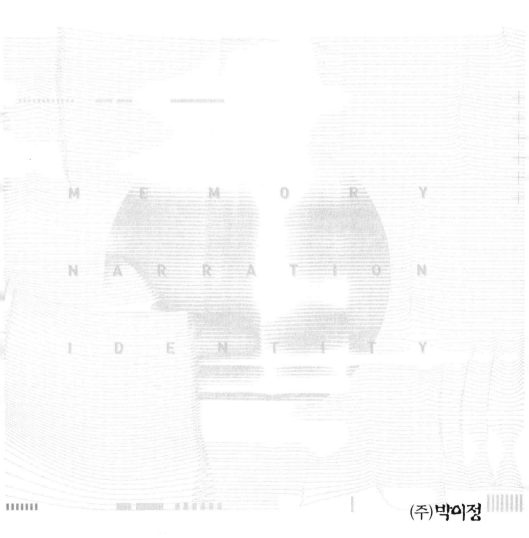

(주)박이정

▌ 머리말

경상대학교 인문학연구소는 우리 시대의 여러 문제들에 대해 인문학적으로 성찰하고 그 결과를 모아 총서 형태로 발간해 오고 있다. 기억과 서사, 정체성을 연결고리로 하여 기획된 이 책 역시 이런 노력의 일부이다. 이 책에 실린 글들은 전공 분야와 구체적인 내용에서는 차이를 보이지만, 대체로 정체성이 원래부터 주어져 있는 고정불변한 실체가 아니라 과거의 기억들이 선택 또는 배제되고 이들이 서사화되는 과정에서 만들어진 임시적인 결과물이라는 사실을 공유하고 있다. 글쓴이들은 국내외 작가들의 다양한 작품과 그들이 남긴 기록, 역사적 사실 등을 통해 이 점을 확인해 보려 하였다.

정영훈의 「최인훈의 『화두』에 나타난 미국 체류의 의미」는 최인훈의 소설 『화두』를 토대로 작가 최인훈의 미국 체류 3년의 의미를 살펴본다. 최인훈은 1973년 아이오와 대학의 국제작가초청프로그램에 참가하기 위해 도미하여 약 3년간 미국에 체류하였다. 그는 이 기간에 있었던 일을 『화두』에서 소상히 밝히고 있다. 이 글은 『화두』의 화자가 미국 체류 이후 자신에게 주어진 문제를 해결해 가는 과정과 그 속에서 드러내는 심경의 변화를 확인해 봄으로써 미국 체류가 작가 최인훈에게 어떤 의미를 지니는지 살피려 한다. 이 과정에서 개인적 경험이 어떻게 허구화의 과정을 거쳐 보편적 의미를 지니게 되는지도 다루게 된다.

김서윤의 「「용문전」의 자아실현 서사와 그 교육적 활용 방안」은 고전소설 「용문전」에 나타난 자아실현의 의미를 살피고, 이를 학교 교육에 활용할 수 있는 방안을 탐구한다. 「용문전」은 천상계에 근거를 둔 운명적 서사 전개를 통해 주인공 용문의 자아실현 과정을 그린 작품이다. 현대의 자아실현 담론이 개인의 잠재적 능력을 강조하면서도 실상은 사회적으로 좋은 평가를 받는 직업을 얻기 위한 자기 관리를 촉구하는 경향을 띠는 반면, 「용문전」은 개인이 환경의 제약을 극복하고 자신만의 새로운 삶을 실현해 나가는 과정을 부각시킨다. 이 글은 자아실현 과정에서 발생하는 환경과 개인의 갈등 및 그 해소 방안을 분명히 인식할 수 있게 해 준다는 점에서 「용문전」을 청소년기 독자들이 주목할 만한 작품으로 평가하고 있다.

천대진의 「삼언소설 속 간신의 형상에 관한 고찰」은 명대 소설 '삼언' 속 간신의 형상에 대해 살핀다. 역사적으로 간신은 한 나라의 권력을 틀어잡고 전횡을 일삼아 종국에는 망국의 길로 이끈 예가 적지 않았기에 중국의 역대 왕조는 간신의 기록을 정사로 남겨 후세에 경계시키고자 했다. 이 글은 송나라의 패망에 결정적 원인을 제공한 인물로 평가되는 간신 진회와 가사도가 명대 소설인 '삼언' 속의 허구적 인물로 변모해 간 과정을 고찰하고, 이들을 소설 속 주인공으로 탄생시킨 작가 풍몽룡의 지향점은 무엇인지 살펴보려 하였다. 이 글을 통해 어리석은 군주와 간신의 조합이 잉태한 역사적 비극을 타산지석으로 삼아 오늘을 되돌아보는 지혜를 얻을 수 있을 것이다.

김미정의 「포크너와 멜빌의 화자 및 시점 전략 연구―에밀리와 바틀비를 새롭게 기억하며」는 윌리엄 포크너의 소설 「에밀리에게 장미를」과 허먼 멜빌의 소설 「필경사 바틀비」를 대상으로 한 연구이다. 이 글은 에밀리와 바틀비에 관한 이야기가 그들의 사후에 각각 1인칭 화자의 서술을 통해 독자에게 전달되고 있다는 사실에 주목함으로써, 독자가 이러한 '화자 및 시점 전략'으로 인해 어떻게 화자의 실패와 오류에 연루되는지 밝히고, 수행적인 맥락에서 '읽기 과정'을 통해 어떻게 비판적 자기성찰과 윤리적 각성으로 인도되는지 살핀다. 텍스트가 지닌 의미적 가능성의 실현 또는 실연이라는 점에서 '읽기'의 최종단계는 하나의 구체적인 행위이고, '행위로서의 텍스트 읽기'는 독자 자신의 자기이해 또는 자기반성과 맥을 같이한다. 이런 맥락에서 이 글은 포크너와 멜빌의 화자 및 시점 전략이 독자를 "행위로서의 텍스트 읽기"로 소환하고 있다고 파악한다.

천현순의 「포스트휴먼 시대 인간의 조건이란?-사이언스 픽션 영화에 재현된 복제인간의 정체성 문제」는 〈블루프린트〉(2003)와 〈브라질에서 온 소년들〉(1978) 두 편의 SF 영화를 살핌으로써 유전자 결정론이 복제인간에게 얼마나 유효한 담론이 될 수 있는지 고찰한다. 1990년대 새롭게 등장한 생식복제기술은 이제 머지않아 인간 복제도 가능할 것이라는 전망을 시사해 준다. 생식복제기술은 무성생식을 통해 핵을 제공한 기증자와 유전적으로 동일한 인간을 만들어 낼 수 있으며, 단순히 아이를 갖는다는 차원을 넘어서서 천재 과학자, 뛰어난 예술가, 유명인사 등 최고의 능력을 가진 인간을 영구화하거나 대량화하는 것과 밀접히 연관되어 있다. 그러나 이들의 유전자를 복제하여 만들어진 아이는 성장한 후에도 이들과 똑같은 인물이 될 수 있을까? 한 인간을 복제한다는 것은 과연 무엇을 의미하는 것일까? 이 글은 두 편의 영화를 매개로 이 물음에 답해 보려 한다.

박선아의 「자서전의 현대적 양상, '사진-자서전' 연구」는 '사진-자서전'의 기원과 전망에 대해 논의한다. 보다 구체적으로는 '사진-자서전'의 기원이라고 할 수 있는 문학적 시도들을 20세기 프랑스 문학사 안에서 찾아보고, '사진-자서전'의 구체적인 사례로서 프랑스 대중예술가인 소피 칼의 『진실 된 이야기』를 살펴본다. 이를 통해 '자기 이야기'의 오랜 전통을 지닌 프랑스 문학 서사의 흐름 안에서, 사진이 '나'에게 부재에서 존재로의 이행을 확인시켜 주는 또 다른 매개체가 된다는 점을 확인시켜 준다. 글쓴이는 20세기 개인 서사의 확장과 일상의 삶을 증거 해 온 사진의 유용성을 고려할 때, 자서전의 현대적 변용이자 자전적 공간의 확장으로서 '사진-자서전'의 탐색은 앞으로도 중요한 연구 영역이 될 것이며, 다양한 문학·예술 종사자들의 실험적이고 종합적인 시도를 통해 하나의 장르로서 보다 활성화될 것으로 전망한다.

이상형의 「자기진실성(Authenticity)과 남명 조식의 경의사상」은 조식의 경의사상을 새롭게 해석함으로써 현대인들이 겪고 있는 정체성 위기를 극복할 수 있는 길을 모색해 본다. 오늘날의 정체성 위기는 삶에 의미를 부여하는 도덕적 원천이 고갈됨으로 인해 생긴 현상이다. 글쓴이는 이를 해결하기 위해서는 찰스 테일러가 주장하는 자기진실성의 이상을 부활시킬 필요가 있다고 판단한다. 자기진실성의 이상은 내면의 도덕적 원천을 확인하는 작업이고, 내면은 개인의 고유성뿐만 아니라 공동체가 가지는 도덕적 내용을 공유한다. 인간은 개인과 공동체가 함께 만든 공동체의 도덕적 지평 위에서만 자신의 위치를 확인할 수 있고, 올바른 정체성 형성과 자기실현에 이를 수 있다. 이 글은 조식의 경의사상에서 이러한 자기진실성의 이상을 읽어 내고자 한다.

　강정화의 「광서 박진영의 삶, 그리고 기억」은 임진왜란과 병자호란, 명청 교체 등 조선시대 가장 혼란했던 시기를 살다 간 박진영의 삶과 그에 대한 후인들의 인식을 살펴본다. 박진영은 경상남도 함안에 세거(世居)한 문인이었으나, 전란기에는 적극적으로 참전하여 전공을 세웠고, 명청 교체기에는 조선과 중국의 위태로운 상황에서 그에 어울리는 처세 활동을 통해 대명의리 사상을 실천하였으며, 나아가 명나라의 표창을 받기도 하였다. 이에 조선후기 정조대왕은 그의 충정을 인정하여 대보단(大報壇)에 추숭하였고, 경남 지역의 후인들은 많은 한시를 통해 그의 대명의리를 칭송하고 기억하였다. 글쓴이는 이 글이 전란기 지식인의 다양한 삶의 모습을 발굴하고 지방사 측면의 인물 연구를 촉진하는 계기가 되기를 기대하고 있다.

　신종훈의 「중세 유럽이념과 정치적 통합계획 ─ 중세 유럽 정체성에 대한 질문」은 고대로부터 중세 말까지 이르는 동안 문화적 통일성과 유대감이 정치적 차원에서의 유럽 통합을 향한 요구들로 표출된 흔적을 확인하고, 중세 유럽의 정체성이 20세기 이후 유럽 통합의 과정에서 어떤 형식으로 체화되어 있는지 살핀다. 유럽연합이 기초하고 있는 정체성 문제에 대한 질문을 통해 경제위기, 테러, 브렉시트 등으로 위기에 처한 유럽연합의 지속 가능성 문제를 학문적으로 논의해 보려는 시도라고 할 수 있다. 이 글이 중세 유럽의 정체성에 관심을 갖는 이유는 유럽 통합의 역사를 다른 대륙이나 문명권의 역사와는 구별되는 '유럽(혹은 서양) 역사의 특수한 발전(Sonderweg)'의 현주소로 볼 수 있으며, 이 같은 유럽의 특수한 발전의 기초가 중세에 마련되었다고 생각되기 때문이다.

　이정민의 「클뤼니 수도원의 '위령(慰靈)의 날'과 장례」는 중세 프랑스 클뤼니 수도원이 담당했던 종교적 기능과 역할을 살핀다. 클뤼니 수도원은 임종과 장례와 매장에 관한 교회의 전통을 적극적으로 계승하여, 다섯 번째 수도원장인 오딜롱이 만성절 다음날을 위령의 날로 기념 추도하기 시작하였고, 로마에서 성 베드로와 성 바오로의 성유물을 가져오면서 클뤼니 수도원 묘지에 매장되고 싶은 세속인들의 열정과 관심이 급증하여 기증과 봉헌이 쏟아졌다. 사후 세계를 연결하는 통로이자 매개체 역할을 한 클뤼니 수도원과 영혼의 안녕과 구원을 열망하는 세속인들의 결합은 독특한 중세 그리스도교적 세계관을 만들어 내었다. 클뤼니 수도원의 이러한 행보는 11세기 교황을 정점으로 하는 교회의 위계질서가 완성되어 가는 과정에서 나온 정치·종교적 전략으로 이해할 수 있다.

　기억들이 흩어졌다 모이면 그때마다 서로 다른 이야기가 만들어지고, 그렇게 만들어진 이야기 속에서 각각의 기억들의 의미와 역할은 매번 달라진다. 이 책에 묶인 글들 역시 그러할 것이다. 원래 있던 자리에서도 저마다의 의미가 있었으나 여기 한데 모아 놓고 읽어 보니 전에 없던 새로운 이야기가 만들어진 것도 같다. 이 이야기 속으로 여러분을 초대한다.

저자를 대표하여,

경상대학교 인문학연구소장 정영훈

차 례

최인훈의 『화두』에 나타난 미국 체류의 의미

정영훈

1. 들어가며

최인훈은 1973년 아이오와 대학의 국제작가초청프로그램(International Writing Program)에 참가하기 위해 도미하여 약 3년간 미국에 체류하게 된다. 그의 체류가 길어지면서 문단 일각에서는 최인훈이 이민을 생각하고 있는 것이 아닌가 하는 말이 떠돌기도 했는데,[1] 그의 가족들이 미국에 거주하고 있었던 만큼

---

[1]   최인훈이 귀국한 직후 가진 한 인터뷰에는 편집자의 다음과 같은 언급이 있다. "1973년 미국 아이오아 대학의 「세계작가 프로그램」에 초청되어 도미했다가 「창작가 워크숍」의 코오스가 끝난 뒤에도 계속 미국에 체재하여 국내 작가와 독자들에게 「이민설」 등의 극단적 상상까지를 불러일으켰던 최인훈 씨가 도미 4년만인 지난 6월 7일(최인훈의 실제 귀국일은 5월 12일이다. 1976년 5월 20일 『경향신문』 기사 등을 통해 이를 확인할 수 있다: 인용자)에 귀국했다. 그의 대표작이라고 불리워지는 〈회색인〉〈광장〉〈총독의 소리〉〈주석의 소리〉〈소설가 구보 씨의 일일〉 등 여러 작품 속에서 되풀이하여 자기가 소속해 있는 국가나 사회의 존재 자체를

이런 추측은 꽤 신빙성 있게 받아들여졌던 것 같다. 그러나 정작 최인훈 자신은 귀국 후 대수롭지 않은 듯 반응했고, 이 기간 있었던 일에 대해 거의 아무런 이야기도 하지 않았다.[2] 그러다가 1994년 『화두』를 쓰면서 이때의 일에 대해 소상히 밝히고 있는데, 당시의 최인훈이 여러 인터뷰 자리에서 공언해온 것과 달리 『화두』는 이 기간 동안의 심경이 상당히 복잡했음을 알려준다.

『화두』를 통해 짐작건대, 최인훈은 미국에 남는 문제를 놓고 상당히 깊이 고민을 했던 듯하다. 모어(母語)로 작품을 써야 하는 작가로서의 처지와 이민 가족의 한 구성원이라는 개인적인 상황이 복잡하게 맞물려 있는 가운데, 귀국 시기를 잡지 못하고 눌러 앉은 채 의미 없는 시간들을 보내고 있는 화자의 모습은 실제 이 시기 최인훈의 모습과 별로 다르지 않을 것이다. 따라서 『화두』의 이 대목을 살피는 것은 당시 최인훈의 내면풍경을 살피는 일이기도 할 것이다. 소설에는 『화두』의 주인공—화자에게 프로그램이 의미하는 것이 무엇이었는지, 프로그램이 끝난 후 곧바로 귀국할 수 없었던 이유와 마침내 미국 체류를 끝내고 귀국할 수 있었던 심리적 근거가 무엇이었는지 알려주는 단서들이 곳곳에 흩뿌려져 있다. 이 글은 이들을 연결해서 미국 체류 기간 동안 있었던 사건들과 그 속에서 펼쳐진 사유들을 서사적으로 의미 있는 전체로서 이해해 보려 한다.

『화두』를 대상으로 한 기존의 논의들은 이 작품이 지닌 독특한 소설양식과 이러한 양식을 빌려 펼쳐내는 복잡한 사유들, 그리고 최인훈이 자기 작품에

회의하고, 또한 주변 문화국의 구조적 한계와 그에 따른 지식인의 고뇌와 절망감을 극히 진지하게 다룬 작가 최인훈 씨이기에 더욱 그런 추측을 일으켰던 것이리라."(「문명의 광장에서 다시 찾은 모국어」, 『문학사상』, 1976.8, p.294)

2　각종 매체와의 인터뷰, 귀국 직후의 기사, 최인훈 자신이 남긴 글을 참고할 수 있다. 「확실히 알고 쓰겠다—滯美 3년 만에 귀국한 作家 崔仁勳 씨」(『경향신문』(5면), 1976.5.20); 「문명의 광장에서 다시 찾은 모국어」(『문학사상』, 1976.8), 「원시인이 되기 위한 문명한 의식」(『문예중앙』, 1979.겨울); 「변동하는 시대의 예술가의 탐구」(『신동아』, 1981.9)

대해 내리고 있는 평가와 의미부여 등에 관심을 가져왔고 또 이를 통해 의미 있는 성과도 거두었다. 하지만 이들 사유가 사건들과 어떻게 관련을 맺고 있는지, 또 이들이 시간적인 계기 속에서 어떤 연속성을 지니고 있는지에 대해서는 크게 관심을 기울이지 않았다. 이렇게 된 데는 『화두』가 시간적인 순서를 따라 서사가 전개되고 있지 않는데다 현재와 과거 사이의 연관성이 분명하지 않고 시간적 연속성 위에서 변화하는 어떤 흐름을 포착해 내기가 쉽지 않다는 점도 영향을 미쳤을 것이다.[3] 서사 위주의 작품이 아닌 만큼 그 속에서 어떤 서사적 흐름을 도출해 내는 것이 큰 의미가 없다고도 볼 수 있기 때문이다.

그러나 이런 선입견과 달리 『화두』에는 서사적으로 의미 있는 지점들이 제법 있다. 『화두』 1부가 특히 그렇다. 『화두』 1부는 1987년 미국 방문 시점을 현재로 해서 3년간의 미국 체류와 1979년 미국 방문 때의 일들을 회상하는 방식으로 쓰여서 사건들 사이의 연속성이 분명히 드러나지 않는 경우가 많지만, 연대기적 순서를 따라 시간적인 연속성을 고려하면서 사건들과 화자의 사유를 재배치하여 읽을 경우, 3년간의 미국 체류에서 1979년과 1987년의 두 차례 미국 방문으로 이어지는 사건들의 연쇄와 이 과정에서 보인 심리적 변화의 궤적이 비교적 선명하게 포착된다. 3년간의 미국 체류로 범위를 좁힐 경우, 이 기간 동안의 서사적 흐름을 통해 화자가 자신에게 주어진 문제를 해결해 가는 과정과 그 속에서 드러내는 심경의 변화를 확인하는 것이 가능하다. 이 글은 구성적으로는 분리되어 있으나 시간적으로는 연속되어 있는 일련의 사건과 사유들을 시간적인 계기를 따라 재배치하여 읽음으로써 이들이 놓인 맥락과 연속성을 확인해 보려 한다.

---

3   서세림, 「디아스포라 지식인의 사유와 무국적 텍스트들의 향방: 최인훈의 『화두』론」, 현대소설연구 62, 한국현대소설학회, 2016.6, pp.131~132 참조.

한편, 이 글은 논의의 과정에서 실제 사실들을 참조하여 텍스트의 의미를 보충하는 과정을 부분적으로 거칠 것이다. 『화두』 자체가 텍스트 바깥에 있는 사실들에 의존하여 쓰여 있는 만큼 이런 독법은 어느 정도 불가피한 면이 있다. 실제 사실들을 참조한다고 해서 이것이 곧 『화두』를 실제성에 근거한 작품으로만 이해한다는 뜻은 아니다. 기존 논의에서 『화두』는 자주 자서전이나 그와 유사한 작품으로 이해되어 왔고,[4] 실제로도 자서전을 읽을 때와 비슷한 방식으로 읽혀온 것이 사실이다.[5] 그러나 실제성에 근거한 것처럼 보이는 이야기 가운데도 실제 사실과 다른 경우가 더러 있다. 이 가운데는 최인훈 자신이 의도적으로 사실과 다르게 서술한 것도 있고, 무의식적인 실수처럼 보이는 것도 있다. 이 글에서는 이들을, 개별적 삶에 보편적인 의미를 부여하기 위한 소설적 변형의 과정으로 이해하려 한다. 이 경우 실제와 다르게 서술된 부분들은 오히려 『화두』의 미학적 의도나 지향점을 보다 뚜렷이 드러내주는 참조점이 될 수도 있을 것이다.[6]

2. 프로그램 참가 전후의 내면풍경

화자가 아이오와 국제작가초청프로그램에 참가하기 위해 미국으로 간 것

---

4 이와 관련해서는 김병익, 「남북조 시대 작가'의 의식의 자서전: 최인훈의 『화두』를 보며」, 『문학과사회』, 1994.여름; 정영훈, 「최인훈 소설에 나타난 주체성과 글쓰기의 상관성 연구」, 서울대학교 박사논문, 2005; 장사흠, 「최인훈 『화두』의 자전적 에세이 형식과 낭만주의적 작가의식」, 『현대소설연구』 38, 한국현대소설학회, 2008.8; 정미지, 「『화두』의 자전적 글쓰기와 '책-자아'의 존재 방식」, 『한국문학이론과 비평』 55, 한국문학이론과비평학회, 2012.6 등을 참조.

5 『화두』를 참조점으로 해서 최인훈의 다른 작품들을 읽는 독법도 여기서 비롯되었다. 연남경의 「최인훈 소설의 자기반영적 글쓰기 연구」, 이화여대 박사논문, 2009가 대표적인 예이다. 이 논문은 『화두』를 참조점으로 해서 최인훈의 모든 작품을 해석하고 있다.

6 이 글에서 사용하는 텍스트는 최인훈, 『화두』, 민음사, 1994이다. 작품을 인용할 경우 인용문과 함께 면수만 표시하기로 한다.

은 1973년 가을의 일이다.[7] 그런데 이를 결정하기까지의 과정이 흥미롭다. 화자는 한 해 전에도 기회가 주어졌지만 그때는 사양을 했다. 자기 영어 실력으로는 "뜻있는 시간을 갖기가 어려울 것 같"(92)았다는 것이 이유였다. 프로그램에 참가한 이후의 일화들을 보면 실제로 화자의 영어 실력이 뛰어나지 않아 깊이 있는 대화를 나누지 못하는 것을 확인할 수 있다. 화자의 변명에 어느 정도 수긍이 간다는 뜻이다. 그러나 이것이 전부였다고 생각되지는 않는다. 이와는 다른 보다 본질적인 이유가 있었던 것은 아닐까 하는 의구심이 든다.

> 그런 야심[영어에 친숙해지겠다는 야심: 인용자]보다도 훨씬 절박한 문제를 나는 안고 있었다. 그때까지 쓴 소설 작품들이, 이 글을 쓰고 있는 현재까지도 나의 소설 작품의 전부이다. 나는 해방 후에 남한에 거주하지 않은 탓으로 그때까지 남한에서 글을 써온 사람들을 구속하고 있던 정치적 불문율에 대해 어느 정도 무감각하였고, 20세기 우리 문학사가 도달한 언어 감각이 어디쯤까지인가에 대해서도 구체적인 가늠이 없었기 때문에 문학을 그것의 바깥과 안에서 규정하는 이 두 가지 힘에 대해 무한 책임을 가지고 반응하려고 하였다. 좀더 행복한 문학사에서라면 이런 힘들의 파도를 자연스럽게 〈타면서〉 보

---

7 최인훈의 연보를 정리한 글에서 김종회는 최인훈의 출국 시점을 9월이라고 못 박고 있다(김종회, 「최인훈, 문학적 연대기: 1936~2002」, 『화두』 1부 부록, 문이재, 2002, p.503). 이는 최인훈 자신이 "연재가 끝날 무렵인 1973년 9월에 아이오와 대학의 IWP에 초청되어 미국에 가서 머물"(최인훈, 「원시인이 되기 위한 문명한 의식」, 『길에 관한 명상』, 문학과지성사, 2010, p.30)렀다고 한 것을 참고한 결과로 보인다. 그런데 최인훈이 9월에 출국했다는 것은 『화두』에서 화자가 마지막 장편을 막 끝내고 아이오와로 왔다(pp.100, 158)고 한 것과는 상치된다. 어느 인터뷰 자리에서 질문자가 『태풍』을 완성한 직후 최인훈이 했다는 말을 언급한 것을 보면(최인훈, 「문명의 광장에서 다시 찾은 모국어」, 『유토피아의 꿈』(재판), 문학과지성사, 1994, p.342) 실제로 소설을 끝낸 직후까지 최인훈은 국내에 머물렀던 것 같다. 『태풍』의 연재가 끝난 것은 10월 13일이기 때문에 최인훈이 연재를 마무리하고 떠났다면 그 시점은 10월 중순 이후여야 한다. "9월"에 초청이 결정되고, 『태풍』 연재를 마무리한 10월 중순 이후에 출국한 것으로 본다면 이 문제가 해결될 듯싶다.

통 한 작가의 창조는 살쪄갈 것인데도 나는 나 자신이 그 〈파도〉까지도 만들어내야 하도록 몰리고 있는 듯이 느꼈다. 나의 문학의식의 이런 사정 자체가 힘의 원천이기도 한 것이 사실이었으나 우주 공간에서의 무중력 상태 같은 의미에서의 무력감의 원천이기도 하였다. (99)

　화자는 당시 자신에게는 프로그램에 참가하는 것보다 "절박한 문제"가 있었다고 언급한 다음, 자신이 어떤 문제의식을 가지고 소설을 써 왔는지, 우리 문학사가 지닌 한계와 제약 때문에 어떻게 자신이 "〈문학〉을" 자기 "손으로 〈발명〉하려고 들"(100)었고, 그런 가운데 얼마나 "강박당하"(99)면서 소설을 써 왔는지, 이제 막 연재를 끝낸 장편에서 그 나름의 새로운 시도를 했지만 어느 정도 수준에 머무르고 말았는지 등을 털어놓는다. 이런 맥락에서 볼 때 화자가 말한 "절박한 문제"란 결국 자신이 이룬 문학적 성취와 관련된, 순수하게 '문학적'인 고민이었다고 해석할 수 있을 것이다. 자신이 이룬 것이 만족스럽지 않은 만큼 여기서 좀 더 나아가기 위한 방법을 모색하는 것이 당장의 과제였기에 선뜻 프로그램에 참가하겠다고 결정하기가 쉽지 않았다는 뜻이다. 그러나 그것이 순수하게 문학적인 고민이었다면, 오히려 프로그램 참가를 보다 적극적으로 고려해 볼 수도 있지 않았을까.

　화자에게 미국은 각별한 의미가 있는 나라였다. 그를 제외한 가족들 전부가 미국으로 이민을 가 있었기 때문이다. 처음 프로그램 참가 제의를 받았을 때 화자는 "60년대 중반에서 60년대 말 사이에 나를 제한 가족 전원이 이주해 있는 곳에서 반 년씩이나 살 수 있다는 기회는 매력적"(96)이라고 느꼈다. 이를 뒤집어서 읽으면, 프로그램 참가를 사양함으로써 화자는 결국 가족과 가까운 곳에서 반 년 동안 살 수 있는 기회를 스스로 물리친 것이라는 해석이 가능해진다. 그는 월남한 집안의 장남이었고, 대학을 졸업하고 남들 하는 대로 했다면 가족의 생계를 책임질 수 있을 지위에 이르렀겠지만 이를 마다하고 작가가 되었다. 작가로서의 명성은 얻었지만 작품을 써서 얻은 수입은 수입이라고 하기조차 민망한 것이어서 장남으로서의 책무는 조금도 감당하지 못하는 상황이었다. 이런 가운데 가족들이 미국으로 이주했고, 화자는 이것이 모두 자신의 "무능"(102) 때문이라고 자책하고 있던 터였다.

아이오와 행을 결정하는 과정에서 화자가 마주해야 했던 "절박한 문제"는 이 점에서 중층적이다. 그것은 우선 자신을 괴롭히는 문학적 과제와 자신이 이룬 문학적 성취가 보잘것없다는 부끄러움과 관련한 문제들이지만, 보다 깊이 들어가 보면 그 핵심에는 작가가 되기 위해 가족들을 외면했다는 죄책감이 자리하고 있다. 프로그램 참가를 제의받았을 때 화자가 우선 떠올린 것은 미국에 이주해 살고 있는 가족들이었다. 가족들은 경제적으로 무능했던 자기 처지를 환기시키고, 이제까지 써 온 소설들에 대한 결산은 이런 생각의 연장선에서 나온 것이었다. 화자는 자신이 이룬 문학적 성취가 보잘것없는 것이었다고 평가하고 있지만, 그가 곱씹고 있는 것은 '문학적' 실패가 아니라 '경제적' 실패에 가깝다. 경제적 실패가 문학적 성취마저 부정하도록 만들고 있다는 것이 지금 화자의 심경에 대한 정확한 해석일 것이다.

이는 최인훈이 화자의 상황을 실제보다 과장되게 묘사하고 있다는 사실을 통해서도 확인 가능하다. 미국으로 떠나기 전 몇 년간 최인훈은 다양한 방면에서 왕성한 활동을 하고 있는 중이었다. 1970년을 전후하여 『최인훈집』(현대한국문학전집 16권, 신구문화사, 1968), 단편집 『총독의 소리』(홍익출판사, 1968), 장편 『서유기』(현대한국신작전집 7권, 을유문화사, 1971), 단편집 『웃음소리』(한국단편문학전집 17권, 정음사, 1972), 연작 장편 『소설가 구보 씨의 일일』(한국문학전집 61권, 삼성출판사, 1972)이 책으로 나왔고, 『회색인』이 선우휘·서기원·이문희의 작품들과 함께 묶여(『한국대표문학전집』 11권, 삼중당, 1971) 나왔다. 독자적인 문학론을 모색하는 한편, 동료 작가들의 작품을 대상으로 월평을 쓰고, 전집을 기획하고, 번역을 하고, 문학상의 심사를 맡고, 르포 기사를 쓰는 등 문단 안팎으로 다양한 활동을 한 결과들을 묶어 『문학을 찾아서』(현암사, 1970)를 펴낸 것도 이즈음의 일이었다.

이와 달리 화자는 "나는 겨우 단편집 하나와 펜클럽이 원조한 장편소설 하나를 출간했을 뿐이었다. 올 무렵에 끝낸 장편인 「남(南)십자성」도 출판하겠다는 데가 없었다. 써도 써도 돈은 되지 않았다."(100)라는 자조 섞인 말투로 자기 처지를 설명한다. 이런 자기비하는 화자가 가족들에게 느끼는 부담감의 크기를 역으로 보여준다. 그가 이룬 문학적 성취는, 그것이 경제력으로 환산되지 못하는 한 가족들에게는 의미가 없고, 가족들 앞에서 떳떳할 수 있는 근거가 되지 못한다. 화자가 미국행을 망설인 이유는 해결해야 할 절실한 '문학적' 과제가 있어서라기보다는, 아직까지도 자기 상황은 전과 달라지지 않았고, 이 때문에 가족들을 만나는 것이 죄스럽고 부담스러웠기 때문이다. 장남이 마땅히 짊어져야 할 책무를 저버린 "폐적자(廢嫡子)"(101)[8]라는 자의식과 가족들에게 갖고 있는 마음속 부채의식이 미국행을 망설이게 한 근본적인 이유였다. 미국행을 결정하기까지 화자에게는 1년의 시간이 필요했는데, 이 1년은 찾아온 기회를 굳이 사양하면서까지 가족들과의 재회를 거부하며 버틸 수 있었던 최대치의 시간이었을 것이다.

프로그램 참가를 제의받고 1년의 시간이 지난 1973년 가을 화자는 미국으로 향한다. 이 1년 사이에 가족들을 대하는 화자의 심경에 큰 변화가 생긴 것으로 보이지는 않는다. 미국에 도착해서 가족들을 방문했을 때 가족들이 "한국에서는 바랄 수 없는 생활의 안정을 가진 것"을 "눈물이 나도록"(112) 반가워하는 화자의 모습에서 이를 짐작할 수 있다. 다른 무엇보다 가족들의 "생활의 안정"에 눈이 먼저 간 것은 그만큼 그가 이 문제에 대해 책임을 느

---

8   폐적자 의식과 관련해서는 정영훈, 「최인훈 소설과 폐적자 의식」, 『문예연구』, 2010. 봄 참조.

끼고 있었다는 뜻이고, 이런 사실을 확인한 것이 반가웠던 것은 장남 노릇 못한 미안함을 이제는 조금 내려놓을 수 있게 되었기 때문일 것이다. 가족 방문을 마치고 아이오와로 돌아온 후 그가 지어 보일 수 있었던 "즐거운 표정"과 "일이 없는 사람의 여유"(256)는 모두 이런 안도감에서 나온 것일 터이다. 이 상태가 지속되었다면 화자의 아이오와 생활은 『화두』에 쓰인 것보다 할 이야기가 더 많았을지 모른다. 그러나 안타깝게도 상황은 그렇게 흘러가 주지 않는다.

  아이오와에서의 생활이 본격화될 즈음 어머니의 부고가 전해진다.[9] 어머니의 죽음은 한국에 있을 때는 물론이고 가족들을 방문했을 당시에도 짐작조차 할 수 없었던 갑작스러운 일이었다. 때마침 화자가 미국에 있었기에 장례 절차를 지켜볼 수 있었다는 점이 다행이라면 다행일 수 있겠지만, 반대로 생각하면 어머니가 화자와의 재회를 기다렸다가 소원을 이룬 후에 서둘러 간 것이라고 느낄 수도 있는 뼈아픈 죽음이기도 했다. 화자는 어머니의 죽음에서 "운명의 악의 같은 것"(285)을 느낀다. 자신이 미국에 들어오고 얼마 안 있어 돌아가셨다는 것도 이유가 되겠지만, 프로그램 참가를 주저하고 있을 때 화자가 두려워하고 있던 바로 그 일이 어머니의 죽음과 함께 현실화되고 있다는 사실이 이런 느낌을 더욱 부추겼을 것이다. 화자는 부고를 알리는 "전화를 받기 바로 전까지와 비교해서 너무나 다른 사람이 되어"(254) 있는 자신을 발견하게 된다. 머레이 교수의 소설 「머나먼 고향」을 다시 읽는 장면은 이런 변화를 압축적으로 보여주어 인상적이다.[10]

---

9 1973년 11월 26일자 『동아일보』에 부고가 실린 것을 확인할 수 있다. 사망일은 23일, 발인은 27일로 되어 있다.

10 머레이 교수의 실제 이름은 William Cotter Murray이고, 언급된 소설은 *A Long Way From Home*(Houghton Mifflin, 1974)이다. 작가에 대한 대략적인 정보와 "이 책 속의 사건과 인물은 모두 허구이며 실지와 닮은 경우가 있다면 우연의 일치일 뿐"(283)이라는 구절, 소설의 줄거리 등은 대체로 사실과 부합하지만, 눈에 띄는 차이가 있다. 『화두』에서 주인공이

「머나먼 고향」은 "2차대전 후에 미국으로 이민"하여 "지금은 대학교수이며 소설가"가 된 "주인공이 북아일랜드의 고향 마을을 여행하고 돌아오는 이야기"(283)로 요약할 수 있다. 화자가 짐작하기에 이 소설은 머레이 교수 자신의 자전적인 이야기를 담고 있다. 처음 소설을 펼쳐들었을 때 화자는 "이 책을 이민 국가이자, 다민족 국가인 이 나라에서 많은 시민들에게 절실한 문제인 자기 정체성의 문제, 내가 미국 시민이라는 사실은 어떤 의미를 가지는가, 어떻게 하는 것이 내가 미국 시민이 되는 길인가를 다룬 이민소설로" "나하고는 아무 상관없는 소설로만 읽었다."(285) 그러나 어머니의 장례를 치르고 돌아와 다시 읽은 이 소설은 이전과는 다른 의미로 이해되기 시작한다.

소설에서 주인공은 미국을 택하고 가족들은 아일랜드에 남는다. 소설과 비교하면 내 사정은 반대다. 가족들은 미국을 선택하고 나는 아일랜드에 남는 셈이 된다. 소설에서 주인공은 인간을 개인의 입장에서 보고 있다. 그는 장남으로서의 가치보다 개인인 자기를 중심으로 생각한다. 그럴 수 있는 가장 강한 힘은 그가 가족의 도움 없이 오늘의 자리를 쌓은 점이다. 나는 어떤가? 다르다. 아버지는 나에게 피난 살림에서 과분하도록 공부만 할 수 있게 보살폈다. 소설을 쓰기 시작한 후에도 소설에서 수입이란 것이 그렇게 보잘것없어서 온 가족이 허덕였으면서도 나를 비난하는 일은 없었다. 내가 기껏 관리가 될 수 있는 공부를 하는 학교에 들어가고서도, 밑 빠진 독에 물 붓기 같은 한없는 노력을 해도 보통 봉급자의 수입에도 못 미치는 일에 매달린 나의 이기심. 그런 끝에 가족 모두를 이곳까지 쫓겨 오게 한 나의 자기중심주의. 부모나 형제

"대학교수이며 소설가"(283)라고 한 것과 달리, 원작의 주인공은 인류학 연구에 쓰일 자료(민요) 수집을 위해 고향인 아일랜드로 가는 연구자로만 나온다. 소설가라는 신분을 준 것은 이를 통해 화자와의 유사성을 강화시키기 위한 의도로 이해된다. 화자가 이 소설을 어머니가 돌아가기 전에 읽었다는 대목도 생각해 볼 만하다. 실제로 책이 출간된 것은 1974년이고, 어머니가 돌아간 것은 1973년 11월 23일의 일이기 때문에, 『화두』의 내용이 사실 그대로일 가능성은 높지 않다. 기억에 착오가 있었거나 어머니의 죽음을 사이에 두고 같은 소설을 두 번 읽는다는 설정을 위해 의도적으로 수정이 가해진 경우가 아닐까 싶다.

의 눈에 그런 나는 어떻게 비쳤을까. 내가 그들에게 준 것은 없었지만 나는, 가족 속에 있다는 안전감과 그 가족을 어쨌든 꾸려가고 있는 형식적 책임은 부모에게 있다는 여유 속에서 소설쓰기라는 직업 아닌 취미 속에 빠져 있을 수 있었다. 몸만 가지고 LST에 실려온 피난 가족의 맏이가, 온 나라가 그대로 확대된 피난민 수용소 같은 사회에서 취미에 빠져 살다니! (285~286)

　하고 싶은 일을 위해 가족을 내팽개치고 떠난 장남—소설가는 영락없이 화자 자신의 모습이다. 어머니의 죽음 이후 다시 펼쳐 든 소설에서 화자는 자기 자신의 모습을 새롭게 발견하고 있다. 주인공을 이기적이라고 비난할 수 있다면, 자기 힘으로 성공을 이룬 그와 달리 가족들로부터 과분할 정도의 보살핌을 받으며 공부할 수 있었던 화자 자신은 더더욱 비난받아야 할 것이다. 이런 생각에 뒤이어 화자는 문학의 길에 나선 것이 피난민 가족의 맏이로서 할 만한 일이었는지 자책하고, 이런 자신을 양해해 준 가족들에게 언젠가는 보답을 할 수 있을 것이라 생각한 자신이 얼마나 어리석었는지, 가족들에게 진 빚이 왜 어머니가 그 빚을 갚을 길이 없는 곳으로 가 버린 지금에서야 비로소 깨달아지는 것인지 자탄한다. 어머니의 죽음이 화자에게 이토록 큰 충격을 안겨준 것은 어머니가 특별한 존재였기 때문이다. 버지니아로 옮긴 이후의 회상에서 뚜렷하게 드러나듯이, 어머니는 H에서 탈출한 이후 줄곧 실질적인 가장 역할을 해 왔다. W시에 정착했을 때 국밥집을 차려 가족을 먹여 살린 것도 어머니였고, 월남하고 M시에 자리를 잡은 후 담배 장사를 하게 되었을 때 일을 주도한 것 역시 어머니였다. 어떤 의미에서 화자가 가족의 생계를 돌보지 않고 작가의 길을 선택할 수 있었던 것 역시 어머니 덕분이었다고 할 수 있다. 어머니의 죽음과 마주하여 화자가 새삼스레 자기 처지를 돌아보게 되는 것은 이 점에서 자연스러운 일이겠다.

　이런 가운데 화자는 자신이 업으로 삼은 문학에 대해서도 돌아보게 된다.

어머니의 죽음 이후 다른 가족들은 "그들의 생업"(262)으로 바쁘게 살아가는 것처럼 보인다. 그들에게는 해야 할 일이 있었고, 그들은 바쁜 가운데 슬픔을 잊을 수 있었다. 그러나 화자는 바쁜 가운데 슬픔을 잊는다는 이 일을 할 수가 없었다. 가족들이 생업에 매달림으로써 슬픔을 잊을 수 있었던 것과 달리, 화자는 소설 쓰기라는 자기 생업에 매달리는 것으로는 슬픔을 잊을 수가 없었다. 왜냐하면 화자가 소설가로서 할 일은 자신이 당하고 있는 슬픔을 마주한 채, 슬픔을 느끼고 있는 자기 마음을 관찰하고 분석하여 글로 옮기는 것이고, 이런 이유로 자기 일에 매달릴수록 어머니의 죽음과 거듭 마주쳐야 한다는 역설에 봉착할 수밖에 없었기 때문이다. "내가 하는 생업이란 바로 지금 내가 겪고 있는 이 감정을 헤쳐보고, 뜯어보고, 더 잘 살필 수 있게 색칠까지 해보는 일이었다. 그렇게 해서 그 생김새, 움직이는 버릇, 다른 감정에 미치는 영향을 밝혀내는 일이었다. 문간에 들어서자 오른편 벽에 붙여 길게 놓인 이 책상은 그 생김새 자체가 작업대처럼 보였다. 나는 이 작업대 위에 내 자신의 마음을 올려놓고 그것을 갈갈이 찢어서 관찰해야 했다. 그것이 나의 일이었다."(262)

> 나의 생업의 이 야릇한 모순, 일하면 일할수록 자기를 상하게 한다는 이 모순이 그 모순의 의미는 어찌 되었건 왜 그런지 지금의 나에게는 합당한 것이라는 생각이 마음속 어디선가 퍼뜩 지나갔다. 고향을 떠나 여기까지 허둥거려서 도착한 가족의 피난 대열에서 이탈한 자에 대한 처벌 같았다. 그래서 내 직업이 그 처벌의 채찍이 되어 내가 불행한 인간인 것을 한시도 잊지 못하게 하는 수단이 되었다는 이 생각, 이 난데없는 생각이 처음으로 나에게 위안을 주었다." (264~265)

화자가 가족들의 이민 대열에 동참할 수 없었던 것은 작가였기 때문이다.

그에게는 작가라면 자신이 나고 자라면서 배운 바로 그 언어로 써야 한다는 생각이 있었던 것이다. 그런데 이제 작가라는 그 조건이 어머니를 잃은 슬픔에서 쉽게 빠져나올 수 없도록 만든다. 바라던 것을 얻었으나 그 결과가 비극으로 마무리되고 있는 역설적인 상황과 마주하여, 화자는 작가로 남고자 했던 선택이 자신을 벌하는 "채찍"이 되어 돌아오고 있는 것을 느낀다. 이후 화자는 프로그램을 마친 후 가족들과 같이 지내는 동안 귀국을 미루고 미국에 남게 된다. 이런 식으로 일이 흘러가게 된 데는 아버지의 만류와 불안한 국내 정세 등도 한몫을 했겠지만, 그 시초는 어머니의 죽음이었다고 보아야 할 것이다. 맏이 노릇 못 했다는 자의식을 이끌어낸 것도, 아버지의 마음을 약하게 만들어 미국에 남았으면 좋겠다는 이야기를 하도록 만든 것도, 이런 아버지의 권유를 물리칠 수 없게 한 것도 결국은 어머니의 죽음이었기 때문이다.[11]

3. 가족이라는 굴레와 귀국의 불가능성

프로그램을 마치고 버지니아로 돌아왔을 때 화자의 계획은, 막연하기는 하나마 "한 달이나 그쯤, 식구들 곁에서 쉬다가 귀국"(295)하는 것이었다. 그러나 예정된 시간의 절반가량을 겨우 채웠을 무렵 화자의 계획은 틀어지게 된다. 미국에 함께 있어 주었으면 좋겠다는 아버지의 의향을 알게 되었고, 이런 요청을 매몰차게 거절하기가 어려웠던 까닭이다. 아버지는 작가라는 처지를 생각하여 화자를 혼자 둔 채 미국으로 왔지만 그 이후 계속 괴로웠다고 토로

---

11 이런 맥락에서 『화두』를 이해할 경우, 이와 가장 대척적인 지점에 놓인 견해 가운데 하나는 송승철의 것이라 생각한다. 그는 『화두』에서 "가족이란 행복한 세계에 편입하려는 욕망"(「『화두』의 유민의식 해체를 향한 고착과 치열성」, 『실천문학』, 1994. 여름, p.421)을 읽어내고 있지만, 작품 전반에 드러나는 죄의식, 부채의식, 폐적자 의식 등과 비교하면 이는 오히려 부차적인 부분이 아닐까 싶다.

하고, 기왕에 잘못 생각한 것은 어쩔 수 없더라도 이를 다시 되풀이할 수는 없다는 요지의 말을 덧붙인다. 어떤 의미에서 아버지의 이 말은 화자가 처한 상황을 정확하게 겨냥한 것이라 할 수도 있다. 자신의 무능 때문에 가족들 전부가 미국으로 이주했다고 느끼는 화자에게, 아버지의 만류를 뿌리치고 돌아간다는 것은 처음 했던 잘못을 반복하는 것이고, 이는 기왕의 죄책감을 배가시키는 일이 될 것이기 때문이다.

아버지는 귀국을 만류하면서 두 가지 이유를 든다. 하나는 한국의 정세가 아직 불안정하고, 언제든 또 다시 전쟁이 일어날 수 있다는 것이었고, 다른 하나는 "여기서 살면서 무엇이든 쓰면 되지 않겠는가, 하는 것이었다."(368) 화자가 작가라는 처지를 내세워 한국으로 돌아가야 한다면, 다른 무엇보다 먼저 이 두 가지 문제에 대해 스스로 만족할 만한 답을 얻어야 할 것이다. 이어지는 이야기는 화자가 이 문제를 어떻게 풀어 가는지, 그 과정에서 또 다른 어떤 문제들에 봉착하게 되는지 잘 보여준다. 화자가 아버지가 제기한 문제들에 대해, 정확하게 아버지가 제기했던 그 방식대로 성찰해 가는 것은 아니다. 하지만 화자가 보여주는 생각의 편린들은, 그의 사유가 결국은 아버지의 물음을 화두로 하여 이루어지고 있음을 알려준다. 화자는 자신에게 소설을 쓰는 일이 무엇이었는지, 한국을 떠나 소설을 쓴다는 것이 자기에게 가능한 일인지 묻기 시작한다. 국내 정세가 눈에 들어오기 시작하는 것도 이 대목에서다.

화자가 돌아보기에 등단 이후 10년 남짓 동안에 자신이 소설이라는 이름으로 쓴 글들은 한국 사회가 "정치적으로나, 문화로, 경제생활에서" "고유"하게 가지고 있는 "생태계"의 "성격"(325)을 파악하고, 그런 "생태계에서 산다는 일의 뜻을 알아보려는 안간힘"(327)의 산물이었다. 그가 살아온 "정치적 생태계"란 구체적으로, 20세기의 "전반 부분을 외국인의 노예로 살"아야 했고, 식민지 상태에서 벗어나자마자 "남북전쟁이 터지고 전쟁은 3년이나 끈 끝에 온 나라를 잿더미로"(327) 만들었고, "1960년 4월에" 사람들이 "들고일어나서 이승만 정부를 쓰러뜨"리면서 식민지 백성으로 살아온 "수십 년과 해방과 전쟁을 거쳐온 십수 년의 악몽 같은 생활을 크게 바꾸는 세월의 새벽이 열린 듯"(328)했으나 곧 "한 무리의 군인이 지휘한 반란이 국가를 가로"(328)채며 이어져 온 현실을 말한다. 그의 소설은 이러한 현실에 정직하게 반응하려 한 결과물이다. 그는 4월 혁명이 밝힌 "역사의 조명탄"(328) 불빛 아래서 「밀실」을 썼고, 군인들이 반란으로 나라를 빼앗았을 때 이 현실의 "부조리"함을 "환상도 아니고 비사실주의도"(339) 아닌 형식에 담아 「아홉 겹의 꿈」을 썼다. 이어진 작품들 역시 "현실의 어이없음에 맞먹는 표현 형식을 실천하고 싶은 깊은 충동"(340)의 표현이었다.

이 일련의 문학적 실천에 대한 화자 자신의 평가는 그리 긍정적이지 않다. 화자 자신이 고백하기로, 이 소설들은 "이 세상이 잘못되었음을 알면서도 꿈적 못 하고 사는 생활" "세상에 어김없이 맞서지 못하는 생활"(329)"을 그린 데 지나지 않는다. 현실을 드러내놓고 비판하고 꾸짖는, 이를테면 "세상에 던지는 폭탄"(329) 같은 작품은 아니었던 만큼, 그것만으로는 "할일을 하지 않고 있는 데 대한 면죄가 되지"(329)는 못한다는 것이 화자의 솔직한 심정이다. 미국행을 주저하면서 했던 평가가 경제적인 문제에 초점이 맞추어져 있었다면, 지금의 평가는 현실에 대한 반응으로서 충분했던가 하는 데 초점이 맞추어져 있다. 이제 돌이켜 생각해 보니 자신이 써 온 소설들은 경제적인 면에서는 물론이고, 현실에 대한 반응으로서도 썩 만족스럽지 않다. 지금 이 시점에서 이런 사실이 문제가 되는 것은 이제까지의 실천이 앞으로의 실천에 대한 시금석이 될 것이기 때문이다.

화자가 미국으로 건너온 1973년 가을 무렵을 기준으로 그 전과 후의 국내 정세를 비교해 보면, 적어도 화자가 체감하기에 중요한 변화가 있음을 알 수 있다. 화자는 이즈음의 국내 정세를 두고 다음과 같은 이야기들을 한다. "1974년의 봄의 이 시간에 국내에서는 군사정권의 폭압이 끝 갈 데를 모르게 날로 수위를 높여가고 있었다."(333) "본국 신문이 전하는 소식은 험악하고 불길하였다. 이미 최소한의 국민적 합의의 형식도 팽개친 폭력 집단이 계엄령 포고를 중첩시켜 가면서 국가를 볼모로 잡고 국민을 억압하고 있었다."(370) "계엄령 아래에서 끊임없는 저항이 실천되고 있었다. 특히 학생들과 지식인들의 저항이 신문의 억제된 보도에도 불구하고 분명히 보도되고 있었다." "나의 동료인 지식인 노예들이 자기해방을 위해 싸우고 있는 그곳에 나는 즉시 달려가서 그 속에 합류하는 것이 가장 훌륭한 처신일 터였다."(371) 소설에 나오는 이런 이야기들은 당시의 상황을 알려주기에 충분하지 않고, 사실관계에서 실제와 다른 부분도 있다. 내용을 조금 보충해 보기로 한다.

1972년 10월 17일 전국에 비상 계엄령이 내려지고, 11월 21일 유신헌법이 국민투표에 부쳐져 통과된(투표율 91.9%, 찬성 91.5%) 것은 잘 알려진 사실이다. 하지만 소설에서처럼 계엄 상황이 1974년까지 이어진 것은 아니다. 화자가 언급하고 있는 계엄령은 1974년 이후 내려진 일련의 긴급조치들을 가리키는 것으로 보인다. 1974년 1월 8일에 대통령 긴급조치 제1호와 2호가 선포된다. 이는 1973년 12월 24일 각계 지식인들이 '개헌개정청원운동본부'를 발족하여 '개헌청원 100만인 서명운동'을 전개한 데 이어, 1974년 1월 7일 61명의 문인들이 개헌 지지 성명을 발표한 데 따른 조치였다. 이런 가운데 문인 간첩단 사건으로 이호철, 김우종, 정을병, 임헌영, 장백일이 구속되고(1월 25일), 뒤이어 민청학련 사건(4월 3일. 긴급조치 제4호), 제2차 인혁당 사건(5월 27일)이 일어나고, 민청학련 선고 공판에서 시인 김지하에게 사형이 언도된다(7월 13일. 이후에 무기징역으로 감형). 자유실천문인협의회가 발족되고, '문학인 101인 선언'을 발표한 것도 같은 해의 일이다(11월 18일).

그러니까 화자가 지금 한국으로 돌아간다는 것은 이런 현실 속으로 들어간 다는 뜻이 된다. 귀국하게 되면 그의 삶은 어떤 형태로 펼쳐질 것인가. "그것 밖에 배운 것이 없"으니까 아마도 그는 "여전히 글을" 쓰게 될 것이다. 그러 나 "그 글은" 기껏해야 "자기 현실에 대해서 결코 무관심하거나 긍정하고 있 는 것은 아니라는 알리바이를 문학이라는 포장 아래 고백하는 것"(371)밖에 안 될 것이다. 지금 한국에서 "동료인 지식인 노예들이 자기해방을 위해" 벌이 고 있는 싸움들, 이를테면 '문인 61인 개헌지지 선언'이라든가 '문학인 101인 선언' 등은 "일찍이 이 나이까지 실천하지 못한 일"(371)이었고, 귀국한다고 해 도 선뜻 동참하게 될 것으로는 생각되지는 않는 그런 종류의 일이었다.[12] 화 자가 느끼기에 "영웅적인 삶과 비영웅적인 삶 가운데" 자신에게 어울리는 것 은 후자 쪽이었고, "귀국해서의" 삶 역시 "그런 속에서 보내는 여전한 무력한 삶"(372)이 될 가능성이 높아 보인다는 것이 솔직한 심정이다.

화자의 입장에서 이것은 막연한 예상이 아니라 이제까지 해 온 자신의 문 학적 실천에 대한 결산을 근거로 해서 내린 결론이다. 이런 결론은 다음과 같은 질문들을 낳기에 충분하다. 문학이 이런 것이어도 좋은가. 이런 삶을

---

[12] 1971년 대통령 선거(4월 27일)를 앞둔 4월 19일 김재준 · 이병린 · 천관우를 공동대표로 하는 민주수호국민협의회가 결성된다. 최인훈은 여기에 이호철 · 김지하 · 남정현 · 한남철 · 염무 웅 · 조태일 · 방영웅 · 박용숙 · 박태순 등과 함께 문인 대표로 참여한다(박태순, 「자유실천문인 협의회와 70년대 문학운동사(1), 『실천문학』, 1984.10, p.501). 이호철과의 대담에서 유시춘이 이야기하고 있듯이 '문학 외적인 글쓰기나 행동을 전혀 하지 않기로 유명했던'(이호철 · 유시춘 대담, "지하다방서 '문학인 61인 개헌 지지 선언' 도중 경찰 연행" [http://www.hani.co.kr/ arti/culture/culture_general/666796.html]) 최인훈이 여기 참여한 것은 매우 이례적인 일이었다. 이때를 제외하고 최인훈이 어떤 목소리를 낸 경우는 거의 찾아보기 어렵다. 참여를 인정하되 그 범위를 문학적 실천으로 제한한다는 것은 「EYE · 가치 · 신학 · 앙가쥬망─작가와 자기성찰」(『자유문학』, 1960.10) 이후 최인훈이 일관되게 견지해 온 관점이기도 하다. 이에 대해서는 정영훈, 「최인훈의 초기 비평 연구─참여의 의미를 중심으로」, 『한국현대문학연구』 50, 한국현대문학회, 2016.12 참조.

살아도 좋은가. 가족들을 두 번 버리는 일을 감행하고서 선택하기에 이런 삶(문학)은 괜찮은 것인가. 한국의 정치 현실 속에서 써 온 소설들이 그에 대한 정당한 반응이거나 의미 있는 저항으로 보기 어렵다고 생각되고, 앞으로도 여전히 그런 소설밖에 쓸 수 없는 것이 기정사실이라면 이제 어떻게 해야 할까. 이제까지 써 왔거나 앞으로 쓰게 될 소설이 이런 정치 현실에 대한 합당한 반응이라는 무게를 갖거나 가족들의 생계를 돌보는 일을 내팽개쳐도 좋을 만큼, 혹은 어머니의 죽음을 대가로 치르고서 선택할 만큼의 무게를 가지고 있다면, 아마도 문학은 할 만한 일일 것이다. 그러나 자신의 소설이 이러한 무게를 지니고 있지 못한 것으로 판결이 날 경우 또 한 번 가족들을 버려야 하는 상황까지를 감내해 가면서 문학을 하기 위해 귀국한다는 것이 과연 마땅한 일일까.

답은 쉽게 주어지지 않는다. 그러는 사이 "귀국의 자연스런 시점"(375)은 지나가고, "예정에 없던 미국 생활이"(382) 시작된다. 소설은 이 시점 이후 약 2년간 있은 일들에 대해 자세하게 소개하지 않는다. 일없이 신문을 읽거나 TV를 보고, 그러다가 나중에는 어느 교포의 소개로 서적 창고에 나가 소소한 일을 하게 되는, 이런 정도만을 적어 놓고 있을 뿐이다. 서적 창고에 나가 일하기로 결정이 되었을 때[13] 아버지는 "착잡"하고 "불편"(425)한 마음을 감추지 못한다. 미국에 남게 될 경우 현실적으로 화자가 할 수 있는 일의 종류란 겨우 이런 것뿐임을 확인한 셈이기 때문이다. 한국에서의 지위(작가, 지식인)에 비견할 만한 직장을 가지게 되었다면 모를까, 단순 노동자로 전락한 화자의

---

13 1975년 봄으로 짐작된다. "두 달 남짓 다니던 일터를 그만두고 그 해 여름을 콜로라도의 산속에서 보내게 되었다."(439)는 대목과 "로키 산맥의 산속에서 돌아온 그 해 겨울을 넘기고 이듬해 봄"(456)에 〈장수 잃은 용마의 울음〉을 읽고 「옛날」을 쓰게 되었다는 대목을 겹쳐 읽으면 이런 추정이 가능해진다. 「옛날」을 쓴 것이 1976년 봄의 일이니 콜로라도에서 여름휴가를 보낸 것은 그 전해인 1975년이 된다.

처지가 아버지로서는 곤혹스러운 일일 수밖에 없었을 것이다. 화자는 아버지의 이런 "심정"에 대해 "알 만"(425)하다는 반응을 보인다. 이 반응의 이면에는, 자신이 아버지의 삶에서 느꼈던 비애감을 이번에는 아버지 편에서 느끼고 있을지도 모른다는 인식이 놓여 있었을 법하다.

> H에서의 아버님 책가(冊架)의 장서들은 W에까지 묻어왔다. 그 책들은 그가 국민학교를 졸업하자마자 곧바로 소년가장으로 살아오는 세월 동안에 그의 정신의 어느 갈피가 요구한 꿈의 소산일 터였다. 그러나 그 책들의 내용이 형성하고 있는 세계와 결국 그는 본질적이랄 만한 관계는 맺지 못하고 말았다. 홀어머니와 동생들과 산판과 자그마한 읍내에서의 성공—이런 것들과 그 책장 속의 책들의 세계를 공존시킬 만한 인생은 그의 몫이 아니었다. (중략) 아버지는 그 책들이 그의 산판이나, 그의 소달구지들이나, 그 작은 고을에서의 교제 술자리들처럼은 몸에 가까운 존재는 되지 못하였구나 하는 사실에 대해서 좀 무거운 느낌이 든다. 사람이 살아가자면 어떤 일을 하든 그것은 상관없다. 다만 책을 사랑하는 사람이면, 책을 견디는 성미가 있는 사람이라면 책과 어우러져 사는 생활이 나쁘지 않을 것도 사실이다. 그런데 어찌어찌 그렇게는 안 됐다면 그것은 조금 서운한 일이기 때문이다. (380~381)

인용문은 아버지로부터 미국에 남을 것을 제안 받은 이후 화자가 떠올린 생각의 일부이다. 오랫동안 아버지는 집안의 생계를 위해 생활인으로서의 삶에 충실했고, "그렇게 압도적인 〈생활〉이라는 것을 살고 있는 사람"이라는 인식이 화자가 아버지에게 가졌던 "외경감의 뿌리"(308)였지만, 어느 순간 화자는 이것이 아버지가 처음부터 바랐던 삶은 아니었을 것이라는 깨달음에 이르게 된다. 화자가 아버지의 지난날을 이런 식으로 회고한 것은 자신의 삶 또한 "아버지처럼" 되지는 않을까 하는 "위험"(381) 때문이었다. 화자는 지금, 아버지가 그랬던 것과 비슷하게 가족을 위해 자기가 바라던 삶을 포기해야 할지 모르는 상황에 처해 있다. 아버지의 "심정"이 "알 만"하다는 화자의 반응은, 자신이 품고 있는 이런 생각을 아버지에게서 그대로 되돌려 받고자 하는 소망의 다른 표현으로 읽는다. 생계를 위해 당신이 원하던 삶을 포기한 데 대한 회한이 있었던 만큼, 아버지에게는 아들이 자기처럼 살지는 않았으면 좋겠다는 바람 또한 있을 것이다. 아버지의 마음 한구석에 이런 바람이 있다면, 돌아가겠다는 이야기를 꺼내더라도 애써 반대하는 일은 없지 않을까. 이것이 아버지를 향한 공감의 이면이었을 것이다.

이어지는 일화들은 이즈음부터 화자가 한국으로 돌아가기 위한 절차를 밟아가고 있었음을 확인시켜 준다. 콜로라도에서 여름 두 달을 지내고 버지니아로 돌아온 1975년의 어느 날 밤, 작은아우에게서 아버지가 복통이 심하다는 연락이 오고, 화자는 큰아우와 함께 급히 병원으로 간다. 큰아우와 함께 병원에서 밤을 지내는 동안 "침대 옆 소파에서 앉은 모양대로 잠이" 든 아우를 보며 화자는 "지난번 어머니 일을 당했을 때 이 동생이 혼자서 이런 밤을 보냈을 일을 생각하고 형 노릇 못하는"(454) 자신을 느낀다. 다음날 저녁에는 작은아우가 "아버님 침대 곁에 놓인 환자용 이동 변기에서 결석을 발견"(454)하고 의사에게 알려 복통의 원인을 알게 된 것을 두고 "네가 효자다."(455)라는 말로 아우를 칭찬한다. 화자는 장남 노릇 못하는 자신을 자책하는 한편, 아우들이 아들 노릇을 제대로 하고 있는 것에 안도한다. 아우들이 제몫을 하고 있는 것을 확인한 이상 굳이 화자가 이곳에 남아 아버지를 보살펴드려야 할 이유는 없을 것이다.

화자가 아우들을 보며 안도감을 느낀 것은 지금까지 자신을 짓눌러 온, 장남 노릇 제대로 하지 못했다는 생각을 어느 정도 내려놓게 되었음을 의미한다. 이 장면 이후 「옛날」을 쓰고 귀국 의사를 밝히는 대목으로 곧장 나아가고 있음은 여러 모로 시사적이다. 화자는 두 아우에게 장남의 지위를 양도하고 작가 본연의 모습으로 돌아간다. 화자가 새로 작품을 쓰기 시작한 것은 1976년 봄, 프로그램을 마치고 버지니아로 옮겨 온 지 2년이 조금 지난 시점의 일이었다. 그동안 화자는 아무것도 쓰지 못하고 있었다. 이곳에 남아 무엇이든 쓰면 되지 않겠느냐고 했던 아버지의 물음에 화자는 그렇게, 아무것도 쓰지 않는 것으로 대답을 대신해 온 것이다. 아무것도 쓰지 못하면서 보낸 2년은 미국행을 결정하는 데 보낸 1년에 대응된다. 가족과 대면하기 위한 용기를 얻는 데는 1년이 걸렸으나 가족을 두고 귀국하기 위한 용기를 얻는 데는 2년의 시간이 필요했다. 미국행을 수락하는 데 걸린 시간의 곱절을 보내고서야 어느 정도 심리적 균형을 맞출 수 있었던 것이라고 이해한다면, 가족을 두고 다시 떠나는 일이 화자에게는 그만큼 어려운 일이었음을 짐작할 수 있을 것이다.

4. 소설에서 희곡으로의 장르 전환과 그 의미

1973년 가을 이후 3년간의 미국 체류는 희곡 「옛날옛적이래도 좋고 아니래도 좋고, 훠어이 훠이래도 좋고 아니래도 좋은」(이하 「옛날」)을 쓰는 것으로 마무리된다. 화자는 「옛날」을 쓰고 얼마 지나지 않아 곧바로 귀국한다. 『화두』 1부 역시 이 대목에서 끝이 난다. 「옛날」을 쓴 것은 귀국하기 위해 화자가 밟아야 할 마지막 절차였다. 한국으로 돌아간다는 것은 작가의 길을 계속 걸어간다는 뜻이고, 작가임을 증명해 보이기 위해서는 작품을 써야 하기 때문에 이런 마무리는 자연스러워 보인다. 그런데 화자가 「옛날」을 쓴 데는, 작가로서 자기 존재를 증명해야 한다는 다소 막연하고 추상적인 의미 외에 좀 더 구체적이고 특별한 의미가 있다.

(A) 그러나 그 사이에 어머니의 죽음이 있었다. 「옛날 옛적이래도 좋고 아니래도 좋고, 훠어이 훠어이래도 좋고 아니래도 좋은」 속에 나는 그 무렵의 심정을 담아넣었다. 아마 이 작품을 쓰지 못했다면—나는 어떻게 내 자신을 추스렸을까? (149)

(B) 마지막 장편소설을 끝낸 73년에 아이오와에 왔다가 76년에 돌아가게 되는 기간에 어머니의 죽음을 겪었다. 그때의 마음의 풍경이 「옛날 옛적이래도 좋고 아니래도 좋고, 훠어이 훠어이래도 좋고 아니래도 좋은」에 있었다. 그런 황량한 마음이 왜 그 황량함을 되풀이해야만 수습되는지. 가만 둬두면 벌판을 태워버릴 들불에 지르는 맞불인 것일까? (중략) 「아이들은 어떻게 숲을 빠져나왔는가」는 아마 이렇게 말하는 것처럼 들렸다. 세상일이 모두 헛되고 헛되다. 네 자신의 영혼을 구하라, 하고. (중략) 실은 그것은 「옛날 옛적이래도 좋고 아니래도 좋고, 훠어이 훠어이래도 좋고 아니래도 좋은」과 꼭 같은 해답이었다. 나는 거기서 인류의 운명을 세 사람으로 이루어진 〈핵가족〉이 환상적으로 도달한 행복에 승복하였다. (158~159)

인용문 (A)에서 화자는 「옛날」을 쓰지 못했다면 어머니의 죽음으로 인해 생긴 심리적 위기를 극복하기 어려웠을 것이라고 고백한다. 어머니의 죽음 이후 화자가 부딪쳐야 했던 문제들에 「옛날」이 유효한 대답이 되어 주었다는 뜻이다. 어떻게 그럴 수 있었을까? 인용문 (B)에서 실마리를 찾을 수 있다. 화자는 어머니를 잃은 직후의 "마음의 풍경"이 「옛날」에도 있었고, 그때의 "황량한 마음"을 같은 종류의 "황량"함을 되풀이함으로써 "수습"할 수 있었다고 쓰고 있다. 어머니를 잃고 난 후의 "황량한 마음"을 짐작하기는 어렵지 않다. 하지만 이 "황량"함이 「옛날」에 어떤 식으로 자리하고 있다는 것인지는 분명하지 않다. 보다 구체적인 설명이 있어야 할 것 같은데, 이 이야기를 하는 대신 또 다른 희곡 작품인 「아이들은 어떻게 숲을 빠져나왔는가」(이하 「아이들은」)에 관한 이야기로 넘어간다. 그렇다면 「아이들은」에 관한 이야기가 이 둘을 이어주는 연결고리 역할을 하는 것이 아닐까 생각해 볼 수 있겠다.

소설에는 「아이들은」의 내용이 나오지 않는다. 이 작품에 대응되는 실제 작품 「한스와 그레텔」을 참조할 필요가 있다. 이 작품은 나치 당원이었던 주인공(보르헤르트)이 자신이 알고 있는 진실을 폭로하는 일과 사랑하는 아내를 다시 만나는 일 사이에서 갈등하다 후자를 택하고 감옥에서 풀려나는 내용을 담고 있다. 주인공이 진실을 감추어두기로 약속하고 풀려나는 쪽을 선택한 것은, 자신이 진실을 폭로한다고 하더라도 세상은 여기에 관심이 없을 것이고, 이로 인해 세상이 달라지는 일은 일어나지 않으리라는 인식 때문이었다. 그는 진실을 드러내는 일 자체에 의미를 부여하면서 온갖 유혹을 견뎌왔지만, 끝내는 자기 생각을 돌이키게 된다. "세상일이 모두 헛되고 헛되다. 네 자신의 영혼을 구하라"라는 경구는 보르헤르트의 이런 선택과 관련하여 화자가 내비친 심경의 구체적인 표현으로 보인다. 그것은 보르헤르트에 대한 비난이 아니라 세상일이 이런 것 아니겠느냐는 체념 섞인 비애감의 표현이라 여겨진다. 흥미로운 부분은 이 작품이 내놓은 "해답"이 「옛날」의 "해답"이기도 했다는 점이다.

소설에도 언급되어 있듯이 「옛날」은 아기장수 설화를 변용한 작품이다. 설화 속에서 아기장수는 초인(superman), 구원자(redeemer)[14]가 될 운명을 안고 태어나지만, 뜻한 바를 이루지 못하고 일찍 생을 마감한다. 그가 세상을 구원하

---

14 초인(superman)과 구원자(redeemer)는 「옛날 옛적에 훠어이 훠이」의 영문 번역에서 사용한 용어를 빌려 쓴 것이다. 1987년 뉴욕 공연 이전까지 번역은 최소 두 차례 이루어졌는데, 조오곤(『화두』의 고 교수)은 초인으로, 박희진은 구원자로 각각 번역했다. 조오곤의 번역은 "Wha…i, Whai, a Long Time Ago"라는 제목으로 *Korea Journal*, 유네스코한국위원회, 1980.4에, 박희진의 번역은 "Away, Away! Long, Long Ago"라는 제목으로 *Paulownia Leaf-Modern Korean Literature: 1980*, 한국문화예술진흥원, 1980에 수록되어 있다.

지 못한 것은 그의 잘못 때문이 아니었다. 사람들이, 다른 누구보다 특히 가족들이 그를 감당하지 못했고, 자신을 구원해 줄 일을 시작하기도 전에 그를 죽였다. 소설에서 반복 인용되는 '다시는 오지 말라'는 마지막 대사가 알려주듯이, 사람들은 그가 세상에 오는 것을 달갑게 여기지 않는다. 그가 오든 오지 않든 달라지는 것은 아무것도 없다. 다만 세상이 소란스러워지고 그로 인해 누군가가 죽는 일이 있을 뿐이다. 예전에도 그랬고 지금도 그렇고, 앞으로도 사정은 달라지지 않을 것이다. "세상일"은 이토록 "헛되고 헛되다." 그러니 세상에 관심 두는 것은 어리석은 일이고, 세상보다 더 중요한 "네 자신의 영혼을 구하"는 일에 열중하라, 이것이 이 이야기가 알려주는 지혜다.

세상일은 헛되니 자신의 영혼을 구하는 일에 신경을 쓰라는 지혜는 쓸쓸하고 허무하다. 그러나 일단 이를 수긍하고 나면 삶은 좀 더 받아들이기 쉬워질 수 있다. 가령 어머니가 세상을 뜬 일을 두고, 그것이 마치 자기 때문에 일어난 일이기라도 한 것처럼 생각하는 것은 얼마나 어리석은가. 그 자신을 포함하여 누군가의 죽음을 막을 수 있는 사람은 이 세상에 아무도 없다. 아기장수를 대하는 사람들의 태도에서 분명하게 드러나듯이, 세상을 구원하는 데 헌신하는 것은 의미 없는 일이다. 세상을 구원할 수 없을뿐더러 그렇게 하는 것을 어느 누구도 바라지 않기 때문이다. 그의 희생이 미안하고 부담스러워서가 아니라 그 과정에서 생기게 될 소란을 원하지 않기 때문이다. 아기장수는 쓸데없이 세상일에 개입하려 하는 자, 그리하여 결국은 자신이 위한다고 생각했던 바로 그 사람들로부터 내침을 당하는 자다. 이런 아기장수와의 동일시는 화자가 가족들과의 관계를 재고하게 되는 주요한 심리적 근거가 되었을 법하다.

화자를 힘들게 하고 있는 것은 장남 노릇을 제대로 하지 못했다는 자책감이다. 어머니를 잃은 마당에 자신이 한국으로 돌아가는 것은 가족을 버린 예전의 잘못을 되풀이하는 일이 될 것이다. 작가로 남기 위해 가족의 이민 행렬에 동참하지 않았던 화자는 이제 같은 잘못을 저지르지 않기 위해 작가의 길을 유보하고 가족과 함께 있는 쪽을 택하려 하고 있다. 하지만 마음 깊은 곳에서는 이런 선택을 달가워하지 않는다. "덴버에서 산으로 돌아가던 길에 차에서 겪었던"(460)은 구역감은 이런 심리를 드러낸 증상의 일종일 터다. 그런 가운데 아기장수 설화는 세상을 구원하려 드는 것은 헛된 일이고, 세상을 구하려는 노력은 사람들로부터 버림당하는 것으로 보답받을 것이라는 지혜를 들려주고 있다. 가족들이라고 해서 다르지는 않을 것이다. 자신이 가족과 함께 있다고 해서 그들의 문제를 해결해 줄 수 있는 것도 아니고, 이러한 선택의 끝에 있는 것이 결국 버림받는 쪽이라면, 가족들에게 관심을 두는 대신 영혼을 돌보는 일에, 화자의 경우 돌아가 작가로 사는 쪽을 택하는 것이 지혜로운 일일 것이다.

이런 마음의 움직임을 따라 화자는 작품을 쓴다. 그런데 그가 선택한 장르는 소설이 아니라 희곡이었다. 왜 희곡이었을까. 작가 최인훈이 소설에서 희곡으로 장르를 전환한 것과 관련해서는 이미 많은 이야기들이 나온 바 있다. 『화두』에는 이와 관련하여 참고할 대목들이 많은데, 이를테면 인물과의 거리두기가 소설에 비해 쉬웠다거나(129~130), "연극이라는 형식이 〈충격〉의 체감(遞減. 단계별로 차례로 줄어듦: 인용자)을 방지하는 저항력이 있다"(158)거나 하는 이야기가 대표적일 것이다. 이들 외에 소설 속 화자가 자신이 이룬 문학적 성취를 돌아본 후 내린 결론들과 관련해서 이 부분을 살펴보는 것도 중요한 일이라 생각된다. 이 논의를 하는 데는 1부의 마지막에 나오는 다음 대목이 참고가될 것이다.

나는 하룻밤 만에 이야기의 줄기를 그대로 따르면서 그것을 희곡으로 옮겼다. 그리고 그것을 「옛날옛적이래도 좋고 아니래도 좋고, 훠어이 훠이래도 좋고 아니래도 좋은」이라고 이름을 붙였다.

밤이 지배하는 고향으로 가기를 나는 두려워하고 있었던 것이다. 갑자기 힘찬 용기를 마련한 것도 아니면서 이렇게 다른 지리에 와서 보니 그런 줄 모르지는 않으면서도 그 밖에는 자리가 없던 사람들이 제 고장에서 유형을 사는 그 고향으로 돌아가기를 두려워하고 있었다.

며칠 동안 나는 그저 「옛날옛적이래도 좋고……」를 고치고 또 고쳤다.

나는 이제는 두렵지 않았다. 아니 두렵지 않은 것은 아니었다. 그러나, 돌아가야 할 만큼만 두려웠다. 왜냐하면 내게는 꿈꾸는 힘이 남아 있다. (460~462)

화자가 돌아가기를 꺼려했던 이유 가운데 하나는 불안한 국내 정세였다. 아버지가 가장 염려했던 것도 이 부분이었다. 이미 살핀 것처럼 1974년 이후의 정치적 환경은 양심적인 작가 · 지식인으로 살아가는 것을 점점 어렵게 만들고 있었다. 국내 정세가 좋아지리라는 희망을 갖기는 어려운 상황이었고, 3년간의 체류를 마무리하고 돌아갈 용기가 갑자기 생기는 것도 아니었다. 그런 가운데 「옛날」이 극적인 반전을 가져온다. 「옛날」을 쓰면서 화자는 돌아갈 용기를 얻게 된다. 「옛날」을 완성하면서 자신에게는 여전히 "꿈꾸는 힘이 남아" 있음을 확인하게 되었기 때문이다. 그렇다면 이 대목에서 화자가 말하는 "꿈"의 의미가 무엇인지 궁금해지는데, 이를 확인하기 위해서는 화자의 사유가 여기까지 이른 과정을 조금 거슬러 올라가 볼 필요가 있다.

몸은 비록 노예일망정, 자유민의 꿈을 유지하는 것, 작품이란 것은, 꿈의 필름이 아니라 의식이 스스로 연기(演技)하여 꿈을 발생시키기 위한 연기 순서의 기록이다. 시나리오다. 처음에는 목적의식과 신체 운동이 서로 부르고

받는 신명이 있다. 그런데 어느덧 연기에서 신명이 엷어진다. 연기가 습관이 된다. 습관이 된 연기는 처음 같은 꿈을 발생시키지 못하고, 그저 현실의 육신을 놀리는 〈동작〉이 되고 만다. 꿈의 도움 없이 현실의 흔들림 위에 서 있는 자기를 발견한다. 글을 쓴다는 것은 밑 빠진 항아리를 채우려는 콩쥐의 물붓기 같은 것이었다. 한 번 깨달으면 그만인 어떤 일이 아니라, 그 깨달음의 상태를 끊임없이 유지해야 하는 〈되풀이〉의 운동이었다. (460)

화자가 「옛날」을 희곡으로 쓰게 된 배경에는 소설적 실패가 놓여 있다. 기왕에 화자는 자기가 이제까지 써 온 소설들이 "현실에 대해서 결코 무관심하거나 긍정하고 있는 것은 아니라는 알리바이를 문학이라는 포장 아래 고백"(371)한 것에 지나지 않는다는 평가를 했던 터다. 그 연장선상에서 화자는, 밤이 지배하는 현실에서 "자유민의 꿈을 유지"하기 위한 노력의 일환으로 소설을 썼지만, 반복해서 소설을 쓰는 사이 "신명이 엷어"지면서 "처음 같은 꿈을 발생시키지 못하고, 그저 현실의 육신을 놀리는 〈동작〉이 되고"이 되고 말았다고 자책한다. 국내 정세가 더욱 가혹해진 것처럼 보이는 상황에서 귀국하여 작품을 쓴다고 할 때, 이제까지 해 왔던 방법을 되풀이한다면 결국 같은 문제에 봉착하게 될 것이다. "밤이 지배하는 고향으로 가기를" "두려워하고" 있었다는 화자의 고백은, 이런 맥락에서 볼 때, 현실 자체에 대한 두려움이기보다는 이런 현실 속에서 쓰게 될 자기 작품의 성취에 대한 두려움이라고 해야 할 것이다.

최인훈 자신이 선배 작가들의 작품을 분석하면서 결론내린 바대로, 작품은 시대의 한계 이상의 성취를 거둘 수 없다.[15] 시대의 한계는 작품이 가질 수 있는 가능성 자체를 제한한다. 현실 관련성이 뚜렷한 소설에서 이는 특히 문

---

15 이효석의 작품 『벽공무한』에 대해 쓴 글에 이런 생각이 잘 드러나 있다. 이에 대해서는 정영훈, 「최인훈의 『벽공무한』론에 대하여」, 『상허학보』 42, 상허학회, 2014.10. 참조.

제가 된다. 그렇다면 지금의 정치 현실에서 쓸 수 있는 작품의 한계는 분명해질 것이다. 그렇다면 이 예상 가능한 실패를 모면하기 위해 어떤 선택을 할 수 있을까? 적어도 예전과 같은 방식으로 써서는 이 문제를 해결할 수 없을 것이다. 이 경우 두 가지 가능한 길이 있을 것이다. 작품을 통해 현실을 직접적으로 비판하거나, 작품을 쓰는 데서 만족하지 않고 동료 문인들과 더불어 문학 외적인 형태의 참여를 실천하는 데로까지 나아가는 것이 하나이고, 반대로 현실에 참여하고 있다는 포즈를 버리면서 문학을 하는 것이 다른 하나이다. 화자는 「옛날」을 쓰면서 소설에서 희곡으로 나아가고 있는데, 이는 후자의 길에 가까워 보인다. 소설에 비해 희곡은 현실의 제약을 덜 받는 장르이기 때문이다.

화자가 소설에서 희곡으로 나아간 것은, 현실 자체의 변화가 무망해 보일 때, 문학적 성취를 목표로 할 경우 어떤 선택이 가능할 것인가 하는 물음에 따른 결론으로 이해된다. 현실의 한계를 기지수로 해 두고 이런 상황에서라면 어떻게 해야 만족할 만한 수준에 이를 수 있을 것인가를 물은 후에 희곡에서 답을 얻은 것이리라는 뜻이다. "온달 얘기를 소재로 삼은 70년의 「다시 만날 때까지」"(157)로 한 차례 만족할 만한 성과를 거둔 적이 있는 만큼, 화자에게 극작가로의 전신이 낯선 일만은 아니었을 것이다.[16] 한 번으로 끝내면 우연에 그칠 수 있지만 그것이 반복되면 필연이 될 수 있다. 소설에서 희곡으로 장르를 전환하여 「옛날」을 완성한 것은 화자에게 이런 자신감을 안겨 주었을 법하다. 현실은 전보다 어두워졌지만 문학에 종사하는 한 "자유민의 꿈"을 꾸는 것은 여전히 가능한 일이고, 이런 꿈을 꿀 수 있는 한 돌아가는

---

16 최인훈은 온달 이야기를 소재로 하여 소설과 희곡 형식이 혼재된 「온달」(『현대문학』, 1969.7)과 「열반의 배: 온달2」(『현대문학』, 1969.11)를 썼고, 이를 희곡 「어디서 무엇이 되어 만나랴」로 개작한다. 이 작품은 1970년 국립극장에서 공연되어 상당한 인기를 끌었다. 『화두』에도 이와 관련한 이야기가 소개되어 있다(157~158).

것은 그렇게까지 두려운 일이 아닐 것이다.

5. 나가며

『화두』의 주인공─화자에게 미국행은 무엇보다 가족과의 재회를 의미했고, 가족과의 재회는 집안의 장남으로서 가족의 생계를 돌보아야 하는 의무를 방기하면서까지 선택한 작가의 길이 과연 그럴 만한 가치가 있는 일이었는지 돌아보도록 강요받는 자리에 서는 것을 뜻했다. 화자는 이 때문에 미국행을 주저했던 것인데, 미국 방문 이후 실제로 이런 상황과 맞닥뜨리게 된다. 어머니의 죽음은 화자에게 특히 곤혹스러운 일로 받아들여졌고, 미국에서 지내며 보낸 3년간의 시간은 다시 돌아가 작가가 되기 위한 근거를 마련하는 데 온전히 바쳐졌다고 해도 과언이 아니다. 이 과정에서 화자는 자신이 이제까지 써 온 작품들을 돌아보게 되고, 자신이 거둔 문학적 성취와 한계를 되짚어보는 가운데 한국으로 돌아가게 될 경우 무엇을 쓸 수 있고 또 써야 할지 묻고 또 묻는다. 그리하여 그가 얻은 결론은 희곡을 쓰는 것이었고, 「옛날」을 쓰는 것으로써 돌아갈 수 있는 심리적 근거를 마련하게 된다.

소설에서 3년간의 미국 체류는 「옛날」을 쓰는 것으로 마무리된다. 미국 체류 초반에 어머니의 죽음이 있었고, 여기서 생긴 마음의 상처를 다스리는 과정이 있고, 마침내 「옛날」을 쓰면서 원래의 자신으로 돌아오게 되기에 사실상 이 기간 전부가 「옛날」을 향해 나아가고 있다고 해도 과언이 아니다. 나아가 "아이오와와 그에 이은 2년의 미국 생활에서 써가지고 간"(149) 이 작품이 번역되어 1979년 미국 브록포트 대학에서의 공연이 이루어지고, 이때 번역된 작품이 1987년 "뉴욕의 직업극단에 의해서" "다시 공연"(168)되어 두 차례의 미국 방문이 이루어진다는 점에서, 「옛날」은 1973년에서 1987년까지 이어지는 『화두』 1부의 서사 전체를 관통하는 핵심이라고도 할 수 있다. 연대기적 시간 순서로 맨 나중에 위치해 있으면서 앞선 두 번의 미국 체류를 회상하는 기준점이 되는 1987년의 일화들은, 화자가 「옛날」에 부여하는 최종적인 의미를 알려준다.

1979년과 1987의 미국 방문은 1973년의 미국 방문과는 질적으로 차이가 있다. 1973년 당시 화자는 "국내에서 발행되는 영문 잡지에 실린 단편소설 두어 편[17]을 명함 대신에 가지고 온 것뿐이었다. 그것은 조금은 쓸쓸한 일이었다. 그때까지 쓴 자신의 문학이 어떤 것인지를 알릴 길이 없이 〈작가〉라는 자격만으로도 이 나라 문화 관계자들의 환대를 받은 것이었다."(148) 그에 비해 1979년의 방문은 "작가인 나"가 아니라 "나의 작품"(149)이 초청을 받아 성사되었고, 특히 1987년의 경우는 상업적인 극단에 의해 뉴욕 오프브로드웨이에서 공연되기에 이르렀다. 작품에 대한 평가를 상업적 성공 여부로 판단하는 것은 온당한 일이 아니지만, 그 성공이 작품에 대한 인정 위에서 이루어진 것이라면, 상업적 성공은 주요한 자부심의 근거가 될 수 있을 것이다. 화자의 경우 자신을 짓눌러 왔던 것이 상업적 실패와 그로 인해 가족들의 생계를 책임질 수 없었다는 자책감에 있었던 만큼 뉴욕 공연의 성사는 특히 그 의미가 남다르다고 할 수 있다.

이와 관련하여 다음 일화가 특히 인상적이다. 공연 참관을 마치고 작은아우 집에서 하루를 묵은 후 화자는 계수씨에게 옷을 한 벌 사 주기로 한다. 계수씨가 미안해하며 사양하자 화자는 "연극해서 돈 좀 벌었"(250)다는 말로 설득을 한 끝에 계수씨를 데리고 나가 옷을 사 준다. 쇼핑 후의 심경을 화자

---

17 유네스코한국위원회에서 간행한 *Korea Journal* 1966년 7월호와 1972년 8월호에 실린 「크리스마스 캐럴」(Christmas Carol, 김종운 역)과 「국도의 끝」(The End of the Highway, T.O.Kim 역)으로 짐작된다.

는 이렇게 적고 있다. "쇼핑센터의 깊은 처마 밑에서 콜라를 마시면서 나는 이번 여행 중의 가장 부담 없는 시간을 즐겼다. 그 맛은 콜라처럼 시원하고 매장의 그 옷들처럼 평안했다."(253) 화자가 느낀 평안은 "돈을 좀 버셔야 할 텐데"(243) 하는 걱정만 끼쳐온 자신이 이제야 장남 노릇, 형 노릇을 제대로 했다는 데서 온 것이었을 터이다. 화자가 마지막에 누린 이 소소한 기쁨을 가능하게 한 것은 「옛날」이었고, 「옛날」을 가능하게 한 것은 3년간의 미국 체류였다. 1973년 가을에서 시작된 서사는 이렇게 행복한 결말로 끝이 나고 있는바, 이는 최인훈 소설에서는 매우 이례적인 일이라 할 수 있겠다.

　『화두』에 기록된 미국 체류 3년간의 이야기는 작품으로서의 『화두』를 이해하는 데 필수적인 부분이 될 뿐 아니라 작가 최인훈의 문학적 여정을 재구성하는 데도 매우 중요한 자료가 된다. 다만, 최인훈의 문학적 여정을 재구성하기 위한 자료로 『화두』를 활용할 때는, 이 논문에서도 일부 확인한 것처럼, 『화두』가 실제 사실을 그대로 옮겨온 것은 아니라는 점을 유의해야 한다. 자서전이 아니라 소설을 쓴 만큼, 『화두』에 등장하는 최인훈 자신의 개인적 경험들은 사실성의 측면보다는 진실성의 측면에서 우선 이해되어야 한다. 실제 있었던 사실의 충실한 기록이 아니라 그것의 보편적 의미를 염두에 두고 가공 편집된 것으로 이해되어야 한다는 뜻이다. 『화두』에서 실제 사실들이 어떠한 변형 과정을 거쳐 지금과 같은 모습을 보이고 있는가에 대해서도 보다 정밀한 독해와 검토가 필요하다. 이는 후속 과제가 될 것이다.

〈용문전〉의 자아실현 서사와 그 교육적 활용 방안

김서윤

1. 서론

문학의 효용 중 하나가 독자로 하여금 다양한 간접 경험을 통해 삶에 대한 통찰을 얻게 하는 것이라면, 청소년기 문학 교육은 해당 연령대에 특히 두드러지게 마련인 삶의 문제들을 다룬 작품들에 보다 중점을 둘 필요가 있다. 성인 독자들의 기준에서 선별된 문학사적 정전들을 읽는 것도 청소년기의 발달 과업들을 수행하는 데 도움이 되지 않는 것은 아니지만, 이러한 일반적 관점만으로는 청소년기 학습자들의 흥미를 이끌어내는 데 한계가 있으며 그들로 하여금 문학의 가치를 구체적으로 체험하게 하기 어렵다.

예컨대 중고등학교 문학 교실의 경우, 삶의 목표와 방향을 설정하고 진로를 모색해야 하는 청소년기 자아실현의 문제를 다룬 작품들이 특별한 의미를 지닐 수 있다. 이를 통해 학습자들은 스스로 겪고 있는 자아실현과 관련된 문제 상황들을 객관적으로 성찰할 수 있고, 때로는 무의식적으로 회피하거나 억압하고 있는 갈등 상황들을 직면하는 기회 또한 얻을 수 있기 때문이다. 나아가 작중 인물들이 그러한 갈등 상황을 어떻게 받아들이고 돌파해 나가는 지를 지켜봄으로써 작품을 자신의 삶과 연관 지어 수용하는 태도를 기를 수 있고, 이를 통해 문학 생활화의 단초 또한 마련할 수 있다.

이러한 맥락에서 볼 때, 고전소설 작품들 중에는 청소년기 독자들이 주목할 만한 작품들이 적지 않다. 영웅소설로 분류되는 작품들 중 상당수가, 어린 시절부터 청소년기를 거쳐 숨은 자아를 발견하고 실현해 나가는 인물의 행로를 그리고 있기 때문이다. 주인공은 절대적인 천정(天定)의 운명에 따라 타고 난 능력을 계발하고 사회적으로도 쓰임을 받게 되는데, 이러한 자아실현의 과정은 대개 인물이 처한 최초의 환경에서는 기대하기 어려운 것이기 때문에 더욱 눈길을 끈다. 몰락한 가문에서 태어났거나, 부모를 잃고 떠돌던 인물이 결국은 초월적인 섭리에 의해 자신의 가치를 증명해 보이는 이야기들은 청소년기 독자들에게도 은연중 미래에 대해 긍정적인 기대를 갖게 해 주며 이를 현실화하기 위해 필요한 태도를 말해 주기도 한다.

그런데 이 중에서도 〈용문전〉은 특이한 작품이다. 주인공 용문이 천상계의 뜻에 따라, 그리고 이를 대변하는 도인들의 안내에 따라 본연의 사명을 실현하는 것은 여느 영웅소설과 마찬가지지만 그 과정에서 적잖은 시행착오를 겪기 때문이다. 용문은 호국 출신으로서 처음에는 호왕을 보좌하며 무장으로서 능력을 펼쳐 보려 하나, 명나라와 대결하던 중 적장 소대성의 뛰어난 실력과 인품에 감동하여 명나라 군에 합류한다. 영웅소설 중에는 드물게 '변절' 모티브가 나타는 작품이라 할 수 있다.

그간 〈용문전〉에 대한 선행연구에서는 이러한 용문의 '변절'을 시대 변화의 산물이자, 이에 따른 가치관의 변화를 요구하는 독자층의 심리를 반영한 결과로 해석하였다. 이원수는 세도정치기에 접어들면서 왕권이 약화되고 '충' 이념이 동요하기 시작하였던 19세기 전반의 상황이 용문의 '택군(擇君)' 의식을 통해 반영되었다고 보았다. 그리하여 더 후대의 판본인 완판본에서 용문의 '변절'이 보다 적극적으로 옹호되고 긍정적으로 그려진다고 진단하였다.[1] 이명현 또한 주인공의 '변절'을 다루고 있다는 점에서 〈용문전〉을 기성의 질서와 제도를 탈피하여 변혁을 추구한 의미 있는 작품이라고 평가하며 용문의 과감하고 진취적인 태도에 주목하였다.[2] 신해진 또한 이 작품이 기존의 경직된 선악관을 일정하게 탈피하였다는 점, 가문 재건이라는 영웅소설의 관습적 틀에서 벗어난 특색 있는 작품이라는 점을 강조하였다.[3]

본고의 논의는 이처럼 〈용문전〉의 변혁 지향성에 주목한 이원수와 이명현, 신해진의 시각을 출발점으로 삼아 특히 청소년 독자들이 공감할 만한 자아실현의 모델로서 용문의 삶이 어떤 의미를 갖는지를 살펴보고자 한다.[4] 〈용문전〉은 주인공이 변절자로 몰릴 부담을 감수해 가면서까지 자아실현을 진지하게 모색하고 있는 작품이기에, 역시 자아실현의 문제와 그로 인한 환경과

---

1 이원수, 「〈용문전〉의 일고찰 −조선후기 가치관의 전환과정을 중심으로」, 『국어교육연구』 16, 경북대학교사범대학 국어교육학회, 1984, pp.127~147.
2 이러한 이명현의 논의는 본고의 관심사인 청소년기 자아실현의 모델 탐색에 시사하는 바가 크며, 실제로 본고의 논의에 출발점을 제공해 주었다. 이명현, 「〈용문전〉에 나타난 유교규범과 천명」, 『어문논집』 28, 중앙어문학회, 2000 참조.
3 신해진, 「완판 38장본 용문전 해제 및 교주」, 『고전과 해석』 7, 고전문학한문학연구학회, 2009, pp.124~132.
4 이명현은 용문의 과단성을 일상의 통치규범을 뛰어넘어 근본적으로 새로운 질서를 수립할 수 있는 개혁적 영웅에 대한 민중의 기대 심리가 투영된 결과로 설명한 바 있다.(이명현, op. cit., p.410.) 본고에서는 그와 같은 작품의 사회·역사적 맥락을 고찰하는 것도 매우 중요한 과제임에 공감하면서도, 청소년 대상 문학교육에서 이 작품이 갖는 의미를 구체적으로 밝히는 데 우선 논의의 초점을 맞추고자 한다.

의 갈등 문제로 고민하고 있는 청소년기 독자들에게 특별한 의미를 가질 수 있으리라고 생각되기 때문이다. 〈용문전〉이 조선후기의 사회 변화를 반영하고 촉구하는 작품이라는 분석은 선행 연구의 성과를 수용하되, 이러한 작품의 특성이 현대의 청소년기 자아실현 문제와 관련 지어 무엇을 시사하며 이를 어떻게 교육할 수 있을지를 탐색하는 것이 본고의 주제다.

한편 〈용문전〉은 경판과 완판의 차이가 큰 편이어서 이를 구명하는 연구도 활발히 전개되었다. 먼저 이지하는 완판이 경판에 비해 더 후대에 출현하였기에 초월주의적 세계관이 약화되었다고 보았다.[5] 서경희는 〈용문전〉의 이본 간 관계를 분석하면서, 완판의 경우 〈소대성전〉과 더 긴밀히 결합된 형태로 합책 유통되었다는 점을 지적하였다.[6] 엄태웅은 지역 독자층의 특성 등으로 인해 경판본에서는 남녀 결연이, 완판본에서는 대명의리론 및 남성영웅의 활약이 부각되었다고 해석하였다.[7]

그런데 이상 선행연구에서 지적한 것처럼 완판본의 경우 대명의리론이 강화되어 있어 용문이 호국에서 명국으로 '투항'한 일이 이념적으로 정당한 행위로 그려진다면, 이는 당대 소설 독자들의 세계관을 살펴보는 데 있어서는 매우 중요한 자료가 되겠지만 용문 개인의 자아실현 과정과 그 교육적 의의에 초점을 맞추고자 하는 본고의 연구 대상으로서는 적합하지 않다고 판단된다. 특정한 사회적 통념에 편향되어 있는 완판본보다는, 용문의 자아실현 과정과 이를 둘러싼 다양한 갈등 상황을 좀 더 객관적으로 포착하고 있는 경판

---

5 이지하, 「〈용문전〉 연구」, 『관악어문연구』 14-1, 서울대학교 국어국문학과 1989, pp.279~298.

6 서경희, 「〈용문전〉의 서지와 유통」, 『이화어문논집』 16, 이화어문학회 1998, pp.93~111.

7 예컨대 경판본에서 용훈이 평범한 농부이며 호왕에 대해서도 별반 적대감을 드러내지 않는 반면, 완판본에서 용훈은 명에 대한 의리를 지켜 은둔하는 선비로서 호왕에 대해 강한 적개심을 표출하는 모습으로 그려진다. 엄태웅, 『방각본 영웅소설의 지역적 특성과 이념적 지향』, 고려대학교 박사학위논문, 2012, pp.47~93.

본이 연구 대상으로서 더 적합하다고 볼 수 있다.

이에 본고에서는 완판본은 일부 대목에서 참고 자료로만 활용하고, 청소년 독자들을 대상으로 한 교육 자료로는 경판본을 활용하고자 한다. 경판본은 36장본과 25장본이 있는데, 25장본은 36장본의 서사 구조를 그대로 수용하면서 일부 문장을 축약하는 식으로 구성되어 있다.[8] 본고에서는 좀 더 서술이 충실한 36장본을 대본으로 삼았다.

2. 〈용문전〉 자아실현 서사의 전개 양상

용문은 자아실현 과정에서 두 차례에 걸쳐 갈등을 겪는다. 첫 번째 갈등은 아버지와의 갈등이다. 농사를 지으며 선비답게 살아온 용훈은 용문이 글을 읽지 않고 병서만 탐독하는 것을 나무라지만 용문은 아버지의 말을 듣지 않는다.

> 점점 자라미 긔골이 옥갓고 눈이 붉고 코이 놉허 범인과 다르니 일세 긔남자 영웅이라. 육칠세 되미 청수 장듸ᄒ여 훈이 글을 가라치미 선인의 글을 힘쓰지 아니ᄒ고 손오병서와 궁마지직를 조ᄒᄒ니 훈이 깃거 아니ᄒ여 경서를 일그라 ᄒ니 문이 듯지 아니ᄒ더라 (265)[9]

이러한 용문의 독자적 행동은 서두의 태몽과 탄생 대목에서 이미 정당화되어 있다. 용문은 용훈 부부의 아들이기에 앞서 천상 북두주성의 현신으로, 이미 천상계에서 성인(成人)으로서의 정체성을 가지고 독립적인 삶을 살아온

---

8 서경희, op. cit.

9 이하 인용은 국학자료원 편, 『고소설판각본전집』 2, 국학자료원, 1994에 수록된 〈농문전〉(경판 36장본) 영인본에 따르되, 표기가 불분명한 경우는 말줄임표(…)로 처리하였다. 괄호 안의 숫자는 전집의 해당 면수이다.

존재로 등장하는 것이다. 태어나는 순간부터 혼인 상대가 명확히 지정되는 것도, 용문에게는 부모의 뜻과는 무관하게 그 자신의 인생이 처음부터 주어져 있음을 보여준다.[10]

> 과연 그달부터 태긔 잇서 십삭이 차미 일일은 상운이 만실ᄒ며 채의혼 시비 드러와 관시를 듸ᄒ여 왈 때 느껴시니 부인은 잠간 자리예 누으소서 관시 경황중 자리에 누으니 이윽고 순산ᄒ미 곳 남지라 그 시녜 향탕을 나와 ᄋ희를 씻겨 누이고 왈 첩은 서해 농궁 시녜러니 농왕의 명을 밧자와 부인 산실을 살피고 말삼을 전ᄒ랴 ᄒ오미니 이 ᄋ희 비우난 승상 댱뇨의 여아 경아소저와 그 비자 이이라 부인은 상심ᄒᄉ 천연을 닐치 마르소서 몸을 이러 토상아리 나리며 간 바를 모롤너라 (265)

여타의 영웅소설에서도 서두에 이와 같은 태몽이 제시되곤 하지만, 경판 〈용문전〉의 경우는 전생의 사연을 언급은 하되 자세히 소개하지는 않는다는 점이 특이하다. 예컨대 〈유충렬전〉에서는 청룡 선관이 태몽에 나타나 어머니에게 자신을 천상계 자미성의 선관으로 소개하며, 익성과 싸운 벌로 인간 세상에 내려오게 되었다고 설명한다. 〈소대성전〉에서도 동해 용왕의 아들이 어머니의 꿈에 나타나 자신의 신분을 소개한 뒤 비를 잘못 내린 죄로 적강하게 되었다고 고한다. 반면 〈용문전〉에서는 용문이 이미 독자적 인격을 가지고 있는 존재라는 점만이 언급될 뿐 그 구체적 사연이 부모에게 전달되지 않는다. 부모 또한 〈유충렬전〉이나 〈소대성전〉에서처럼 아들을 얻기 위해 치성을 드린다든지 시주를 하는 등의 노력을 보이지 않는다는 점에서, 경판

---

10 전통 사회에서 혼인이 성인으로 대우받기 위한 중요한 관문이었다는 점을 고려할 때, 출생 시점에 이미 혼례가 언급되는 것은 인물에게 처음부터 성인의 정체성을 부여하는 것으로 볼 수 있다.

〈용문전〉의 부모 자녀 관계는 예의 두 작품에 비해 소략하고 또 범범하게 그려졌다고 볼 수 있다.

이에 따라 용문은 어려서부터 부모와 일정하게 거리를 두는 모습으로 그려지기에, 그가 아버지가 원하는 공부를 거부하고 자신의 흥미대로 무예를 추구하는 것도 문맥상 무리가 아니다. 천상에서의 삶이 지상에서의 삶으로 긴밀하게 연결되지 못한 상태에서, 지상의 부모는 용문에게 별다른 영향을 미치지 못하는 것이다. 이후로도 용문은 유충렬이나 소대성과는 달리 부모와의 헤어짐으로 인해 물리적으로나 심리적으로나 타격을 받지 않으며,[11] 도리어 부모와 갈등을 빚던 중에 천상적 존재인 연화도인을 만나 그 제자가 됨으로써 자신의 소망을 실현할 돌파구를 마련한다.

> 션싱을 모시고 집의 도라가 연유을 부친게 고ᄒ니 농훈이 급히 마져드려 좌졍 후의 직비 왈 션싱의 고명을 앙모ᄒ옵더니 금일 욕님ᄒ시니 광치 비승이로소이다 션싱왈 우연이 이르럿더니 이리 과쟝ᄒ시니 참괴ᄒ도다 그러나 이번 오미 다른 연괴 ᄋ니라 북방 추셩이 쩌러져시민 일졍 영웅이 ᄂ도다 ᄒ여 두루 찻더니 그듸 집의 ᄂ시니 그듸ᄂ ᄋ희를 산인을 맛겨 쟝차 텬하를 건지게 ᄒ라 훈이 겸양ᄒ듸 션싱이 소왈 엇지 말니 봉후홀 영웅을 초야의 속졀업시 ᄂ키리오 주인은 고사치 말나 훈이 다시 사례ᄒ거늘 션싱이 듸희왈 이후 십년이면 부지 상봉ᄒ리라 ᄒ고 즉시 농문을 다리고 년화산의 도라와 무경칠서와 궁검지술을 가리칠ᄉ (266)

물론 용문은 지상의 부모에 대해 효를 행하는 인물이고, 집을 떠나는 것을 망설이기도 한다. 연화도인에게 무예를 배운 뒤, 용총마와 용천검을 획득한

---

11 신해진, op. cit., p.123에서도 〈용문전〉은 〈소대성전〉과는 달리 부모와의 분리가 '자발적으로' 부모와 분리가 이루어진다는 점에 주목하였다.

뒤에도 부모가 상심할 것을 염려하여 일단은 부모 곁에 머무는 것이다.[12] 그러나 호왕이 용문의 소문을 듣고 찾아오면서 이러한 갈등은 비교적 쉽게 종결되고, 용문은 평소 뜻한 바에 따라 무예로써 명성을 얻기 위해 호왕을 따라나선다.

이와 같은 서사 전개에서, 용문은 부모에 대해 상당히 독립적인 태도를 견지함으로써 여느 영웅소설의 주인공들과는 달리 능동적인 자아실현을 시도하는 인물로 그려진다. 결과적으로 일국의 왕이 되고 명예와 부를 얻는 것은 유충렬, 소대성과 다를 바 없지만, 그에 이르는 과정은 판이하다고 볼 수 있다.

용훈과 용문 부자의 갈등은 이후로도 계속된다. 용문이 명나라 진으로 건너갔음을 알게 된 용훈은 달갑지 않아 한다. 호국 신민으로서 왕을 배신하고 스스로 그 나라의 왕이 되는 것을 불충하다고 여기는 것이다. 그리하여 용훈은 왕이 된 용문이 부르는 데도 가지 않고, 다만 잠시 머물러 왕비와의 혼사를 지켜보고서는 고향으로 돌아와 버린다. 이후에도 몇 번이나 아들과 며느리가 간곡히 청하는 데도 거절하고 이전의 삶을 고집해 갈등을 빚는다.

> 왕이 여러 번 사를 보뇌여 부모의 글을 올녀 정성으로 간청ᄒᆞ니 공이 또ᄒᆞᆫ 정니의 ᄆᆞ지 못ᄒᆞ여 성뇌예 드러와 별궁의 쳐ᄒᆞ민 아직 석일 몽사로 드듸여 쌍H) 미부를 취ᄒᆞ여 뇽누봉궐의 고금이 흡연ᄒᆞ니 그 깃분 ᄆᆞ음을 어듸 비ᄒᆞ리오 관부인이 양부의 옥수와 나삼을 가로잡고 불승환희ᄒᆞ야 삼일 후 공의 부체 도로 고향으로 도라가랴 ᄒᆞ니 냥비 쭈러 고ᄒᆞᄃᆡ 사람이 세상의 쳐ᄒᆞ민 입신냥명ᄒᆞ여 이현부모ᄂᆞᆫ 자고상ᄉᆡ오니 우리 왕상은 텬고의 드문 공노를 세워

---

12 "쟝뷔 세상의 나ᄆᆡ 출장입상ᄒᆞ여 유명만세ᄒᆞᆯ 비오나 소자ᄂᆞᆫ 힘이 밋지 못ᄒᆞ옵더니 여ᄎᆞ여ᄎᆞᄒᆞ여 괴계를 어더ᄉᆞ오니 엇지 안연이 안져 늘그리오 (...) 용훈 부뷔 이 말을 듯고 비감ᄒᆞᄆᆞᆯ 마지 아니커늘 용문이 차마 ᄯᅥ나지 못ᄒᆞ더라." (267)

일신이 영귀ᄒ나 존구 퇴왕이 향토의 거ᄒᄉ 영화를 밧지 아니시니 인자졍니의 엇더ᄒ리잇고 ᄆ양 왕낙을 불원ᄒᄉ 주야의 차탄홀 ᄲᆫ아니라 후세예 불효되믈 면치 못ᄒ리니 복원 존구난 텬륜자애를 싱각ᄒ소서 공이 작싴 왈 ᄂᆡ 나히 아직 소년이 아니오 ᄯᅳᆺ이 산림의 잇스니 엇지 졍심을 허러ᄇ리리오 현부 등은 다시 이런 말노 노부의 심사을 요동치 말고 다만 셩덕을 힘써 ᄋ자를 돕기를 ᄇ라노라 냥비 홀일업서 (...) 공의 부뷔 하직고 도라가니 왕이 탄식유체왈 ᄂᆡ (...) 후세의 불효를 면치 못ᄒ리로다 (279~280)

공이 고향의 도라가 청수강의 고기 낙더니 일일은 빅의 유싱이 소동을 다리고 ᄂᆞ아와 업듸여 이지 아니커늘 고히 너겨 부드러 이르혀니 이 곳 ᄋ자 장사왕이라 왕이 이에 소동을 명ᄒ여 찬선을 드리라 ᄒ니 이윽고 환시 낙역ᄒ여 진찬을 나오고 승상 장뵈 뉴리잔의 가하주를 가득 부어 드리니 공이 ᄇ다 마시거늘 ᄃ시 부어 올니고저 ᄒ니 공이 사사 왈 ᄂᆡ 평싱 두 잔 술과 화려ᄒ 진찬을 먹지 아니터니 그ᄃᆡ 등이 관곡히 권ᄒᄆᆡ 먹엇더니 미쳔ᄒ 몸을 퇴왕이라 ᄒ니 실노 경괴ᄒ도다 왕은 묵묵ᄒ고 댱뵈 진젼 고 왈 퇴왕 뎐히 엇지 이러틋 ᄒ시ᄂᆞᆫ잇가 이러므로 일국 신민이 실망ᄒ고 우리 주상이 불열ᄒᄉ 화긔도 감ᄒ시니 이곳 국즁의 큰 근심이라 신의 집 겻희 ᄒᆫ 별궁을 지어시니 이에 쳐ᄒ시면 신이 조셕으로 뫼시고져 ᄒ나이다 공 왈 군둥이 이러틋 ᄒ니 지극 감사ᄒ나 나의 거ᄒ 곳이 션인 구퇵이라 졸련이 ᄇ리지 못ᄒ리라 ᄃ시 권치 말나 이에 낙시를 거두어 가지고 이러ᄂᆞ니 왕이 ᄃ시 고치 못홀 줄 알고 다만 탄식뉴체ᄒ더라 이후 종시 봉효치 못ᄒ믈 슬허ᄒ니 일국 신민이 ᄯᅩᄒᆫ 화긔 소삭ᄒ더라 (280)

용훈의 이러한 태도는 아들과 자신의 삶을 분리하여 생각한 결과이다. 아들인 용문이 아버지와 거리를 두며 자신의 삶을 살았던 만큼, 용훈도 아들의 삶을 자신의 삶과 별개로 받아들인다. 예컨대 용훈은 용문이 명나라로 간 뒤, 호왕의 부탁에도 불구하고 아들에게 호국으로 귀환할 것을 권유하는 편지를 쓰지 않았다. 그 스스로는 호왕에게 충성을 다하는 것이 옳다고 여기면서도 아들에게 자신의 생각을 강요하지 않았던 것이다.[13]

> 왕이 조흔 말노 위로 왈 그듸 아들이 과인의게 진충ㅎ다가 명진의 투항ㅎ 야 나의 장졸을 만이 상ㅎ니 그 죄 맛당이 (...) 홀 거시로듸 그듸 잇는 고로 친필노 농문을 도라오고져 ㅎ미로다 훈이 직비 왈 문이 비록 자식이오나 임의 님군을 갈의여ㅅ오니 위천하자는 불고가라 비록 글을 부치나 부질업도소이다 (275)

위의 인용문은 아들에게 편지를 보내 호국으로 돌아오게 하라는 호왕의 요청을 용훈이 거절하는 대목이다. 용훈은 용문이 비록 자기 자식이지만 이미 자기 뜻에 따라 호국을 떠났으니 글을 보내도 소용없다고 답한다.

이처럼 아들의 독자적 삶을 있는 그대로 인정하게 된 용훈의 입장에서, 용문이 장사왕에 봉해져 영귀한 삶을 살게 된 것은 자신과 무관한 일이다. 만약 용문이 아버지의 편지를 받고 갈등하다가 호국으로 돌아왔다면, 그래서 뜻을 펴지 못하고 좌절했더라면 부자가 이처럼 서로 초연하게 대하지는 못하였을 것이다. 오늘날도 그렇지만 작품이 쓰이고 읽혔을 조선 후기 당시에는 이러한 부자 관계가 결코 보편적인 것은 아니었을 것이기에, 이들이 가치관 갈등을 극복하고 각자의 삶을 살아가는 〈용문전〉의 서사는 특히 주목할 만하다.[14]

---

13 용훈은 그 천명이 명나라에 있음을 인정하였기에 아들의 선택을 지지하였을 가능성도 있다. 이렇게 보면, 용훈은 천명을 인지하면서도 지상계라는 주어진 환경 여건에 더 우선순위를 두고 살아가는 인간형이라고 볼 수 있다. 이 경우, 천명에 따라 과감히 행동하는 용문이 평범한 인간형이 아니라는 점이 좀 더 부각된다.
14 이러한 부자 갈등은 연구사 초기부터 주목받아 온 지점이다. 이원수, op. cit., pp.137~138 참조.

다음으로, 용문은 호국과 명나라 사이에서 어느 임금을 섬길 것인지를 두고서도 갈등을 겪는다. 처음에 그는 막연히 높은 명성을 얻고 싶다는 생각에서, 그리고 자신을 찾아온 호왕의 정성에 감동하고 그 기상을 높이 평가하여 호국 장수로 전장에 나아간다. 아버지의 나라이자 지상계에서 주어진 최초의 환경인 호국을 세계의 전부로 받아들인 것은 어찌 보면 자연스러운 일이다. 그러나 연화도인과 소대성의 권고로 인해 용문은 더 넓은 세상에 눈을 뜨게 된다.

> 농문 왈 딕왕이 강호의 무친 농지를 이러툿 관딕ㅎ시니 은혜 망극ㅎ옵거니와 그릇 몸을 호진의 허ㅎ여시니 초야의 물너가기를 원ㅎㄴ다 선싱 왈 누부의 십년 교훈을 일조의 겨바리고 영웅지지를 초야의 뭇치고져 ㅎ니 지삼 ㅎ라 노왕이 쏘 갈오딕 장군이 쳔ㅎ영웅이라 일홈을 죽빅의 드리오고 얼골을 인각의 그리미 장부의 사업이어늘 엇지 무단이 초야의 늘그랴 ㅎ나뇨 텬됴를 도으미 맛당ㅎ니 기리 싱각ㅎ라 농문이 침음냥구의 선생긔 ㄴ아가 사죄ㅎ고 왈 원컨딕 견마의 힘을 다ㅎ리이다 선싱이 딕희왈 네 이제 허물을 고치니 문호의 영홰오 국가의 딕힝이라 농문이 사례ㅎ고 물너나 갑듀를 갓초고 텬자끠 뵈온딕 (274)

연화도인은 용문에게 용훈의 집을 떠날 수 있는 능력과 포부를 길러 준 장본인으로, 천상계와 통하는 신이한 도술 실력으로 미루어 볼 때 용문을 대하는 시각 또한 여느 지상계 인물들과는 다르다. 즉 그는 지상계 국적이나 혈육에 얽매임 없이 용문 개인의 재능과 품성을 있는 그대로 평가하는 인물이다. 이런 점에서 연화도인은 용훈이나 호왕과는 대립되는 지점에 서 있다. 용훈과 호왕이 용문이 처한 지상계 환경을 규정하는 인물들이라면, 연화도인은 용문이 그러한 한계를 극복할 수 있도록 자극하고 이끌어 주는 인물이다.

이러한 연화도인의 권고로 인해 용문은 호국만이 자신의 나라라는 생각을 버리고 명국으로 가게 된다. 위의 인용문에서도 알 수 있듯이, 용문이 명나라 천자를 섬기게 된 것은 전적으로 연화도인 때문이다. 부모에 대한 순종과 효, 임금에 대한 충성보다도 독립된 개인으로서 자신의 재능과 가치에 주목한 스승의 판단이 더 중요하다고 여긴 것이다.[15] 천상계의 안목을 지닌 스승의 눈으로 볼 때, 용문이 명으로 간 것은 주어진 환경의 한계를 벗어나 자아의 가능성을 극대화하기 위한 과정으로서 긍정적으로 형상화될 수밖에 없다. 적어도 경판본의 경우, '변절'이 긍정될 수 있는 것은 그 지향점이 화이론적 위계질서에서 우위를 점하는 '대명(大明)'이어서도 아니고 단순히 미숙했던 한때의 실수는 나중에 바로잡아도 무방하다는 관용을 표현하기 위해서도 아니다. 지상계와 천상계가 서로 대립하는 구도 속에서, 용문은 전자로부터 부여받은 친숙한 자아정체성을 넘어서 낯설지만 그만큼 가능성이 열려 있는 후자의 영역으로 이동한다.

이와 함께 주목할 것은, 호진에서 보낸 시간 역시 용문에게 의미 있는 시간이었다는 점이다. 호진에 참여함으로써 연화도인을 다시 만나게 되었고, 연화도인을 초빙해 온 소대성과의 만남도 이루어지기 때문이다. 전체적인 서사 전개를 보면, ①먼저 용문과 연화도인이 사제 관계로 만난 뒤, ②천관도사의 추천으로 호왕이 용문의 존재를 알게 되고, ③이와 더불어 노왕 소대성이 연화도인과 그 아들을 명진으로 징빙하며, ④같은 시점에 호왕이 직접 용문의 집을 방문하는 일련의 사건들이 동시에 펼쳐진다. 용문과 호왕을 만나게 하는 천관도사도, 비록 연화도인과 급의 차이는 있을지언정 신이한 도술을 사

---

15 물론 용문이 호군에서 나온 일차적 이유는 스승과의 대결을 피하기 위해서라고 보아야 하겠지만, 그 후 고향으로 돌아가지 않고 연화도인의 권유에 따라 명군에 가담한 것은 스승의 시세 판단을 수긍하고 자신에 대한 스승의 기대에 부응하기 위해서였다고 볼 수 있다.

용한다는 점에서 천상계와 연관을 맺고 있는 인물이며 판본에 따라서는 천상계로부터 보호를 받고 있는 인물로 그려지기도 한다.[16] 그러므로 천관을 통해 용문이 호왕과 인연을 맺게 되는 것 또한 천상계에서 예정된 섭리의 일부라 할 수 있다.

개인의 자아실현이라는 관점에서 보면 의미 없는 시간은 없으며 모든 경험이 서로 연관되어 있음을 인정하면 명국으로의 이동이라는 사건 또한 그 중 하나의 계기에 불과하다고 볼 수 있게 된다. 용문 스스로 그러한 깨달음을 명시적으로 보여주지는 않지만, 서술자는 천관도사와 연화도인의 공존을 통해 천상계의 차원에서 용문의 운명이 하나의 큰 흐름 속에 전개되고 있음을 명료하게 보여준다. 용문의 '변절'이 비교적 가볍게 처리될 수 있었던 것은 이러한 서사 구성 방식에 힘입고 있다.

3. 〈용문전〉 자아실현 서사의 교육적 함의와 활용

효와 충의 가치가 무엇보다도 중시되었던 〈용문전〉 창작 당시의 사회적 상황에 비해, 오늘날에는 개인의 가치가 훨씬 더 크게 존중받고 있다. 개인이 자신만의 확고한 가치를 내세우며 환경의 한계에 도전하고 변화의 부담을 감수하는 〈용문전〉의 자아실현 서사는 사실 오늘날의 관점에서는 그다지 새로운 것이 없는 이야기라고도 볼 수 있다.

하지만 근래에도 청소년들 사이에 통용되는 자아실현 담론에는 〈용문전〉과 유사한 문제 상황이 반복되고 있다. 경제 성장이 둔화되면서, 직업의 안

---

16 예컨대 경판 25장본에서는 소대성이 천관도사를 베려 하자 갑자기 공중에서 소리가 나며 천관도사를 해치면 상제가 노할 것이라 하므로 소대성이 이를 듣고 천관도사의 등에 '대역부도'라는 글자를 새긴 뒤 풀어준다. 또 완판 38장본에서는 선관들이 나타나 용문에게 천관도사는 본래 천상 선관이니 죽이지 말고 용서하라고 요청하여 용문이 그 말을 듣고 천관도사의 등에 죄명을 적은 뒤 놓아주기도 한다.

정성을 우선시하여 변화와 도전을 꺼리는 문제는 더 심해지기도 하였다. 또 큰 꿈을 강조하는 목소리는 높지만, 꿈 자체의 화려함이 강조되다 보니 도리어 청소년 개인의 존재 가치는 위축되는 듯한 인상도 받게 된다. 진로 컨설팅이 활성화되긴 하였으나, 개인의 가능성을 믿어 주고 지켜보기보다는 정해진 목표에 도달하기까지의 세심한 관리가 강조되고 있는 것이다. 이와 같은 최근의 진로 교육과 이를 둘러싼 자아실현 담론은, 예기치 못했던 삶의 전환점을 거쳐 자신의 자리를 찾아가는 용문의 자아실현 과정과는 상당한 거리가 있다.

일찍 목표를 세워서 그 길을 일관성 있게 가게 하는 것이 진로 교육의 중요한 목표 중 하나임은 부인할 수 없지만, 이 점만을 강조하다 보면 자칫 주변 환경으로부터 강요되는 결과물에만 집중하게 되어 자아실현의 과정적 본질을 간과할 수 있다. 자아실현의 중요한 토대는 확고한 자기 정체성의 획득이라 볼 수 있는데, 정체성을 확립해 나가는 과정에는 환경에 대한 적응뿐 아니라 환경과의 갈등도 필수적이다. 인간의 심리 · 사회적 발달 과정에 관한 에릭슨(Erickson, E.H.)의 잘 알려진 이론에 따르면, 인간은 생애 주기별로 대립되는 경험들을 균형 있게 통합하여 극복해야 할 과제를 안고 있다.[17] 12~20세 사이에 해당하는 청소년기의 주요 과제는 '정체감'과 '정체감 혼란'이라는 상반된 경험의 통합이라 할 수 있는데, 이는 달리 말하자면 정체성 감각에 혼란을 야기하는 경험들을 극복하면서 정체성을 획득해 나가야 한다는 의미이다. 즉 외부로부터 무언가를 강요받는 가운데 자신의 정체성이 위협받는 것을 경험하되, 이를 부정하고 극복해 내는 과정을 통해 자신만의 신념과 가치관을

---

17 이하 에릭슨의 이론에 관한 설명은 박아청, 『에릭슨의 인간 이해』, 교육과학사, 2010, pp.235~258 및 Erickson, E. H., *Identity: Youth and Crisis*, New York: Norton, 1994에 따른 것이다.

보다 확고히 구축해 나가야 하는 것이 청소년기의 과제라 할 수 있다. 요즈음의 자아실현 담론은 단지 외부로부터 주어진 목표를 받아들여 실현해 낼 것을 강조하고 있으나, 이러한 수동적 경험만으로는 에릭슨이 언급한 정체성 형성 과제를 수행하기 어렵다.

에릭슨은 정체성 자체가 사회·역사적 환경과 대결하는 형식으로서만 실현될 수 있다고 설명하였다. 그는 정체성을 뒷받침해 주는 인격적 활력 요소로서 '독창성(Authenticity)'을 언급하였는데, 이는 곧 자신만의 것을 만들어 내고자 하는 주체적 의식으로서 자신의 생각과 신념에 적극적으로 관여하는 태도를 의미한다. 이를 통해 '자신만의 것'을 신뢰하는 정체감이 확고히 구축된 뒤에야 비로소 타인에 대해서도 관용적 태도를 취할 수 있게 된다는 것이 에릭슨의 견해이다.[18]

현대의 청소년 독자들에게 〈용문전〉이 의미 있게 다가설 수 있는 것은 바로 이 지점이라 할 수 있다. 용문의 삶을 끌고 나가는 '천정 운명'은 역설적으로 그의 자유를 강조한다. 지상계에서 가치 있게 평가되는 것들이 인물의 본질이 아님을 명시하고, 인물은 결국 자신의 의지에 따라 환경의 제약을 벗어날 수 있음을 설명해 주는 것이 천상계의 존재이기 때문이다. 운명을 내세운 것은 환경으로부터의 자유를 역설적으로 강조하기 위한 것인바, 개인의 자유를 주장하면서도 실질적으로는 사회적 통념에 긴박된 현대 자아실현 담론과 대조를 이루며 그 모순을 보다 분명히 인식할 수 있게 해 준다.

조선후기 창작된 영웅소설과 현대 청소년 독자의 처지를 곧바로 대응시키는 것은 무리지만, 〈용문전〉에 형상화된 천상계와 지상계의 대립 구도 자체는 오늘날 청소년들의 자아실현 담론을 확장하는 데 여전히 유효하다. 다양한 집단으로 구성되어 있으면서 그에 속한 개인의 삶에 영향을 미치는 지상

---

18 박아청, ibid., pp.128~137 참조.

계는, 가시적이고 친숙하긴 하지만 인물의 참된 존재 가치를 보장해 주지는 못한다. 반면 모든 집단적 압력으로부터 자유로운 개인들의 세계인 천상계는 낯설고 당황스럽긴 하나 인물이 필연적으로 실현해야 할, 그리고 실현해 내게 되어 있는 본연의 정체성을 계속 확인시켜 주고 일깨워 준다. 부모의 기대, 학교와 교사의 암묵적 평가, 사회의 전반적 분위기와는 상관없이 자신이 원하는 진로를 선택하며 누구도 예기치 못한 방법으로 자신의 고유한 가치를 발견해 내려는 노력을 〈용문전〉은 특유의 이원적 세계관을 통해 지지하고 격려해 주는 것이다.

특히 천관도사와 연화도인이 서로 용문을 자기편으로 끌어들이려 하는 대목은 천상계의 의미에 대해 다시 한 번 생각해 볼 수 있는 부분이다. 연화도인은 처음부터 명나라에 호의를 가지고 있었고, 용문을 데려 와 무예를 가르친 것도 명나라를 중심으로 삼고 있는 세계의 질서가 어지럽히지 않게 하기 위해서였지만,[19] 정작 용문이 하산할 때가 되자 "네 직조 일워시니 밧비 나가 공명을 일치 말나"라고 하였을 뿐 특정 국가를 도우라는 지시는 내리지 않는다. 연화도인 자신도 나중에 소대성의 개인적 부탁을 받고서야 비로소 명진에 가담하게 되고 그에 따라 용문도 그쪽으로 불러들이게 될 뿐, 지상계의 국가 질서를 일정한 방향으로 움직여 보려는 시도는 그에게서 찾아볼 수 없다.[20]

---

19 연화도인은 용문을 처음 만난 자리에서 "소딕셩의 두어층이 더후니 만일 북방을 도으면 명국이 위틱ᄒ리로다"(266)라고 판단하고, 소대성과 만났을 때에도 "닉 명국 신희요 겸ᄒ여 딕왕이 친님ᄒ시니 감이 ᄉ양치 못ᄒ"(269)겠다며 승낙하였다. 그러나 이러한 발언만을 근거로, 연화도인이 명나라 수호를 가장 중요하고 우선적인 가치로 삼고 있다고 보기는 어렵다.

20 이명현, op. cit., p.394에서는 연화도인이 명나라의 장래를 걱정하여 용문을 제자로 삼았다고 보았으나, 용문이 하산할 때 명나라로 갈 것을 명하지 않았고 더욱이 그 자신도 소대성의 방문 전에는 명군에 참여할 의사가 없었던 점으로 미루어볼 때 연화도인을 명에 대한 충신으로 평가하기는 어려울 듯하다.

이에 천관도사 또한 용문을 자기 휘하에 둘 수도 있다고 생각하여 호왕으로 하여금 용문을 직접 찾아가게 한다. 연화도인은 소대성에게, 천관도사는 호왕에게 각각 용문의 존재를 알림으로써 선택권은 용문이 쥐게 된다. 천상계와 연관되어 있는 도인들이지만 용문이 그들의 뜻의 실현 여부를 결정할 수 있는 상황인 것이다. 〈용문전〉에서는 본격적인 전투 장면 이상으로 이처럼 양측이 용문을 초빙하는 과정이 서사 전개에서 큰 비중을 차지한다.[21] 이는 천상계가 인물을 일방적으로 좌우하는 힘이 아니라, 개인의 자유로운 판단을 보장하고 지지해 줄 수 있는 근거로서 설정되었다고 볼 수 있는 근거가 된다.

연화도인 자신이 호왕은 물론 천관도사까지도 능가하는 도술 실력을 갖추고 있는 상황에서, 그가 제자인 용문을 명나라로 부른 것을 명에 대한 충심의 표현이라고 보기는 어렵다. 연화도인 스스로 언급하였듯이 명의 국운은 아직 확고하며, 호국과의 전쟁에서 승전할 것도 확실한 상황이기 때문이다. 다만 연화도인은 용문이 자신의 능력을 더 활발히 펼치고 인정받을 수 있는 무대로서 명나라로 올 것을 권할 따름이다.[22] 명나라는 호국에 비해 국력이 크고 국가 체제가 잘 정비되어 있을 뿐 아니라, 호왕에 비해 다소 유약하고 소극적인 천자의 권력을 일부 대신하는 데 있어서도 된 개인의 가능성을 실현하기

---

21 신해진, op. cit., pp.129~130.
22 연화도인은 설영두 편에 보낸 편지에서 "명 텬직 성신문무ᄒᆞ사 텬쉬 머럿넌지라. 호국이 비록 선왕의 원수를 갑고저 ᄒᆞ나 창싱만 히홀 쑨이니 그ᄃᆡ 한무의 수고을 앗기지 아닐진ᄃᆡ 맛당이 사부를 도아 화영인각ᄒᆞ고 명수죽빅ᄒᆞ미 올커ᄂᆞᆯ 엇지 반적을 도아 유취철년ᄒᆞ려 ᄒᆞᄂᆞ뇨."(272)라 훈계하며 용문의 재주를 아깝게 여기는 마음을 나타내었으며, "어두온 ᄃᆡ를 ᄇᆞ리고 붉은 ᄃᆡ로 도라와 싱년의 살히와 명국ᄉᆞ직을 위홀 쑨 ᄋ니라 그ᄃᆡ 일싱을 경계ᄒᆞ미 노부의 말을 헛도이 드러 후일 뉘웃츠미 업게 하라"(273)고 하여 용문이 명나라에 와서 재능을 펼칠 것을 강하게 권고하였다. 또 후일 용문을 대면하였을 때에도 낙향하려는 용문에게 "누부의 십년 교훈을 일조의 져바리고 영웅지직를 초야의 뭇치고져 ᄒᆞ니 ˙직삼ᄒᆞ라"(274)며 용문의 재능을 아까워하는 발언을 하였다.

에 더 적합한 곳이라 할 수 있다. 이점은 스스로 '위공'의 지위에 올라 대군을 지휘하던 연화도인 자신의 상황만 보아도 알 수 있는바, '산림현수와 영웅호걸이 구름 못듯'하는 명 천자의 조정으로 오라고 권하는 설영두의 주장은 이러한 맥락에서 설득력을 가진다.

그러므로 〈용문전〉을 읽을 때 학습자들은 천상계의 존재, 도인들이 구사하는 환상적인 도술의 의미를 충분히 생각해 볼 필요가 있다. 천상계를 인물들에게 일방적으로 영향력을 행사하는 지배 권력으로 보거나, 또는 단순히 흥미를 돋우기 위한 고전소설의 비현실적 서사 관습으로 폄하하는 것은 타당하지 않다. 그보다는, 이와 같은 본원적 세계를 상정함으로써 비판하고자 한 지상계의 현실이 무엇이었는지를 탐색해 볼 필요가 있다. 영웅소설의 운명론은 표면적으로만 수용하면 수동적 세계관으로 해석되고 말지만, 인물을 둘러싼 현실과의 대립 관계에 주목할 경우 개인의 존재 가치와 자아실현에 관한 의미심장한 메시지를 담고 있음을 이해하도록 해야 할 것이다. 예컨대 다음과 같은 활동들을 통해 이를 시도해 볼 수 있다.

(1) 태어난 뒤 명군에 합류하기까지 용문의 행적을 정리해 보자.
  ㉠ 천상계에서 예정된 용문의 운명은 무엇이며, 이는 어떻게 실현되었는가?
  ㉡ 용문은 천정 운명이 실현되는 과정에서 지상계의 누구와 어떤 갈등을 겪는가?
  ㉢ 천상계에서 예정된 용문의 운명과 지상계에서 용문에게 주어진 현실은 서로 어떤 관계인가?
(2) 천정 운명에 따라 지상의 가족과 국가를 떠나서 새로운 삶을 살게 되는 것에 대해 나의 생각을 말해 보자.

    ㉠~㉢의 물음은 이 작품의 서사구조가 천상계와 지상계, 개인 본위의 자아실현 서사와 집단 중심의 이념실현 서사 간 대립 구도로 되어 있음을 단계적으로 이해하게 하기 위한 것이다. 용문의 정체성이 천상계와 지상계로 나뉘어 있다는 점, 천상에서부터 이미 타고난 본연의 능력과 기질에 따라 개인의 자아를 실현하려고는 하지만 지상계 가족과 국가에 대한 의무도 저버릴 수 없는 상황이라는 점을 확인하면서 천상계가 지상계에 대해 비판적 거리를 확보하기 위한 서사세계의 한 축이라는 점을 이해하게 하는 데 활동의 중점이 있다. 이어서 이러한 자아실현의 불가피한 갈등 구조에 대해 학습자의 생각을 말해 보게 함으로써 이 문제를 학습자 자신의 문제로 받아들일 수 있게 한다.

    이와 함께 용문을 둘러싼 다른 인물들의 자아실현 양상에 대해서도 관심을 갖게 할 필요가 있다. 부왕의 원수를 갚기 위해 전쟁을 일으킨 호국 다섯 왕자들의 경우, 가문과 국가라는 지상계 정체성에 충실하였다는 점에서 부친 용훈의 바람을 저버리고 명국으로 건너간 용문과 대조를 이룬다. 애초에 용문은 호국 왕자들의 개전 명분에 공감하여 출전한 것이 아닐뿐더러,[23] 가문이나 국가의 재건보다는 그로부터의 분리를 추구하는 인물로 그려진다.[24] 이러한 용문의 독특한 성격은 호국 왕들과의 대조를 통해 보다 분명히 드러나

---

23 용문은 용천검과 용총마를 얻은 뒤 부모에게 "장뷔 세상의 나미 출장입상ᄒᆞ여 유명만세홀 빗오나 소자는 힘이 밋지 못ᄒᆞ옵더니 여ᄎᆞ여ᄎᆞᄒᆞ여 긔계를 어더ᄉᆞ오니 엇지 안연이 안져 늘그리오 당금의 오국 군왕이 합세ᄒᆞ여 선왕의 위주를 소딕셩을 버혀 텬하를 병탄ᄒᆞ랴 ᄒᆞ오니 소지 호국의 느아가 선봉이 되여 소딕셩을 버혀 텬하를 평정ᄒᆞ오면 부모를 영귀ᄒᆞ고 일홈이 천추의 빗나리니 수년 셔나믈 슬혀 마르소셔"(267)라고하며 자신의 목표가 개인적인 명성을 얻는 데 있음을 밝힌 바 있다.

24 이명현은 〈용문전〉의 결말부가 다른 영웅소설들과는 달리 가문의 복구가 아닌 해체, 파괴를 보여준다는 점에서 특이한 작품이라고 설명하였으며, 이를 집단 내의 공동 가치를 중심으로 활약하는 기존 영웅소설의 한계를 극복하고 주인공의 의지를 전면에 부각한 새로운 작품의 출현으로 평가하였다. 이명현, op. cit., pp.398~401 참조.

므로 독자들은 작품을 읽을 때 이러한 인물 간의 대조에 유의할 필요가 있다. 예컨대 다음과 같은 활동을 생각해 볼 수 있다.

> (1) 다섯 나라 왕들이 추구하는 목표와 용문이 추구하는 목표는 서로 어떻게 다른지 말해 보자.
> ㉠ 다섯 왕들은 왜 명나라를 정벌하려 하는가?
> ㉡ 용문은 왜 명나라와의 싸움에 출전하려 하는가?
> (2) 나는 어느 쪽의 목표에 더 공감하는지 말해 보자.

위의 물음들은 학습자들로 하여금 용문의 독특한 자아실현관을 좀 더 명확히 파악하게 하기 위한 것이다. 호국 왕들이 부왕의 원수를 갚겠다는 가문 중심, 국가 중심의 정체성을 확고히 내세우며 이를 자신의 삶의 목표로 받아들이는 반면 용문은 앞에서도 고찰하였듯이 자신의 능력을 인정받고 유용하게 사용하는 데 관심을 가지고 있다.[25] 독자는 이러한 근본적인 세계관과 자아 인식의 차이가 결국은 호국을 떠나는 선택으로까지 이어지게 됨을 이해할 필요가 있다. 역시 마지막에는 이러한 용문과 호왕들의 차이에 대한 견해를 물음으로써 학습자 자신의 자아실현관을 점검해 보도록 하였다.

물론 학습자들 중에는 호왕들의 선택에 더 공감하는 경우도 있을 것이다. 〈용문전〉의 작품 서사가 꼭 학습자들의 자기 서사와 무난히 일치하리라고 기

---

25 물론 〈용문전〉에는 용문의 자아실현을 이끄는 주체는 용문 자신이 아닌 천명이다. 천명은 천관도사를 통해 용문의 삶을 움직인다. 용문 자신이 출세 의지를 갖기에 앞서, 천명이 그로 하여금 현달할 길을 찾아 가게 만드는 것이다. 이처럼 용문 자신의 자기정체성까지도 넘어서는 천명의 절대성을 강조함으로써, 이 작품은 개인 본위의 자아실현이 당위적이며 필연적인 것임을 효과적으로 드러낸다고 볼 수 있다. 그러므로 '용문이 국가나 가족의 기대에 부응하는 것보다도 자신의 능력 발휘에 관심을 가지고 있다.'는 것은, 처음부터 그러했다는 것이 아니라 서사가 전개되어 감에 따라 그 스스로도 그러한 확신을 갖게 된다는 의미이다.

대하기는 어렵다. 그러나 그런 경우라도 작품은 학습자로 하여금 자신의 자아실현 서사를 보다 객관적으로 점검하고 성찰하게 하는 데 도움을 줄 수 있다. 이미 주체적 자아실현의 방안을 고민 중인 청소년들이라면 용문의 이야기는 그들의 선택을 지지하고 강화하는 계기가 될 수 있을 것이지만, 집단적 환경의 영향권을 벗어나는 자아실현에 대해 부정적 견해를 가지고 있는 학습자들 또한 이 작품을 통해 자신의 진로관이나 자아실현 관점이 내포한 한계를 성찰해 보고, 이와는 다른 관점도 존재함을 생각해 볼 수 있다.

마지막으로, 다른 영웅소설 작품들로 시야를 넓히는 독서 경험의 확장도 필요하다. 천정 운명에 따른 개인의 자아실현을 다룬 영웅소설 작품들은 〈용문전〉 외에도 많다. 인물로 하여금 지상계의 주어진 환경을 벗어나 새로운 삶을 살아가게 하는 계기가 스승이라는 점도 여러 작품에서 두루 발견되는 공통점이다. 예컨대 〈옥루몽〉에서도 강남홍이 나탁을 버리고 명나라로 '투항'하는데, 이 또한 하산할 때 백운도사가 옥통소를 주며 전장에서 양창곡을 다시 만날 것이라는 암시를 주었기 때문이었다.

백운도사는 강남홍이 명나라 소주부의 기녀라는 신분상의 한계를 벗어나 홍혼탈이라는 새로운 정체성을 가지고 명나라 군의 부원수로 살아갈 수 있게 도운 인물이다. 또한 백운도사는 강남홍과 전생에 천상계에 함께 있었던 문수보살의 후신이기도 하다. 이는 〈용문전〉에서 연화도인이 천상계와 연관된 존재로서 용문의 자아실현을 도왔던 것과 유사하다. 연화도인이 용문으로 하여금 명나라로 건너와 무공(武功)을 세우도록 도왔다면, 백운도사는 강남홍으로 하여금 명나라로 돌아가 양창곡과 만나도록 하였다는 점이 다를 뿐이다. 각 인물이 진심으로 원하는 바를 이루게 해준다는 점에서 두 스승은 같은 역할을 하였다.

이러한 작품의 공통점에 주목함으로써 독자는 고전소설에 구현된 운명적 자아실현의 의미를 보다 명료하게 이해할 수 있다. 이를 테면 〈용문전〉과 〈옥루몽〉에서 주인공들이 스승의 편지를 읽거나 그 가르침을 떠올리며 자신의 거취를 결단하는 대목들을 비교하면서 다음과 같은 활동을 해 볼 수 있다.[26]

(1) 두 작품에서 연화도인과 백운도사의 공통점을 찾아보자.
  ㉠ 연화도인과 백운도사는 각각 용문과 강남홍에게 어떤 영향을 미치는가?
  ㉡ 연화도인과 백운도사가 용문과 강남홍에게 기대하는 바는 무엇인가?
  ㉢ 연화도인과 백운도사가 주인공을 대하는 태도는 다른 인물들과 어떻게 다른가?
(2) 지금 나에게 연화도인이나 백운도사가 무엇인가를 권유한다면 어떤 내용일지 상상하여 말해 보자.

위의 질문들은 주인공들의 스승에 초점을 맞춰 두 작품의 공통된 주제의식에 접근하게 하기 위한 질문들이다. ㉠은 스승으로 인해 제자들이 과감하게 현재 속한 집단을 벗어나려는 결단을 내리게 된다는 점에 주목하게 하기 위한 것이다. 이어서 ㉡을 통해 그러한 과감한 결단을 촉구한 근본적 이유를 생각해 볼 수 있게 한다. 즉, 두 인물 모두 제자들로 하여금 그 자신이 가장

---

26 단, 장편인 〈옥루몽〉의 경우 강남홍과 연화도인의 관계는 전체 서사의 일부에 지나지 않으므로 학습자들에게 먼저 작품 전체의 서사구조와 줄거리를 충분히 인지하게 하는 사전학습이 필요하다. 강남홍과 양창곡의 만남과 헤어짐은 거시적으로 어떻게 전개되며 이것이 작품 전체의 서사 전개에서 어떤 역할을 하는지를 먼저 이해해야만, 강남홍이 연화도인의 도움을 받아 양창곡과 다시 만나는 이 대목이 왜 중요하며 두 인물의 자아실현 과정에 어떤 영향을 미치는지를 학습자들이 충실히 파악할 수 있기 때문이다.

열망하는 바를 성취할 수 있도록 하기 위해 다소 무리한 선택을 권하고 있으며, 이는 제자들을 특정 집단의 일원이 아닌 개인적 주체로 여기기 때문이라는 점을 이해하게 하는 것이 ⓛ의 의도다. 마지막으로 ⓒ은 그와 같은 독특한 시각이 지상계가 아닌 천상계에 근거를 둔 것이라는 점, 두 스승은 천상계와 연관된 존재로서 지상계의 질서를 상대화할 수 있는 더 넓은 시야를 확보하고 있으며 이로 인해 제자들 또한 지상계 소속 집단에 구애됨 없이 자신의 가치를 찾아 나서게 된다는 점을 이해하게 하기 위한 물음이다.[27]

이 단계에서는 스승의 존재를 상징적으로 해석해 보게 하는 심화 활동도 가능하다. 작품에 등장하는 도인 형상의 핵심은 주인공의 잠재력을 젠더나 국적 등 현실 여건에 구애됨 없이 객관적으로 평가하고 지지해 줄 수 있는 초월적 안목이므로, 이는 결국 인물 자신의 성숙한 자아의식을 초월적 형상으로 구현한 것이라는 추론이 가능하다. 이어서 '나에게 연화도인이나 백운도사가 해 줄 수 있는 말'을 상상해 보게 함으로써, 학습자 스스로 자신의 자아 인식을 작품에 비추어 점검해 보는 활동을 해 볼 수 있다.

이상과 같은 물음에 답함으로써 학습자는 두 작품에 공통적으로 나타나는 '천상계 주도의 운명 서사'가 기실 개인의 자유로운 자아실현을 지지하고 담

---

27 반면 천상계의 섭리에 밝은 스승이 제자의 자아실현에 큰 영향을 미치되 제자 자신의 의지에 앞서서 모든 상황을 주도해 나가는 작품도 존재한다. 예컨대 〈사각전〉에서 주인공은 사각 자신은 부모의 뜻에 순종하며 국가에 충성하는 전형적인 충효형 인물인데, 그 재능을 알아본 청운도사가 자기 뜻대로 사각에게 문무를 가르치고 사각을 전쟁터로 내보내 공을 세우게 한다. 이 경우에는 주인공과 부모 사이에서 갈등이 일어나는 것이 아니라, 스승과 부모 사이에서 주인공의 거취를 두고 갈등이 벌어진다. 즉 청운도사는 사각을 보내고 싶어 하지 않는 부모에게 '어찌 천의(天意)를 거역하느냐'고 비난하고, 이에 사각의 부모가 마지못해 사각을 보내며, 사각 자신은 서운해 하면서도 스승을 따라 나서는 것이다. 이후로도 청운도사는 사각에게 언제 어디로 가서 무엇을 해야 할지도 일일이 일러주며 필요한 자원들도 모두 제공해 준다. 〈사각전〉은 지상계 부모와 대립되는 천상계 스승의 역할이 과도하게 확장된 경우로서 조금 특이한 경우라 할 수 있으나, 주인공의 능력을 객관적으로 평가하고 그 자아실현 범주를 확장시켜 주는 스승의 본질적 역할은 〈용문전〉 등과 같으므로 견주어 읽기 자료로서 활용해 볼 만하다.

보하여 주기 위한 장치라는 점을 보다 명료하게 이해할 수 있다. 이러한 활동을 반복하여 수행함으로써 학습자는 영웅소설에 흔히 등장하는 도술 수련 모티브와 이를 중심으로 구축되는 사제 관계를 보다 심층적 차원에서 이해하는 관점을 형성할 수 있을 것으로 기대된다.

4. 결론

이상에서 살펴본 것과 같이, 〈용문전〉은 천상계에 근거를 둔 운명적 서사 전개를 통해 개인의 능력과 소질을 본위로 한 인물의 자아실현 과정을 보여주는 작품이다. 자신이 속한 가문 및 국가와 심각한 갈등을 감내해 가면서까지 본원적 자아를 실현해 나가는 용문의 모습을 통해 독자는 자아실현의 심층적 의미를 탐구할 수 있다. 특히 진로를 모색하는 시기의 청소년기 독자들에게 〈용문전〉은 환경과의 갈등이라는 당면 문제를 어떻게 인식하고 대응해 나갈 것인지에 대해 중요한 시사점을 제공하는 작품이라 할 수 있다.

앞에서도 언급했듯이, 현대의 자아실현 담론은 개인의 가능성을 강조하면서도 실상은 특정 사회 내에서 좋은 평가를 받는 직업이나 사회·경제적 지위를 중심으로, 이에 도달하기 위한 개인의 노력과 자기 통제를 촉구하는 경향을 띤다. 이는 환경과 맞서며 새로운 가능성을 발굴해 나가게 마련인 자아실현 본연의 의미와 상치되는바, 반성적 성찰이 필요한 지점이라 할 수 있다. 외형적인 직업이나 지위보다는 보다 보편적이고 본질적인 가치를 진로 탐색의 지표로 삼고, 그 근거인 개인의 자유와 주체성에 보다 분명한 가치를 부여할 필요가 있는 것이다.

가문과 국가의 재건이 아닌, 그러한 환경적 요인들의 탈피 과정을 보여주는 〈용문전〉의 자아실현 서사는 이러한 맥락에서 의미가 깊다. 가족과의 갈등, 익숙한 환경을 벗어남으로 인해 파생되는 개인의 내적 갈등을 진지하게 다루었을 뿐 아니라 그러한 갈등 해결의 근거로서 개인의 독자적 존재 가치를 확고히 지지해 주는 천상계를 설정해 두고 있기 때문이다. 천상계와 지상계의 대립을 통해 자아실현 과정에서 발생하게 마련인 환경과 개인의 갈등을 보다 분명히 인식할 수 있게 해 준다는 점에서 이 작품은 청소년기 독자들이 주목할 만한 작품이라 할 수 있다.

이제까지 중고등학교의 고전소설 교육은 한국 문학사 교육의 일환으로 이루어지는 경우가 많았다. 문학사적 맥락에서 소설 양식과 주제의 변화를 탐색하고, 작품에 담긴 과거 특정 시기의 삶의 모습을 확인하기 위한 자료로서 고전소설은 현대소설과는 다른 특수한 것으로 자리 매김되곤 하였다. 이는 계속해서 중요하게 다루어야 할 고전소설의 고유한 교육적 가치이지만, 앞으로는 고전소설의 현재적 의미를 구명하고 이를 교육적으로 실현하려는 좀 더 적극적인 노력도 필요하리라고 본다. 〈용문전〉을 비롯한 영웅소설 작품군에 담긴 자아실현 서사의 함의를 청소년 독자의 관점에서 해석하려는 시도는 그러한 노력의 출발점으로서 의미를 가진다.

삼언소설 속 간신의 형상에 관한 고찰

천대진

I. 들어가며

역사적으로 '간신(奸臣)'은 한 나라의 권력을 틀어잡고 전횡을 일삼아서 종국에는 망국의 길로 이끈 경우가 적지 않았기에 역대 왕조 중에는 간신의 기록을 정사에 남겨서 이를 경계하고자 한 경우도 있었다. ≪송사(宋史)≫·〈간신전(奸臣傳)〉에는 송의 국력을 약화시키고 송이 결국 원에게 패망하기까지 그 핵심에 있었던 간신 22명이 따로 분류되어 있는데, 채학(蔡确)·오처후(吳處厚)·형서(邢恕)·여혜경(呂惠卿)·장돈(章敦)·증포(曾布)·안돈(安敦)·채경(蔡京)·채변(蔡卞)·채유(蔡攸)·채소(蔡儵)·채숭(蔡崇)·조량사(趙良嗣)·장각(張覺)·곽약사(郭藥師)·황잠선(黃潛善)·왕백언(汪伯彦)·진회(秦檜)·만사설(萬俟卨)·한탁주

(韓侂胄) · 정대전(丁大全) · 가사도(賈似道)가 바로 그들이다.

본고는 이 22명의 인물들 중에서 풍몽룡이 집록한 명대 단편소설집 '삼언' 속 작품의 주인공으로 등장하는 간신 진회와 가사도가 소설 속 인물로 탄생하게 된 서사과정을 고찰하고자 하며, 두 간신을 소설 속 주인공으로 삼은 풍몽룡의 지향점은 무엇인지에 대해서도 살펴보고자 한다.

이를 위해 ≪송사≫ · 〈간신전〉에 분류되어 있는 〈진회전〉과 〈가사도전〉에 대한 역사 기록, 명대 단편소설인 〈목면암정호신보원〉(유22)과 〈유풍도호모적음시〉(유32), 진회와 가사도에 대한 다양한 필기류의 기록들을 텍스트로 삼아, 정사와 필기류 속에 산재해 있던 다양한 기록들이 하나의 완정한 단편소설로 탄생하기까지의 서사 과정을 고찰함으로써 명대 단편백화소설의 탄생과정에 대한 이해를 재고하고자 한다.

II. 정사와 소설의 비교

1. 가사도

가사도에 대한 역사적 평가는 그간 남송을 망하게 한 천하의 간신으로 여겨져 왔으나 남송의 시대적 상황과 당시 지배계층의 구조, 그리고 공전법(公田法) 등을 시행한 그의 정치적 결단, 황제와 태후의 두터운 신임 등을 고려해 볼 때, 과연 가사도가 열전에 기록된 것과 같은 희대의 간신이었는지에 대해서는 비록 소수에 머무르고 있으나 회의적인 시각을 제기하는 연구도 있다.[1] 따라서 이에 대해서는 보다 면밀한 역사적 고증과 논의가 필요한 것으로 보인다.

---

1 王逑堯〈歷史的天孔 － 略論賈似道及其與劉克莊的關係〉蘭州學刊 2004年 第3期
   上海 2004의 p.237 참조, 何忠禮〈實事求是是正確評價歷史人物的關鍵〉探索與爭鳴
   上海 2004의 p.17 참조.

≪송사≫·〈가사도전〉은 가사도의 출생에서 사망에 이르는 일대기가 담겨 있다. 열전의 내용은 가사도가 입신하여 관직에 머물렀던 시기와 원과의 전쟁에서 패하고 실권하여 결국 목숨을 잃게 되는 시기에 집중되어 있다. 반면에 그의 출생과 어린 시절의 성장과정, 그리고 가족사와 학문적 성취와 같은 내용은 비교적 간략하다. 비교대상인 소설의 내용이 가사도의 일대기를 모두 담고 있는 점을 감안하여 ≪송사≫·〈가사도전〉의 전체 내용을 요약해보면 다음과 같다.

- 가사도는 자가 사헌(師憲), 태주(台州)사람이며, 제치사 가섭(賈涉)의 아들이다.
- 어려서부터 실의하여 방탕하였고, 놀고 싸움질을 일삼았으며 행실에 크게 신경 쓰지 않았다.
- 귀비인 누이의 도움으로 태상승·군기감으로 발탁되었다.
- 이후 조정에서 다음과 같은 관직을 두루 거쳤다 : 태상승·군기감 → 예주로 부임 → 호광총령(순우 원년) → 호부시랑을 겸함(순우 3년) → 연강제치부사와 강주 겸 강서로안무사를 맡음(순우 5년) → 경호제치사 겸 강릉부로 옮겨감 → 보문각학사와 경호안무제치대사를 지냄(순우 9년) → 추밀원사와 임해군개국공을 겸함(보우 2년) → 참지정사를 겸함(보우 4년)→ 추밀원사를 겸함(보우 5년)→ 양회선무대사로 부임(보우 6년)
- 원(元) 헌종 때 원군이 공격해 오자, 우승상으로 발탁된 가사도는 군을 이끌고 나가서 원과 대적하다가 원과 화친을 맺는 역할을 하였다.
- 오잠과 그의 당파사람들을 거의 폄적시켰으나, 고달만은 이종 황제의 반대로 뜻대로 되지 않았다.
- 가사도는 공전법을 시행하였으나 지주들의 반대가 많았다.
- 권력의 실세가 되어 모든 조정의 일은 가사도를 거치게 되었다.
- 도종 황제 때, 자신의 뜻대로 하지 않았다는 사소한 이유로 귀비의 아버지를 파직시키고 귀비를 비구니로 만들어 버린 사건이 있었다.

- 양양을 둘러싼 전쟁 때 매번 출정을 청하는 척하면서 다른 대신들로 하여금 궁에 남아 있도록 뒤에서 조정하였고, 전세가 위태로워졌을 때에는 그간 자신을 출정시키지 않은 것에 대해 도종 황제를 질책하였다.
- 어머니 호씨(胡氏)가 사망하자, 황제가 대신들에게 명을 내려 극진한 예를 다하게 하였다.
- 도종이 죽자 전쟁이 크게 났고, 가사도는 송의 정예병을 이끌고 출정하여 원과 맞서 싸우나 노항에서 대패하고 양주로 들어갔다.
- 조정에서는 가사도의 죄를 물어야 한다는 상소가 이어졌고 심지어 그를 참해야 한다고 주장하자, 사태후가 고주의 단련사로 좌천시키고 순주에 안치하도록 조서를 내렸다.
- 정호신의 호송 하에 고주로 가던 도중 장주 목면암에서 가사도는 정호신에 의해 죽임을 당하였다.[2]

열전의 내용은 출생에서 승상의 지위에 오르기까지의 과정, 승상이 되어 조정의 실권을 쥐고 국정을 전횡하는 과정, '노항상사(魯港喪師)[3]'로 실권하고 결국 폄적되어 가다가 죽임을 당하는 과정의 세 부분으로 나누어 볼 수 있다. 이 중에서도 승상이 되어 조정에서 국정을 좌지우지하는 과정에 대한 내용이 다른 두 부분에 비해 많은 비중을 차지하고 있고, 가사도의 악행을 폭로하고 부각시키는 작용을 하고 있다. 반면에 나머지 두 부분은 비교적 간략한 내용만을 전한다.

그러면 ≪송사≫·〈가사도전〉과 달리 〈목면암정호신보원〉(유22)은 역사기록과 어떤 차이를 보이는지 살펴보기 위해서 소설의 줄거리를 요약하면 다음

---

2   ≪宋史≫ 卷474 ≪奸臣傳≫ 列傳333 〈賈似道〉 참조.
3   송 공종 덕우 원년(1275)에 원의 군대가 송을 대거 공격하였을 때, 당시 재상을 맡았던 가사도는 군을 이끌고 노항에서 원군과 결전을 벌이나 이 전투에서 송의 주력이 완전히 와해될 정도로 패하게 되는데, 이를 역사에서는 '노항상사'라고 칭한다.

과 같다.

- 남송 영종 황제 가정 연간에 절강성 태주에 가섭이라는 관리가 임안부에 부임하러 가는 길에 어느 민가에 들렀다가 호씨라는 여인을 만나 첩으로 맞이하고 아들 가사도를 낳았다.
- 정부인인 당씨(唐氏)의 시기와 질투로 호씨는 결국 아이와 생이별을 한 후 어느 석공에게 시집가게 되고, 아들 가사도는 백부에게 맡겨져서 고향 태주에서 자라게 되었다.
- 가사도가 청년이 되었을 때 아버지 가섭과 백부가 일찍 세상을 뜨자, 가진 재산을 모두 탕진하고 궁으로 들어간 누이를 만날 기대감으로 임안으로 갔다.
- 임안에서 궁색한 생활을 하던 가사도는 부친과 친분이 있었던 유팔태위를 만나서 그의 도움으로 귀비가 된 누이를 만났고, 황제의 배려로 많은 재산을 하사받았다.
- 귀비의 후광을 입은 가사도는 연일 주색에 빠져 방탕한 생활을 이어가다가 양회제치대사로 봉해져서 회양 일대를 다스리게 되었고, 이때 어릴 적 헤어졌던 어머니 호씨를 다시 모셔 와서 효도를 다한다.
- 이후 다시 조정으로 돌아온 가사도는 재상 오잠을 모함하여 파직시키고 자신이 재상이 되면서 조정에서 표독스러움을 드러냈다.
- 원과의 전투에서는 적을 돈으로 매수하여 돌아가게 하고는 공을 세운 것처럼 자신을 과장하는 등 온갖 거짓과 권력남용을 일삼았다.
- 원의 세력이 커져서 남송을 침공하고 원과의 전쟁이 불가피하던 시기가 되자, 가사도는 도독제로군마로 임명되어 노항에서 원의 군대와 맞섰으나 송의 주력군을 대부분 잃으면서 완전 참패하고 말았다.
- 조정에서는 가사도의 죄를 물어서 귀양을 보내게 되었는데, 이때 호송관으로 나선 인물이 가사도에 의해 억울하게 죽은 정룡의 아들 정호신이었다.
- 정호신은 가사도를 귀양지까지 호송하는 과정에서 갖은 핍박을 가하다

가 결국 목면암에서 가사도와 두 아들을 몽둥이로 때려 죽여서 국가와
자신의 가문의 원수를 갚았다.[4]

가사도에 대한 소설의 기술태도 또한 열전과 마찬가지로 부정적이나, 둘
사이에는 크게 두 가지 측면에서 뚜렷한 차이를 보인다. 첫째, 소설은 열전에
는 나오지 않으나 이야기의 전개상 시간 공백이 큰 부분에 대해서도 비교적
상세하고도 고른 극적 전개를 포함하고 있다. 즉, 소설은 상대적으로 입신
이후에 조정의 국정을 좌지우지하며 갖은 악행을 일삼는 내용에 집중되어 있
는 열전과는 달리 출생에 대한 비화와 마지막에 처참하게 죽음에 이르는 과
정을 상당부분 증편함으로써 소설이 갖춰야할 구성상의 짜임새가 한층 보완
되었다. 둘째, 소설에서 작가는 가사도의 부정적 이미지를 부각시키기 위해
여러 가지 각색의 장치를 활용하고 있다. 단, 여기서 말하는 각색이란 소설에
는 나오지만 열전에는 나오지 않는 내용에 대한 차이에 한정하며, 이를 시간
순으로 나열해 보면 다음과 같이 같다.

표 1)

전개의 내용	《송사》·〈가사도전〉	〈목면암정호신보원〉(유22)
출생과 성장과정	• 태주 사람.	• 가섭의 임지인 만년현에서 출생.
	• 가섭의 관직을 물려받음.	• 가섭의 사망 이후 방탕한 생활을 함.
가족관계	• 가섭은 관직에 대한 기록만 나옴.	• 부친이 관직을 옮겨 다닌 과정과 첩실 호씨를 만나 가사도를 낳게 되는 과정 이 상세함.
	• 모친 호씨에 대해서는 죽은 날 장사지 내는 과정에서만 출현.	• 모친 호씨가 가사도를 낳게 되는 과정 과 이별 후 가사도가 입신하여 다시 모셔오는 과정 등의 기록이 상세함.

4　馮夢龍 《喻世明言》 北京 人民文學出版社 1991의 제22편 〈木綿菴鄭虎臣報冤〉 참조.

전개의 내용	≪송사≫·〈가사도전〉	〈목면암정호신보원〉(유22)
	• 누이는 이종의 총애를 받아 귀비가 되었고, 가사도가 출세하는 데 일조 였다는 짧은 언급만 있음.	• 누이를 만나는 과정과 만난 이후의 일련의 과정이 한층 상세함.
서호에서 주연을 벌인 일	• 이종이 사람을 시켜서 잘못을 지적하는 훈계를 내림.	• 이종이 귀비를 시켜 상을 내려서 주연의 흥을 돋워줌.
오잠을 폄적시킨 사건	• 오잠에 대한 상소를 올려 탄핵하고 순주로 폄적시킴.	• 유언비어를 퍼트리고 이종에게 참하자, 이종이 바로 귀양을 보냄.
패전 후 가사도에 대한 상소 과정	• 진의중의 상소 → 사태후가 거절 → 가사도에 의해 폄적된 관리들이 원적에 회복되고, 고사득·왕약·왕응린 등 수많은 대신들이 잇따라 상소를 올림 → 순주로 폄적시키기로 결정.	• 진이중의 상소 → 어사들이 상소에 동참함 → 공종이 바로 죄를 물음.
귀양길과 죽음	• 귀양 가는 과정의 묘사가 간단함.	• 귀양 가는 과정과 정호신이 가사도를 핍박하고 죽이는 과정이 상세함.
	• '오잠'의 글이 나옴.	• '오잠'의 글은 안 나옴.
	• 역모죄를 언급함.	• 역모에 대한 언급 없음.

상기 표 1)과 같이 열전과 달리 소설이 이야기의 전개상 시간 공백이 큰 부분을 가상으로 더하여 각색한 부분으로는 '가사도의 출생과 성장과정', '귀양길과 죽음'의 두 부분이 주목할 만하다.

첫째로 가사도의 출생과 성장과정에 대해 ≪송사≫·〈가사도전〉의 내용은 다음과 같이 간략하다.

　　가사도는 자가 사헌이고 태주 사람이며, 제치사 가섭의 아들이다.[5]

5　≪宋史≫ 卷474 ≪奸臣傳≫ 列傳333 〈賈似道〉에 나오는 원문은 다음과 같다 : 賈似道字師憲, 台州人, 制置使涉之子也。

여기서 말하는 '태주인'이란 가사도가 태주 태생임을 말하고 있으나, 소설 〈목면암정호신보원〉(유22)에서는 가사도의 부친 가섭이 첩 호씨를 얻어 가사도를 낳은 출생지가 '태주'가 아닌 '만년현'으로 되어 있다. 소설 속에서 말하는 가사도의 출생과정을 따라가 보면 다음과 같다.

> 절강성 태주에서 임안부로 부임해서 가는 길에 전당의 봉구리에서 호씨를 만나고 첩으로 삼음 → 임안부에서 반년 간 호씨와 같이 지냄 → 구강에 있는 만년현의 보좌관으로 뽑혀서 정부인 당씨와 첩 호씨와 함께 임지로 떠남 → 임지에서 가사도를 낳음 → 정부인 당씨에게 박해를 받을 것을 걱정하여 친형 가유에게 부탁하여 가사도를 고향 태주에서 키워주기를 부탁함.[6]

즉, 소설에서는 가사도의 부친 가섭이 태주 출신의 관리였고 부임지인 만년현에서 가사도를 낳은 것으로 말하고 있고, 정사에서 결여된 가족사에 대한 이야기가 구체적이고 짜임새 있다. 그리고 가사도의 성장과정에 대해서도 열전은 '어려서부터 실의하여 방탕하였고 놀고 싸움질을 일삼았으며, 행실에 크게 신경 쓰지 않았다.'는 평가로 아주 대략적인 정보만을 제시하고 있다.[7] 그러나 소설 속 가사도는 부친 가섭과 백부 가유가 모두 일찍 죽자 4·5년 만에 남은 가산을 모두 탕진하고, 궁에 있는 누이에게 의탁해 볼 생각으로 임안으로 유랑을 떠나는 것으로 나온다. 단지 인물됨과 품행만을 간략하게 언급한 열전과는 달리 소설은 그가 어릴 때부터 총명하기는 하였으나 방탕한 생활을 하면서 학문에 매진하기는커녕, 자신이 가진 인맥과 운에만 의지하는 졸속한 인물로 묘사하고 있는 것이다.

6　馮夢龍 ≪喩世明言≫ 北京 人民文學出版社 1991의 제22편 〈木綿菴鄭虎臣報寃〉 참조.
7　≪宋史≫ 卷474 ≪奸臣傳≫ 列傳333 〈賈似道〉에 나오는 원문은 다음과 같다 : 少落魄, 爲游博, 不事操行.

둘째, 가사도의 귀양길과 죽음에 이르는 과정에 관해 열전에서는 호송관 정호신(鄭虎臣)이 순주까지 가사도를 호송하면서 항주를 거쳐 장주 목면암에 이르게 되자 가사도에게 자살하라고 핍박하였지만, 가사도가 말을 듣지 않자 직접 가사도를 죽였다는 것으로 내용이 간략하다.[8] 그러나 소설에서는 정호 신이 출발지부터 목면암에 이르기까지 갖은 핍박을 가하는 장면이 묘사되어 있으며, 그 외에도 호송 도중에 엽이라는 인물을 만나는 장면, 장주태수를 만나는 장면, 그리고 목면암에 도착해서 독을 삼기고 쉽게 빨리 죽으려는 가 사도에게 정호신이 호되게 매질을 가하는 장면에 이르기까지 그 핍박의 장면 이 생동감 있다. 그리고 결국에는 정호신이 가사도와 그의 아들 둘을 몽둥이 로 때려죽이는 장면에서 이야기는 절정으로 치닫는다. 이외에도 가사도가 폄 적시킨 오잠이 남으로 귀양 가면서 쓴 글은 다른 인물로 변형하고, 가사도가 역모에 가담한 사실을 소설에서는 차용하지 않은 차이는 있으나, 가사도의 귀양길과 죽음에 대한 내용은 도입부의 성장과정과 마찬가지로 작가의 상당 한 상상력을 통한 분량의 확장이 있었음을 알 수 있다.

위의 두 가지 이외에도 가사도의 가족관계, 서호에서 주연을 벌인 일, 오잠 을 폄적시키는 과정, 패전 후 가사도에 대한 대신들의 상소 과정 등도 가사도 의 부정적 이미지를 부각시키는 장치로 활용되었다.

---

8   호송관 '정호신'이라는 인물은 열전에서 가사도와 어떠한 원한관계가 드러나지 않은 인물이고, 단지 가사도를 순주까지 호송하기로 나선 인물로만 나와 있다. 그러나 실제로 정호신의 아버지 정훈은 남송 이종 시절에 월주통지를 지낸 인물이고, 가사도에게 모함을 당하여 귀양을 가서 죽었다는 역사 기록이 있다. 따라서 정호신은 가사도와 원한관계에 있었기 때문에 그 누구도 나서기 꺼려하는 호송관을 자진해서 맡아 나선 것이다. 소설은 이와 달리 정호신의 아버지 정훈(鄭塤)을 정륭(鄭隆)으로 개명하여 등장시키고 있고, 가사도가 정륭을 묵형에 처하여 죽게 한 것으로 각색되어 있다. 따라서 열전에는 드러나 있지 않은 정호신과 가사도의 원한관계가 소설에서는 표면화되어 있는 차이가 있다.

2. 진회

가사도에 대한 역사적 평가가 일부 재고의 여지가 있는 것으로도 나타나는 것에 반해, 진회의 경우에는 정사·소설·필기류 등의 모든 문헌에서 그의 인물됨은 부정적으로 관철되어 있다. 소설 속 인물로 탄생한 진회의 면모를 살펴보기 위해 먼저 정사의 기록을 요약형으로 살펴보면 다음과 같다.

- 진회는 자가 회지(會之)이고 강녕(江寧) 사람이다. 정화 5년에 진사에 급제하였고 밀주교수로 충원되었으며, 이어서 사학 겸 무과에 붙어서 태학학정을 맡았다.
- 금(金)이 남하할 당시에 삼진을 떼어줌으로써 휴전할 것을 협상하기 위해 예부시랑으로 가장하여 숙왕을 보좌해서 금으로 갔고, 성사되어 돌아온 후에 전중시어사로 천거되었다.
- 금이 변경을 함락하고 두 황제가 끌려갈 때 진회 또한 금의 군영으로 끌려갔다. 금에 있을 때 금의 군주 오걸매가 그의 아우인 달라에게 보내서 종군하게 했는데, 이때 군영을 탈출해서 남송의 행재로 돌아왔고, 예부상서에 제수되었다.
- '만약 천하가 무사하기를 원한다면 남쪽은 남쪽대로 북쪽은 북쪽대로 있어야 한다.'는 글을 고종에게 올려서 신임을 얻게 되었고, 이후 관직이 계속 높아졌다.
- 이후 관직의 추이는 다음과 같다 : 소흥 원년 2월에 참지정사에 제수됨. → 8월에 우부사와 동중서문하평장사 겸 지추밀원사로 임명됨 → 소흥 2년 8월에 재상을 그만두고 관문전학사이자 거강주태평관에 제수됨. → 소흥 5년에 금의 황제가 죽고 달라가 정권을 잡아서 화의가 이루어지자, 2월에 다시 자정전학사로 복직됨. → 얼마 후 예천관사 겸 시독에 제수되고, 행궁유수에 충원됨. → 6월에 관문전학사와 지온주에 제수되고, 소흥 6년 7월에 지소흥부로 직책을 옮김. → 소흥 8년 3월 우부사와 동중서문하평장사 겸 추밀사로 임명됨. → 소흥 10년 이후로 18년간 재

상을 맡음.

- 조정이 실각하고 떠나자 진회는 단독으로 국정을 전담하여 금과의 화의를 추진해 나갔다.
- 전중시어사 장계는 상소를 올려서 조정을 남게 할 것을 간청하고 화의가 잘못된 것임을 말해서 진회를 거슬렸고, 왕서 또한 화의는 옳지 않다고 일곱 차례나 상소를 올렸다. 이후 추밀원 편수관호전, 교서랑 허흔, 추밀원편수관 조옹, 사훈원외랑 주송, 관직 호왕정, 장확, 능경하, 상명, 범여규, 권리부상서 장도, 이부시랑 안돈복, 위석공, 호부시랑 이미손, 양여가, 급사중 누화소, 중서사인 소부, 공부시랑 소진, 기거사인 설휘언 등이 연이어 금과의 화의가 잘못되었고 진희를 책망하는 입장을 견지하였다.
- 소흥 10년에 금이 침략해 들어와서 동경·남경·서경·영흥군를 함락하여 하남의 모든 군들이 연이어 함락되었고, 화의를 주장하던 진회의 입지는 더욱 공고해져서 이후 18년간 재상자리를 차지하게 되었다.
- 장준·왕승·악비·한세충이 각지에서 승리하였으나, 진회는 힘써 군대를 철수시켰다. 9월에 악비를 행재로 돌아오게 하고, 양기중은 진강으로, 유광세는 지주로, 유기는 태평주로 돌아오도록 조서를 내렸다. 소흥 10년 12월에 악비가 진회에게 독살 당하였다.
- 소흥 12년부터 소흥 25년까지 재상으로 장기 집권하면서 수많은 인물들이 진회에 의해 박해와 배척을 당하였는데, 주요인물은 다음과 같다.
  - 소흥 12년 호전이 신주로 폄적됨. 증개와 이미손이 모두 파직 당함.
  - 소흥 13년 홍호가 직한원에서 쫓겨남.
  - 호순척이 조정을 조롱한 죄로 옥에 갇혀 죽고, 장구성은 근거 없는 말을 떠벌렸다하여 폄적 당했으며, 승종고은 변방으로 쫓겨 감.
  - 장소는 모함을 당해서 외사로 배척당함.
  - 14년에 황구년이 진회와 논쟁을 벌여서 폄적 당함.
  - 태학생 장백린은 자신이 쓴 글 때문에 유배당함.
  - 해잠이 남안으로 가서 죽고, 신영종이 조경에 안치되었다가 죽음.

- 이부상서 오표신이 진회와 의견이 다르다하여 파직 당함.
- 소흥 17년 8월에 조정이 길양군에서 죽자, 조정과 연고가 있는 관리도 모두 죄명을 꾸며댔고, 그의 죽음에 탄식만 한 사람이라도 죄를 씌웠으며, 여신호의 아들 여척을 등주로 쫓아냄.
- 소흥 18년 이현충이 중원을 회복할 계책을 올리자 군직을 파해서 궁사의 직책으로 옮기게 함.
- 소흥 20년 정월에 전사소교 시전이 진회를 암살하려다 실패하자 시장에서 사지가 찢어지는 형벌을 받고 죽음.
- 이광의 아들 이맹이 부친이 쓴 야사를 보다가 고발당해서 협주에 발령나고, 조정 인사 중에 연좌된 자 8인은 모두 파직되고 관등도 낮아짐.
- 소흥 22년 조정을 비난하였다하여 왕서의 두 아들인 왕지기·왕지순과 엽삼성·양위·원민구에 대한 네 번의 큰 옥사가 일어남.
- 소흥 23년 진사 황우룡이 조정을 비방하여 묵형을 당하고 영남으로 보내졌고, 내시 배영이 조정을 지탄한 것 때문에 경주로 보내짐.
- 소흥 24년 양거는 동생 양위가 연루되어 죽은 일 때문에 옹주로 보내짐.
- 하태는 그의 스승 마신에 연루되어 영주로 보내짐.
- 6월에 왕순우는 전에 진회의 족당에 대해 죄를 물은 적이 있어서 등주에 안치되었고, 8월에 이광을 변론하다가 진주로 보내짐.
- 조정을 비방한 적이 있다는 이유 때문에 정왕기는 용주로, 가자전은 덕경부로 폄적됨.
- 방주는 호전과 서신을 교환한 것 때문에 영주로 쫓겨남.
- 12월에 위안행과 홍흥조는 정왕우의 ≪논어해≫를 널리 유포한 일 때문에 위안행은 흠주로 보내졌고, 홍흥조는 소주로 보내짐.
- 정위는 황제께 무례하고 예의가 없다는 죄목으로 축출 당함.
- 소흥 25년 2월에 침장경이 전에 이광과 함께 화의를 비아냥거린 것 때문에 고발당해서 화주로 보내지고, 예엽는 무강군으로 보내짐.

- 소흥 25년 진회가 병이 들어 향년 66세로 사망하였고, 사후에 황제가 신왕의 작위를 하사하였으며, 시호는 '충헌'이었다.
- 진회는 장기간 집권을 위한 수단을 만들어서 자신에게 부합하는 자는 승진시키고 그렇지 않은 자는 10년이 지나도록 승진이 없게 하였으며, 재상이 되어 죽기까지 집정을 28명이나 바꾸었다.

 이상과 같이 진회의 열전은 그의 출신지에 대한 언급을 제외하면 모두 관직에 오른 이후의 행적에 집중되어 있다. 그리고 그의 관직생활은 소흥 10년에 두 번째로 재상이 되는 시점을 기준으로 전기와 후기로 양분할 수 있다. 전기는 조정에서 자신의 입지를 공고히 하기 위해 금과의 화의를 적극적으로 추진함으로써 고종의 신임을 얻는 시기이며, 후기는 재상으로 장기 집권하면서 조정을 전횡하던 시기다. 진회의 열전은 그야말로 간신의 이미지가 전형적으로 잘 나타나 있다.
 그럼 소설은 진회의 일대기 중 어디부터 어디까지를 이야기로 구성하였는지 그 내용을 요약하면 다음과 같다.

- 송조의 첫째가는 간신으로 말하자면 성이 진, 이름이 회, 자가 회지로 강녕 사람이다. 그는 태어날 때부터 특이한 외모를 가졌는데, 발등에 발가락이 이어져 있었고 그 길이가 1척 4촌이었다. 태학에 다닐 시기에는 모두 그를 '긴 발을 가진 수재'라고 불렀고, 후에 과거에 급제 하였다.
- 정강 연간에는 관직이 어사중승에 이르렀는데, 이 시기는 금나라 군대가 변량을 함락시켜서 휘종과 흠종 황제가 모두 북쪽으로 잡혀갔을 때였다. 진회 또한 포로의 무리 속에 있었는데 금의 우두머리 중 한 명인 달라낭군과 잘 아는 사이여서 그에게 금의 첩자가 되겠다고 맹세하고 임안행재로 돌아왔다.
- 고종 황제가 진회에게 정견을 묻자, 금이 강성하니 화친하여 남북을 경

계로 삼으며 모든 장수의 병권을 박탈해야한다고 간하였다.

- 고종은 진회를 신임하며 상서부사로 임명하였고, 얼마 후 좌승상이 되었다.
- 진회는 화친을 주관하면서 조정·장준·호전·안돈복 등의 반대하는 무리들을 모두 폄적시켜서 내쫓았다.
- 악비가 변방에서 금을 상대로 승전하자, 김올술이 진회에게 밀서를 보내서 악비를 죽여야 화친이 성사될 것이라고 종용하였다.
- 진회는 악비의 부하 왕준을 매수하여 악비의 부하 장헌이 양양을 점거하여 악비에게 병권을 돌려주기 위해 음모를 꾸미고 있는 것으로 날조하였다. 이를 빌미로 악비, 악비의 아들 악운·장헌·왕귀를 모반죄로 잡아들였고, 악비를 옥중에서 목매달아 죽였다.
- 악비 사후에 금과의 화친이 정해졌고, 진회는 공으로 벼슬이 더해지고 대저택을 하사받았다.
- 진회의 아들 진희는 열여섯에 장원급제하여 한림학사에 제수되고, 손자 진훈은 갓난아이일 때 바로 한림학사의 직책이 내려졌으며, 진희의 여식은 태어나자마자 곧 숭국부인으로 봉해졌다.
- 숭국부인이 아끼던 고양이를 잃어버리는 사건이 일어나자, 임안부 부윤까지 나서서 조사하였으나 찾지 못해서 결국 황금으로 금고양이를 주조하여 바치고서야 잠잠해졌다.
- 만년에 진회는 제위를 찬탈할 음모를 꾀하며 조정·장준·호전 등 53명의 사람을 반역을 꾀한 것으로 모함하려하였다.
- 어느 날 서호에서 주연을 즐기던 진회는 악비의 혼령이 나타나 호되게 꾸짖자, 이후 병이 들어서 황제에게 바칠 반역자들에 대한 보고서에 서명도 하지 못한 채 죽고 말았다.
- 진회의 사후 아내 장설부인이 진회를 기리기 위해 재단을 설치하고 방사로 하여금 기도를 하게 하였는데 방사는 진회를 만나 저승까지 따라갔다. 저승까지 가보니 진회·만사설·왕준이 산발에 지저분한 얼굴을 하고서 쇠로 된 형틀을 메고 있는 것이 보였다. 온갖 귀신들이 커다란

몽둥이를 들고 그들의 걸음을 재촉하고 있었는데 그 몰골이 너무도 힘
들어 보였다.

- 진회가 방사에게 지난 날 부인 왕씨와 동창에서 의논했던 일이 다 들통
  났다는 말을 전해주기를 청하였고, 방사가 돌아와서 왕씨에게 전하니
  왕씨는 그로 인한 충격으로 병들어 죽었다.
- 진회와 진훈 마저 다 죽고 나자 몇 년이 지나지 않아 진씨 가문은 쇠락
  하였다.

소설은 진회의 일대기를 다루고 있기는 하나 열전과 마찬가지로 진회의 관
직생활에 그 내용이 집중되어 있다는 점에서 기술범위가 거의 일치한다. 다
만 소설적 각색을 시도한 것으로 보이는 몇 가지 차이점을 정리해보면 다음
과 같다.

표 2)

전개의 내용	《송사》·〈진회전〉	〈유풍도호모적음시〉(유32)
출생과 외모	• 외모에 대한 언급 없음.	• 발등에 발가락이 이어져 있는 등의 특이한 외모를 가짐.(간신의 이미지)
금에서 돌아오는 과정	• 금으로 끌려갔을 때 금의 군주 오걸매가 그의 아우인 달라에게 보내서 종군하게 함. 이때 군영을 탈출해서 남송의 행재로 돌아왔고, 예부상서에 제수됨.	• 금이 변량을 함락시켰을 때 진회 또한 포로로 잡혀감. 금의 우두머리 중 한 명인 달라낭군과 잘 아는 사이여서 그에게 금의 첩자가 되겠다고 맹세하고 임안 행재로 돌아옴.
악비를 살해하는 과정	• 장준·왕승·악비·한세충이 각지에서 승리하였으나, 진회는 힘써 군대를 철수시킴. 소흥 10년 9월에 악비를 행재로 돌아오도록 조서를 내렸고, 같은 해 12월에 모반을 꾀한 것으로 뒤집어 씌워서 악비를 독살시킴.	• 악비가 변방에서 승전하자, 김올술이 진회에게 밀서를 보내서 악비를 죽여야 화친이 성사될 것이라고 종용함. 진회는 장헌이 악비에게 병권을 돌려주기 위해 음모를 꾸미고 있는 것으로 날조하여 악비를 모반죄로 잡아들이고 옥중에서 목매달아 죽임.
진회의 자손들에 대한 내용	• 소흥 12년 아들 진희는 진사에 합격하고, 소흥 14년에 비서소감이자 영국	• 진회의 아들 진희는 열여섯에 장원급제하여 한림학사에 제수되고, 손자 진훈은

전개의 내용	《송사》·〈진회전〉	〈유풍도호모적음시〉(유32)
	사에 제수되며, 소흥 15년에 한림학사 겸 시독으로 제수됨. • 소흥 24년 손자 진훈은 정시에서 3등으로 과거에 급제함. • 진희의 딸에 대한 내용은 없음.	갓난아이일 때 바로 한림학사의 직책이 내려졌으며, 진희의 여식은 태어나자마자 곧 숭국부인으로 봉해짐.
숭국부인의 고양이 분실 사건	• 없음.	• 숭국부인이 아끼던 고양이를 잃어버리자 임안부 부윤까지 나서서 조사하였으나 찾지 못했고, 결국 황금으로 금고양이를 주조하여 바치고서야 사건이 마무리됨.
제위 찬탈 시도	• 없음.	• 만년에 진회는 제위를 찬탈할 음모를 꾀하며 조정·장준·호전 등 53명을 반역을 꾀한 것으로 모함하려함.

위의 표 2)와 같이 열전과 소설은 모두 6가지 내용상의 차이를 보인다. 그 중에서 '금에서 돌아오는 과정'과 '악비를 살해하는 과정'은 작가가 이미 진회를 금의 첩자노릇을 한 인물로 설정하고 이야기를 전개하고 있기 때문에 나타난 차이로 보인다. 그리고 '진회의 자손들에 대한 내용'과 '숭국부인의 고양이 사건'은 진회 일가의 세도가 얼마나 극에 달했는가를 부각시키기 위한 각색으로 볼 수 있다. 마지막으로 '제위 찬탈 시도'에 대해 열전에서는 어떠한 언급도 없었으나, 소설에서는 진회가 제위를 찬탈하기 위해 고심한 과정이 나오며, 이를 위해 조정 등의 53명을 완전히 제거해야할 필요성을 느끼고 이들을 축출하기 위한 조서를 황제에게 올리기 직전에 죽음을 맞이한 것으로 되어 있다. 이로 볼 때 소설은 진회를 나라를 배신한 첩자이자, 무소불위의 세도를 휘두른 권신이자, 제위를 찬탈하려는 음모를 꾸민 역도라는 세 가지 인물됨이 줄거리에 반영되어 있다.

III. 필기류와 소설의 비교

풍몽룡이 집록한 '삼언'은 작품에 따라 소설화의 과정이 다양하게 나타난다. 그중에는 〈요상공음한반산당〉(경4)와 같이 '삼언' 이전에 전해지던 초기 화본소설을 일부 각색하여 수록한 작품도 있고, 〈궁마주조제매추온〉(유5)와 같이 전대의 전기소설을 확장하여 재창작한 작품도 있으며, 〈황태수단사해아〉(경35)와 같이 풍몽룡의 순수창작으로 판단되는 작품이 있는가 하면, 전대의 여러 필기류의 기록들을 저본으로 삼아 재창작한 작품도 있어서 소설화의 유형을 어느 한 가지로 규정할 수는 없다.[9] 본 장은 〈목면암정호신보원〉(유22)과 〈유풍도호모적음시〉(유32)가 이중 어떤 소설화의 방식을 취하였는지에 대해 살펴보고자 한다.

1. 가사도

앞서 정사와 소설의 비교를 통해서 가사도의 실제 행적과 소설화된 이야기의 차이점이 무엇인지 살펴보았다. 그런데 가사도에 대한 기록은 열전 이외에도 여러 야사에서 전하고 있고, 그중에는 소설의 모태가 되었을 것으로 판단

---

9 〈拗相公飲恨半山堂〉(驚4)은 《河南邵氏聞見前錄》·《楓窓小牘》·《曲洧舊聞》·《桯史》·《孫公談圃》·《效顰集》·《兩山墨談》·《香祖筆記》와 같은 문헌에서 관련 내원고사를 확인할 수 있으나, 명대 중기에 나온 것으로 추정되는 《京本通俗小說》〈拗相公〉과 내용이나 분량이 거의 일치하고 있기 때문에 전대의 화본소설을 각색한 의화본소설(擬話本小說)로 볼 수 있다. 〈窮馬周遭際賣鎚媼〉(喩5)은 《隋唐佳話》·《定命錄》과 같은 문헌에서 관련 내원고사를 확인할 수 있으나, 삼언 창작 이전에 풍몽룡이 편찬한 《情史》에 이미 이 작품이 실린 것으로 보아 풍몽룡이 《정사》에 수록한 전기소설을 바탕으로 의화본소설을 창작한 것으로 판단된다. 〈況太守斷死孩兒〉(警35)는 《國琛集》·《蘇談》·《灌纓亭筆記》·《見聞雜記》·《海公案》 등에서 유사한 공안사건에 대한 일화를 확인할 수 있으나, 그 내용이 황종(況鍾)과는 아무런 관련이 없는 것으로 보아 풍몽룡이 해서(海瑞, 1514~1587)와 관련된 몇몇 공안작품에서 소재로 빌려오되 작가의 순수창작에 가까운 창작을 통해서 탄생한 작품으로 판단된다. 마지막으로 전대의 여러 필기류의 기록들을 저본으로 삼은 유형에 대해서는 본고에서 분석하고자 하는 두 작품에서 확인할 것이다.

되는 다수의 일화들이 존재한다. 〈목면암정호신보원〉(유22)의 내용과 관련 있는 문헌으로는 ≪제동야어≫〈가상수사〉·≪제동야어≫〈귀계이녀귀〉·≪제동야어≫〈서위예상술〉·≪제동야어≫〈가씨전조〉·≪삼조야사≫·≪산방수필≫·≪산거신화≫·≪서호유람지여≫〈녕행반황〉·≪서호유람지여≫〈재정아치〉·≪서호유람지여≫〈유괴전의〉·≪효빈집≫ 등이 있다.[10] 이중에서 ≪제동야어≫에는 4편, ≪삼조야사≫에는 2편, ≪산방수필≫에는 3편, ≪서호유람지여≫에는 14편의 짧은 관련 기록 및 일화들이 전한다. 이러한 문헌들 속에 전하는 일화들은 대체로 소설의 내용과 같은 맥락이거나, 내용이 거의 일치하는 일화들이 대부분을 차지하고 있다. 각 문헌 속에 나온 일화들의 내용을 표로써 나타내 보면 다음과 같다.

표 3)

편명		내용
≪제동야어≫	〈가상수사〉	가사도의 생일에 요영중을 비롯한 여러 아첨하는 무리들이 시를 지어 가사도에게 바치고 이를 남긴 일화.
	〈귀계이녀귀〉	가사도의 아버지 가섭과 어머니인 호씨가 만나서 인연을 맺게 된 일화.
	〈서위예상술〉	가사도가 관상을 잘 보는 서위예와 한 도안을 만나 자신의 미래가 어떠할지를 예언해 주는 일화.
	〈가씨전조〉	가사도가 실권한 후 귀양을 갈 때 호송관 정호신을 만나고 결국 죽임을 당하는 일화.
≪삼조야사≫	첫 번째 일화	가사도가 자신의 생일 때 시를 쓴 일화.
	두 번째 일화	가사도가 한식날에 시를 지은 일화.

---

10 위의 문헌과 표의 내용은 譚正璧 ≪三言兩拍源流考≫ 上海 上海古籍出版社 2012와 胡士瑩 ≪話本小說概論≫ 中華書局 北京 1980 및 기타 문헌을 종합적으로 고찰하여 정리한 것이다.

편명		내용
《산방수필》	첫 번째 일화	가사도가 오잠을 재상의 자리에서 끌어내리고 자신이 재상이 되었다가 후에 실각됨. 호송관 정호신에 의해 호송되다가 죽임을 당하는데 이때 가사도의 문객이었던 조개여가 가사도를 위해 변론을 하나 무위로 끝난 일화.
	두 번째 일화	가사도가 정씨인 인물과 인연이 좋지 않음을 알고 정호신이 급제했을 때 그를 내쳤고, 후에 실권을 하자 정호신에 의해서 귀양지로 호송되다가 죽은 일화.
	세 번째 일화	가사도의 노항상사로 국운이 기운 후, 어떤 사람이 쓴 시에 대한 일화.
《산거신화》		점술가인 부춘자가 가사도를 위해 점을 쳐서 글을 쓴 후 봉해 준 것이 있는데 후에 가사도가 뜯어보니 그의 말이 맞았음을 보고 감탄한 일화.
《서호유람지여》	〈녕행반황〉	가사도가 귀비인 누이의 후광을 업고 재상의 위치까지 가서 권세를 누리는 것에 대한 일화.
		가사도가 부국강병책으로 '공전법'과 '배타량지법(排打量之法)'을 시행하였는데 민간에 끼친 해악이 컸음을 시를 통해 비꼬는 일화.
		가사도가 '사적(士籍)'이라는 제도를 도입하여 과거에는 없던 엄격한 과거제도를 시행하자 수재들이 지나친 제도라고 비판한 일화.
		가사도가 마정란과 엽몽정을 불러서 시를 논한 일화.
		가사도가 사람을 시켜서 소금을 팔아서 이익을 취하자 태학생이 시를 지어 비꼰 일화.
		가사도가 서호에서 놀 때 한 첩이 미소년을 보고 혹하자, 그녀의 목을 베어 다른 처첩들에게 본보기로 보인 일화.
		가사도가 수치레 출정하지 않고 핑계를 대다가 결국 출정하여 원군과 결전을 벌이나 대패하고 양주로 피신해 간 일화.
		가사도가 도종 황제에게 북방의 위기를 알리는 사람은 가차 없이 죽여 버리고, 자신은 집에서 방탕한 생활을 이어간 것을 이야기한 일화.

편명		내용
		가사도가 글자점을 보는 점술가를 만나 자신의 점을 보게 한 후, 좋지 못한 일이 누설될까 두려워 점술가를 죽여 버린 일화.
		가사도가 전쟁에 패한 후 조정에서 그를 유배시킬 것을 논의하게 되고, 결국 정호신에 의해 유배를 가다가 죽임을 당한 일화.
		가사도의 어머니 호씨와 아버지 가섭이 서로 만나서 가사도를 낳게 되는 과정, 호씨는 가섭과 같이 살지 못하고 석공과 살게 된 과정, 후에 가사도가 장성하여 호씨를 모셔오고 석공을 죽여서 사실을 은폐하는 과정 등의 어머니 호씨에 관한 일화.
		가사도의 가신인 요영중에 대한 일화.
	〈재정아치〉	태백 엽이가 가사도의 '신법(新法)' 대신 '초식(鈔式)'으로 할 것을 주장하다가 가사도에 의해 폄적되었으나, 가사도가 전쟁에 패한 후 다시 등용되어 벼슬이 중서좌승에 이른 일화.
	〈유괴전의〉	가사도가 승려 천 명을 초청하여 식사를 대접하였는데, 초대받지 못했던 한 승려가 가사도가 후에 죽을 곳을 예언하며 그릇에 적어놓고 떠난 일화.

위의 표 3)과 같은 다양한 필기류 속 일화 중에서 ≪제동야어≫의 〈가상수사〉·〈귀계이녀관〉·〈가시전조〉는 소설의 내용과 거의 일치하는 짧은 일화가 나오고, 〈서위예상술〉의 경우에도 가사도의 미래를 예언해 주는 인물이 서위예와 한 도인으로 등장하나 소설에서는 한 도인의 예언만 나오는 차이 이외에는 대체로 일치한다. ≪삼조야사≫의 두 번째 일화는 가사도가 한식날에 시를 지은 것에 대한 이야기인데 소설에서 동일하게 활용되었다. ≪산방수필≫의 경우 첫 번째 일화는 소설의 흐름과 거의 일치하나, 두 번째 일화의 경우 가사도가 정씨인 인물을 경계해야 함을 알고 정호신이 급제했을 때 그를 내쳐서 원한관계를 만든 것임을 말하고 있지만, 소설에서는 가사도가 정호신의 아버지 정륭을 억울하게 귀양 보내서 죽게 하여 이에 대한 원한으로

정호신이 호송관을 자청한 것으로 되어 있어서 차이가 있다. ≪산거신화≫에는 점술가인 부춘자가 가사도를 위해 점을 쳐 준 일화가 나오는데 소설에서 거의 가감 없이 활용되었다.

이중 주목할 만한 문헌은 바로 ≪서호유람지여≫인데, 이 책에는 모두 14개의 길고 짧은 가사도 관련 일화들을 담고 있다. 그리고 소설 속에서 이 14가지의 일화는 거의 동일하게 활용되고 있는 것으로 보아, 풍몽룡은 ≪서호유람지여≫를 소설 창작의 주된 저본으로 삼은 것으로 판단된다. ≪서호유람지여≫의 내용 중 가사도의 아버지 가섭과 첩실 호씨가 가사도를 낳는 과정, 가사도가 누이인 귀비의 후광을 업고 재상이 되어 권세를 누리는 과정, 노항상사로 실권하여 결국 귀양 가다가 호송관 정호신에 의해 맞아죽는 과정 등의 전반적인 줄거리가 소설과 일치하고 있고, 소설의 곳곳에 나오는 길고 짧은 일화들이 ≪서호유람지여≫의 일화와 거의 동일하다.

이 14가지의 일화 중에서 '가사도가 서호에서 놀다가 한 희첩을 잔인하게 죽인 일화'를 비교해보면 다음과 같다.

> ≪서호유람지여≫〈녕행반황〉
> 가사도는 서호에 살았는데 하루는 누각에 의지하여 한가로이 놀고 있었고 여러 희첩들도 따랐다. 두 서생이 있었는데 멋진 옷차림에 깃털로 된 부채를 가지고 있었으며 작은 배를 타고 노닐다가 호숫가로 올랐다. 한 희첩이 말하였다. "아름답구나. 두 젊은이여!" 가사도가 말하였다. "네가 그를 섬기기를 바란다면 마땅히 신랑의 예물을 받아야겠구나." 희첩은 웃을 뿐 아무 말이 없었다. 얼마 후 (가사도는) 한 사람에게 함을 받쳐 들게 하고 모든 희첩들을 앞으로 불러 모아서 말하였다. "좀 전에 어떤 희첩이 함을 받았느니라." 상자를 열어서 그것을 살펴보니 바로 그 희첩의 머리였다. 모든 희첩들이 벌벌 떨었다.[11]

〈목면암정호신보원〉(유22)

하루는 가사도가 여러 희첩들과 호수 위에서 누각에 기대어 한가로이 놀고 있는데, 두 명의 서생이 아름다운 옷에 우선을 가진 것이 풍채가 멋스러웠고 작은 배를 타고 노닐다가 호숫가로 오르는 것을 보았다. 옆에 있던 한 희첩이 소리 내어 감탄하며 말하였다. "아름답구나. 두 젊은이여!" 가사도는 그 말을 듣고서 말하였다. "네가 저 두 사람에게 시집가고 싶다면, 저들이 너에게 장가 들도록 만들어 보지." 그 희첩은 황망하고 두려워 죄를 고하였다. 얼마 후 가사도는 모든 희첩들을 불러 모으고 한 희첩에게 상자를 들고 앞에 서도록 하고는 말하였다. "좀 전에 어떤 희첩이 호수 위에 있던 서생을 사모하게 되었는데 내가 이미 그 서생에게서 함을 받았느니라." 모든 희첩들이 믿지를 않자 상자를 열어 그것을 보여주는데, 바로 그 희첩의 수급이었다. 좌중의 희첩들이 벌벌 떨지 않는 이가 없었다. 희첩들을 대하는 것이 잔혹하기가 이와 같았다.[12]

필기류와 소설에서 사용한 어휘와 표현을 각각 비교해보면, '乘小舟游湖登岸。'과 '美哉二少年!'과 같은 표현은 글자 하나 틀리지 않고 동일하게 사용되었고, '一姬曰'를 '傍一姬低聲贊道'로, '似道曰'를 '似道聽得了, 便道'로 표현을 달리한 것은 인물의 행동을 보다 구체화 한 변화로 보인다. 또한 '逾時'를 '不多時'로, '曰'를 '說道'로, '適一爲某姬受聘'를 '適間某姬愛湖上書

---

11 田汝成 輯撰 ≪西湖遊覽志餘≫ 上海 上海古籍出版社 1980의 p.88에 나오는 원문은 다음과 같다 : 似道居湖上, 一日, 倚樓閑眺, 諸姬皆從。有二人道裝羽扇, 乘小舟游湖岸。一姬曰, "美哉二少年!"似道曰, "汝愿事之, 當留納聘。"姬笑而不言。逾時, 令人捧一合, 喚諸姬至前, 曰, "適一爲某姬受聘。"啓視之, 乃姬之首也, 諸姬股栗。

12 馮夢龍 ≪喩世明言≫ 北京 人民文學出版社 1991에 나오는 원문은 다음과 같다 : 一日, 似道同諸姬在湖上倚樓閑玩, 見有二書生, 鮮衣羽扇, 豊致翩翩, 乘小舟游湖登岸。傍一姬低聲贊道 : "美哉, 二少年 ! "似道聽得了, 便道 : "汝愿嫁彼二人, 當使彼聘汝。"此姬惶恐謝罪。不多時, 似道喚集諸姬, 令一婢捧盒至前。似道說道 : "適間某姬愛湖上書生, 我已爲彼受聘矣。"衆姬不信, 啓盒視之, 乃某姬之首也, 衆姬無不股栗。其待姬妾慘毒, 悉如此類。

生, 我已爲彼受聘矣'로 한 것은 문어체를 구어체로 각색한 것으로 보이며,
마지막에 추가된 '其待姬妾慘毒, 悉如此類.'와 같은 작가의 평론은 명대
장·단편소설에서 나타나는 글쓰기의 패턴이다. 그러나 이러한 몇몇 차이에
도 불구하고 두 문헌의 기본 줄거리는 거의 같은 내용이라 할 만하다.

풍몽룡이 '삼언'을 집록하면서 120편의 단편을 모두 위와 같은 패턴으로 각
색한 것은 아니나, 필자가 역사인물을 소재로 한 30여 편의 작품들을 대상으
로 연구한 바에 따르면 상당수의 작품들이 이처럼 전대에 널리 전하던 필기
류를 저본으로 삼아 그 내용을 확장하여 재창작한 것이다.[13]

2. 진회

진회 또한 가사도와 마찬가지로 여러 야사가 전하고 있고, 그중에는 소설
의 모태가 되었을 것으로 판단되는 다수의 일화들이 존재한다. 〈유풍도호모
적음시〉(유32)의 줄거리와 직·간접적으로 관련 있는 문헌으로는 ≪정사(程史)≫
〈진회사보〉·≪조야유기≫·≪귀이집≫·≪서호유람지여≫〈녕행반황〉·≪효
빈집≫〈속동창사범전〉·≪설악전전≫〈호몽접취후음시유지옥〉·≪설악전전≫
〈김올술삼조대안홍병〉·≪견호갑집≫〈동창사범〉 등이 있다.[14] 이중에서
≪정사≫에 1편, ≪설악전전≫에 2편의 일화가 있고, ≪서호유람지여≫〈녕행
반황〉에는 모두 14편에 달하는 진회 관련 일화가 전하나, 이 중 소설의 내용으
로 차용된 일화는 4편에 해당한다. 그리고 ≪효빈집≫〈속동창사범전〉과 ≪설

---

13 천대진 〈삼언 역사인물 서사 연구〉 경상대학교 대학원 박사학위논문 2016 참조.
14 위의 자료와 표의 내용은 譚正璧 ≪三言兩拍源流考≫ 上海 上海古籍出版社 2012와 胡士
     瑩 ≪話本小說槪論≫ 北京 中華書局 1980 및 기타 문헌의 내용을 종합하여 정리한 내용이다.
     그러나 ≪삼언양박원류고≫에서 제시하고 있는 일부 내용 중에서 ≪桯史≫〈優伶詼語〉와
     ≪貴耳集≫과 같은 문헌은 확인 결과 소설 속 인물과의 관련성은 있다 할지라도 소설의 내용과는
     직접적인 관련이 없는 것으로 나타났다.

악전전≫〈호몽접취후음시유지옥〉·≪설악전전≫〈김울술삼조대안재흥병〉은 진회의 일대기와는 상관없이 호모적(胡母迪)이라는 후대의 가상인물을 통해 진회의 악행을 드러내는 소설의 후반부 내용과 거의 일치한다. 각 문헌 속에 나온 일화들의 내용을 요약해보면 다음과 같다.

표 4)

편명		내용
≪정사 (桯史)≫	〈진회사보〉	진회는 정권을 잡은 말년에 장충헌과 호문정 등의 일족을 축출하기로 모의하였으나, 이때에 이미 병이 들어서 황제에게 올릴 글에 서명을 하지 못하고 결국 죽음.
≪조야유기≫		진회와 왕씨가 동창에서 악비를 죽여야 함을 모의함.
≪견호갑집≫	〈동창사범〉	진회와 왕씨가 동창에서 악비를 죽일 음모를 꾸며서 죽인 후에 저승으로 간 진회가 방사를 통해 왕씨에게 지난날 동창에서 모의한 일이 탄로 났다고 전함.
≪서호유람지여≫	〈녕행반황〉	첫 번째 일화: 진회가 두 황제와 함께 금으로 끌려갔다가 금의 추장 달라와 친분이 있어서 땅을 떼어주고 화친할 것을 모의함. 이후 악비·조정·장준·호전 등을 모두 축출함.
		두 번째 일화: 진회의 손녀 숭국부인이 고양이를 잃어버려서 임안부 부윤까지 나서서 소동을 벌임.
		세 번째 일화: 진회의 가문이 쇠퇴한 후 조정에서 운하를 건설하느라 진회의 집 앞에 흙을 쌓아둔 모습을 보고 어떤 이가 시를 지음.
		네 번째 일화: 진회가 아내 왕씨와 악비를 죽일 모의를 하여 죽인 후, 악비의 혼령이 나타나 진회를 크게 꾸짖었고, 죽어서 저승으로 간 진회는 지난 날 동창에서 모의한 일이 탄로 났음을 방사를 통해 왕씨에게 전함.
≪효빈집≫	〈속동창사범전〉	원대에 호적이라는 유생이 진회의 전기를 읽다가 분노하여 시를 지었는데 염라대왕의 무능을 질책하는 시여서 저승으로 끌려감. 염라대왕이 분노하여 호적에게 간신들에 대한 판결문을 써보게 하였는데 그 내용이 염라대왕을 흡족하게 함. 호적은 이후 저승에서 진회를 비롯한 여러 간신들이 큰 벌을 받고 있는 것과 충신들이 융숭한 대접을 받고 있는 것을 직접 보고 난 후에 다시 이승으로 돌아옴.

편명		내용
≪설악전전≫	〈호몽접취 후음시유지 옥〉·〈김올 술삼조대안 재흥병〉	≪효빈집≫〈속동창사범전〉의 내용과 거의 동일하나, 호적이 이승으 로 돌아와서 식구들에게 자신의 경험을 이야기해준다는 대목이 더 늘어나 있는 차이가 있음.

위의 표 4)와 같은 다양한 필기류 속 일화 중에서 ≪정사≫〈진회사보〉는 진회가 축출하려는 세력이 장충헌·호문정 일족으로 말하고 있으나, 소설에서는 조정·장준·호전 등의 53명으로 말하고 있는 차이를 제외하면 진회의 말년과 사망과정에 대한 기술이 거의 일치한다.[15]

≪조야유기≫와 ≪견호갑집≫〈동창사범〉에 나오는 일화는 진회가 부인 왕씨와 동창에서 악비를 주살하기를 모의하여 죽인 후, 저승으로 간 진회가 이 일이 탄로 난 것을 방사를 통해 왕씨에게 전한다는 일화로써 두 문헌과 소설 속 이야기가 거의 일치한다.[16]

≪서호유람지여≫〈녕행반황〉에 전하는 네 가지 일화는 소설 속에서 거의 가감 없이 사용된 것으로 보아 풍몽룡은 ≪서호유람지여≫〈녕행반황〉을 소설로 각색하기 위한 주 저본으로 삼았다고 할 만하다. 이는 가사도의 경우 14가지에 달하는 일화를 활용한 것에 비해 다소 적은 수치일 수 있으나, 진회의 일생을 다룬 소설 속 분량이 가사도에 비해 1/6에 지나지 않는 것을 감안하면 결코 적지 않은 비중인 것이다. 이 네 가지 일화 중 네 번째 일화를 문헌 간 비교를 통해 살펴보면 다음과 같다.

15　岳珂 撰 ≪桯史≫ 北京 中華書局 1981. pp.134-135.
16　叢書集成初編 ≪朝野遺記≫ 北京 中華書局 1991. p.13.

≪서호유람지여≫〈녕행반황〉의 네 번째 일화

진회는 악비를 죽이고자 하여 동창아래에서 처 왕씨와 그 일을 모의하였다. 왕씨가 말하였다. "호랑이를 잡기는 쉽지만 놓아주기는 어려운 일이지요!" 그 뜻이 결국 결정되었다. 후에 진회가 서호에서 놀고 있을 때, 배 위에서 몸이 안 좋았는데 한 사람이 산발을 하고 고함을 지르며 말하였다. "너는 나라를 그르치고 백성을 해하여서 내가 이미 하늘에 고발해서 하늘이 그 뜻을 들어주었느니라!" 진회는 집으로 돌아가서 아무런 이유도 없이 죽었다. 얼마 후 아들 진희도 또한 죽었다. 왕씨가 재단을 설치한 후 방사가 엎드려 기도를 하자 진희가 쇠로 된 칼을 둘러쓰고 나타났으며, (방사가) 물었다. "태사께서는 어디에 계십니까?" 진희가 말하였다. "저승에 계십니다." 방사가 그의 말대로 가 보니 진희와 만사설이 모두 쇠로 된 칼을 둘러쓰고 온갖 고통을 받고 있는 모습을 보았다. 진회가 말하였다. "번거롭겠지만 부인에게 말 전해주시오. 동창에서의 일이 탄로 났다고."[17]

〈유풍도호모적음시〉(유32)

소송이 이미 끝나자 진회는 홀로 동창 아래에 앉아서 이 사건에 대해 주저하고 있었다. ……이렇게 마음을 결정하지 못하고 있었는데, 그의 아내 장설 부인 왕씨가 마침 다가와서 물었다. "상공께서는 무슨 일로 망설이고 계신가요?" 진회는 이 일을 그녀와 상의하였다. 왕씨는 소매에서 홍귤 하나를 꺼내서 두 손으로 쪼개고는 절반을 남편에게 주며 말하였다. "이 귤을 둘로 쪼개는 것이 뭐 그리 어렵겠습니까? 옛말에 호랑이를 잡기는 쉽지만 호랑이를 놓아주기는 어렵다는 말을 들어보지 못하셨습니까?" 바로 이 말은 진회를 깨닫게 했고 그의 뜻을 정하게 했다. 진회는 밀서를 써서 단단히 봉한 후 대리사의 간수에게 보냈다. 그날 밤 옥중에서 악비는 목매달아져서 죽었다. 그의 아들 악운

---

17 田汝成 輯撰 ≪西湖遊覽志餘≫ 上海 上海古籍出版社 1980의 p.73에 나오는 원문은 다음과 같다 : 檜之欲殺岳飛也, 於東窗下與妻王氏謀之。王氏曰 : "擒虎易, 縱虎難！" 其意遂決。後檜游西湖, 舟中得疾, 見一人披發厲聲曰 : "汝誤國害民, 吾已訴天, 得請矣"檜歸, 無何而死。未幾, 子熺亦死。王氏設蘸, 方士伏章, 見熺荷鐵枷, 問 : "太師何在？" 曰 : "在酆都。"方士如其言而往, 見檜與萬俟禼俱荷鐵枷, 備受諸苦。檜曰 : "可煩傳語夫人, 東窗事發矣"。

은 장헌·왕귀와 함께 저잣거리로 압송되어 참수되었다. ……이날 진회는 마침 서호에서 놀면서 술과 음식을 즐기고 있던 차에 홀연히 한 사람이 산발을 하고 다가오기에 살펴보니 바로 악비였다. 악비는 호되게 꾸짖었다. "너는 충직하고 선량한 이를 해치고 백성과 나라에 재앙을 가져왔기에 내 이미 옥황상제께 고하고 너의 목숨을 거두러 왔느니라!" 진회는 깜작 놀라서 좌우에 물어보니 모두 아무 것도 보이지 않는다고 말하였다. 진회는 이 때문에 병이 나서 부로 돌아갔다. ……진회가 죽은 지 얼마 지나지 않아서 진희 또한 죽었다. 장설부인이 죽은 진회를 기리기 위해 재단을 설치하고 방사가 재단에 엎드려 주문을 외우니 진희가 쇠로 된 형틀을 지고 서 있는 것이 보였다. 방사가 물었다. "태사께서는 어디 계십니까?" 진희가 답하였다. "저승에 계십니다." 방사가 저승까지 가보니 진회, 만사설, 왕준이 산발에 지저분한 얼굴을 하고서 쇠로 된 형틀을 메고 있는 것이 보였고, 온갖 귀신들이 커다란 몽둥이를 들고 그들을 걸으라고 재촉하고 있었는데 그 몰골이 너무도 힘들어 보였다. 진회는 방사에게 말하였다. "수고롭겠지만 그대가 부인에게 말을 전해주시오. 동창에서 의논했던 일이 다 밝혀졌다고." 방사는 그 말이 무슨 말인지 모르고 왕씨에게 알려주었는데, 왕씨는 그 말을 알아듣고 크게 놀랐다. 과연 인간세상의 비밀스런 말도 하늘은 천둥처럼 듣고 있었던 것이고, 밀실에서 일어나는 비양심적인 일도 다 보고 있었던 것이다.[18]

---

18 馮夢龍 《喩世明言》 北京 人民文學出版社 1991에 나오는 원문은 다음과 같다：獄旣成，秦檜獨坐於東窗之下，躊躇此事。……心中委決不下，其妻長舌夫人王氏適至，問道："相公有何事遲疑？"秦檜將此事與之商議。王氏向袖中摸出黃柑一只，雙手劈開，將一半奉與丈夫，說道："此柑一劈兩開，有何難決？豈不聞古語云'擒虎易縱虎難乎'？"只因這句話，提醒了秦檜，其意遂決。將片紙寫幾个密字封固，送大理寺獄官。是晚就獄中縊死了岳飛。其子岳雲與張憲，王貴，皆押赴市曹處斬。……是日，檜適游西湖。正飲酒間，忽見一人披發而至，視之，乃岳飛也。厲聲說道："汝殘害忠良，殃民誤國，吾已訴聞上帝，來取汝命。"檜大驚，問左右，都說不見。檜因此得病歸府。……檜死不多時，秦熺亦死。長舌王夫人設醮追荐，方士伏壇奏章，見秦熺在陰府荷鐵枷而立。方士問："太師何在？"秦熺答道："在酆都。"方士徑至酆都，見秦檜，萬俟卨、王俊披發垢面，各荷鐵枷，衆鬼卒持巨梃驅之而行，其狀甚苦，檜向方士說道："煩君傳語夫人，東窗事發矣。"方士不知何語，述與王氏知道。王氏心下明白，吃了一驚。果然是人間私語，天聞若雷，暗室虧心，神目如電。

위와 같이 '동창에서의 모의', '악비의 혼령 등장', '진회의 저승 이야기'의 세 가지 이야기로 구성된 ≪서호유람지여≫〈연행반황〉의 네 번째 일화는 〈유풍도호모적음시〉(유32)로 각색되는 과정에서 하나의 줄거리로 이어져 있는 것이 아니라 다른 일화와 뒤섞여서 여러 위치에 재배치되었다. 그리고 필기류와 소설에서 사용한 어휘와 표현을 비교해보면, "擒虎易, 縱虎難！"이 "此柑一劈兩開, 有何難決？豈不聞古語云'擒虎易縱虎難乎'？"로, "汝誤國害民, 吾已訴天, 得請矣"가 "汝殘害忠良, 殃民誤國, 吾已訴聞上帝, 來取汝命."으로 바뀐 차이로 볼 때, 문어체를 구어체로, 그리고 간략한 표현을 자연스러운 대화체의 표현으로 각색하였음을 알 수 있다. 또한 말미에는 '果然是人間私語, 天聞若雷, 暗室虧心, 神目如電.'과 같은 작가의 평론을 더함으로써 필기류와는 다른 글쓰기 패턴이 보이고, 줄거리의 분량도 거의 세 배에 가까운 확장이 이루어졌다.

두 작품의 소설화의 과정을 전체적으로 살펴 볼 때, 작가 풍몽룡은 작품을 창작하는 과정에서 전대의 화본소설을 각색한 것도 아니고, 자신의 순수창작으로 쓴 것은 더더욱 아니었다. 즉, 〈목면암정호신보원〉(유22)과 〈유풍도호모적음시〉(유32)는 당시까지 여러 필기류 속에 산재해 있던 길고 짧은 수많은 소설적 원천을 바탕으로 작가가 새롭게 소설적 재구성을 시도한 것이다. 이 과정에서 작가는 작품의 주인공이 가지고 있는 성격에 따라 정면인물은 더욱 더 정면인물다운 면모를 부각하고, 반면인물은 더욱 철저하게 반면인물의 면모를 부각하여 인물을 정형화 했다. 대개는 이러한 인물형상이 이미 전대의 필기류 속에 어느 정도 형성되어 있었다고 할 수도 있으나, 작가가 필기류에서 단편소설로 재창작하는 과정에서 이러한 인물의 전형을 더욱 부각하고 생생하게 만들어 낸 것이다. 또한 기존의 필기류 속에 있던 수많은 퍼즐 조각들은 적게는 2·3배, 많게는 4·5배까지 확장되면서 단편소설의 분량이라 할 만한 편폭으로 늘어났고, 소설의 완정한 구성을 위해 결핍되어 있는 부분에는 작가의 상상력이 더해졌다. 명·청대를 대표하는 장편소설의 경우에도 그 출발은 대개 짧은 이야기에서 시작해서 점차 그 분량과 완성도를 높여나간 적층문학의 성격을 띠는 것처럼, 풍몽룡은 한 시대의 역사인물을 소설 속 인물로 재탄생시키기 위해 확장과 재창작의 역할을 수행한 작가였던 것이다.

Ⅳ. 풍몽룡의 지향점

작가 풍몽룡은 '삼언'을 통해 실로 다양한 인물 군상을 보여준다. 그 인물 중에는 제왕·문인·무장·상인·천민·기녀에 이르기까지 다양해서 당 전기와 같이 문인중심의 제한된 등장인물과는 확연한 차이를 보인다. 이는 시민계층의 성장과 독서시장의 급속한 성장에 힘입은 명대의 소설 환경과 무관하지 않을 것이다. 또한 명·청대에는 실존인물들이나 역사사건을 소재로 한 역사연의류 작품이 상당히 유행하였는데, 이는 비단 장편소설에만 국한된 것은 아니어서 '삼언'과 같은 단편소설에서도 흔히 볼 수 있는 유형이나, 그간 고전소설 분야에서 이러한 주제에 대해서는 그다지 주목하지 않은 것으로 보인다. '삼언' 속의 다양한 소설적 원천들은 비록 '사대기서'와 같이 장편의 줄거리를 가진 대작들로 발전할 기회를 가지지는 못했지만, 명말까지 다양한 필기류 속에서 그 명맥을 유지해오다가 풍몽룡에 의해 새롭게 탄생한 것이다.

필자가 확인한 바에 따르면 '삼언'에서 실존 역사인물을 소설의 주인공으로 삼은 작품은 모두 31편에 달한다.[19] 이중 진회를 소재로 한 작품의 경우에는

---

19 31편에 등장하는 역사인물은 양각애(羊角哀)/좌백도(左伯桃)·안영(晏嬰)·백아(伯牙)·장주(莊周)·장도릉(張道陵)·범식(范式)/장소(張劭)·소연(蕭衍)·황손(黃損)·두자춘(杜子春)·마주(馬周)·갈종주(葛從周)·오보안(吳保安)·배도(裴度)·진단(陳搏)·사

진회가 작품의 전반에만 등장하고 후반부는 다른 가상인물을 통해 진회와 여러 간신들에 대한 이야기를 전개하고 있다는 점에서 온전히 한 인물에 초점이 맞춰져 있지 않기 때문에 보는 시각에 따라 편수의 차이가 있을 수 있으나, 어쨌든 30편을 상회하는 다수의 작품이 역사인물을 주인공으로 한 작품에 해당하는 것이다. 이중 가사도와 진회를 소재로 한 작품은 그 다양한 인물군상 중에서도 '간신'을 주제로 한 작품들이다.

그렇다면 풍몽룡은 가사도와 진회를 소설 속 주인공으로 탄생시키면서 그들을 통해 어떤 소설적 가치를 부여하고자 하였을 것인가? 작가가 독자들에게 전하고자 하는 바는 대개 그 작품의 주제를 통해서 드러내기 마련이지만, 명대까지 전해오던 다수의 일화들을 집록한 '삼언'의 경우에는 작가의 관념이나 사상을 특정한 한두 가지 주제에 한정하여 담아내는 것이 용이한 일은 아니었을 것이다. 따라서 풍몽룡은 120편에 달하는 방대한 작품을 소설집으로 펴내면서 소설의 효용론이나 가치에 대한 기본 논지를 서문을 통해 밝혀놓았으나, 실상 삼언 속 작품들은 다양한 주제를 담고 있다. 그중에서 역사인물을 소재로 한 30여 편의 작품군도 윤리도덕(倫理道德) · 발적변태(發迹變態) · 회재불우(懷才不遇) · 우화등선(羽化登仙) · 청심과욕(淸心寡慾)이라는 다섯 가지 주제로 다시 세분해 볼 수 있는 것만 보아도 이를 짐작케 한다.

이 다섯 가지 주제 중에서 윤리도덕의 경우에는 '선양(宣揚)'과 '견책(譴責)'이라는 두 가지 주제로 다시 세분할 수 있다. 여기서 '선양'이란 작가가 소설을 창작 혹은 개작함에 있어서 '독자들에게 윤리도덕의 가치를 널리 알림으로써

홍조(史弘肇)/곽위(郭威) · 전류(錢鏐) · 이백(李白) · 양광(楊廣) · 왕발(王勃) · 유영(柳永) · 가사도(賈似道) · 진회(秦檜) · 불인선사(佛印禪師) · 왕안석(王安石) · 소식(蘇軾) · 포증(包拯) · 조광윤(趙匡胤) · 완안량(完顏亮) · 당인(唐寅) · 황종(況鍾)이다. 편수와 인물수가 일치하지 않는 것은 한 편에 두 인물이 나오는 경우와 한 인물이 2편 내지는 3편에 중복해서 나오는 경우가 있기 때문이다.

독자를 교화하고자 한 것'을 말한다. 그리고 '견책'이란 '인간사의 여러 가지 도덕적 · 윤리적 관념 등에 반하는 행위에 대해 널리 세상에 경계로 삼고자 한 것'을 말한다. 이중 견책을 주제로 한 작품으로는 〈목선암정호신보원〉(유22) · 〈장자휴고분성대도〉(경2) · 〈왕안석삼난소학사〉(경3) · 〈요상공음한반산 당〉(경4) · 〈삼현신포룡도단원〉(경13) · 〈황태수단사해아〉(경35) · 〈금해릉종욕망 신〉(성23) · 〈수양제일유소견〉(성24) · 〈유풍도호모적음시〉(유32)로 모두 아홉 작 품이 있다. 이러한 인물 중에는 국가를 잘못 통치하여 욕을 먹는 군주도 있 고, 재주는 뛰어나나 경박하여 뭇사람들의 지탄을 받는 문인도 있다. 그리고 온갖 권모술수로 권세를 누리다가 나라를 망친 간신도 있고, 남녀 간의 정절 을 배신한 여인도 있다. 따라서 견책을 주제로 한 작품은 대체로 '남녀 간의 정조관념'과 '정치적 · 도덕적 과오'를 주된 내용으로 삼고 있으며, 작품 속 인 물들은 한결같이 윤리적 · 정치적 · 도덕적으로 부정적 이미지를 띠고 있 다.[20]

이로 볼 때, 가사도와 진회와 같이 간신을 소재로 한 작품은 '견책'이라는 주제에 자연스럽게 들어맞는다. 가사도와 진회는 공히 송대의 인물이면서 송 의 국력이 쇠락하여 결국 원의 지배로 넘어가는 과정에서 결정적인 원인 제 공을 한 간신으로 역사에 각인되었다. 따라서 풍몽룡은 이러한 간신들을 견 책하고 역사의 반면교사로 삼음으로써 다시는 이러한 과오를 되풀이하지 말 아야 한다는 교훈을 독자에게 전달하고자 하였을 것이다. 특히나 환관정치의 폐해가 극에 달했던 명대의 정치 환경을 우회적으로 풍자함에 있어서 송대의 국가적 위기와 패망의 주된 원인이었던 간신들의 이야기는 독자들의 관심을 끌기에 충분한 이야기꺼리였을 것이다.

또한 작가는 〈유풍도호모적음시〉(유32)를 통해 역대로 이름난 간신부터 진

---

20 천대진 〈삼언 역사인물 서사 연구〉 경상대학교 대학원 박사학위논문 2016. pp.18-31.

회와 가사도에 이르기까지 여러 간신들을 시대별·인물별로 나열하면서 이들이 지옥에서 겪는 고초가 어떤 것인지를 신랄하게 보여준다. 가사도와 진회를 위시한 간신들이 '풍뢰지옥(風雷之獄)', '화차지옥(火車之獄)', '금강지옥(金剛之獄)', '명령지옥(溟泠之獄)'이라는 네 가지 지옥문에서 겪는 고초를 묘사한 장면을 살펴보면 다음과 같다.

> 곧 진회 등을 풍뢰지옥으로 몰고 가서 구리기둥에 동여맸다. 한 사졸이 채찍으로 온 몸을 때리니 곧 칼바람이 어지러이 휘몰아쳐서 그들의 몸을 휘감아 찌르자 진회 등은 채를 치는 것처럼 몸을 떨었다. 한참 후에 엄청난 천둥소리가 그들을 공격하니 몸이 가루가 되는 듯하고 피가 흘러서 땅에 엉겨 붙었다. 잠시 후 강풍이 빙 돌며 그들의 골육에 불어대니 다시 사람의 형상으로 돌아왔다. 간수가 호모적에게 말하였다. "이 천둥은 날벼락이고, 불어오는 것은 업보의 바람입니다." 또 다시 사졸을 불러서 금강·화차·명령 등의 지옥으로 몰고 가서 진회 등에게 더욱 심한 형벌을 받게 했다. 배고프면 쇠구슬을 먹게 했고, 목마르면 동으로 된 쇳물을 마시게 했다. 간수가 말하였다. "이들은 모두 삼일동안 모든 지옥을 두루 경험하면서 온갖 고초를 겪습니다. 3년 후에는 소·양·개·돼지로 변해서 세상에 태어나고 사람을 위해서 도살되고 가죽이 벗겨지고 고기는 먹힙니다. 그의 처 또한 암퇘지가 되어서 먹는 사람들이 불결하다고 여겨서 죽을 때가 되어서는 도살되어 삶아지는 고통을 피할 수 없습니다. 지금 이 무리들은 이미 짐승류가 되어 세상에 간 것이 50여 차례나 되었습니다." 호모적이 물었다. "그 죄는 언제 벗어날 수 있습니까?" 간수가 답하였다. "천지가 다시 한 번 혼돈이 일어나야 비로소 벗어날 수 있습니다."[21]

---

21 馮夢龍 ≪喻世明言≫ 北京 人民文學出版社 1991에 나오는 원문은 다음과 같다 : 卽驅檜等至風雷之獄, 縛於銅柱。一卒以鞭扣其環, 卽有風刀亂至, 繞刺其身, 檜等体如篩底。良久, 震雷一聲, 擊其身如齏粉, 血流凝地。少頃, 惡風盤旋, 吹其骨肉, 復聚爲人形。吏向迪道 : "此震擊者, 陰雷也 ; 吹者, 業風也。"又呼卒驅至金剛、火車、溟泠等獄, 將檜等受刑尤甚。飢則食以鐵丸, 渴則飮以銅汁。吏說道 : "此曹凡三日, 則遍歷諸獄, 受諸苦楚。三年之後, 變爲牛、羊、犬、豕, 生於世間, 爲人宰殺, 剝皮食肉。其妻亦爲牝豕, 食人不潔, 臨終

작품 속에는 호모적이라는 가상인물이 등장하는데, 그는 나라를 망친 간신들에게 하늘이 합당한 벌을 내리지 않는 것에 대해 한탄하는 시를 썼다가 결국 염라대왕에게 끌려가게 된다. 그러나 호모적은 이내 역대 간신들이 살아 생전에 백성과 선량한 이들에게 가했던 악행보다 지옥에서 백배, 천배 더 혹독한 고초를 겪고 있는 것을 목도하고서야 자신의 생각이 틀렸음을 깨달았다. 이처럼 작가가 호모적이라는 인물을 통해 간신들의 비참한 사후 세계를 보여주는 것은 독자들이 간신들에게 가지고 있는 역사적 · 감정적 분노를 해소시켜주기 위함일 것이다. 비록 현실은 늘 '선'보다는 '악'이 더 득세하고 판을 치는 세상일지라도, 소설에서만큼은 그래도 '악'보다는 '선'의 승리를 보여줌으로써 작가는 독자들에게 감정적 카타르시스를 안겨주는 것이다. 또한 작가는 독자들이 살아가는 이 세상에 '인과응보'라는 보편적 가치는 아직 살아있고, 세상만물은 늘 순리대로 흘러가고 있음을 말하고 있다.

Ⅴ. 나오며

본고는 소설 · 정사 · 필기류라는 세 종류의 문헌 간 비교를 통해 간신을 소재로 한 명대 단편소설이 재창작된 서사과정을 고찰하였다. 중국고전소설은 전대의 창작패턴을 완전히 탈피하여 전혀 새로운 순수창작으로 발전한 작품보다는 전대부터 전해오던 것에 새로운 창작의 요소를 가미하여 재창작한 작품이 다수를 차지하는데, 삼언의 경우도 예외는 아니다. 특히 역사인물을 소재로 한 30여 편의 작품군의 경우에도 이와 같은 재창작의 현상이 두드러졌으며, 본고가 텍스트로 삼은 두 작품도 전대의 필기류로부터 그 창작의 원천

亦不免刀烹之苦。今此衆已爲畜類於世五十餘次了。"迪問道："其罪何時可脫？"吏答道："除是天地重復混沌，方得開除耳。"

들을 차용하여 각색함으로써 하나의 새로운 작품으로 탄생시켰다는 점에서 그 궤를 같이 하고 있다.

간신은 시대의 그림자이자 어두운 역사의 치부라 할 수 있다. 그러나 간신도 작가의 상상력과 가공을 거쳐 소설 속 인물로 탄생하고 나면 당대를 살아가는 독자들이 삶의 의미를 음미해보는 반면교사가 될 수도 있고, 그도 아니면 우리 삶의 한 전형적인 인물의 삶의 이야기가 될 수도 있다. 풍몽룡은 삼언의 서문을 통해 소설이 독자들에게 미치는 교화적 역할을 강조한 바 있지만, 소설 속 주인공으로 재탄생한 두 간신의 이야기는 단순히 독자를 교화시키기 위한 역사의 반면교사라는 차원을 넘어서 우리의 역사와 삶의 한 일부가 되어 오랜 시간 독자와 공존하고 있다.

04

포크너와 멜빌의 화자 및 시점전략 연구
-에밀리와 바틀비를 새롭게 기억하며-

김미정

I. 윤리적 책임으로 독자를 소환하는 화자 및 시점전략

본고에서 필자는 윌리엄 포크너(William Faulkner)의 「에밀리에게 장미를」("A Rose for Emily")과 허먼 멜빌(Herman Melville)의 「필경사 바틀비」("Bartleby, the Scrivener: A Story of Wall Street")에서 에밀리와 바틀비에 관한 이야기가 그들의 사후에 각각 1인칭 화자의 서술을 통해 독자에게 전달되고 있다는 사실에 주목하고자 한다. 독자인 우리들이 이러한 '화자 및 시점 전략'으로 인해 어떻게 화자의 실패와 오류에 연루되는지 밝히고, 그리하여 수행적인 맥락에서 '읽기과정'을 통해 또 어떻게 비판적 자기성찰과 윤리적 각성으로 인도되는지를 연구해보려는 것이다.

포크너의 「에밀리에게 장미를」에서 1인칭 집합명사인 "우리"(we)라는 어휘는 총 48번 등장한다. 그러나 소설 속에서 파편적으로 흩어져 있는 시간의 순서를 재 조합해보았을 때, "우리"라고 지칭되는 마을 사람들은 총 세 개의 세대를 걸쳐 등장하는데, 에밀리에 관한 이야기를 그녀의 장례식 이후 기억의 형태로 전달하고 있는 화자가 그 중 어디에 속하는지는 분명하지 않다. 더구나 에밀리를 타자화 시키면서 그녀의 삶을 관음증적 시선으로 지켜보는 마을 사람들은 단지 1인칭 대명사로만 지칭되는 것이 아니라 곳곳에서 3인칭 집합대명사로(they, their)로 달리 언급되고 있다. 그런데 이러한 갑작스럽고 불규칙적인 지칭의 변화는 분명 세대에 따른 구분이 아니기 때문에 그에 대한 화자의 의도, 혹은 저자의 의도를 읽어보는 것이 작품의 주제와 관련하여 에밀리 뿐만 아니라 화자(narrator)라는 캐릭터를 이해하는데 핵심적이라고 판단된다.

독자까지 연루시켜버리는 "우리"라는 단어는 분명 여러 맥락에서 고려되어야 한다. 객관적이지 않은 화자의 기억을 통해 에밀리에 관한 이야기가 필터링 되어 전해지고 있으므로 화자에 대한 이해가 제대로 이뤄지기 전엔 에밀리에 대해 제대로 이해할 수 없다. 또한, 에밀리의 사생활에 대한 마을 사람들의 집요하고 폭력적인 시선과 호기심은 사실 텍스트를 읽는 내내 독자의 그것과도 중첩되고 있다는 사실을 고려할 때, 텍스트의 초점은 에밀리가 어떤 괴물이었는지 보다도 "우리"가 어떤 괴물이었는지를 고백하는데 있다고 보인다. 40년 가까이 정지된 시간 속에 살았던 에밀리가 자신의 연인과 함께 스스로의 삶 또한 박제시켜야 했다면, 그래서 그녀의 장례식 장면으로 시작되는 "우리"(narrator as collective "we")의 서술이 그녀의 비극적인 삶을 '기억하고 애도하기 위한' 작업이라면, 제목 또한 그 의도를 암시하듯 "에밀리에게 (생생한 삶과 사랑의 상징인) 장미 한 송이를 (뒤늦게나마) 바친다"는 것은 '올바른' 애도의 차원에서도 자기기만과 자기합리화의 작업이 되어서는 안 될 것이다. 그런 점에서 이미 독자까지 염두에 두고 있는 "우리"라는 단어는 독자인 우리들을 그 윤리적 책임에서 자유로울 수 없게 만든다.

한편, 멜빌의 「필경사 바틀비」에서는 1인칭 화자가 좀 더 구체적인 캐릭터로 제시되고 있으나, 사실 화자의 서술을 통해 독자가 얻게 되는 정보는 바틀비에 관한 것이라기보다 화자 그 자신에 관한 것이 대부분이며, 실상 전 작품을 통해 그려지고 있는 것은 그가 바틀비를 환대하는데 있어서 어떻게 실패하는가에 대한 궤적이라고 할 수 있다. 1인칭 단수 시점에서 바틀비에 대한 자신의 기이한 경험을 이야기 하는 화자는 자신을 자비심이 많은 인물로 묘사하고 있지만 "바틀비는 그의 자비가 어떤 종류의 것인지를 테스트하는 촉매역할을 하게 되고",[1] 남의 이목을 과도하게 중시하는 인물인 화자는 오히려 자신의 의도와는 다르게 그의 자비심과 이해심이 얼마나 자기본위에 기반한 것인지를 드러낸다.

독자는 화자 "나"의 객관적이지 않은 생각과 글을 통해서만 바틀비를 접할수 있기 때문에, 소설 속에서 변호사로 등장하는 그의 서술이 충분한 자기성찰에서 비롯된 고해성사인지 아니면 자기변호를 위해 신중하게 옮어지고 있는 자기독백에 불과한 것인지 찬찬히 살펴볼 필요가 있다. 타자로서의 바틀비를 이해하고 그와 소통하는데 있어서 명백히 화자가 실패하고 있다면 독자인 우리는 그 실패를 답습하지 않기 위해서 화자의 언어전략을 잘 점검하고 그의 언어가 어느 지점에서 일관적이지 않고 자기모순을 드러내는지 읽어낼수 있어야 할 것이다. 독자의 읽는 행위/과정이 사실은 저자의 의도에 따라 소설의 내적 수사법에 의해 통제되고 있다 하더라도 독자가 실제로 무엇을

---

1   Norman Springer, "Bartleby and the Terror of Limitation," *PMLA* 80 (1965), p. 412.

어떻게 판단하고 수행해내는지는 전적으로 독자에게 달린 일이기 때문이다.

화자가 바틀비와의 만남을 통해 자신이 지금까지 당연시 여겨왔던 모든 가치판단체계를 의문시해야만 하는 상황에 처하게 되고, 그 자신의 이해심이 한계 너머까지 닦아세워지다가 결국엔 자신의 실패를 인정할 수밖에 없게 된 것이라면, 그래서 바틀비가 죽은 이후 사후적으로 모든 의미를 재구성한 후 이야기를 전달하고 있는 현재시점에서 그의 서술이 단순히 '자기합리화'가 아니라 나름의 의미를 획득하기 위해서는, 바틀비와의 만남 자체가 화자 "나"를 온전히 변화시키지는 못했을지라도 적어도 그 만남을 기억하고 이야기하는 행위과정을 통해서 "나"는 점차적으로 변화하고 있거나 변화의 가능성을 보이고 있다고 해석해 볼 필요가 있다. 왜냐하면, 1인칭 단수 시점에서 진행되고 있는 그의 서술을 "나는," "내가," "나를"이라고 읽어가는 동안 독자인 '나' 역시 그의 오류와 실패에 연루되고 있다는 점에서 화자 "나"는 독자 '나'의 경험을 (상징적인 맥락에서) 대신 수행하고 있는 대리자(a proxy)로 여겨지기 때문이다.

'읽기'라는 행위가 텍스트가 지닌 의미적 가능성의 실현 또는 실연이라는 점에서 읽기의 최종단계는 하나의 구체적인 행위일 것이고, '행위로서의 텍스트 읽기'는 독자 자신의 자기이해 또는 자기반성과 맥을 같이 하여야 한다는 점에서, 본고에서 필자는 에밀리와 바틀비에 대해 이야기 하고 있는 포크너와 멜빌의 (상당히 유사한) 화자 및 시점 전략이 독자인 우리를 그 '행위로서의 텍스트 읽기'로 소환하고 있다고 읽으려 한다. 독자인 우리의 '읽는 행위'가 끊임없이 기억하고(re-member: 역사적 담론에서 배제되어온 이들을 '우리'라는 공동체의 일원으로 회복시키고) 번역하는(trans-(re)late: 동일성의 논리가 폭력적으로 억압해온 타자와의 관계를 재확립하는) 노력의 일환이 되어야 함을 고려할 때, 본고는 에밀리와 바틀비를 또 다시 새롭게 기억하려는 하나의 시도가 될 것이다.

II. '집단적 강간'과도 같은 남근적 향유에 저항하며
   ―에밀리 다시 기억하기

「에밀리에게 장미를」에서 사용되고 있는 서사시점은 "우리"를 상당히 독특한 입장에 놓이게 한다. 여기서 "우리"는 표면적으로 "우리 마을"을 가리키는 집합적 대명사이면서 동시에 (극의 주인공이라고 할 수 있는) 에밀리에 대한 독자로서의 '우리'의 입장까지 포괄하는 것이다. 사실 작품 전체가 (시간 순서가 아닌) 다섯 개의 장에 걸쳐 조각조각 흩어져있는 에밀리에 대한 집단기억을 화자의 입을 통해 전달하고 있는 회고 형식의 이야기이다. 당연한 듯이 이 집단적 "우리"에서 배제되어 있는 인물은 에밀리이며, 그녀의 장례식에서부터 이야기의 첫 장이 시작되고 있는바 화자의 서술은 그 형식상 '기억하기'를 통해 이미 모두 밝혀진 에밀리에 관한 비밀/진실을 사후적으로 보고하듯이 독자에게 전달하고 있는 것처럼 보인다. 그런데 문제는 화자가 말하고 있는 그녀에 대한 파편적인 기억들이 필시 여기저기서 끌어 모아진 것이기에 그 속성상 가십(gossip)의 형태를 띠고 있다는 것이다. 때문에 주어지는 정보를 어디까지 사실로 받아들일지는 온전히 독자가 판단해야 할 몫이 되며 그래서 "우리"라는 이름으로 스스로를 지칭하는 화자가 얼마만큼 믿을만한 화자인지 파악하기 위해서는 그를 에밀리만큼이나 중요한 캐릭터로 삼아 분석해낼 필요가 있는 것이다.

만일, 저자인 포크너가 될 수 있는 한 중심이야기에서 최대한 멀리 떨어져서 서술해줄 수 있는 객관적인 시점이 필요했다면 영화에서 '새의 시점'에 해당하는 3인칭 관찰자 시점을 사용하지 않고 어째서 1인칭 집합명사로서의 '우리'라는 대명사를 사용하고 있는가가 필자가 주목하고 있는 지점이다. 마을 공동체로서의 "우리"가 에밀리를 살아 숨 쉬는 한 명의 인간이 아닌 공동체를 위한 상징적 "기념물"(monument, "RFE," 26)[2]로 취급하며 그녀를 대상화하고 있는 것만큼이나 화자의 서술을 읽어나가며 반복적으로 "우리"라는 명칭을 따라 읊을 수밖에 없는 독자 또한 그녀를 해독해내야 할 암호 같은 존재로 여기고 호기심에 이끌려 책장을 넘긴다는 점에서 독자로서의 '우리' 역시 동일한 정도의 폭력을 에밀리에게 행사하고 있는 것으로 해석될 수 있다. 따라서 그것이 저자 포크너의 의도된 서사전략인지 검토해보려는 것이다.

그녀에 관한 짧은 회고형 서술이 진행된 후, 마지막 장에서 독자가 발견하게 되는 것은 40년 동안 숨겨져 있던 살인의 현장, 혹은 40년 동안 시체를 끌어안고 살아온 괴물스러운 한 여자의 시체애호증(necrophilia) 정도로 여겨질지 모른다. 그러나 탐 코헨(Tom Cohen)의 주장에 따르면, 실상 "우리"라는 집단에서 따로 떼어져 희생되어야 했던 파르마코스로서의 에밀리가 작품 속에서 상징적으로 수행하고 있는 역할은 정확히 "우리"라는 공동체가 그녀에게 저질러온 범죄를 그대로 되비추는 거울이라고 할 수 있다.[3] 다시 말해, 에밀리가 연인이었던 호머 베른을 살해해 그 시체를 자신의 가장 내밀한 공간에 가두고 죽을 때까지 자신의 삶과 함께 박제시켜왔다면, 마을 사람들 역시 (최소한 세 세대에 걸치는 그 긴 시간 동안) 에밀리 그리어슨이라는 한 여자에게서 '장미에 비유되는 삶과 사랑의 기회('삶'과 '사랑'을 동시에 뜻하는 eros의 철자 순서를 바꿔서 재조합하면 sore과 rose가 된다)'를 박탈함으로써 상징적인 죽음으로 박제시키고 자신들의 한가운데에 "가장 흉물스러운 존재"(an eyesore among eyesores, "RFE," 26)—가장 내밀한 곳에 상징물처럼 존재하지만 사실 가장 예외적이고 가장 이질적인 바깥존재—로 끌어안고 살아왔던 셈이다.

살아생전 에밀리의 아버지는 그녀에게 독재적이고 강력한 가부장권을 행

---

2 "A Rose For Emily" 작품을 인용할 경우 인용문 뒤에 제목("RFE")과 면수만 표시하기로 한다.

3 Tom Cohen, *Anti-mimesis from Plato to Hitchcock*. New York: Cambridge UP, 1994, p. 215.

사하며 보호라는 명목아래 그녀의 사회적인 접촉을 강제적으로 차단해왔던 인물이다. 덕분에, 지극히 보수적이고 가부장적인 심남부(Deep South)의 제퍼슨 마을에서 서른 살이 넘도록 결혼은커녕 어떠한 인간적인 감정교류나 연애의 기회조차 박탈당했던 에밀리에 대해 화자는 "우리들은 반드시 기분이 좋았다고 까지는 못해도 속으로 고소함을 금치 못했다"고 회상한다("RFE," 28). 학대에 가까운 부친의 폭압에 의해 필시 곤궁에 처해있는 에밀리에 대해 마을 사람들이 안타까움을 느끼기보다는 비상식적일 정도로 매정한 반응을 보이는 이유는, 화자의 서술에 따르면, 그리어슨 가(家) 사람들에 대한 마을 사람들의 묘한 반감에 기인한다. "우리"라고 칭해지는 마을 사람들의 눈에 그리어슨가(家) 사람들은 비록 마을에 남은 마지막 귀족 가문이라고는 하나 실제 자신들의 분수보다 지나치게 거만해 보였던 것이다. 그래서 화자의 고백에 따르면, "우리"는 아주 오랫동안 그들을 공동체 구성원 중 누군가로 여기기보다는 한 폭의 활인화(活人畫; a tableau)처럼 여기며 빈정상해왔던 것이다 ("RFE," 28).

그래서 마을 사람들은 에밀리의 부친이 죽었을 때도 거지꼴이나 다름없이 외톨이로 남게 된 그녀를 보며 "에밀리가 이제 비로소 인간다워진 것"이어서 "마침내 그녀를 동정할 수 있게 된" 자신들의 처지에 한편으로 기뻐할 정도였다고 화자는 고백한다("RFE," 28).[4] 부친의 죽음을 인정하지 못해서 3일 동안

---

4   바로 앞 문단에서 "우리"로 언급되던 마을 사람들이 이 문단에서는 "그들"로 지칭되고 있으며 해당 장(scene)의 마지막 문단에서는 다시 "우리"로 언급되고 있는데, 이러한 갑작스럽고 불규칙적인 인칭의 변화가 한 장안에서도 수시로 일어나고 있기 때문에 그 의미와 저자의 의도를 읽어보려는 시도가 계속 있어왔던 것이 사실이다. 예를 들어, 헬렌 네베커(Helen E. Nebeker)는 "그들"은 특정상황에서 묘사되는 특정 세대의 일부 마을 사람들을 지칭하는 반면, "우리"는 소문을 전해 듣는 마을 사람들 전체를 통칭한다고 주장한다(Helen E. Nebeker, "Emily's Rose of Love: Thematic Implications of Point of View in Faulkner's 'A Rose for Emily,'" *Bulletin of the Rocky Mountain Modern Language Association* 24 (1970), p. 5). 한편, 닉 멜자렉(Nick Melczarek)은 호머에 대한 에밀리의 범죄사실을

시신을 내어주지 않는 에밀리를 보면서도 마을 사람들은 그녀의 상태를 심각하게 걱정하기보다는 "그래야만 하겠지"라고 수군거린다("RFE," 28). 화자에 따르면, "무엇 하나 남겨진 것이 없을 때, 자신에게서 모든 것을 강탈해 간 바로 그 대상까지 내놓을 수는 없는 노릇일 테니까"라고 여겼다는 것이다("RFE," 28). 말하자면, 마을 사람들은 에밀리가 겪어온 폭력이 어떠한 종류의 것인지 정확히 이해하고 있었다는 점에서 그녀의 불행에 대한 그들의 반응은 더욱더 비인간적으로 읽히게 된다.

여기서, 프로이트 식으로 말해 현실부정(negation)에 해당하는 에밀리의 반응이 차후 호머 베른에 대한 그녀의 범죄를 예고하는 복선이라고 한다면, 필자가 주목하는 점은 그녀를 그러한 끔찍한 범죄로 이끌고 있는 것이 역설적이게도 그녀에 대한 집단적 "우리"의 지속적인 범죄였음을 화자가 서술 곳곳에서 암시적으로 폭로하고 있다는 사실이다. 에밀리의 부친이 살아생전 그녀에게서 단순히 뭇 남성들과의 접촉만 차단한 것이 아니라 기실 그녀가 사회적인 존재로 자립할 수 있는 방법과 힘, 기회까지도 강탈(robbed)함으로써 비유적으로 말해 '상실을 극복하고 스스로의 힘으로 다시 일어설 때 필요한 그녀의 사지를 모조리 잘라놓은 것'(dismembered)이라면, '그 작은 공동체에서 그녀를 예외적인 존재로 격리시키고 배제했던'(dis-membered) 집단적 성격의 "우리"(the communal We)는 에밀리에 대한 동일한 성격의 폭력을 다양한 맥락에서

이미 알고 있었으면서도 방조했을 뿐만 아니라 에밀리를 죽을 때까지 방기했던 데 대한 비난과 책임을 회피하기 위해 화자가 집단적인 정체성으로 자신을 지칭하고 있다고 말하는 반면(Nick Melczarek, "Narrative Motivation in Faulkner's 'A Rose for Emily.'" *Explicator* 67.4 (2009), p. 240), 토마스 클레인(Thomas Klein)은 오히려 독자에게 "내가 들었는데/봤는데"라며 소문내기를 좋아하는 사람들을 상기시키려는 의도로 포크너가 1인칭 집단으로서의 화자를 서사전략으로 사용하고 있다고 주장한다(Thomas Klein, "The Ghostly Voice of Gossip in Faulkner's 'A Rose for Emily,'" *Explicator* 65, iv (Summer 2007), p. 231).

거듭 심화시켰던 것이다.

　어린 시절부터 아버지의 폭압적인 보호 아래 한 개인으로 자립할 능력을 박탈당하고, 마을 사람들로부터도 인간이 아닌 하나의 우상으로 취급됨으로써 사회적 의무에서 제외됨과 동시에 소통의 권리조차 박탈당해야 했던 에밀리. 그녀가 아버지를 잃고 덩그러니 집 한 채 외에는 남겨진 아무런 재산도 없이 극빈자가 되었을 때 마침내 그녀를 불쌍히 여길 수 있어서 기뻐했던 마을 사람들은 이후 에밀리가 북부에서 마을로 흘러 들어온 일용 노동자인 호머 베른과 어울려 다닐 때 뒤에서 "불쌍한 에밀리"라고 수군거리기 시작한다. 사실, 화자의 서술이 에밀리라는 특정 인물의 사회성 결여라던가 애착장애로 인한 기행이나 광기를 고발하려는 것이 아니라 오히려 그녀에 대한 마을 사람들의 집단적인 폭력을 회고의 형식을 통해 고백/폭로하는 게 목적이라면, 그 폭력이 어떤 방식으로 행해지고 있는지 살펴볼 수 있는 가장 확실한 방법은 마을 사람들이 어느 대목에서 "불쌍한 에밀리"라고 반복해서 말하는지, 또 그들이 어느 대목에서 무슨 이유로 그녀와 관련해 "우리는 기뻐했다"라고 말하는지 추적해가며 읽어보는 것이다.

　호머에 관한 화자의 서술로 미루어보건대 그는 누구에게든 쉽게 다가가 격의 없이 어울릴 수 있는 호탕한 인물이었던 듯하다. 아마도 그것이 에밀리가 신분의 차이와 주변의 따가운 시선에도 불구하고 그와 어울려 지내게 된 이유일지 모른다. 그녀의 부친에 의해서 오랫동안 차단당해 왔기 때문이든, 그로 인한 반감에 의해서든, 귀족 가문의 여식인 에밀리를 여전히 자신들 중 하나로 받아들이지 않고 예외적인 인물로 취급하며 거리를 두는 마을 사람들에 비해 그 자신 또한 외부인이기에 신분차이에 대한 남부마을의 봉건적이고 폐쇄적인 가치관을 괘념치 않을 뿐더러 에밀리에 대한 어떤 선입견도 갖고 있을 이유가 없었던 호머는 그만큼 그녀에게 쉽게 다가갈 수 있었을 것이고 피붙이 하나 없이 절망적인 외로움에 떨어야 했던 에밀리에게 그는 필시 구원 같은 존재였을 것이다.

하지만, 부친이 죽은 후 상심이 컸던 에밀리가 그렇게나마 무언가에 관심을 쏟기 시작했다는 사실에 처음에는 다행으로 여겼던 마을 사람들이 이내 가당찮은 신분차이에도 불구하고 자주 어울려 다니는 그들의 모습에 심기 불편해하기 시작한다. 마을의 모든 아낙네들이 "가문이 좋은 그리어슨 집 규수가 북부 출신 날품팔이꾼을 진정으로 상대할 리 없다"고 숙덕거릴 때, 나이 든 어르신들은 "아무리 깊은 슬픔에 빠졌더라도 참된 숙녀라면 귀족의 체통을 잊어서야 되겠는가"라며 "불쌍한 에밀리! 친척이라도 와 주는 게 좋겠구면"이라고 말하는데, 그 이후 이 "불쌍한 에밀리"라는 말이 어느 새 꼬리표처럼 에밀리를 쫓아다닌다("RFE," 29). 특히나, 기독교 전통이 유독 강한 심남부의 작은 마을에서 일요일은 공식적으로 마을 사람들이 교회에 모여 지난 한 주 동안의 죄를 고백하여 회개하고 새로운 한 주일의 밝은 삶을 약속 받는 날임에도 불구하고, 마을 사람들은 "일요일 오후의 태양"(the sun of Sunday afternoon, "RFE," 29; 주일예배가 끝난 시각을 암시적으로 가리킴)을 가려주는 창문가리개 뒤에서 창밖으로 에밀리와 호머가 함께 지나가는 것을 내다보며 누가라도 들을 새라 손으로 입을 가린 채 서로에게 "정말 그렇다고 생각해요?", "당연하죠, 그게 아니면 뭐겠어요…"라고 수군대면서 "불쌍한 에밀리"라는 말을 추임새처럼 반복적으로 덧붙였던 것이다.

화자의 회상에 따르면, 에밀리는 "이미 충분히 몰락할 대로 몰락했다고 여겨질 때조차"(even when we believed that she was fallen, "RFE," 29 (강조는 필자의 것); 여기서의 '몰락(fallen)'이란 그녀의 신분상의 몰락뿐만 아니라 여성의 덕목으로 여겨졌던 정숙함의 훼손도 같이 암시하고 있다) 더욱 꼿꼿이 고개를 치켜들고 다녔기 때문에, 그리어슨 가(家)의 마지막 사람으로서 자신의 위엄을 어느 때

보다도 주위 사람들에게 과시하려는 것처럼 여겨졌다고 한다. 여기서 에밀리의 필요 이상으로 오만해 보이는 자태는 주위의 시선에 아랑곳 하지 않는 그녀의 독한 면모를 드러내는 것으로 해석되곤 하는데, 사실 그것은 오히려 주변의 따가운 시선과 집요한 수군거림에 무방비로 노출되어야 했던 무력한 한 여자의 예민한 자의식과 그에 따른 심리적 방어기제로 해석되어야 할 것이다.

에밀리와 호머의 연애사가 입방아에 오르내리게 된 후 신분이 전혀 어울리지 않는 그 두 남녀가 과연 결혼으로 맺어질 것인지는 마을에서 초미의 관심사가 된다. 설마 에밀리가 진심으로 상대할까 싶었던 북부 뜨내기에 불과한 호머 베른이 오히려 젊은 사내들과 선술집에서 자주 어울리며 자신은 결혼할 부류의 남자가 아니라고 공공연히 떠벌리고 다녔기 때문이다. 안 그래도 심기가 불편했던 마을 아낙네들은 그 둘이 지나갈 때마다 뒤에서 "불쌍한 에밀리"라는 말을 연신 수군대면서도 다른 한편으론 귀족 가문의 숙녀가 결혼도 하지 않을 남자와 함께 버젓이 일요일 대낮에 시내를 휘젓고 돌아다니는 일은 마을 전체(여성)에 대한 불명예이며 젊은이들에게도 좋지 못한 본보기가 된다고 성토하다가 급기야 마을 교회의 목사를 에밀리에게 보내 설득을 시도하기에 이른다. 그리고 그 시도가 실효를 거두지 못하자 이번엔 앨라배마에 살고 있는 에밀리의 친척들에게 편지를 써서 에밀리의 집에 찾아와 머물며 그녀를 단속해줄 것을 종용한다.

그런데 에밀리의 사생활에 대한 "우리"의 집요하고도 폭력적인 간섭이 한순간에 얼마나 이율배반적으로 무책임한 방관으로 변모될 수 있는지는 글의 세 번째 장과 네 번째 장에서 파편적으로 언급되고 있는 사건들을 시간 순서대로 짜 맞추었을 때 확인해볼 수 있다. 화자는 고백하길, "우리"가 "불쌍한 에밀리"라고 수군거리기 시작한지 정확히 1년 만에 에밀리가 약국에서 비소를 샀고, 바로 그 다음날 "우리 모두"는 그녀의 안부를 걱정하거나 그녀에게 도움의 손길을 내미는 대신 "그녀가 자살할지도 몰라. 그런데, 그게 최선일 거야."라고 입을 모아 말했다는 것이다("RFE," 30). 여기서 필자가 강조하고 싶은 점은, 에밀리의 일거수일투족에 대한 정보를 단 하루 만에 마을 전체가 공유하고 있다는 사실과, "우리 모두" 에밀리가 자살할지도 모른다고 생각하면서도 어느 누구 하나 나서서 말리려 하지 않았다는 것은 그것이 이미 그녀에 대한 집단적인 맥락의 '살인'에 해당한다는 사실이다.

얼마 안 있어 에밀리가 H.B.라는 머리글자가 새겨진 남자용 은(銀)제 화장도구를 주문했다는 사실을 알았을 때 마을 사람들은 "둘이 결혼할 것이 틀림없다"고 다시 수군거리기 시작한다. 또, 곧이어 그녀가 잠옷을 포함해 남성정장도 한 벌 사들였다는 사실을 알게 되었을 때는 "이젠 결혼한 거나 진배없다"고 기뻐한다. 그러나 곧바로 뒤따르는 화자의 부연설명에 따르면, "우리"가 기뻐했던 진짜 이유는 가당찮은 출신의 첫사랑 남자에게 버림받고 상처와 수치를 겪을 수도 있었던 에밀리가 가까스로 그와의 결혼에 성공하게 되었다는 데 대한 안도감 때문이 아니라 에밀리를 돌봐주러 와있던 에밀리의 두 명의 여자 사촌들이 에밀리보다 더 그리어슨 티를 냈던 터라 꼴 보기 싫은 그들을 더 이상 보지 않아도 된다는 사실이 다행이라고 여겨졌기 때문이라는 것이다("RFE," 30).

한편, 마을 사람들인 "우리"가 에밀리를 어떻게 그 집단적인 "우리"에서 배제시키며 폭력을 행사해 왔는지 읽어내기 위해 문자적으로든 비유적으로든 에밀리가 텍스트 내에서 차지하는 위치를 가늠해보는 것도 화자 및 저자의 서사의도를 파악하는데 중요한 단서가 되어준다. 예를 들어, 에밀리를 예외적인 대상으로 배제시키는 작업은 세대에 걸쳐 진행되는데 그녀에 대한 세금면제 또한 동일한 맥락에서 해석될 수 있다. 이에 관해 메리 아렌스버그

(Mary Arensberg)와 사라 스키프터(Sara E. Schyfter)는 사토리스 대령이 그녀의 제2의 아버지로서 에밀리의 불가침권(inviolability)을 보장하기 위해 법적인 맥락의 장벽을 세워 그녀를 그 다음 세대로부터도 격리시킨다고 말한다.[5] 코헨 또한 사토리스 대령이 에밀리에게 세금을 면제해 준 것은 표면적으로 아버지가 죽은 후 경제적 자립 능력이 없는 에밀리의 처지를 동정한 부성애적 배려로 보이지만, 사실 에밀리를 사회의 경제 시스템 바깥에 예외적인 존재로 위치시킴으로써 살아생전의 생물학적 아버지보다 훨씬 더 심각하게 에밀리를 사회적으로 거세한 것이라고 주장한다.[6] 같은 맥락에서, 폴 해리스(Paul A. Harris)는 사토리스 대령이 그녀의 아버지가 죽고 나서야 에밀리에게 세금을 면제해 주었다는 것은 그녀를 더 이상 귀족 가문의 누군가로 보지 않는다는 뜻이므로 경제 시스템뿐만 아니라 역사적 질서에서도 에밀리를 배제한 것이라고 읽는다.[7]

그런데 또 한편 마을 전체에서 가장 강력한 가부장권을 행사하던 사토리스 대령이 자신의 이름으로 에밀리를 법망 바깥에 세우는 것은 그녀가 죽을 때까지 그녀의 공간이 소위 '치외법권 지역'이 될 수 있도록 풍토를 마련해준 셈이라고 할 수 있다. 그리하여, 제퍼슨의 마지막 남은 귀족 가문 여성으로서 한때 순수함과 고귀함을 온몸으로 체현해야 했던 상징적 존재였을 에밀리는 세대를 거쳐 전락하여 어느새 "마을 한가운데 홀로 남아서 면화 마차와 가솔린 펌프 위에 우뚝 솟아 그 고집 세고 교태에 찬 한때의 영화로운 모습을 드

---

5 Mary Arensberg and Sara E. Schyfter, "Hairoglyphics in Faulkner's 'A Rose for Emily': Reading the Primal Trace," *Boundary 2: An International Journal of Literature and Culture* 15, i–ii (Fall 1986–Winter 1987), p. 128.

6 Tom Cohen, *Anti-mimesis from Plato to Hitchcock*, New York: Cambridge UP, 1994, p. 215.

7 Paul A. Harris, "In Search of Dead Time: Faulkner's 'A Rose for Emily'," *KronoScope* 7.2 (2007), p. 176.

러내고 있지만 현재는 주위와 조화를 이루지 못해 더할 나위 없이 눈에 거슬리는 그리어슨 가문의 저택"과 동일시된다("RFE," 26). 그래서 코헨은 마을 사람들에게 골칫거리였던 그리어슨 저택에서 풍겨 나오는 시체 썩는 냄새를 여자의 생리냄새로 연결시켜 읽으며, 에밀리의 집이 결국 에밀리의 몸과 동일시된다면 마을 사람들이 집 주변에 석회가루를 뿌리는 행위는 실상 그녀를 생매장하는 제스처에 다름없다고 해석한다.[8] 해리스도 비슷한 이유로 사실 이야기 자체가 마치 그 안에 에밀리를 묻는 지하매장소(crypt)처럼 구조되어있다고 주장한다.[9] 집단적인 성격을 띠고 있는 "우리"로서의 화자가 에밀리의 생애와 죽음에 대해 계속 거듭해서 다르게 말하고, 그에 대한 독자의 읽기가 계속 새롭게 지속된다는 사실은 비유적으로 그녀를 매장하는 일이 아직 완수되지 못했음을 말해준다는 것이다.

이런 맥락에서 보자면, 작품 속에서 에밀리는 그녀가 살아생전 그러했던 것처럼 서사의 권력구조를 벗어나는 텅 빈 구멍, 파열구로서 존재하는 것이며 그래서 그녀의 존재는 마치 삼켜지지도 뱉어지지도 않는 화자의 목에 걸린 뼈처럼, 온전히 말해지지도 해석되지도 않은 채 한가운데 가장 흉물스럽고 괴기스러운 '암호처럼 나타나면서'(encrypted) 역설적으로 독자의 호기심을 자극하여 '읽기'를 추동시키는 원동력으로 기능한다고 볼 수 있다. 그런데, 여기서 필자가 주목하는 점은 화자의 언어로 온전히 포착되지 않는 암호같은 (cryptic) 파열구로서의 에밀리를 읽어 내고자 하는 집단적인 성격을 띠고 있는 독자로서의 '우리'의 읽기가 사실 에밀리의 사생활에 대한 집요하고 폭력적인 호기심으로 그녀의 삶을 마치 해부하듯 낱낱이 파헤쳤던 마을 사람들의 관음

---

8 Tom Cohen, *Anti-mimesis from Plato to Hitchcock*. New York: Cambridge UP, 1994, p. 216.
9 op. cit, p. 174.

증적 욕망과 동일한 선상에서 이루어지고 있는 것이 아닌가 하는 것이다. 에밀리가 도대체 어떤 인물인가를 파악하기 위해서 독자는 파편적으로 주어지는 정보를 샅샅이 찾아내 마치 퍼즐을 맞추듯 짜 맞춰나가야 한다. 그런데 읽고 있는 것이 사실은 한 여자의 한 맺힌 삶에 관한 이야기임에도, 독자는 그 비극적 상황이 자신의 현실은 아니라는 인식에서 오는 '안도감'을 전제로 먼발치에서 바라보는 관망자처럼, 혹은 심지어 흥미와 재미까지 느끼며, 호기심 어린 시선으로 그녀에 관한 이야기를 훑어나가게 된다. 이러한 맥락에 서라면, 독자로서의 '우리'의 읽기 또한 "불쌍한"이라는 단어로 에밀리를 규정하려 했던 마을 사람들의 위선에 찬 연민만큼이나 남근적인 시도로 여겨지는 것이다.

플로이드 왓킨스(Floyd C. Watkins)는 에밀리에 관한 화자의 이야기가 "고립과 침입의 사건에 따라 각 5개의 장으로 나뉜다"고 말하는데,[10] 그래서 작품의 마지막 장에서 마을 사람들이 에밀리의 집의 가장 내밀한 공간의 문을 부수고 들어가는 것은 (그 집과 에밀리가 거의 동일시되는 점을 고려할 때) 그녀의 몸을 꿰뚫어 버리는 남근적 폭력(강간)으로 읽힐 수 있고, 마치 카메라가 방의 구석구석을 훑어주듯이 40년 동안 외부의 누구에게도 열린 적이 없었던 그녀의 침실이자 신방의 면면을 묘사해주는 화자의 서술을 따라 읽는 독자의 시선 또한 관음증적인 강간(voyeuristic rape)의 맥락에서 해석될 수 있는 것이다. 그런 점에서, 죽은 연인의 시체를 평생토록 끌어안고 살아온 에밀리의 괴기스러운 시간증(necrophilia)은 상징적인 맥락에서 이미 죽은 여자(에밀리)에 대해 행해지고 있는 "우리"의 집단적인 강간과 정확히 대구를 이룬다고 볼 수 있다.

그런데, 철저하게 고립되고 버려진 에밀리가 마지막까지 지키고 싶어 했던

---

10 Ruth Sullivan, "The Narrator in 'A Rose for Emily,'" *Journal of Narrative Technique* 1.3 (Sept. 1971), p. 162에서 재인용.

가장 비밀스러운 공간을 가장 충격적인 방법으로 폭로하는 마지막 장에서 화자는 현장을 눈앞에서 목격하고 있는 마을 사람들을 지칭하기 위해 "우리"라는 대명사 외에도 "그들"이라는 대명사를 번갈아 사용하고 있다는 점을 주목할 필요가 있다. 예를 들어, "과거 40년 동안 누구 하나 본 일이 없는 방이 계단 뒤에 있다는 사실을 '우리'는 벌써부터 알고 있었다."라고 말한 바로 다음 문장에서 "그러나 '그들'은 그 방문을 열기 전에 미스 에밀리를 공손히 땅에 묻을 때까지 기다려야만 했다."라고 말한다("RFE," 32). 만일, 앞 문장에서의 "우리"가 여러 세대를 걸쳐 에밀리의 존재를 알아왔던 마을 사람들을 통칭하는 것이고 뒤 문장에서 언급되는 "그들"이 실제 그녀의 침실 문을 부수고 들어갔던 사람들을 특별히 지칭하는 것이라면, 필자가 여기서 제기하고 싶은 의문은 '현재 독자에게 그 모든 상황을 생생히 전달하고 있는 화자는 과연 그 현장에 있었는가?'이다.

얼핏, 자신까지 포함하는 1인칭 복수대명사 "우리" 대신 3인칭 대명사인 "그들"이라는 표현을 쓰고 있는 것을 보면, 화자는 그 현장의 모습을 직접 목격했다기보다 누군가로부터 전해들은 이야기를 자신의 언어로 묘사하여 전달만 하고 있는 것으로 여겨진다. 하지만, 가장 충격적인 비밀을 폭로하는 마지막 문단에서 화자는 다시 "우리"라는 집합대명사로 돌아온다. "그런 다음 우리들은 두 번째 베개 위에 사람의 머리 자국을 보았다; 우리들 중 한 사람이 그 베개 위에서 무엇인가를 집어 올렸다; 희미하고 눈에 안 보이는 메마른 먼지가 코를 툭 쏘는 것을 느끼면서 몸을 앞으로 기울였을 때 한 가닥의 기다란 철회색 머리칼을 보았던 것이다"("RFE," 32). 앞서 다른 장에서 화자는 마을 사람들을 지칭하기 위해 "우리"와 "그들"이라는 1인칭과 3인칭의 집합대명사를 때에 따라 섞어 쓰고 있기 때문에 시간 순서대로 이야기를 짜 맞춰 읽어야 하는 독자는 그러한 구분이 아마도 화자가 어느 세대에 속해있는

가에 따른 구분이거나 에밀리와 관련된 사건들의 현장에 화자가 있었는지 여부에 따른 구분이겠거니 추측해왔겠지만, 집약적으로 가장 강렬한 페이소스를 일으키는 마지막 장에서 그러한 판단이 틀렸음이 드러나는 것이다.

그렇다면, 화자가 "우리"와 "그들"이라는 집합대명사를 섞어 쓰는 이유와 그 의도는 무엇일까? 에밀리의 비극적 삶에 대해 자신만큼은 무죄였음을 주장하고 싶어서 소급적으로 이야기를 조작하면서 자기변명과 책임회피를 하기 위해 "그들"이라는 대명사를 사용하고 있는 것인가? 아니면, 그녀를 비극으로 내몰았다는 죄의식으로부터 자신 또한 자유로울 수 없음을 말하기 위해 자기고백적인 맥락에서 "우리"라는 대명사를 사용하고 있는 것인가? 에밀리 살아생전 그녀에 대한 가십을 퍼 나르면서도 마치 추임새라도 넣듯이 "불쌍한 에밀리"라고 값싼 동정만 남발하다가 그녀가 죽은 이후에도 "그녀의 집안을 둘러보고 싶은 호기심, 또는 쓰러진 기념비에 일종의 경의를 표하기 위해"("RFE," 26) 그녀의 장례식에 방문하면서 "어딘가에서 사 들고 온 꽃다발"(bought flowers, "RFE," 26; 자신의 집에서 정성들여 기른 꽃이 아니라 손쉽게 구해온 꽃이라는 뜻) 외에 그 어떤 진심 어린 애도의 뜻도 전할 줄 모르는 마을 사람들이 어쩌면 에밀리보다도 더 괴물스럽다는 점에서, 우리는 화자를 별반 다를 바 없는 그들 중 하나로 봐야 하는가? 아니면, 그녀의 비극적 삶에 대해 가슴 깊이 공감하고 애도하며 에밀리를 위해 '장미 한 송이'를 바칠 수 있는 특별한 이로 봐야 하는가?

마을 사람들을 지칭하는 이러한 인칭대명사의 혼용은 작품의 주제와 관련하여 저자가 충분히 숙고하여 사용하고 있는 수사(rhetoric)일 것인 바, 그 집단으로서의 "우리"가 독자까지 겨냥한 1인칭 대명사라는 점을 고려할 때, 그 의도를 어느 쪽으로 읽어내느냐에 따라 독자에게 요구되고 있는 수행성(performativity as an ethical re-act)은 다르게 논해질 수 있을 것이다. 말하자면, 마을 사람들이 에밀리의 사후에조차 그녀를 제대로 애도하는데 실패하고 있다면, 앞서 논한 '윤리적 책임으로 독자를 소환하는 화자 및 시점전략'이라는 맥락에서 마을 사람들인 "우리"의 실패를 대신해 독자인 '우리'가 떠맡아야 할 윤리적 책임이 무엇인지를 논해볼 필요가 있는 것이다.

그와 관련해, 필자는 여기서 '에밀리에게 장미를,' '에밀리의 장미,' '에밀리를 위한 장미' 등 다양한 의미로 해석되는 제목에 대한 재평가가 에밀리를 '다시 새롭게' 애도하는 하나의 방법이 될 것이라고 생각한다. 특히, 제목에 포함되어 있는 '장미'(rose)를 어떻게 해석할 것인가? 이미 여러 가지 해석이 있지만, 본고에서 필자는 로라 게티(Laura J. Getty)의 해석에 주목하고자 한다. 그녀는 '장미 아래'(sub rosa: under the rose)라는 표현이 '엄격한 기밀'(strict confidence), '완전한 비밀유지'(complete secrecy), '절대적인 프라이버시'(absolute privacy)를 뜻하는 관용구라는 점을 지적한다.[11] 그렇다면, 마을 사람들의 따가운 시선과 구설에 시달리면서 전혀 사생활을 보장받지 못했던 에밀리에게 끝까지 지켜내고 싶었던 비밀은 무엇이었을까?

이야기 전체가 창백한 모노톤, 혹은 먼지느낌의 회색빛을 띠고 있다고 할 때 유일하게 "장밋빛"이 허용된 공간은 마지막 페이지에서 갑작스럽게 폭로되고 있는 에밀리와 호머 베른의 신방이다. 빛바랜 장미색으로 치장되어 있는 그녀의 가장 내밀한 공간. 40년이라는 그 오랜 시간 동안 모든 기억의 흐름이 정지되어 있던 그곳에 켜켜이 쌓여온 먼지. "우리"의 눈에는 그곳이 무덤으로 보일지라도, 적어도 우리의 폭력적인 시선이 침입하기 전까지는 그곳이 에밀리에게 유일하게 허용된 살아 숨 쉴 수 있는 공간이었을 것이다.

한 개인으로 자립할 능력뿐만 아니라 사회적으로 소통할 기회와 권리조차

---

11 Laura J. Getty, "Faulkner's 'A Rose for Emily,'" *The Explicator* 63.4 (2005), p. 231.

박탈당했던 그녀였기에, 그토록 만연하고 종잡을 수 없는 형태로 자신의 일 거수일투족을 뒤쫓는 마을 사람들의 폭력적인 시선과 수군거림에서 벗어나 기 위해 에밀리는 아마도 자기 스스로를 고립시킬 수밖에 없었을 것이다. 다 시 말해, 스스로를 외부로부터 차단하고 집에 갇혀 지내기를 택한 것은 그녀 가 생존할 수 있는 유일한 방법이었겠지만, 실상 에밀리는 그녀의 생애 내내 상징적으로 죽임 당한 존재였던 것이다. 더구나 유일하게 '사랑을 주고받을 수 있다'고 여겼던 대상, 호머에게 버림받아야 했을 때 그녀는 (아버지의 죽음을 인정하지 못했던 것처럼 연인의 상실도 인정하지 못해서) 죽음이나 상실이 침범할 수 없는 "겨울철도 감히 침범하지 못하는 시들지 않는 목초지 같은 개념의 시간을 구 성하기 위해"("RFE." 32) 그녀 자신을 시간으로부터 떼어낸 후 (매일이 신혼 첫날밤인 듯한) 그 정지된 시간 속에서 단지 '말린 장미'(dry flower)와 같은 연인의 시체가 아니라 죽음 자체를 끌어안고서 자신의 삶까지 박제시켜야 했을 것이다.

이러한 맥락을 읽어낼 수 있을 때, 독자는 소설의 마지막 페이지에서 에밀 리의 '괴기스러움'을 넘어서 화자가(또한 동시에 저자 포크너가) 폭로하고자 했던 집 단적 대명사로서의 "우리"(이 "우리"엔 화자뿐만 아니라 독자까지도 포함된다)의 '괴물스러 움'을 직시해야만 한다. 루스 설리반(Ruth Sullivan)도 지적하듯이 에밀리가 기이 할 정도로 지나친 현실 회피자에 극단적인 자기 고립자(self-isolator)였다 하더라 도),[12] 그녀의 가장 내밀한 공간에 침입해 그녀가 겪어온 삶의 실체를 확인했 을 때 독자가 알아보아야 하는 것은 그녀의 온 생애를 그 지경이 되도록 만든 것은 결코 그녀만의 잘못이 아니라는 사실이다. 소설의 마지막 페이지에서 독자가 느끼는 감정이 경악에 가까운 공포라면, 이때의 공포는 에밀리의 괴 기스러움 대한 공포보다는 그녀를 그러한 비극으로 내몰고도 현재의 삶을 예

---

12 Ruth Sullivan, "The Narrator in 'A Rose for Emily,'" *Journal of Narrative Technique* 1.3 (Sept. 1971), p. 164.

전 그대로 살아가기로 결정한 마을 사람들의 태연함과 잔인함에 대한 공포이어야 한다. 그리하여, 그들의 비인간적인 냉혹함에 공모하지 않기 위해, 그리고 그들의 실패를 대신해 '새로운 가능성'을 열기 위해서 독자가 어떠한 '행위'로 이끌려야 한다면, 마지막에 독자에게 요구되고 있는 것은 에밀리에 대한 마을 전체의 폭력이 어떠했는가를 다시 한 번 점검하고, 최종적으로 에밀리에 대한 남근적인 폭력에 이미 독자 자신 역시 연루되어 있다는 점을 깨달아 그에 대한 책임을 떠맡는 일이다.

그런 의미에서, 마지막 장에서 다시 한 번 환기되고 있는 것은 '어떻게 에밀리에게 값싼 동정이 아닌 진정한 애도(remembering이면서 동시에 'dis- membering'에 대한 거부/저항의 맥락에서 're-membering')의 차원에서 (그녀가 그토록 절박하게 소유하고 싶어 했던 삶과 사랑의 상징인) 장미 한 송이를 제대로 건넬 것인가'에 대한 질문일 것이다. 네베커는 저자 포크너가 "괴물스러운 '우리'"(the monstrous "we")를 통해 남부사회구조의 도덕적 위선에 깜짝 놀랄 한방을 날리고 있다고 말하며, 그들이 마지막까지도 자기의(self-righteousness)에 매몰되어 에밀리에게 구역질나는 장미를 건네고 있다는 점에서 (윤리적으로) 끝끝내 실패하고 있다고 주장한다.[13] 그렇다면, 그들의 실패를 되풀이 하지 않기 위해서, 그들이 실패하는 바로 그 지점에서 그들을 대신할 독자로서의 '우리'는 어떠한 태도를 취해야 하겠는가?

만일 누군가가 나를 신뢰해 마음을 열기 시작했다면, 그래서 내가 상대의 마음속을 들여다보게 됐다면 나는 막강한 책임의식을 가져야 한다. 그가 자신의 가장 취약한 것, 즉 생명을 내게 맡겼다는 뜻이기 때문이다. 레비나스

---

13 Helen E. Nebeker, "Emily's Rose of Love: Thematic Implications of Point of View in Faulkner's 'A Rose for Emily,'" *Bulletin of the Rocky Mountain Modern Language Association* 24 (1970), p. 10.

(Emmanuel Levinas) 식으로 말하자면, 마치 우리의 공격성을 시험하듯이 그 누군가의 가장 취약한 부분(vulnerability)을 마주했을 때 우리는 그의 안녕에 대해 책임을 져야 한다.[14] 따라서 누군가의 마음속을 들여다본다는 것은 경건하고도 조심스럽게, 그러나 당당하게 엄중한 책임을 떠맡는 일이어야 한다. 그것은 남의 생명을 맡아 잘 관리해야 할 책임을 뜻하기 때문이다. 그리고 바로 그것이 에밀리에 대해 호머가 실패한 부분이고, 마을 사람들인 "우리"가 세대에 걸쳐 철저하게 실패한 부분이라고 할 수 있다.

누군가의 가장 내밀한 속내, 혹은 비밀을 들여다본다는 것도 같은 맥락에서 해석되어야 할 것이다. 에밀리가 자신의 삶을 박제시키면서까지 그토록 지키고 싶어 했던 비밀이 가장 취약한 상태 그대로 노출되었을 때, 다시 레비나스 식으로 말해, 그 무방비상태로 노출된 타자의 얼굴은 "너는 살인하지 말라"고 명령한다.[15] 그 명령을 가장 비유적으로 나타내고 있는 대목이 소설의 마지막 장에서 "우리"가 오랫동안 마주하고 서있어야 했던 "살이 다 허물어져 나간 해골의 깊은 쓴웃음"(the profound and fleshless grin)일 것이다("RFE," 32). 40년 동안 닫혀있던 그녀의 가장 내밀한 공간을 폭력으로 뚫고 들어갔을 때, 독자까지 포함한 '우리'가 마주하게 되는 그것은 어쩌면 에밀리가 마련해놓은 선물이자 최소한의 윤리에 대한 요구일지 모른다. 그에 어떻게 '응답'할 것인지는 책장을 덮는 독자 개개인의 몫으로 남을 것이다. 따라서 소설의 마지막 장면은 작품의 결론이 아닌 '문제제기'이며 그 문제를 풀기 위한 긴 여정은 에밀리를 새롭게, 다시 기억하는 일로서 그녀의 비극적 삶에 예의를 갖춘 진정성 있는 '애도작업'을 위한 또 한 번의 새로운 첫 걸음이 될 것이다.

---

14 Emmanuel Levinas, *Ethics and Infinity: Conversations with Philippe Nemo*, trans. Richard A. Cohen, Pittsburgh, PA: Duquesne UP, 1969, p. 86.
15 Ibid. p. 86.

III. '바틀비'와 대화하기─화자의 '자기중심적 독백'이 아닌 독자가 참여하는 '여러 층위의 다방향 대화'로

「에밀리에게 장미를」에서와 마찬가지로 멜빌의 「필경사 바틀비」에서도 필자가 주목하고자 하는 부분은 화자에 대한 성찰, 혹은 비판이 사실 고스란히 독자에게 적용되어야 한다는 사실이다. 저자 멜빌은 포크너와 마찬가지로 변호사 신분의 화자 "나"의 입을 통해서만 바틀비에 관한 이야기를 전달하고 있다. 그런데 화자의 언어가 충분히 담아내지 못하고 읽어내지 못하는 부분이 있고, 사실은 그 실패의 지점을 읽어냄으로써 역설적이게도 독자로서의 '나'는 나의 역할과 책임이 어떤 방식으로 요구되고 있는지 해석해볼 수 있게 된다.

「필경사 바틀비」에서 화자는 왜 바틀비와의 만남을 사후적으로 기록하고 있는가? 사실 "나"라는 화자의 독백으로 구성되어 있는 이 소설에서 화자는 과거에 일어났던 일을 마치 현재에 벌어지고 있는 것처럼 현재형으로 말하고 있는데, 이는 어찌 보면 바틀비가 죽은 후에도 그의 존재에 대한 생각과 질문과 감정이 화자에게 여전히 지속되고 있기 때문일 것이다. 어떤 점에서, 변호사로 등장하는 "나"의 수다스러운 자기변론은 바틀비에 대한 윤리적 책임을 다하지 못해 그를 죽음으로 내몰았다는 스스로의 양심의 가책을 해결하기 위해 자신이 겪은 특이한 경험에서 사후적으로라도 무언가 의미를 찾아내려고 전전긍긍하고 있는 모습으로 읽힌다.

그런데, 노만 스프링어(Norman Springer)에 따르면 화자의 서술을 구성하는 모든 것─자신에 관해 규정하기 위해 언급하는 모든 요소들 (그의 직업, 자부심, 돈, 시간, 사리분별, 서술의 방식)─이 사실은 상황을 제대로 볼 수 없도록 시야를 가리는 '벽'으로 기능하고 있다.[16] 화자가 너무도 소중히 여겨왔던 것들이 오히려 '진실'을 똑바로 보지 못하게 하는 장애물로 기능하고 있기 때문에, (바틀비가 그랬던 것과 마찬가지로) 화자 역시 외부로부터 차단되어(walled-off) 고립돼 있다는 것이다.
그렇다면, 화자인 "나"는 어떻게 벽 너머로 자신이 말하고자 하는 바를 제대
로 전달할 수 있을 것이며, 독자인 '나'는 또 벽 저편에서 중얼대는 말을 어떻
게 제대로 알아들을 수 있을 것인가? 이러한 '의사소통의 장애' 문제는 사실
바틀비와 소통하려던 "나"의 시도가 얼마나 난항을 거듭하는지를 거울처럼
반영하고 있다는 점에서 "월가의 이야기"(a story of Wall-street)라는 부제의 의미
에 방점을 찍고 있는 셈이다. 다시 말해, 화자 "나"의 수다스러움은 마치 포
크너의 『소리와 분노』에서 제이슨이 타인들로부터 비난 받을까 두려워 자신
이 먼저 시끄럽게 두서없이 떠드는 것처럼, 화자 "나"의 소통의 시도가 얼마
나 자기본위적인지, 그래서 그의 주절거림/자기합리화가 어째서 나르시시즘
적인 자기 독백으로 그칠 수밖에 없는지를 보여준다고 할 수 있다. 아마도
그것이 그의 서술이 이야기의 마지막까지 어떤 구체적이고 희망적인 해결책
이나 대안을 제시하는 것이 아니라 그저 독자에게 던져진 질문으로 남는 이
유일 것이다.

화자 "나"는 바틀비가 살아생전 초록색 칸막이를 세워 그의 자리를 규정했
던 것과 똑같은 방식으로 바틀비의 사후에도 그를 자신의 언어 속에 가두고
통제하려 하지만 역설적이게도 그의 서술을 통해 독자가 보게 되는 것은 그
가, 그리고 그의 언어가, 어떻게 실패하는가이다. 작품 속에서 애스터(Astor)로
대표되는 가진 자들의 못 가진 자에 대한 착취를 용이하도록—사회적 약자에
대한 저당몰수(foreclosure)가 법적으로 문제가 없다고 판결을 내리고 그에 관한
법률서류작업을 도맡아 함으로써—돕고 그 대가로 부와 명성을 얻은 화자는
본인 스스로를 "안전한 사람"(safe man, "Bartleby," p. 4)[17]이라고 칭하는데, 비유적

---

16 Norman Springer, "Bartleby and the Terror of Limitation," *PMLA* 80 (1965), p.
    415.

으로 말해, 그는 가진 자들의 재산을 열심히 지켜주는 '금고'와 같은 인물이면서 동시에, 자신의 양심이 통렬히 자극 받지 않도록 그 동안 벽을 쌓아왔기에 (바틀비와 같은 부류의) '타자'를 대할 때 자신이 얼마나 비인간적인지 깨닫지 못하고 실상 알맹이 없는 자신의 삶에 비애감도 느끼지 못한다는 점에서 그는 역설적으로 '안전'하다고 할 수 있는 셈이다. 때문에, 이 소설의 핵심은 그러했던 화자가 바틀비를 만남으로써 변화했는가, 혹은 지금이라도 변화의 가능성을 보이고 있는가에 있다고 할 것이다. 왜냐하면, 바틀비를 대하는 화자 "나"의 태도가 「필경사 바틀비」를 읽는 독자 '나'의 입장을 상징적으로 반영하고 있기 때문이다.

토마스 딜워쓰(Thomas Dilworth)는 마치 대구를 이루듯 서술의 첫머리에서 존 제이콥 애스터(John Jacob Astor)의 이름을 마치 맘몬 숭배하듯 세 번 연달아 언급했던 화자가 결말부에서 자신이 버려두고 온 바틀비에 대해 책임을 묻는 사람들에게 "나는 그를 모르오. 바틀비는 나와 무관한 사람이오."라고 그와의 관계를 세 번 부인하는 것에 주목한다.[18] 이때의 화자는 성경에서 '자신이 살기 위해 예수 이름을 세 번 부인 하는 베드로'(마태복음 26: 69-74)에 비유된다는 것이다[19]. 그는 또 "결국, 나와 바틀비 둘 다 아담의 아들들이다."라는 화자의 언급이 한편으로는 형제애(brotherhood)와 관련된 예수의 사랑의 계명을 떠올리게 하지만, 정작 "나"는 바틀비의 안녕에 대한 책임을 회피하였으니 형제를 죽인 살인과 다름없다는 뜻에서 '카인과 아벨'의 모티브를 떠올리게 한다고 주장한다.[20] 바꿔 말하자면, 성서에서 언급한 인간의 첫 번째 살인에

---

17 "Bartleby" 작품을 인용할 경우 인용문 뒤에 제목("Bartleby")과 면수만 표시하기로 한다.
18 Thomas Dilworth, "Narrator of 'Bartleby': The Christian-Humanist Acquaintance of John Jacob Astor," *Papers on Language and Literature* 38.1 (Winter 2002), p. 60.
19 Ibid. p. 64.

해당하는 카인과 아벨의 이야기에서 아우 아벨의 죽음에 대해 모른 척 변명하는 카인의 행동이("아벨이 어디 있느냐?" / "내가 알지 못하나이다. 내가 아우를 지키는 자니이까?") 실상, 예수가 가야바의 집 뜰에서 심문 당하는 모습을 보고 베드로가 닭울기 전에 예수를 세 번 부인하는 행동과 연결된다는 뜻이며, 이는 작품 속에서 바틀비의 곤궁(destitution)을 외면함으로써 '사랑'에 대한 예수의 계명을 저버리고 (의도한 것이 아니라 해도) 그를 죽음으로 몰아넣은 것이나 마찬가지라는 화자 "나"의 죄목을 암시적으로 가리키고 있다는 뜻이다.

그런데 필자가 여기서 주목하려는 것은 이 화자가 특정 이름으로 지칭되지 않고 단지 "나"라는 1인칭 대명사로 언급되고 있다는 사실이다. 다시 말해, 독자 '나'는 「필경사 바틀비」를 읽는 내내 원하던 원하지 않던 이 화자 "나"의 입장에서 그의 죄와 양심의 가책을 같이 짊어질 수밖에 없는 것이다. 우리는 타인의 고통이나 타인의 안녕에 대한 책임을 회피하기 위해 너무도 쉽게 "저들은... 그들은... 너희들은... 네놈들은..."이라고 당연한 듯이 비난의 화살을 외부로 돌리며 그 어떤 윤리적 오류에서도 '나' 자신만큼은 전혀 무관 / 무고한 것 마냥 태연함을 유지하려는 경향이 있는데 이것이 도착적 방관 및 무관심, 공감의 결여와 무엇이 다른지 모를 일이다. 그런 점에서, 저자 멜빌이 「필경사 바틀비」를 통해 독자 '나'에게 호소(강요차원의 interpellation이 아닌 addressing)하고 있는 것은 화자 "나"의 한계와 감정의 변화를 따라 읽으며 자신 스스로를 돌아봄과 동시에 화자가 실패하고 있는 바로 그 지점에서 그의 실패에 대한 책임을 일정부분 떠맡기를 바라고 있는 것인지 모른다.

소설에서 화자는 바틀비가 사용하고 있는 이상한 화법—'수동적 저항'(passive resistance, "Bartleby," p. 13)의 맥락에서 해석되는 "그렇게 하지 않는 편을 택하겠습니다."(I would prefer not to . . .)라는 표현은 어느새 화자 "나"를 비롯해

---

20 Ibid. p. 61.

사무실 직원 전체에게 전염된다―이 자신의 권위를 얼마나 훼손시켰으며 그래서 자신을 얼마나 당황스럽게 만들었는지, 피고용인임에도 불구하고 자신에게 할당된 마땅한 몫의 일을 수행하지 않는 바틀비를 고용주인 자신이 이해하고 배려하기 위해서 얼마나 필사적으로 노력했는지에 대해서만 장황하게 읊어댈 뿐, 정작 바틀비가 왜 그런 선택과 행동을 하였는지에 대해서는 설명해주지 않는다. 때문에, 화자의 서술 의도가 결국엔 바틀비를 버려두고 떠나버린 자신의 마지막 결정을 정당화하기 위해 차근차근 포석을 깔아 나가고 있는 것에 불과하다고 해석되곤 하는데, 딜워쓰는 화자가 자신의 통제를 벗어나는 바틀비를 내쫓지 않고 참아내는 이유가 "바틀비가 자신의 동조와 협조로 인해 그 동안 고통 받아왔을 사회의 약자들을 대표한다면 그에게 친절을 베풂으로써 자신의 양심의 가책을 덜어보려는 시도"라고 주장한다.[21]

사실, 변호사인 화자가 직업적으로 약자의 재산몰수에 관여된 일을 하고 있다는 점을 고려할 때, 바로 그것이 바틀비가 요구 받는 모든 일에 대해 "그렇게 하지 않는 편을 택하겠습니다."라고 대답하는 이유일지 모른다. 딜워쓰의 말을 인용하자면, 바틀비의 그러한 선택과 행동은 "사회적 약자의 저당물 몰수가 법적으로 문제없다고 판결을 내리는 화자의 가치판단에 동의하지 않는 바틀비의 의식적인 행동"인 것이다.[22] 그래서 "나"의 공간에 이미 들어와 있는 바틀비의 고집스러운 저항으로 인해 화자가 당황하기 시작했다면, 그것은 어떤 의미에서 양심이 통렬히 자극 받지 않도록 그 동안 타자에 대해 감정적인 벽을 쌓아왔던 화자가 비로소 미약하게나마 자신의 잘못을 잘못으로 느끼기 시작했다는 뜻이다. 그래서 딜워쓰는 바틀비가 자신의 사무실에서 먹고 자고 한다는 것을 알았을 때 갑자기 화자가 보여주는 연민과 친절은 결국 자

---

21 Ibid. p. 70.
22 Ibid. p. 73.

신이 해온 저당물 몰수에 대한 죄책감을 나타낸다고 해석한다.[23] 직업상으로는 서류작업을 통해 양심의 가책 없이 수완 좋게 해오던 일을 개인적으로 알게 된 누군가에게 직접적으로 행사할 수는 없었기 때문에 바틀비를 내쫓지 않고 머물게 한다는 것이다.

그런데 한편, 자기변명과 사화자찬 일색인 화자의 서술을 면밀히 읽다 보면 그가 바틀비와 관련하여 어떠한 배려를 할 때 정작 상대방의 입장에서 그에게 정말 필요한 것이 무엇인지를 충분히 고민하지는 않는다는 사실을 알 수 있다. 그래서 스프링어의 주장처럼, 바틀비에 대한 화자의 인내심과 배려는 바틀비를 위해서라기보다는 "자비를 행하는, 그리고 자신의 한계를 넘어서는 상황까지도 잘 다룰 수 있는 수완 좋은 경험자"(p. 413)라는 스스로의 자아상을 증명하려는 시도로써, 그래서 어쩌면 '자기존중감 높이기'(ego-boosting)의 차원에서 자신의 도덕적 관점에서 가장 적당하다고 여겨지는 (사실은, 자신의 허영심을 흡족 시킬만한 가장 쉽고 용이한) 방법, 즉 자비에 기대어 (독자까지 포함한) 타인에게 인정받으려는 노력의 일환으로 해석하는 것이 좀 더 설득력 있게 들린다. 실제, 본문에서 화자는 바틀비가 일부러 무례하게 구는 것은 아니라고 판단하면서 그의 기행(eccentricities)을 참아내기로 결정하는 이유를 다음과 같이 부연 설명한다.

그래, 여기서 나는 근사한 '자기 인정'을 싼값에 사들일 수 있는 것이다. 바틀비의 친구가 되어서 그의 기괴한 고집을 너그럽게 보아 넘긴다 해서 내가 손해 볼 것은 별로 없다. 결국엔 내 양심의 가책을 달래주기에 충분히 달콤한 한입거리를 내 영혼 속에 비축해놓을 수 있다면 말이다.

Yes. Here I can cheaply purchase a delicious self-approval. To

---

23 Ibid. p. 69.

befriend Bartleby; to humor him in his strange willfulness, will cost
me little or nothing, while I lay up in my soul what will eventually
prove a sweet morsel for my conscience. ("Bartleby," pp. 13-14)

그래서, 화자는 바틀비를 '붙박이 세간'(a fixture in my chamber, "Bartleby," p. 22)같
은 존재로 여기기로 결정한다. 고용계약만 엄밀히 따지자면 바틀비를 곧장
해고한다 해도 누가 뭐라 할 이유가 없겠지만, 타인의 시선과 자신에 대한
주변의 평판을 극도로 신경 쓰고 있는 화자는 바틀비를 쫓아냄으로써 기독교
적 사랑과 자비를 실천하지 못하는 몰인정한 고용주라는 구설에 시달리느니
차라리 그를 붙박이 가구 같은 존재로 여기고 계속 데리고 있는 것이 더 낫겠
다고 판단한 것이다. 그런데, 예상과 다르게, 그러한 결정이 '타인에 대한 사
려 깊음'으로 여겨지기 보다는 자신을 '직원 하나도 제대로 부리지 못하는 무
능력한 고용주'로 보이게 만들어 자신의 직업적인 평판이 훼손되기 시작하였
음을 감지하게 되자, 화자는 더 이상 바틀비를 감당할 수 없겠다고 마음을
고쳐먹는다.

사실, 자신의 배려가 감사히 여겨지지 않는다거나 보답 받을 길이 없다고
여겨질 때, 그리고 자선을 베푸는 일이 '자기인정'이나 '자기만족'의 정도를
벗어나 고통스러운 지경에 이르면 사람들은 쉽게 호의를 거두어들인다는 점
을 생각해볼 때, 자기이익을 따져서 호의를 베푸는 화자의 행동이 고의적인
위선으로 읽히지는 않는다. 오히려, 화자의 입장에서 생각해본다면, 그가 느
끼는 당혹스러움과 그에 따른 번민은 지극히 인간적인 모습으로 보이며 실제
소설 속에서 다른 캐릭터들에 비해 그가 가장 너그러운 인물로 그려지고 있
는 것도 사실이다. 하지만, 바틀비가 죽고 난 후 꽤 많은 시간이 흘렀을 현재
까지도 그가 바틀비에 대해 자신이 할 수 있는 모든 것을 다했다는 듯이 자신

의 선택이 불가피했음을 굉장히 유창한 논리와 수사학으로 포장하고 있다는 점에서, 화자가 위선자는 아니라고 하더라도 어쨌든 도덕적 결함이 있는 인물로 여겨지는 것 또한 사실이다.

화자는 자신의 사무실에서 녹색 칸막이를 세워 바틀비의 자리를 규정하였듯이 바틀비의 기행 또한 자신의 논리로 해석하고 규정함으로써 (자신과 다른 가치관과 화법을 가지고 있는) 그를 자신의 이해범위와 질서 속에 포섭(incorporate)하려고 여러 차례 시도하는데,[24] 그 모든 시도가 실패로 끝나자 바틀비를 위한 화자의 슬픔은 공포로, 또 그에 대한 동정심은 혐오감으로 변한다. 화자는 자신이 바틀비를 감당할 수 없겠다고 결정하자, 그를 견딜 수 없는 골칫거리(intolerable incubus), 내 등 뒤에 붙어 결코 떨어져 나가지 않을 것 같은 유령(apparition)처럼 느끼기 시작하고, 바틀비에 대한 더 이상의 공감을 거부한 채 그로부터 자신을 떼어내려고 한다. 이와 관련해, 이명호는 「공감의 한계와 혐오의 미학」에서 관용은 적은 비용으로 도덕적 만족을 얻을 수 있는 손쉬운 방법이지만, 화자가 결국 관용의 한계에 부딪혀 자신의 공간에서 스스로를 추방시키는 불편한 선택을 내리는 것은 혐오대상(경계에 혼선을 일으키는 대상, the abject)을 내쫓는 것이 여의치 않을 경우 스스로 내쫓김을 당함으로써 자신의 경계를 유지하려는 시도라고 주장한다.[25]

이명호에 따르면 시종일관 변치 않고 반복되는 바틀비의 거부가 그를 사무실에서 사무실 바깥으로, 사회의 바깥(교도소)으로, 그리고 마침내 삶의 바깥(죽음)으로 추방시키는 과정이 작품의 공간적 이동 궤도를 이루고 있다면 이런

---

24 사실, 현재형으로 진행되고 있는 그의 독백조의 서술 또한 정교하고 현란한 자신의 언어망 속에 바틀비를 포착하려는 화자의 '주인담론'의 연장선으로 해석해야 할 것이다. 중요한 것은 그러한 시도가 여전히 계속해서 실패하고 있다는 사실이다.

25 이명호, 「공감의 한계와 혐오의 미학: 허만 멜빌의 「서기 바틀비」를 중심으로」, 『영미문화』 9.2 (2009), p. 15.

공간적 이동과 함께 바틀비에 대한 화자의 감정적 궤도도 그려지는데,[26] 작품 속에서 화자가 맞닥뜨린 윤리적 딜레마는 타인의 고통에 공감하는 것과 타인의 고통이 내 안에 있는 공포심을 불러일으키는 상황에 압도되는 것은 서로 다른 문제라는 점이다. 『타인의 고통』에서 수전 손택의 논지에 따르면, 타인의 고통이 내 안에 있는 공포심을 불러일으키는 상황에 압도될 때 공감은커녕 연민조차 제대로 작동하지 않는다. 폭력, 혹은 몰이해의 피해자들에게 공감하는 것이 아니라 그들의 고통에 감정 이입하였을 때 자신도 그런 운명을 겪을 수 있다는 공포심에 일종의 정신적 마비상태를 겪는 것인데, 두려움으로 인해 '동일시'를 거부한다는 점에서 이것은 혐오감과 유사한 반응이라고 볼 수 있다. 수전 손택은 "(공감이 아닌) 우리가 보여주는 연민은 우리의 무능력함뿐만 아니라 우리의 무고함도 증명해 주는 셈이다. 고통 받고 있는 사람들에게 연민을 느끼는 한, 우리는 우리 자신이 그런 고통을 가져온 원인에 연루되어 있지는 않다고 느끼는 것이다. 따라서 선한 의도에도 불구하고 연민은 어느 정도 뻔뻔한(그렇지 않다면 부적절한) 반응일지도 모른다... 타인에게 연민만을 베풀기를 그만둔다는 것, 바로 이것이야말로 우리의 과제이다."라고 주장한다.[27]

단순한 연민(pity)과 구분되는 공감(empathy)이라는 것이 '상대방의 입장'에서 그가 얼마나 고통스러울까를 통렬히 느끼는 것이고, 그의 고통에 대해 내가 얼마간의 책임을 지고 그 고통의 짐을 나눠지겠다는 반응이라고 한다면, 소설에서 화자가 느끼는 한계는 더 이상의 연민이 불가능한 상황에 이르렀다는 것이다. 다시 말해, 연민이라는 것이 상대방과의 감정적인 거리감을 전제로 한다는 점에서 공감에 비해 안전한 감정이라고 말할 수 있다면, 화자가

---

26 Ibid. p. 16.
27 수전 손택, 『타인의 고통』, 이후, 2007, pp. 102-103.

느끼는 감정은 사실 그 '안전한 거리'가 사라져 버릴지도 모른다는 데 대한 공포인 것이다. 말하자면, '주인과 노예의 변증법'에서처럼 "나"와 대상 사이의 경계가 흐려질 뿐만 아니라 자신이 통제한다고 생각했던 대상에 의해 자신이 오히려 압도된다고 느낄 때 "나"는 대상을 "나"의 공간 밖으로 쫓아내고 싶은데 그게 불가능해지자 그 '안전한 거리'를 필사적으로 유지하기 위해 스스로 도망쳐버리는 것이다(I tore myself from him whom I had so longed to be rid of, "Bartleby," p. 28).

한편, 김미현은 「「서기 바틀비」—공감의 규율성과 책임의 공포」에서 "슬픔이 공포로, 동정은 혐오로 변했다"는 화자의 고백에 주목하면서 "변호사가 동정을 거두고 거부감을 표현하게 된 계기가 바틀비를 도울 길 없다는 절망감을 느낀 것, 다시 말해 자신의 한계를 인식, 인정한 것이다"라고 주장한다.[28]

타인의 고통은 같은 이미지라도 그것을 예술로 보는 것과 실제로 보는 것에는 감정적 차이가 있다. 타인의 고통을 보며 그 아픔을 공감할 때 공감은 그 감정으로 끝나지 않는다. 나는 그 타인의 고통에 무슨 책임이 있는지, 무엇을 해야 하는지 묻게 된다. 그 감정을 느낀 결과로 행동으로 나아갈 것인지 아니면 눈을 감고 외면할 것인지 결정해야 하는 선택에 직면한다. . . . 수전 손택은 연민은 지속적, "안정적이지 않은 감정"(Compassion is an unstable emotion)임을 강조한다. 연민은 행동으로 이어질 수 없다면 사라지는 감정이다. 즉, 내 마음 속에 일어난 그 감정으로 어떻게 해야 할 지의 문제에 곧 직면하게 된다는 것이다. 그러므로 공감을 한 후 그 감정의 결과는 온전히 나의 문제가 된다. 그래서 공포스럽다. 내가 느끼는 책임감이 나를 어떤 행동으로 이끌지 불분명하고 나의 안전은 보장이 되지 않는다. 공포가 움츠러들고 도망

---

28 김미현, 「「서기 바틀비」—공감의 규율성과 책임의 공포」, 『미국학논집』 45.2 (2013), p. 18.

가는 행동에서 나의 한계를 확인하는 것이라면 공감이 남기는 문제는 내가 어디까지 나아갈 것인가이다. 그 결정이 나의 한계를 분명히 확인시켜 준다. (김미현, p. 20)

사실, 바틀비가 부랑자로 교도소에 갇히는 결과를 막기 위해 그를 설득하려고 애쓴 후에도, 바틀비를 돕겠다는 의무감, 바램, 양심에 합당한 모든 것을 다 했다고 결론을 내린 후에도 화자가 계속 갈피를 잡지 못하고 방황을 하는 이유는 자신이 바틀비에 대한 책임을 제대로 수행하지 못했다는 양심의 가책 때문이다. 그래서 소설의 결말부에서 화자가 보게 되는 것이 실상 바틀비의 치유 불가능한 비극적 한계라기보다 자기 스스로의 한계라면, 바틀비가 죽기 전 그를 돕기 위해 자신이 얼마나 노력했는지를 강변하고 있는 현 시점에도 그것이 진정으로 최선을 다한 헌신이 아니었다는 사실을 본인도 인지하고 있기 때문에 뒤늦게나마 바틀비를 기억하고 애도하는 일이 그에게 그토록 절실한 일일지 모른다. 그리고 그것이 아마도 화자의 서술이 자만심으로 가득 차 있다기보다는 다분히 자기방어적으로 들리는 이유일 것이다.

필자는 여기서, 화자가 바틀비를 감옥으로 처음 면회 간 날 바틀비가 뒤도 돌아보지 않은 채 내뱉은 첫마디가 "I know you, and I want nothing to say to you."라는 점에 주목하고자 한다("Bartleby," p. 32). 이것을 "날 찾아온 사람이 당신이라는 것을 알지요. 당신에게는 아무 말도 하고 싶지 않아요."가 아니라 "나는 당신을 알지요. '뭐라고 설명해야 할지 모를 이것'(nothing)을 말하고 싶은 사람이 당신이라는 점에서 나는 당신에게 말할 '그 무엇도 아닌 것'(nothing)을 가지고 있어요."(I have nothing to tell you, save that it is to you that I tell this nothing.)[29]라고 해석해보는 것은 어떨까? 다시 말해, 바틀비의 고집스러운 침

---

29 Roland Barthes, *A Lover's Discourse: Fragments*, tr. Richard Howard (New York:

묵은 소통의 거부나 외부세계와의 자폐적인 단절을 뜻하는 것이 아니라, 다른 누구도 아닌 "나"의 응답을 요구하는 책임(response-ability)에 대한 호소로 읽어야 한다는 것이다. 그래서 화자의 언어가 온전히 해석해내지 못하는 바틀비라는 기이한(eccentric/ex-centric) 존재가 비단 살아생전에만 "나"의 공간 안으로 들어와 "나"를 불편하게 하고 "나"의 질서와 "나"의 가치관을 뒤흔든 것이 아니라 죽은 후에도 여전히 "나"의 의식과 "나"의 언어의 가장 깊숙한 곳에 들어앉아 "나"의 제대로 된 응답을 요구하고 있는 것이라면, 바틀비의 사후에 이루어지고 있는 화자의 서술이 끝끝내 자기변명으로 가득 찬 무의미한 주절거림으로 끝나서는 안 될 것이다. 그런 의미에서, 바로 이 대목이 저자 멜빌이 독자인 '나'를 그 '윤리적 응답'의 책임으로 소환하는 지점이라고 여겨진다. 다시 말해, 소설을 화자 "나"의 자기합리화나 자기본위적인 독백(a self-centered monologue)이 아니라 언제나 의미를 새롭게 재생산해낼 수 있는 여러 명의 다방향 대화(plural polylogues)로 변모시킬 책임은 독자 '나'(들)에게 이전되는 셈이다.

사실, 저자 멜빌의 의도가 바틀비의 삶의 방식이 더 낫다는 것을 보여주려는 것이 아니라 오히려 화자의 삶의 방식이 더 형편없음을 보여주고 고발하는데 있다면, 「필경사 바틀비」는 화자 "나"의 무사안일주의 자기만족상태 (평정상태)를 깨뜨리는 윤리적 각성의 이야기로 읽힌다. 그렇다면, 소설의 제목 또한 '바틀비'라는 점을 고려할 때, 독자인 '나'는 바틀비를 만난 후 겪게 되는 화자 "나"의 변화를 따라 읽으며 '내가 만약 화자라면 어떠했을까?'라고 자문하지 않을 수 없다. 다시 말해, 화자가 바틀비를 만난 후 자기 자신에 대해 재평가의 과정을 겪게 되는 것이라면, 마찬가지로 독자인 '나' 또한 「필경사 바틀비」를 읽으며 (혹은 읽고 난 후) 자기 자신에 대한 재평가의 과정을 겪게 된

Hill and Wang, 1978), p. 157 참조.

다. 화자가 어떤 감정의 변화를 겪어나가는지 그 추이를 살펴보면서, 그가 느끼는 한계에 공감하거나 그의 실패를 진단하면서, '(그런데, 한편) 나는 어떠한 가?,' '나라면 어찌할 것인가?,' '나는 무엇을 가치판단의 기준으로 삼는가?' 등의 질문에 대면하게 되기 때문이다. 비유적으로 말해, 잔잔한 수면 위에 던져진 돌멩이처럼 '나'의 평정상태를 깨뜨리고 '나'를 불편하게 하는 질문들을 「필경사 바틀비」를 통해 낯설게, 그리고 새롭게 조우하면서 독자인 '나'는 화자 "나"의 경험을 판단하는데 그치지 않고 그 경험에 동참함과 동시에 그가 실패하는 지점에서 그 실패에 대한 책임을 대신 떠맡기 위해 호출되는 것이다. 그렇다면, 실상 진짜 '나'의 이야기는 바틀비에 관한 이야기가 끝나고 난 후 진행되게 되는 것이며, 물론 이때의 '나'는 독자 각각이 되는 셈이다.

그러므로 "아! 바틀비여! 인간다움이여!"(Ah Bartleby! Ah Humanity!, "Bartleby," p. 34)라는 마지막 문장은 독자의 수행성을 고려할 때 언제나 새롭게 해석될 수밖에 없다. 그 의미를 '지금, 여기에서' 살아 숨 쉬게 하려면 언제나 새롭게 독자의 역할이 기입되어야 하기 때문이다. 김미현도 지적하듯이, 이 질문은 곧 바틀비에 대해 내가 할 선택과 행동은 무엇인가라는 자문으로 이어져야 할 것이다.[30] 다시 말해, 화자를 포함한 모두에게 거부당했고 사회와 격리되어 교도소에 갇힌 후 끝내 죽음을 맞이한 바틀비를 기억하고 애도함에 있어서 저자 멜빌이 독자에게 던지는 도전, '윤리적 응답'에의 요구에 독자인 '나'는 어떻게 반응해야 할 것인가? 화자의 마지막 외침이 그의 입장에서는 바틀비의 호소에 제대로 응답하지 못한 자책과 슬픔을 표현하는 것이라면, 그의 실패에 대조되는 다른 방식을 말하기 위해 독자인 '나'는 어찌해야 하는가?

무엇보다도 화자가 바틀비라는 자신의 인생에 있어서 가장 큰 도전에 어떻게 반응했는지를 점검함으로써 그에 대한 실마리를 찾아볼 수 있을 것이다.

---

30 김미현, 「「서기 바틀비」—공감의 규율성과 책임의 공포」, 『미국학논집』 45.2 (2013), p. 23.

화자는 바틀비의 고뇌와 기행의 이유를 사려 깊이 이해하고 그에 공감하기 위해 온갖 노력을 다했다고 강변해왔지만, 앞서 논했듯, 그가 '타자'로서의 바틀비를 책임지고 사랑하기 위해 최선의 노력을 다한 것은 분명코 아니다. 비단 기독교적인 의미에서가 아니더라도, '나와는 다른 이'를 이해하고 공감하기 위해서 가장 첫 번째로 요구되는 것은 타인을 판단하기 위해서 들이대는 '나'의 잣대를 내려놓는 일이다. 자기방어적이고 자기중심적인 시선을 내려놓았을 때에야 진정으로 타인의 입장에 서서 타인의 관점으로 상황을 볼 수 있고 그것이 바로 '공감'인 것이다. 그런데, 화자는 바틀비를 돕고 '사랑'하는데 있어서 안전하다고 여겨지는 수단들만 동원할 뿐 단 한 순간도 바틀비(타자)의 입장에 서기 위해 '나'의 안전한 울타리를 넘어서는 위험을 무릅쓰지 않는다. 타인에 대한 공감에서 비롯된 '사랑'은 '나'의 관점에서 유용할 것이라고 판단한 일련의 도움을 제공하는 일로 환원되는 것이 아니다.

결론적으로, 화자가 바틀비를 환대하는 데 있어서 의례적인 반응을 넘어서는데 결국 실패했지만 그의 서술이 "아! 바틀비여! 인간다움이여!"라는 마지막 회한 섞인 한마디 외침을 통해 그간의 자기변명에서 참회의 목소리로 변하고 있다면, 그 마지막 순간에 독자인 '나'에게 요구되는 것은 전체 이야기를 처음부터 다시 읽고 다시 숙고해보는 일이다. '화자 "나"는 누구인가?'와 '그가 이야기 하고 있는 바틀비는 또 누구인가?'를 말이다. 독자인 '나'는 바틀비에 공감하기 이전에 아무래도 화자 "나"의 감정변화에 먼저 공감하게 되기 때문에 화자가 느끼는 만큼이나 복잡한 감정들로 인한 심리적 피로감과 불편함을 또 한 번 느끼게 될지 모른다. 하지만 「필경사 바틀비」를 화자의 무의미한 말잔치, 그야말로 '수신불능의 편지'(dead letters: 죽은 문자들의 집합)로 끝내지 않고 그에 대한 건강한 의문과 다양한 해석을 이끌어내고 그것을 또 구체적인 행위로 옮길 수 있는 윤리적인 주체의 역할은 이제 독자의 몫이 되는 것이다. 말하자면, 저자 멜빌이 제시한 윤리적 도전에 마주해 "아! 바틀비여! 인간다움이여!"라는 마지막 문장을 이야기의 끝맺음이 아니라 새로운, 또 다른 이야기의 시작으로 만들어내는 작업은 독자인 '나'의 책임이 된다. 그것이 아마도 소설의 결말이 비극으로만 느껴지지 않고 최소한의 희망을 기대할 수 있게 되는 이유일 것이다.

IV. 결론을 열어두며

연민과 공감이 어떻게 얼마나 다른가를 원론적으로 따지기에 앞서, 연민이던 공감이던 그러한 감정(affect)이 강요될 수 있는 어떠한 것이 아니라는 점을 인정할 필요가 있을 것이다. 그럼에도 불구하고, 1인칭 화자(단수이던 복수이던)의 입을 통해 전달되고 있는 에밀리와 바틀비에 관한 이야기가 우리에게 카타르시스를 주기보다는 오히려 우리에게 불쾌감과 혐오감, 심지어 공포를 느끼게 하는 것은 아마도 저자 포크너와 멜빌이 의도했던바 대로일 것이며, 그래서 '옳은 재현방법, 혹은 옳은 문제제기 방법'이라고 여겨진다. 수전 손택 식으로 말하자면, 우리의 마음을 고통스럽게 휘저어 놓는 작품 속 사건 및 이미지들은 그저 최초의 불씨만을 제공할 뿐이다.[31] 눈앞에서 목도하게 되는 불이 우리의 도덕적 분노를 일으킬지라도 연민을 그치고 이후부터 어떻게 행동해야 하는가까지 말해줄 수는 없는 노릇이기 때문이다.[32]

그런 의미에서 에밀리와 바틀비는 독자로서의 '나'와 '우리'의 평정심을 깨뜨리는 질문과도 같은 존재이며, 그들이 '나'와 '우리'의 응답을 요구하고 있는 한 그 책임(response-ability)에서 독자는 자유로울 수 없다. 그래서 저자 포크

---

31 수전 손택, 『타인의 고통』, 이후, 2007, p. 154.
32 Ibid. p. 170.

너와 멜빌이 각각의 소설에서 의도한 서사전략이 우리 안에 깃든 '인간성'을 일깨우고자 하는 고투라는 점에서 그에 대한 동참을 호소하는 강력한 소환(혹은 초대)으로 해석되는 것이다. 하이데거는 "그러한 부름이 나로부터 그리고 나의 한계 너머에서 나에게 찾아온다."고 말한다(p. 320).[33] 만일, 에밀리와 바틀비에 관한 이야기를 읽으며 독자인 우리가 목격하고 경험하는 것이 이미 '나'와 '우리'가 연루되었거나 공모하고 있는 '그들'에 대한 희생제의라면, 그 희생제의에서 또 다른 살아남은 자로서 독자인 '나,' 혹은 '우리'가 떠맡게 되는 윤리적 책무는 가장 근본적인 차원의 무의식적 책임감, 또는 때늦게 찾아오는 염치에 가까울 것이다. 그리고 '타자'에 대해 의당 가져야 할 감정과 관계에 충실함으로써 하나의 오롯한 인간으로 사는 의미를 찾는 일은 우리가 '어째서'라는 질문을 던질 때 가장 빛날 것이다.

---

33 Martin Heidegger, *Being and Time*, trans. John Macquarrie and Edward Robinson, Oxford: Basil Blackwell, 1973, p. 320.

포스트휴먼 시대 인간의 조건이란?
-사이언스 픽션 영화에 재현된
복제인간의 정체성 문제-

천현순

1. 들어가는 말

21세기는 새로운 유전자 시대로 인식되고 있다. 1900년 멘델의 유전법칙이 새롭게 재발견되면서 유전학이 새로운 학문영역으로 발전하게 되었다. 이후 1953년 미국의 생물학자들인 제임스 왓슨 James Watson과 프랜시스 크릭 Francis Crick에 의해 유전자 구조가 밝혀지고, 2003년 '인간 게놈 프로젝트'를 통해 유전자 지도가 완성되면서 유전자에 대한 관심은 해마다 더욱 고조되고 있다. 여기에 덧붙여 2016년에는 일군의 과학자들이 인간의 유전자를 화학적으로 합성하여 새로운 인공 유전체를 만들겠다는 실험 계획을 공식적으로 발표한 바 있다.[1] 향후 인공 유전체가 성공할 경우 우월한 유전자를 소유한 '맞춤형 아이'는 물론이고, 아예 생물학적인 부모가 없는 아이를 실험실에서 인공적으로 만들어낼 수 있는 새로운 길이 열리게 될 전망이다. 21세기는 이처럼 유전공학 및 생명공학기술의 눈부신 발전과 더불어 인류 역사상 처음으로 과학적 수단을 이용하여 인간의 유전자를 원하는 바대로 조작할 수 있게 되었을 뿐 아니라, 인공 유전체를 이용하여 실험실에서 인간을 인위적으로 만들어낼 수 있게 되었다. 이로써 21세기 포스트휴먼 시대 인간은 이제 더 이상 자연적으로 태어나는 것이 아니라 새로운 유전자 기술을 이용하여 원하는 바대로 디자인되고 재창조되는 이른바 '지적 설계'의 대상이 되었다. 이런 점에서 포스트휴먼 시대 인간의 조건이란 자연적 발생에서 인위적 설계로, 태어나는 것에서 만들어지는 것으로, 우연에서 선택으로, 유성생식에서 무성생식으로 변화되었음을 의미한다.

오늘날 새로운 유전학은 유전자가 인간의 모든 것을 결정한다는 이른바 유전자 결정론을 지지하고 있다. 유전자 결정론에 따르면, 인간의 행동, 성격, 지능, 재능, 인격 등 인간의 모든 특성들이 유전자에 의해 결정된다는 것이다. 영국의 진화생물학자 리처드 도킨스 Richard Dawkins는 그의 저서 『이기적 유전자』에서 인간 삶의 궁극적인 목적은 자신의 몸속에 들어있는 유전자를 다음 세대에 전달하여 영구히 보존하는 데에 있으며, 이런 점에서 인간은 유전자의 전달과 보존을 위해 존재하는 "생존 기계"에 불과하다고 언급한 바 있다.

지금까지 인간은 생식활동을 통해 자신의 유전자를 다음 세대에 전달하는

---

1 2016년 6월 2일 과학전문지 『사이언스』에 실린 기고문에 따르면, 일군의 과학자들이 인간의 유전체를 10년 안에 인공적으로 합성하여 인공 유전체를 만들겠다는 실험 계획을 공식적으로 발표했다고 한다.

방식을 취해왔다. 남녀 사이의 성관계를 통해 일어나는 유성생식은 남녀 각각의 유전자를 섞는 방식으로서 한 개체의 유전자를 완전히 전달하기에는 제약이 따르는 방식이었다. 그러나 1990년대 새롭게 등장한 생식복제기술은 이제 머지않아 인간 복제도 가능할 것이라는 전망을 시사해 준다. 생식복제기술은 유성생식이 아닌 무성생식을 통해 핵을 제공한 기증자와 유전적으로 완전히 동일한 인간을 만들어낼 수 있으며, 또 단순히 아이를 갖는다는 차원을 넘어서서 천재 과학자, 뛰어난 예술가, 유명인사 등 최고의 능력을 가진 인간을 영구화하거나 대량화하는 것과 밀접히 연관되어 있다. 특정한 인간의 유전자를 임의적으로 선택하여 복제한다는 점에서 생식복제기술은 근본적으로 유전자 결정론적 사고에 근거하고 있음을 알 수 있다. 그러나 과연 아인슈타인, 모차르트, 슈바이처, 간디 등과 같은 뛰어난 인물의 유전자를 완벽하게 복제하여 만들어진 아이는 성장한 후에도 이들과 똑같은 인물이 될 수 있을까? 한 인간을 복제한다는 것은 과연 무엇을 의미하는 것일까?

이러한 물음과 연관해서 본 연구는 복제인간의 정체성 문제를 첨예하게 보여주는 독일의 영화감독 롤프 슈벨 Rolf Schübel의 사이언스 픽션 영화 〈블루프린트 Blueprint〉(2003)와 미국의 영화감독 프랭클린 샤프너 Franklin J. Schaffner의 사이언스 픽션 영화 〈브라질에서 온 소년들 The Boys from Brazil〉(1978)을 중심으로 유전자 결정론이 복제인간에게 얼마나 유효한 담론이 될 수 있는지를 탐색해 보고자 한다. 슈벨의 영화와 샤프너의 영화는 복제인간의 정체성 문제를 첨예하게 보여주는 대표적인 사이언스 픽션 영화에 속한다. 그럼에도 불구하고 지금까지 국내에서 복제인간의 정체성 문제와 연관해서 이 두 영화를 비교분석한 연구는 진행된 바가 없다. 구체적인 작품분석에 앞서 본 연구는 다음 장에서 복제인간의 탄생을 가능하게 하는 생식복제기술의 등장배경에 대해 간략하게 살펴보도록 하겠다.

2. 과학기술의 진화: 생식복제기술의 등장

인류의 발달사를 역사적으로 추적해 볼 때, 인간은 자신을 닮은 개체를 보존하려는 욕구를 끊임없이 시도해 왔음을 알 수 있다. 자신을 닮은 개체를 보존한다는 것은 곧 자신의 후손을 통해 계속해서 자신의 유전자를 계승한다는 것을 의미한다. 이로써 후손을 남기고자 하는 인간의 본능적 욕구는 오히려 성적 욕구보다 강하게 나타나고 있음을 알 수 있다. 지금까지 인간은 생식활동을 통해 자신을 닮은 개체를 보존해 왔다. 남녀 사이의 성관계를 통해 일어나는 생식활동은 그러나 19세기 후반 생식의학기술의 발달과 더불어 새로운 양상을 띠게 되었다. 이른바 보조생식기술을 통해 남녀 사이의 성관계 없이도 개체를 보존할 수 있는 새로운 생식기술이 발전하게 되었다. 일반적으로 보조생식기술에는 인공 수정, 시험관 수정, 대리모 출산 등이 있다. 새로운 생식의학기술이 기존의 생식방식과 다른 점은 남녀 사이의 자연스런 성관계를 통한 출산 대신 인간의 인위적인 개입에 의해 출산이 이루어지며, 정자와 난자의 우연적인 결합 대신 기술에 의한 인공적인 결합이 이루어진다는 것이다.

이러한 유성생식은 그러나 1990년대 생식복제기술이 도입되면서 정자와 난자의 결합 없이도 생식이 이루어지는 이른바 무성생식으로 대체가 가능해졌다. 생식복제기술은 오래 전부터 과학자들이 뛰어난 유전형질을 가진 동물을 효과적으로 번식시키는 방법을 연구하기 시작하면서 고안되었다. 원래 식물에서 시작된 복제기술은 과학기술의 발달과 더불어 양서류를 거쳐 포유동물로까지 그 대상 범위가 점차 확대되었다. 현대에 들어와서 복제기술이 성공한 최초의 사례는 1952년 미국의 과학자들인 로버트 윌리엄 브리그스 Robert William Briggs와 토머스 킹 Thomas King이 개구리를 복제한 경우로 전해진다.[2] 이들은 배아기의 개구리 세포에서 세포핵을 채취하여 핵을 제거한 개구리 난자에 이식함으로써 개구리 배아를 복제하는데 최초로 성공하였다.[3] 개구리를 이용한 양서류 복제에 이어 1970년대 초반에는 영국의 발생학자 데릭 브롬홀 Derek Bromhall에 의해 토끼를 이용한 포유류 복제가 처음으로 시도되었다.[4] 브롬홀은 핵이 제거된 수정란에 토끼의 세포핵을 이식하여 복제를 시도하였지만, 그의 복제실험은 성공하지 못했다고 전해진다.[5] 또 1983년에는 미국의 생물학자들인 제임스 맥그래스 James McGrath와 데버 솔트 Davor Solte가 체세포 복제기술을 이용하여 생쥐를 복제하려고 시도하였지만 성공하지는 못했다고 전해진다.[6] 이후 1996년 영국의 로슬린 연구소의 이안 윌머트 Ian Wilmut와 그의 동료 과학자들이 처음으로 복제양 돌리를 탄생시키는데 성공하였다.[7] 이들은 핵을 제거한 성숙한 양의 난자에 또 다른 성숙한 양에서 추출한 체세포 핵을 융합시켜 핵을 제공한 양과 동일한 복제양을 탄생시켰다.[8] 이러한 복제기술을 이용하여 1997년에는 미국에서 복제원숭이가, 1998년에는 일본에서 복제소가 각각 탄생되었다. 이로써 포유동물을 복제할 수 있는 새로운 생식복제기술이 개발되었으며, 이는 머지않아 인간 복제도 가능하다는 점을 시사해 준다.

본 연구에서 탐색하고자 하는 롤프 슈벨의 SF 영화 〈블루프린트〉와 프랭클린 샤프너의 SF 영화 〈브라질에서 온 소년들〉은 모두 공통적으로 1970년대와 1990년대에 일어났던 과학적 사실에 근거해서 생식복제기술을 통해 만

---

2 가센, 한스 귄터/미놀, 자비네: 『인간, 아담을 창조하다: 생명 복제 시대에 돌아보는 인간 만들기의 역사』. 정수정 옮김. 프로네시스 2007. p. 335 참조.
3 Ibid. p. 335.
4 Ibid. p. 339.
5 Ibid. p. 339.
6 모건, 샐리: 『성게 실험에서 복제양 돌리까지』. 임정묵 편역. 다섯수레 2017. p. 39.
7 Ibid. p. 65.
8 Ibid. p. 65.

들어진 복제인간의 문제를 보여준다. 1978년에 제작된 샤프너의 영화는 1970년대 토끼를 이용한 포유류 복제실험에 영향을 받았음을 알 수 있다. 이러한 과학적 사실은 영화에서 브루크너 박사가 이끄는 연구팀에 의해 흰색 토끼가 복제에 성공하여 검정색 토끼를 낳는 장면을 통해 제시되고 있다. 또 2003년에 제작된 슈벨의 영화는 1990년대 복제양 돌리의 탄생에 영향을 받았음을 알 수 있는데, 이는 영화에서 마틴 피셔 박사가 복제양 돌리와 유사하게 체세포 복제기술을 이용하여 복제인간을 탄생시키는 장면을 통해 제시되고 있다. 다른 보조생식기술과 비교해 볼 때, 생식복제기술은 정자와 난자의 결합 없이도 인간을 만들어낼 수 있으며, 또 핵을 제공한 기증자와 유전적으로 동일한 인간을 만들어낼 수 있다는 것을 보여준다. 더 나아가 생식복제기술은 특정한 개체의 유전자를 복제하는 방식으로서 단순히 아이를 갖는다는 차원을 넘어서서 천재 과학자, 뛰어난 예술가, 유명인사 등 최고의 능력을 가진 인간을 영구화하거나 대량화하는 것과 밀접히 연관되어 있다. 이런 점에서 생식복제기술이 인간에게 미치는 영향력은 가히 특별하다고 볼 수 있다.

3. 유전자 vs 환경 논쟁: 인간의 정체성을 결정하는 것은 무엇일까?

한 인간의 정체성을 결정하는 것은 과연 무엇일까? 지금까지 인간의 정체성을 결정하는데 있어서 중요한 영향을 미치는 유전자와 환경 사이의 대립은 자연적으로 태어난 인간의 경우에만 국한하여 연구가 이루어져 왔다. 이러한 논의가 생식복제기술을 통해 만들어질 복제인간에게는 얼마나 유효한 담론이 될 수 있을까? 과연 복제인간의 정체성을 결정하는데 있어서 중요한 것은 무엇일까? 일반적으로 복제인간은 핵을 제공한 기증자와 유전적으로 완전히 동일한 개체를 말한다. 이처럼 어떤 특정한 인간과 유전적으로 완전히 동일한 개체를 만들어내고자 하는 생식복제기술 속에는 무엇보다도 유전자가 인간의 모든 것을 결정한다는 이른바 유전자 결정론이 함축되어 있음을 알 수 있다. 그러나 과연 복제인간의 정체성을 형성하는데 있어서 유전자가 결정적인 요인이 될 수 있을까? 유전자는 과연 복제인간에게 얼마만큼 영향을 미치는 것일까? 복제인간이 아직 존재하지 않는 현시점에서 복제인간에 대한 유전자의 영향력은 쌍둥이 연구를 통해 미루어 짐작해 볼 수 있다. 여기서 쌍둥이와 복제인간의 차이점은, 쌍둥이가 자연적으로 생성되는데 반해, 복제인간은 인위적인 기술의 개입을 통해 생성된다는 데에 있다.

쌍둥이는 기본적으로 일란성 쌍둥이와 이란성 쌍둥이로 나뉜다. 일란성 쌍둥이는 난자 하나와 정자 하나가 수정하여 생긴 수정란이 두 개의 수정란으로 분리되어 발생하는 것으로서 100% 동일한 유전자를 공유한다. 이와 달리 이란성 쌍둥이는 난자 두 개와 정자 두 개가 동일한 자궁 내에서 수정하여 발생하는 것으로서 50% 동일한 유전자를 공유한다. 여기서 일란성 쌍둥이는 유전적으로 완전히 동일한 개체들로서 원본인간과 복제인간의 관계와 동일한 조건을 갖는다. 쌍둥이에 대한 연구는 영국의 인류학자이자 우생학의 창시자인 프랜시스 골턴 Francis Galton에 의해 처음으로 시행되었다. 골턴은 1875년에 발표한 그의 논문 「쌍둥이의 역사, 본성과 양육의 상대적 영향력 기준」에서 유전적 요인과 환경적 요인이 인간에게 얼마만큼 영향을 미치는지를 쌍둥이 연구를 통해 밝혀내고자 하였다. 즉 그는 유전적으로 동일한 일란성 쌍둥이가 유전적으로 서로 다른 이란성 쌍둥이보다 더 비슷한 행동을 보인다면 유전자의 영향이 더 크다는 것을 입증할 수 있다고 보았다. 이를 위해 그는 35쌍의 일란성 쌍둥이와 23쌍의 이란성 쌍둥이를 대상으로 유사성과 차이점을 비교분석하였다.[9] 이러한 분석결과 그는 어떤 일란성 쌍둥이는 같은 해, 같은 치아에 심한 치통을 앓았으며, 또 어떤 일란성 쌍둥이는 서로에게 줄 선물로 똑같은 삼패인 잔을 고른다는 사실을 발견하였다.[10] 이를 통해 골턴은 일란성 쌍둥이는 이란성 쌍둥이에 비해 외모뿐 아니라 질병, 성격, 취향 등이 상당히 유사하다는 것을 밝혀내었으며, 이로써 유전자의 영향이 환경보다 우세하다는 결론을 이끌어내었다.[11]

제2차 세계대전이 종식된 1950년대에 접어들면서 쌍둥이 연구는 나치의 인종말살정책에 이용되었다는 이유 때문에 잠시 주춤하였다. 그러나 1970년대에 들어오면서 쌍둥이 연구는 미국을 중심으로 다시 활발히 연구되기 시작하였다. 미국의 경우 1979년에 심리학자이자 유전학자인 토마스 부처드 Thomas Bouchard가 태어난 지 몇 주 만에 서로 다른 가정에 입양된 짐 스프링거와 짐 루이스라는 일란성 쌍둥이를 조사하였다. 이들 쌍둥이는 헤어스타일은 비록 달랐지만 얼굴과 목소리가 구분하기 힘들 정도로 유사하였다.[12] 또한 이들은 고혈압, 치질수술, 편두통, 사팔눈, 줄담배, 손톱 물어뜯기, 같은 나이에 체중 증가 등 병력, 습관, 체중 등이 매우 비슷하였을 뿐 아니라, 두 사람 모두 목공소를 운영하고, 플로리다의 똑같은 해변으로 휴가를 떠나고, 자동차 경주를 즐기고, 야구는 싫어하는 등 직업, 취미, 취향까지도 거의 동일하였다.[13] 이러한 조사를 바탕으로 토마스 부처드가 이끄는 미네소타 연구팀은 어린 시절에 서로 헤어져 다른 가정에서 양육된 쌍둥이들을 대상으로 유전자와 환경이 인간에게 미치는 영향력을 관찰하였다. 그 결과 유전자가 지능에 60%, 인성에 60%, 운동기능에 40~60%, 창의성에 21%로

9   리들리, 매트: 『본성과 양육』. 김한영 옮김, 이인식 해설. 김영사 2004, p. 112.
10 Ibid, p. 112.
11 Ibid, p. 112.
12 Ibid, p. 119.
13 Ibid, p. 119.

각각 영향을 미친다고 보았다[14]. 이러한 연구결과를 토대로 토마스 부처드 연구팀은 거의 모든 면에서 환경보다 유전자의 영향이 더 크다는 사실을 이끌어내었다.

그럼에도 불구하고 이러한 쌍둥이 연구를 통해 드러나는 사실은 어떤 일란성 쌍둥이도 모든 면에서 완벽하게 일치하지는 않는다는 것이다. 이는 다시 말해서 유전자가 동일하다고 해서 똑같은 인간이 되는 것은 아니라는 사실을 의미해 준다. 100% 동일한 유전자를 공유하고 있음에도 불구하고 일란성 쌍둥이들 사이에서 나타나는 차이점은 어떻게 설명될 수 있을까? 미국의 심리학자 스티븐 핑커 Steven Pinker는 그의 저서 『빈 서판』에서 행동유전학의 법칙을 들어 일란성 쌍둥이들 사이에서 나타나는 차이, 그리고 더 나아가 인간의 정체성에 영향을 미치는 요인이 무엇인지를 설명한다. 저서에서 핑커는 행동유전학의 세 가지 법칙을 다음과 같이 제시한다.

> 제1법칙: 인간의 모든 행동 특성은 유전적이다.
> 제2법칙: 한 가족 내에서 양육되는 것의 효과는 유전자의 영향보다 작다.
> 제3법칙: 복잡한 행동 특성들의 편차 중 상당 부분은 유전자나 가족의 영향으로 설명되지 않는다.[15]

스티븐 핑커에 따르면, 행동유전학의 세 가지 법칙은 서로 헤어져 다른 가정에서 양육된 일란성 쌍둥이들에 대한 연구를 통해 증명되고 있으며, 이러한 행동유전학의 법칙을 통해 유전자와 환경이 한 인간의 정체성에 미치는

---

14 셴크, 데이비드: 『우리 안의 천재성: 유전학, 재능 그리고 아이큐에 관한 새로운 통찰』. 조영주 옮김. 한국방송출판 2011, p. 96.

15 핑커, 스티븐: 『빈 서판: 인간은 본성을 타고나는가』. 김한영 옮김. 사이언스북스 2004, p. 652.

영향력을 설명할 수 있다는 것이다. 즉 그에 따르면, 행동유전학의 제1법칙 "인간의 모든 행동 특성은 유전적이다."는 지금까지 수많은 일란성 쌍둥이들에 대한 연구를 통해 증명되는 사실이라는 것이다. 태어난 직후 떨어져서 자란 일란성 쌍둥이들 사이의 유사성을 서로 비교해 볼 때, 재능, 기질, 지능, 성격 등은 유전적이며, 또 니코틴이나 알코올 의존성, 텔레비전 시청 시간, 이혼 가능성 등과 같은 구체적인 특성들도 모두 유전적임을 알 수 있다는 것이다.[16] 또한 떨어져서 자란 일란성 쌍둥이들의 유사성을 서로 비교해 볼 때, 행동유전학의 제2법칙 "한 가족 내에서 양육되는 것의 효과는 유전자의 영향보다 작다."는 사실을 알 수 있다는 것이다. 즉 한 아이의 성장에 영향을 미치는 것은 부모의 양육이나 가족의 영향보다는 유전자의 영향이 더 크다는 것이다.

핑커에 따르면, 그럼에도 불구하고 유전자나 가족의 영향만으로 설명되지 않는 일란성 쌍둥이들 사이의 차이점은 분명히 존재한다는 것이다. 즉 행동유전학의 제3법칙에 해당하는 "복잡한 행동 특성들의 편차 중 상당 부분은 유전자나 가족의 영향으로 설명되지 않는다."는 것이다. 동일한 유전자와 동일한 가족의 영향을 받고 자란 일란성 쌍둥이들 사이에서도 서로 다른 차이가 나타나는 이유는 무엇 때문일까? 핑커는 이를 "단독 환경"으로 설명한다.[17] 여기서 "단독 환경"이란 일란성 쌍둥이 가운데 한 명에게만 영향을 미치고 나머지 쌍둥이에게는 영향을 미치지 않는 모든 개별적이고 우연적인 사건을 말한다. 예를 들어 쌍둥이 한 명이 불량배에게 얻어맞을 때 다른 한 명은 아파서 집에 있거나, 한 명은 세균을 흡입하고 다른 한 명은 흡입하지 않는 것 등과 같이 오로지 자기 자신에게만 일어나는 우연적인 사건이나 개별

---

16 Ibid, p. 656.
17 Ibid, p. 663.

적인 경험 등이 "단독 환경"에 포함된다는 것이다.[18] 핑커에 따르면, 이러한 "단독 환경"은 유전적인 것도 아니고 가족의 영향도 아니면서 일란성 쌍둥이들을 서로 다르게 만들 뿐 아니라, 더 나아가 모든 사람들을 제각기 다르게 만드는 원인에 해당한다는 것이다.[19] 지금까지의 일란성 쌍둥이들에 대한 연구를 바탕으로 스티븐 핑커는 우리를 현재의 모습으로 만드는데 있어서 유전자가 50%, "단독 환경"이 50%로 각각 영향을 미치며, 이로써 한 인간의 정체성을 형성하는데 있어서 중요한 요인은 유전자와 "단독 환경"이라는 결론을 이끌어내고 있다.

그렇다면 일란성 쌍둥이와 동일한 조건에 놓여 있는 복제인간의 경우 유전자와 환경의 영향은 어떻게 나타날까? 이와 연관해서 본 연구는 다음 장에서 복제인간의 경우 유전자와 환경의 문제가 어떠한 방식으로 영향을 미치는지를 롤프 슈벨의 SF 영화 〈블루프린트〉와 프랭클린 샤프너의 SF 영화 〈브라질에서 온 소년들〉을 중심으로 좀 더 자세히 고찰해 보고자 한다.

4. 복제인간과 영화적 상상력

4.1. 사이언스 픽션 영화 〈블루프린트〉

현대 과학기술의 비약적인 발전과 더불어 미래에는 인간 복제도 가능할 것이라는 인간의 상상력은 특히 사이언스 픽션 장르에서 끊임없이 다루어져 왔던 주제이다. 독일의 경우 복제인간에 관한 소재는 샤를로테 케르너 Charlotte Kerner의 사이언스 픽션 소설 『블루프린트』에서 가장 첨예하게 다루어지고 있다. 이 소설은 복제인간을 소재로 한 독일어권 문학 가운데 가

---

18 Ibid, p. 693.
19 Ibid, p. 666.

장 잘 알려진 작품에 해당하며, 독일에서는 수업용 교재로도 활용되고 있다. 케르너의 소설 『블루프린트』는 2003년 롤프 슈벨 감독에 의해 동명의 제목으로 다시 영화화되었다. 슈벨의 영화 〈블루프린트〉는 그러나 전체적인 구성방식에 있어서 소설과는 다른 편집방식을 보인다. 소설은 복제인간 시리의 탄생, 유년기, 청소년기 등 시간의 흐름에 따라 순차적으로 구성되어 있는데 반해, 영화는 시리의 현재시점에서 과거에 대한 회상으로, 다시 과거시점에서 현재시점으로 이어지는 현재와 과거의 교차적 편집으로 구성되어 있어서 소설과는 완전히 다른 느낌을 준다.

롤프 슈벨의 SF 영화 〈블루프린트〉에서 천재 피아니스트인 이리스 셀린은 불치병으로 인해 더 이상 피아노를 연주할 수 없게 될 것이라는 두려움에서 자신을 완벽하게 닮은 딸을 복제하기로 결심한다. 즉 그녀는 자신의 천재적인 음악적 재능을 그녀의 복제딸을 통해 계속해서 보존하고 싶어 한다. 영화에서 이리스의 복제과정은 체세포 복제학자인 마틴 피셔 박사에 의해 주도되는데, 그는 핵이 제거된 이리스의 난자에 그녀의 유전자 정보를 주입시키는 이른바 체세포 복제기술을 통해 복제딸 시리를 탄생시킨다. 어머니 이리스의 유전자 정보를 그대로 갖고 태어난 복제딸 시리는 어린 시절부터 탁월한 피아노 연주능력을 보이는데, 이러한 그녀의 천재적인 음악적 재능은 급기야 이리스의 매니저에게는 '기괴한 것'으로까지 간주된다. 일란성 쌍둥이처럼 복제딸 시리는 어머니 이리스와 100% 동일한 유전자 정보를 지닐 뿐 아니라, 그녀의 외모, 얼굴에 난 점, 목소리, 머리카락을 옆으로 치켜 올리는 습관, 동일한 남자에게 애정을 느끼는 성향 등 어머니와 매우 유사한 특징을 지닌다. 영화에서 어머니와 복제딸의 일치정도는 특히 손가락의 지문을 통해 시각적으로 강조되고 있다. 손가락의 지문 모양은 사람마다 모두 다르기 때문에 '나'의 동일성을 보장해 주는 신체의 표식이라 할 수 있다. 이 때문에 지문

검사는 내가 '나'임을 증명해 주는 유일한 증거수단이 된다. 그러나 영화에서 어머니와 복제딸은 지문까지도 완벽하게 일치하기 때문에 '나'를 '나'라고 말할 수 있는 '나'에 대한 동일성은 더 이상 존재하지 않는다. 영화에서 '나'에 대한 동일성의 상실은 시리가 병든 어머니를 보기 위해 독일에 도착하여 공항에서 지문검사를 받을 때 컴퓨터 화면에 에러로 표시되는 장면을 통해 시각적으로 표현되고 있다.

이리스와 시리의 관계는 시리가 13세 때 우연히 복제 사실을 알게 되면서부터 어머니와 딸이라는 '모녀관계'에서 원본인간과 복제인간이라는 '주종관계'로 변화된다. 영화에서 복제인간으로서 시리가 느끼는 수치스러운 감정은 피아노 연주회가 끝난 후 그녀가 가슴에 부착한 흰색 별로 시각화되고 있다. 여기서 '복제인간'이라고 쓰여 진 흰색 별은 나치시대 유대인들이 상의에 부착한 '유대인'이라고 쓰여 진 노란색 별을 연상시킨다. 일명 '유대인의 별'이라고 불렸던 노란색 별은 나치시대 모든 유대인들이 의무적으로 옷에 부착해야만 했던 표식이다. 이러한 표식은 독일인과 유대인을 차별화하는 수단일 뿐 아니라 유대인들로 하여금 제2의 인간이라는 굴욕감을 느끼도록 하는 것이었다. 이처럼 제2의 인간으로서 복제인간 시리가 느끼는 감정은 나치시대 유대인들이 느꼈던 감정처럼 굴욕적이고 수치스러운 것임을 비유적으로 보여준다.

생식복제기술과 연관해서 영화에서 나타나는 핵심적인 문제는 어머니 이리스의 유전자 정보를 그대로 갖고 태어난 시리는 어머니와 똑같이 뛰어난 피아니스트로 성장하게 되는가에 대한 물음이다. 즉 영화에서 핵심적으로 제기되는 문제는 복제인간은 원본인간과 동일한 인물이 되는가에 대한 물음이다. 어머니 이리스와 동일한 유전자를 공유하고 있는 복제딸 시리는 어머니처럼 유전적으로 뛰어난 음악적 재능을 지니고 있음에도 불구하고 피아니스트가 되는 길을 포기하고 캐나다로 도피한 후 사진작가로 활동한다. 이는 곧 자신의 탁월한 음악적 재능을 복제딸을 통해 영구히 보존하고자 했던 이리스의 복제계획이 완전히 실패했음을 단적으로 보여준다. 이처럼 시리가 어머니 이리스와 다른 삶을 선택하는데 영향을 미친 요인으로는 외부의 환경적 요인을 들 수 있다. 청소년기에 접어든 시리는 우연히 취재기자들로부터 그녀가 복제되었다는 사실을 깨닫고 심한 정신적 충격을 받게 될 뿐 아니라, 끊임없이 몰려드는 취재기자들로 인해 정신적 괴로움을 겪는다. 이로 인해 시리는 어머니 이리스와는 완전히 다른 환경에 놓이게 된다. 시리는 이리스와 마찬가지로 유전적으로 뛰어난 음악적 재능을 소유하고 있지만, 그녀가 복제되었다는 사실로 인해 겪게 되는 정신적 충격과 외부의 환경적 요인은 그녀를 피아니스트로 성장하는데 방해요인으로 작용한다. 시리가 겪는 이러한 개별적인 경험은 복제인간으로서 그녀만이 겪는 고유한 경험으로서 스티븐 핑커가 앞장에서 언급한 "단독 환경"에 해당한다고 볼 수 있다.

더 나아가 복제되었다는 사실은 시리로 하여금 어머니 이리스에게 반항하도록 만든다. 시리는 어머니 이리스에게 반항하는 것이야말로 자신을 어른으로 성장시키는 것이라고 말하면서 이리스의 복제딸임을 보여주는 증표인 얼굴에 난 점을 칼로 도려내는 행위를 취한다. 이러한 시리의 반항의식은 어머니와 다른 존재가 되고자 하는 시리의 내면의지를 강하게 보여준다. 영화에서 어머니와 다른 삶을 살겠다는 시리의 내면의지는 독일을 떠나 캐나다로 도피하고, 피아니스트가 아닌 사진작가로 활동하고, 명예보다는 순수한 사랑을 추구하고, 자신의 죽음이기도 한 어머니의 죽음을 극복하는 것 등으로 표출된다.

영화에서 유전자와 환경이 복제인간의 정체성에 얼마만큼 영향을 미치는지를 살펴볼 때, 외모, 습관, 재능 등 외부적으로 드러나는 요소들은 유전자의 영향을 받는 것으로 그려지는데 반해, 정신, 의지, 마음 등 내면적인 요소들은 외부 환경 및 "단독 환경"의 영향을 받는 것으로 그려진다. 이를 통해 슈벨의 영화가 보여주고자 하는 바는 복제인간은 원본인간과 동일한 인물이 되지 않는다는 점이다. 즉 유전적으로 동일한 복제인간이라 하더라도 주어진 외부 환경 및 개별적으로 경험하는 "단독 환경"이 다를 경우에는 원본인간과 완전히 다른 삶을 살 수 있다는 것이다. 영화에서 시리는 어머니 이리스와 동일한 유전자 정보를 소유하고 있음에도 불구하고 어머니가 자라온 환경과는 다른 환경에 놓이게 되며, 이처럼 어머니와 다른 환경은 그녀로 하여금 새로운 삶을 가능하게 한다.

4.2. 사이언스 픽션 영화 〈브라질에서 온 소년들〉

롤프 슈벨의 SF 영화 〈블루프린트〉가 탁월한 음악적 재능을 지닌 피아니스트를 복제함으로써 원본인간과 복제인간 사이의 팽팽한 긴장감을 보여주고 있다면, 프랭클린 샤프너의 SF 영화 〈브라질에서 온 소년들〉은 이미 죽은 역사적 인물인 아돌프 히틀러의 복제소년들에 관한 내용을 다루고 있다. 샤프너의 영화는 1976년에 발표되어 커다란 센세이션을 불러일으켰던 미국의 대중작가 아이라 레빈 Ira Levin의 사이언스 픽션 소설 『브라질에서 온 소년들』을 영화로 제작한 작품이다. 아이라 레빈의 SF 소설은 1970년대 당시 과학 분야에서도 여전히 신의 영역으로 알려진 복제인간의 문제를 최초로 다룬 소설로서 출판과 더불어 세계적인 베스트셀러가 되었으며 복제기술을 둘러싼 커다란 논쟁을 불러일으킨 작품이다.

프랭클린 샤프너의 SF 영화 〈브라질에서 온 소년들〉에서 유대인이자 '나치 사냥꾼'으로 알려진 에즈라 리버만은 어느 날 우연히 한 미국 청년으로부터 파라과이에서 요제프 멩겔레와 그의 나치 일당이 잔인한 음모를 꾸미고 있다는 제보를 받는다. 그의 제보에 따르면, 요제프 멩겔레는 그의 나치 부하들에게 아리안족의 민족적 사명을 위해 2년 6개월 안에 전 세계에 흩어져 사는 94명의 남자들을 이들이 65세가 되는 날에 죽이라고 명령했다는 것이다. 왜 요제프 멩겔레가 94명의 남자들을 65세가 되는 날에 죽이라고 명령했을까를 연구하던 중에 에즈라 리버만은 빈대학의 브루크너 박사로부터 토끼 복제실험을 듣게 된다. 이를 통해 그는 요제프 멩겔레가 히틀러의 유전자를 복제한 아이들을 전 세계로 입양했을 것이라고 추정하면서 이들 복제소년들의 양아버지들을 찾아 나선다.

영화에서 에즈라 리버만으로 등장하는 인물은 역사적으로 실존했던 지몬 비젠탈 Simon Wiesenthal[20]을 모델로 하고 있음을 알 수 있다.[21] 오스트리아 출신의 유대인이었던 지몬 비젠탈은 나치시절 집단수용소에서 죄수로 생활하였으며, 1945년 수용소에서 해방된 후 "무죄하게 살해된 수백만 명을 위한 정의 찾기"를 자신의 일생의 과제로 삼으면서 나치 잔당을 색출하는 작업을 대대적으로 펼쳐 일명 "나치 사냥꾼"으로 불려졌다. 실제로 지몬 비젠탈

---

20 지몬 비젠탈은 1908년 당시 폴란드 영토에 속했던 부카츠에서 도매상인의 아들로 태어났다. 비젠탈은 1932년 프라하에 있는 기술대학에서 건축학을 전공하였고, 이어 1936년에 렘베르크에 건축사무실을 개업하였다. 그러나 그는 1939년 유대인이라는 이유로 사무실을 폐쇄해야만 했으며, 1941년에는 마찬가지로 유대인이라는 이유로 체포되어 집단수용소에 감금되었다. 1945년 5월 비젠탈은 미국 군대의 도움을 받아 수용소에서 해방되었다. 해방 직후 그는 미국 관청에 91명의 나치 전범자들의 이름이 적힌 명단을 제출하는 등 나치 잔당을 색출하는 작업을 본격적으로 시작하였다. 비젠탈은 1947년 오스트리아 린츠에 '유대인 역사기록소'를 설립하였으나 재정적인 이유로 1954년에 문을 닫았고, 이후 1961년에 빈에 '유대인 기록센터'를 다시 설립하였다. 나치시절 비젠탈과 그의 아내는 유대인이라는 이유로 89명의 친척들을 모두 잃었다고 한다. 지몬 비젠탈은 2005년 오스트리아 대통령 하인츠 피셔 Heinz Fischer로부터 '황금 명예훈장'을 받았으며, 같은 해 96세의 나이로 빈에서 사망하였다.

21 Köhne, Julia Barbara: Wissenschaft und Fiktion. Reproduktionsmedizin, menschliches Klonen und Ethik im Science-Fiction-Film The Boys from Brazil(1978). ÖZG 24(2013), pp. 55-78.

은 생존 당시 나치 전범자인 요제프 멩겔레 Josef Mengele를 색출하기 위해 온갖 노력을 기울였지만 결국 그를 붙잡지는 못했다고 전해진다. 또한 영화에서 실제 이름으로 등장하는 요제프 멩겔레는 역사적으로 실존했던 나치의 사로 잘 알려진 인물이다. 나치의사로서 멩겔레는 아우슈비츠 집단수용소에 수감된 죄수들을 상대로 골수이식 실험, 불임 연구, 유전학 및 우생학 연구 등을 시행하였을 뿐 아니라, 그의 다양한 의학적 실험들을 위해 수많은 죄수들을 살해하여 일명 "죽음의 천사"로 불려졌다. 멩겔레는 나치시절 특히 어린 쌍둥이들을 대상으로 쌍둥이 연구를 행한 것으로 잘 알려져 있다. 아우슈비츠 집단수용소에서 살아남은 생존자들의 증언에 따르면, 멩겔레는 일란성 쌍둥이와 이란성 쌍둥이 간의 차이를 조사하기 위해 설문조사, 사진 및 엑스레이 촬영, 인체측정 검사, 소변 및 피검사 등을 실시하였다고 한다.[22] 또한 그는 병에 대한 반응과 유전과의 연관성을 파악하기 위해 쌍둥이 한 명에게 독, 박테리아, 그밖에 병을 일으키는 병원체를 고의적으로 주입한 후 병의 진행과정을 기록하였을 뿐 아니라, 실험대상인 쌍둥이 한 명이 죽으면 인체구조를 서로 비교하기 위해 나머지 쌍둥이도 죽인 후 해부하였다고 한다.[23] 샤프너의 영화는 지몬 비젠탈, 요제프 멩겔레 등 실제로 생존했던 역사적 인물들뿐 아니라, 토끼 복제실험 등과 같은 과학적 사실에 근거하여 있을 법한 가능한 세계를 영화적 상상력을 통해 보여줌으로써 생생한 현장감과 사실감을 더욱 강화시켜 주고 있다.

샤프너의 영화는 실존했던 역사적 인물인 요제프 멩겔레의 전기에 근거해

---

22 Josef Mengele. https://de.wikipedia.org/wiki/Josef_Mengele(2017년 12월 26일 검색).

23 Abé, Nicola/Kormaier, Veronika/Sarovici, Alexander: Jagd auf Josef Mengele. "Dus is er! Mir haben ihm gefunen, dem kleinen Dreck!" Aus: http://www.spiegel.de/einestages/josef-mengele-wie-der-mossad-den-kz-arzt-von-ausc hwitz-jagte-a-1166539.html(2017년 12월 26일 검색).

서 새로운 허구적 이야기를 전개시키고 있는데[24]. 영화에서 그는 1943년 5월 23일 히틀러가 죽기 전에 그로부터 얻은 혈액샘플과 피부세포를 이용하여 94명의 히틀러의 복제소년들을 만들어내는데 성공한다. 아돌프 히틀러는 당시 52세 세관 공무원이었던 아롤이스 히틀러 Alois Hitler와 당시 29세였던 클라라 푈츨 Klara Pölzl 사이에서 1889년에 태어났다. 히틀러는 어린 시절 학교교육보다는 그림을 그리는데 더 많은 소질을 갖고 있었으며, 이 때문에 그를 공무원으로 교육시키고자 했던 아버지로부터 잦은 학대를 받고 성장하였다고 한다. 그러나 그가 14세가 되던 해 그의 아버지는 갑작스럽게 사망하였으며, 이로 인해 히틀러는 어린 시절에 아버지의 죽음을 경험하게 된다. 영화에서 히틀러의 복제소년들은 일란성 쌍둥이들처럼 모두 히틀러와 동일한 유전자 정보뿐 아니라, 목소리, 검은 머리, 아리안족의 혈통을 상징하는 파란 눈 등을 지니고 있다. 이들 가운데 어떤 복제소년은 히틀러와 유사하게 그림을 그리는데 남다른 재능을 지니고 있는데 반해, 어떤 복제소년은 히틀러와는 달리 플루트를 연주하는 음악적 재능을 지니고 있다. 이들 복제소년들은 목소리, 검은 머리, 파란 눈, 창백한 얼굴 등 외부적으로 드러나는 외모는 매우 비슷하지만, 그럼에도 불구하고 이들이 모두 똑같은 재능을 지닌 것은 아니다.

---

24 요제프 멩겔레는 1911년 3월 16일 독일 귄츠부르크에서 농기구운영업자인 칼 멩겔레 Karl Mengele와 발부르가 멩겔레 Walburga Mengela 사이에서 첫째 아들로 태어났다. 멩겔레는 1935년 뮌헨대학 인류학과에서 박사학위를 받았으며, 1936년에는 의사국가자격시험에 합격하여 라이프치히 대학 소아과에서 4개월간 실습을 하였다. 이어서 그는 1938년에 프랑크푸르트 대학에서 의학박사학위를 취득하였으며, 박사학위 취득 후 독일의 유전학자이자 우생학자인 오트마 폰 페르슈어 Otmar von Verschuer가 이끄는 '유전학 및 인종우생학 연구소'에서 조교로 활동하였다. 이후 멩겔레는 1943년부터 1945년까지 아우슈비츠 집단수용소에서 나치의 사로 활동하면서 이곳에 포로로 잡혀온 죄수들을 상대로 다양한 의학적 실험들을 시행하였다. 1959년 나치 전범자로서 그에게 체포영장이 발부되자, 멩겔레는 파라과이로 도주한 후 1960년에 다시 브라질로 도주하였다. 1979년 요제프 멩겔레는 수영하던 중 뇌졸중 발작으로 사망하였다고 전해진다.

영화에서 94명의 히틀러의 복제소년들은 나치의사 멩겔레의 치밀한 계획에 따라 브라질에서 은밀히 복제된 후 독일, 오스트리아, 스웨덴, 캐나다, 영국, 미국 등 전 세계로 입양되어진다. 이때 이들 복제소년들은 실제 역사적 인물인 아돌프 히틀러와 유사한 성장과정을 거치도록 히틀러의 부모와 유사한 나이와 직업, 그리고 북유럽 기독교적인 배경을 지닌 가정으로 입양된다. 영화 〈블루프린트〉에서 천재 피아니스트인 이리스 셀린이 자신의 복제딸을 통해 자신의 탁월한 음악적 재능을 영구히 보존하려고 하였다면, 영화 〈브라질에서 온 소년들〉에서 나치의사 멩겔레는 전 세계를 히틀러의 지배하에 두고자 히틀러의 유전자를 대량으로 복제한다. 즉 영화 〈블루프린트〉에서 복제의 핵심이 예술적 탁월함을 영구화하는데 있다면, 영화 〈브라질에서 온 소년들〉에서 복제의 핵심은 정치적 탁월함을 대량화하는데 있다.

더 나아가 멩겔레는 미래에 존재하게 될 '완벽한' 히틀러의 재탄생을 위해 히틀러의 유전자 정보뿐 아니라 히틀러가 경험했던 양육과정의 유사성도 극대화하고자 한다. 이를 위해 그는 복제소년들이 14세가 되는 해에 히틀러가 어린 시절에 겪었던 똑같은 경험을 체험하도록 이들의 양아버지들을 고의로 살해하는 은밀한 계획을 세운다. 그러나 샤프너의 영화에서 히틀러의 복제소년들 가운데 과연 어떤 소년이 히틀러와 똑같은 인물로 성장하게 될지는 불분명하게 그려지고 있다. 이들 복제소년들 가운데 바비는 자신에게 역사적으로 가장 훌륭한 사람인 히틀러의 복제인간이라고 말하는 요제프 멩겔레를 미쳤다고 비난한다. 영화 〈블루프린트〉에서 복제인간 시리가 어머니의 복제품이라는 사실을 수치스럽게 생각하는 것처럼, 샤프너의 영화에서 복제소년 바비는 자신이 히틀러의 복제품이라는 사실을 혐오스럽게 생각한다. 또한 복제소년 바비는 어린 시절 히틀러와는 달리[25] 그의 양아버지의 죽음에 슬퍼하면

---

25 어린 시절 히틀러는 화가를 직업으로 선택하고자 하였으나 그를 공무원으로 키우고자 했던

서 눈물을 흘릴 뿐 아니라, 그의 양아버지를 죽인 요제프 멩겔레를 '악마'라고 말하면서 사냥개들을 풀어 그를 죽이도록 한다. 여기서 샤프너의 영화는 이들 복제소년들의 다양한 모습, 즉 어떤 소년은 음악적 재능을 지니고, 어떤 소년은 장난기가 많고, 어떤 소년은 감기에 걸려 의사의 치료를 받고 있으며, 또 어떤 소년은 카메라를 들고 다니며 촬영을 하는 등 이들 복제소년들이 개별적으로 겪는 경험, 즉 "단독 환경"을 통해 이들이 히틀러와 동일한 유전자와 비슷한 양육과정에도 불구하고 히틀러와 똑같은 인물로 성장하지는 않을 것임을 암시해 준다.

생식복제기술과 연관해서 영화 〈브라질에서 온 소년들〉에서 핵심적으로 제기되는 문제 중에 하나는 히틀러와 유전적으로 동일한 복제소년들을 과연 히틀러라고 말할 수 있는가에 대한 물음이다. 즉 샤프너의 영화에서 제기되는 핵심적인 문제는 유전자의 동일성이 개체의 동일성을 의미하는가에 대한 물음이다. 영화에서 히틀러의 복제소년들은 크게 두 가지 서로 다른 입장으로 인식되고 있는데, 하나는 이들 복제소년들을 히틀러와 동일시하는 입장이고, 다른 하나는 이들 복제소년들을 히틀러와 동일시하지 않는 입장이다. 요제프 멩겔레는 히틀러의 복제소년 바비를 히틀러와 동일시하면서 언젠가는 실제 역사적 인물인 히틀러처럼 권력을 잡게 될 것이라고 말한다. 또한 유대인 비밀단체에 소속된 청년 데이비드는 복제소년들을 히틀러와 동일시하면서 이들을 죽여야 한다고 말한다. 이와 달리, 에즈라 리버만은 이들 복제소년들은 단순히 죄 없는 순수한 어린 아이들에 불과할 뿐이라고 말한다. 샤프너

아버지 때문에 잦은 말다툼과 폭력에 시달렸다고 한다. 그러나 그가 14세가 되던 해 아버지의 갑작스런 죽음으로 더 이상 아버지와 직업문제로 다툴 필요가 없어졌다고 한다. 이에 대해 히틀러는 그의 저서 『나의 투쟁』에서 다음과 같이 언급하고 있다. "[...] 나의 직업문제는 생각했던 것보다 일찍 결정되었다. 13세 때 돌연 아버지를 잃었다. 평소 매우 건강했던 아버지에게 갑자기 뇌일혈이 일어났던 것이다." 이러한 맥락에서 볼 때, 아버지의 갑작스런 죽음은 어린 히틀러에게 아버지의 폭력과 억압에서 벗어나는 일종의 '해방감'을 주었을 것으로 보인다.

의 영화는 주인공 에즈라 리버만의 입을 통해 히틀러의 복제소년들을 수백만 명의 유대인들을 죽음으로 몰아넣은 실제 역사적 인물인 히틀러와 동일시해서는 안 된다는 점을 부각시키고 있음을 알 수 있다.

영화 〈블루프린트〉에서 복제딸 시리는 어머니와 동일한 유전자 정보를 갖고 있음에도 불구하고 어머니와 다른 환경 및 그녀의 내면의지에 따라 어머니와 똑같은 피아니스트가 되지 않았다면, 영화 〈브라질에서 온 소년들〉에서 히틀러의 복제소년들은 히틀러와 동일한 유전자와 비슷한 양육과정에도 불구하고 이들이 히틀러와 똑같은 인물로 성장하지는 않을 것임을 암시해 준다. 이를 통해 샤프너의 영화는 복제인간에게 영향을 미치는 요인으로는 유전자와 부모의 양육이외에도 또 다른 복잡한 요인들이 작용하고 있음을 보여준다. 미국의 진화생물학자 스티븐 제이 굴드 Stephen Jay Gould는 '완벽한' 복제인간을 얻기 위해서는 원본인간과 똑같은 유전자와 양육뿐 아니라, 똑같은 자궁, 똑같은 부모, 똑같은 역사적 시간대와 똑같은 지리학적 장소 등이 필요하다고 언급한다. 그러나 과연 이러한 조건들이 현실적으로 어떻게 가능할 수 있을까? 이러한 맥락에서 샤프너의 영화는 '완벽한' 히틀러의 복제소년들을 탄생시키는 것은 불가능하며, 이는 나치의사 멩겔레의 허무맹랑한 야욕에서 비롯된 '광기'라는 것을 간접적으로 보여준다.

5. 결론을 대신하여

지금까지 고찰한 두 편의 사이언스 픽션 영화를 통해 특정한 인간을 복제하고자 하는 이유를 크게 두 가지 측면으로 살펴볼 수 있다. 하나는 롤프 슈벨의 SF 영화 〈블루프린트〉에서처럼 복제딸을 통해 자신의 탁월한 음악적 재능을 영구히 보존하고자 하는 개인적인 욕망에서 비롯되고 있다. 또 다른 하나는 프랭클린 샤프너의 SF 영화 〈브라질에서 온 소년들〉에서처럼 이미 죽은 역사적 인물인 아돌프 히틀러를 복제하여 아리안족이 지배하는 미래사회를 건설하고자 하는 정치적인 욕망에서 비롯되고 있다.

이러한 차이에도 불구하고 슈벨의 영화와 샤프너의 영화에서 공통적으로 부각되는 사실은 유전자의 동일성이 개체의 동일성을 말해주지는 않는다는 것이다. 즉 원본인간과 동일한 유전자 정보를 지닌 복제인간이라 하더라도 원본인간과 똑같은 인물은 되지 않는다는 것이다. 슈벨의 영화에서 복제딸 시리는 어머니 이리스처럼 유전적으로 탁월한 음악적 재능을 소유하고 있음에도 불구하고 그녀의 어머니와는 달리 피아니스트가 아닌 사진작가의 길을 선택하였다. 이와 유사하게 샤프너의 영화에서 히틀러의 복제소년들은 모두 동일한 유전자 정보를 공유하고 있음에도 불구하고 이들의 다양한 모습을 통해 이들이 히틀러와 똑같은 인물로 성장하지는 않을 것임을 암시해 준다. 이를 통해 두 영화는 모두 공통적으로 21세기 새로운 유전학에서 주장하는 유전자 결정론은 한계가 있음을 영화적 상상력을 통해 보여준다. 즉 복제인간의 정체성을 형성하는데 있어서 유전자가 결정적인 요인은 될 수 없으며, 오히려 유전자와 더불어 개별적인 경험이나 우연적인 사건에 해당하는 "단독 환경"도 지대한 영향을 미치고 있음을 알 수 있다. 더 나아가 슈벨과 샤프너의 영화는 모두 공통적으로 복제기술이 지니는 한계성을 간접적으로 보여준다. 즉 복제기술은 외모, 습관, 재능 등 인간의 외향적인 특징은 복제할 수 있지만, 마음, 정신, 의지 등 인간의 내면적인 특징은 여전히 복제하지 못한다는 것이다. 이는 다시 말해서 '몸'을 복제하는 것은 가능하지만, '뇌'를 복제하는 것은 여전히 불가능하다는 것을 의미해 준다.[26] 슈벨의 영화와 샤프너

---

26 존슨, 조지: 「걱정 마라: 뇌는 아직 복제할 수 없다」. 제임스 왓슨, 스티븐 제이 굴드 외: 『인간복제─무엇이 문제인가』. 류지한, 박찬구, 조현아 옮김. 울력 2010, pp. 30-34, 여기서는 p. 31.

의 영화가 보여주는 또 다른 공통점은 복제된 인간에게 있어서 자신이 복제되었다는 사실은 수치스러움과 혐오감만을 줄 뿐이라는 것이다.

어떤 특정한 인간의 유전자, 그리고 더 나아가 그 인간이 자라온 비슷한 양육과정에도 불구하고 복제인간이 원본인간과 동일한 인물이 되지 못한다면, 과연 한 인간을 복제한다는 것은 무슨 의미를 지니는 것일까? 탁월한 피아니스트를 복제한 아이가 피아니스트가 되지 않고, 정치가를 복제한 아이가 정치가가 되지 않는다면, 또 복제인간에게 있어서 자신이 복제되었다는 사실이 단지 수치스러움과 혐오감만을 줄 뿐이라면, 복제는 왜 필요한 것일까? '유능한' 인간과 동일한 유전자를 가지고 있다 하더라도 그와 똑같은 인물이 되지 않는다면, 복제기술을 통한 인위적인 무성생식이 남녀 사이에서 자연적으로 일어나는 유성생식보다 더 나은 점은 과연 어디에 있을까? 이와 연관해서 심각하게 제기되는 문제는 인간 복제는 과연 필요한 것인가에 대한 근원적인 물음이라 할 수 있다.

06

자서전의 현대적 양상,
'사진–자서전' 연구

박선아

1. '사진–자서전'의 탄생

– 자서전의 흐름과 양상

프랑스 문단에서 자서전의 역사는 결코 짧지 않다. 그 기원이라고 일컬을 만한 몽테뉴의 『수상록』을 비롯하여, 루소의 『고백록』, 스탕달의 『앙리 브륄라르의 생애』, 샤토브리앙의 『무덤 너머에서의 회상』, 사르트르의 『말』, 사로트의 『유년기』에 이르기까지, 자서전은 한 작가의 삶과 문학세계의 상관성을 이해하게 해주는 실마리가 되고, 독자나 비평가들의 해석적 욕망을 채워주는 문학 저장고가 되어 왔다.

역사적으로 자서전은 '개인'이라는 개념과 맞물려 19세기 낭만주의 이후 활성화된 '자기 글쓰기écriture de soi'의 한 형태로서, 에세이, 회상록, 내면일기, 작가수첩(노트), 자전소설과 같이 자전적 요소들을 지닌 글쓰기와는 차별화된다. 자서전을 장르의 차원에서 이론적으로 정리한 필립 르죈은 "한 실제 인물이 자기 자신의 존재를 소재로 하여 개인적인 삶, 특히 자신의 인성(人性)의 역사를 중점적으로 이야기한, 산문으로 쓰인 과거 회상형의 이야기"[1]를 자서전으로 정의한 바 있다. 그런데 르죈이 주목한 것은 이 자서전 규약에는 작가가 진실을 말하겠다는 독자와의 계약이 내포되어 있다는 점이다. 독자는 소설과 달리 작가로부터 개인사에 관한 진실 된 이야기를 기대하거나 의심을 품을 수 있는 무언의 협약상태에 있다고 본다. 하지만 독자가 바라는 대로 온전히 솔직하게 말하는 순진한 작가는 없다. 자서전의 고전이라고 할 루소의 『고백록』만 보아도, 작가는 진실이라고 말하는 것을 통해 은연중 자신의 욕망을 드러내기 때문이다. 자서전에서 차지하는 진실의 비중은 소설 장르에 비해 현저히 크지만, 아마도 그것은 일종의 모순[2]에 사로잡혀 있다고 할 수 있다. 즉 자서전 작가는 지나간 과거의 사건을 정확하고 솔직하게 말하고 있다고 밝히지만, 당시 느낀 충동이나 감정은 희석되고 기억은 불완전하여 과거의 삶을 충실히 복원하지 못한다. 또한 자신의 삶을 회고하고 분석하는 과정에서 어떤 의도나 관점에서 독립적일 수 없으며, 결국 재구성된 자서전은 개인의 신화에 가까워진다. 따라서 엄연한 의미로 "자서전은 작가가 진실을 말하는 텍스트가 아니라, 진실을 말하고 있다고 (작가가) 말하는 텍스트"[3]인 것

---

1 Philippe Lejeune, *Le Pacte autobiographique*, Paris, Seuil, 1975 ; 『자서전의 규약』, 윤진 옮김, 문학과 지성사, 1998, p.17. * 본고에서의 인용은 이 번역본을 참고하겠다.

2 Dominique Marie, *Création littéraire et autobiographie : Rousseau, Sartre, Pierre Bordas et fils*, 1994, p.9.

3 "(...) car une autobiographie n'est pas un texte où l'auteur dit vrai, c'est un texte où l'auteur dit qu'il dit vrai, nuance!", *L'Autobiographie – "Les mots" de Sartre*, Gallimard, lire, 1993, p.8

이다. 그렇다면 과거의 진실에 닿기 위한 자서전 작가의 노력은 무슨 소용일까?

> 자서전의 중심은 과거가 아니라 현재이다. 우리가 뒤를 돌아보는 것은 바로 현재로부터 출발하여 현재를 해독하기 위함이기 때문이다.[4]

자서전 작가는 과거 사건의 시간과 현재 글쓰기의 시간 사이를 끊임없이 오가며, 현재의 '나'와 과거의 '나'를 이어간다. 즉 지나간 감성을 소생시키고 인성의 기원을 탐색하여 현재 자신의 정체성을 맞추어 보고, 과거와 단절된 이질적 틈새를 현재 안에서 인식하는 것이다.

그러나 드러내기보다 감추는 것이 익숙한 현대사회로 올수록, 텍스트를 통해 자기 자신의 삶을 고정시켜 보여주는 것이 얼마나 불확실하고 모호한 일인지 깨닫게 된다. 지드, 레리스, 사르트르와 같은 20세기 현대 작가들은 충실한 고백을 통해 자신의 인성을 드러내는 것이 아니라, 새로운 형식을 찾아 텍스트의 유희와 독자와의 복합적 관계를 형성하며 자기 진실에 다가선다.

> 자서전은 모든 것을 말하고 아무 것도 감추지 않는다는 사실을 내포한다. 혹은 무엇인가 '감추어진 것'이 있다 해도, 그것이 말해진 것 아래에 있는 것이 아니라 말하는 방식 속에 있다는 사실을 내포한다.[5]

르죈은 이 감추고 말하는 방식에 대해 지드의 사례를 들어 부연한다. 지드는 자기가 의도적으로 건너뛰거나 아끼고 말하지 않은 것이 무엇인지 아주

---

4   "Le centre de l'autobiographie n'est pas le passé mais le présent puisque c'est à partir de lui, pour le déchiffrer, que nous regardons en arrière.", Ibid.

5   Ibid., p.287.

잘 알고 있으며, 텍스트로부터 벗겨낸 것을 바로 그 텍스트 속에 포함시켜, 그것을 효과의 층위에서 재구성하고 있다는 것이다. 이때 독자 역시 작가의 이야기를 성찰하면서 그로부터 삭제된 것을 발견하는, 소위 글쓰기의 작업을 뒤집어 빠진 부분을 다시 채워 넣는 역방향의 독서를 진행한다는 것이다.[6] 사실 현대 독자는 루소식의 총체적 설명보다는, 효과의 층위에서 간접적인 암시, 비유적, 서정적, 극적 언어로 덮인 암시를 활용[7]하는 지드식 자전적 언술 방식에 익숙해져 있다. 픽션의 요소를 가미하여, 자신의 진실을 다양한 각도에서 우회적으로 전달하려는 것이 훨씬 더 진실에 가까워 보이기 때문이다. 르죈은 자기 존재의 잠재태들을 픽션 체제에 의존하여 자유롭게 전개해 나간 지드의 자전적 서술 방식을 다음과 같이 설명한다.

> 지드는 픽션이라는 체제를 흔히 위생, 정화(淨化)라는 양태로 제시했었다. 자신을 완수하고 동시에 자기 자신을 벗어던질 수 있게 해주기 때문이다. 지드는 그러한 체제를 통해 자전적 '자아'에 빠져들지 않고 가정, 잠재성의 양태로 '나'라고 말할 수 있게 되는 것에 아주 큰 관능을 체험한다. (....) 지드는 동시에 이러한 유희를 통해 좀 더 복합적인 체계의 요소들을 보여주려는 노력을 한다. 그것은 자서전과 관계 맺는 한 양식인 것이다.[8]

지드 이후의 현대 자서전 작가들은 다양한 기법으로 픽션과 현실을 넘나들며, 심리적 진실과 소통하는 잠재적 '나'에 닿으려는 경향을 보인다. 또한 불확실해 보이는 자전적 공간 속으로 독자를 끌어들여 독서의 유희를 즐기며 자신의 삶의 조각을 함께 맞추어 가려고 한다. 그런데 오늘날 이러한 자서전

---

6   Ibid., p.292.
7   Ibid., p.272.
8   Ibid., pp.253-254.

의 경향은 텍스트 서사만으로 이루어지지 않는다. 20세기 이후 개인의 내밀한 자아는 사진과 같은 사실적 이미지의 보완을 통해 보다 중층적으로 포착된다. 서사와 사진의 결합을 통해 개인 인성의 역사가 보다 심층적, 역동적으로 읽히도록 재구성하려는 것이다.

본 글에서는 우선 '사진-자서전'의 기원이라고 할 문학적 시도들을 20세기 프랑스 문학사 안에서 찾아볼 것이다. 이어서 '사진-자서전'의 구체적 사례 연구로, 프랑스 대중예술가인 소피 칼의 『진실 된 이야기』를 살펴 볼 것이다. 이를 통해 문학과 예술의 경계를 벗어나 21세기 개인의 서사를 자유로이 담아낼 자서전의 새로운 양태로서, '사진-자서전'의 의미와 전망을 탐색해 보고자 한다.

- '사진-자서전'의 문학적 기원

1차 대전을 겪으며, 프랑스 문단에서는 문학과 예술에서의 현대성과 기술에서의 현대성이 함께 요청되고 있었고, 여기에 부합하는 미적 형식의 탐구와 지드나 프루스트처럼 자아의 정체성을 탐구하는 개인의 내적 모험이 전개되고 있었다. 그 연장선상에서, 아폴리네르는 '새로운 정신Esprit Nouveau' 이라는 기치 아래 칼리그람Calligrammes이라는 그림시(상형시)를 소개한다. 그의 문학적 실험은 현실을 포착하는 이미지 기록 방식과 시적인 것이 맺는 새로운 관계의 가능성을 보여주었고, 진실은 숭고함 속에 있는 것이 아니라 일상성 속에 내재해 있다고 보는 그의 이미지 사유 역시 후일 브르통을 위시한 초현실주의자들에게 중요한 영향을 미치게 된다.

한편 사진은 20세기 초반부터 대중 복제 수단으로서 널리 보급화 되어 있었다. 비록 예술적 지위는 얻지 못했지만, 사진은 기록의 도구로서 문학과 예술에서의 주제 변화를 예고하고 있었다. 전쟁 시기에 사진-엽서로 멀리 떨어진 사람들과 소통을 할 수 있었던 아폴리네르[9]도 「사진*Photographie*」[10] 이라는 제목의 시를 쓸 정도로 사진 기술에 관심을 갖고 있었고, 비록 당시에 는 입체파 회화에 밀려나 있었지만 사진-콜라주photo-collage나 사진-서 사photo-récit를 구현하게 될 초현실주의자들의 손길을 기다리고 있던 준 비 기간이었다.

브르통은 1928년『나자*Nadja*』라는 자전적 소설을 발표하는데, 여기에 다 수의 사진, 데생, 그림들이 실려 있다. 그는 현실과 환상을 동시에 살아가는 '나자'라는 여인을 파리에서 우연히 만나게 되는데, 『나자』는 그녀와의 경험 을 일기 형식으로 기록한 작품이다. 책의 중반 쯤 그가 나자를 우연히 만나기 직전, 오페라와 북역 사이 라파예트 가의 위마니테 서점을 서성이고 있는데, 바로 다음 장에 이 서점 건물의 사진이 본문에서 발췌된 문장과 함께 실려 있다. 이와 유사한 다수의 사례들은 『나자』가 일상의 경험에서 나온 자전적 텍스트[11]이며, 사진(그림)이 언어와 등가의 의미 기능을 하는 이미지-텍스트로 서 '사진-자서전'의 초기 형태로 볼 수 있는 근거가 된다. 하지만 여기에 담 긴 사진들은 만 레이Man Ray나 브라사이Brassaï와 같은 사진작가들의 예

---

9 Magali Nachtergael, *Les mythologies individuelles : récit de soi et photographie au 20e siècle*, Rodopi, 2012, p.38–43. 참조 인용

10 〈Ton sourire m'attire comme/ Pourrait m'attirer une fleur / Photographie/ Tu es le champignon brun/ De la forêt/ Qu'est sa beauté / Les blancs y sont / Un clair de lune / Et il y a en toi /Photographie / Des tons alanguis.〉, Ibid., p.39.

11 André Breton, *Nadja*, Gallimard, 1928 ; 『나자』, 오생근 옮김, 민음사, 2008, p.11. 작품의 서두(incipit)는 화자 브르통의 자기 존재에 관한 자전적 물음에서 시작된다. : "나는 누구인가?" 예외적으로 이번에만 격언을 끌어들여 말하자면, 사실상 이런 질문은 모두 왜 내가 어떤 영혼에 '사로잡혀 있는가'를 아는 것으로 귀착되는 문제가 아닐까? '사로잡혀 있다'라는 말은, 어떤 존재들과 나 사이에 내가 생각했던 것보다 더 특이하고 더 필연적이고 더 불안하게 만드는 관계를 맺게 한다는 점에서 나를 혼란스럽게 만든다는 것을 고백해야겠다. * 앞으로 인용은 번역본을 참고하겠다.

술적 취향에 닿아있다기보다는[12], 환각에 빠진 여인과 나눈 꿈같은 현실의 체험, 내면의 무의식적 욕망을 객관적으로 일깨워주는 일상의 징후물, 상징적 기호의 역할을 해준다.

『나자』를 쓰면서 특히 이런 점에 신경을 쓰게 된 까닭은 이 작품에서 반드시 지켜야 할 두 가지 중요한 '반(反)문학적'인 필요성 때문인데, 「초현실주의 선언」에서 쓸모없다고 공격한 바 있는 모든 묘사를 없애 보려고 많은 사진과 삽화를 집어넣은 것이 하나의 이유이고, 이와 마찬가지로 이야기 서술에서 채택된 어조가 의학적인 관찰, 그중에서도 신경 정신의학적으로 관찰하는 어조와 일치하도록 하여 문체에 신경 쓰지 않고 꾸밈을 최소화하여 실험과 조사의 성격이 보여줄 수 있는 모든 흔적을 그대로 남겨 두려는 것이 또 다른 이유다. 독자는 이야기가 진행되는 흐름 속에서 "포즈를 취하지 않고 자연스럽게 찍은 사진과 같은" 기록을 전혀 바꾸지 않으려고 한 이런 결심이 여기서 나자라는 인물은 물론이고 나 자신과 같은 제삼의 인물에게도 그대로 적용되고 있음을 알게 될 것이다.[13]

출간된 지 한참 지나 1962년에 쓴 브르통의 〈뒤늦게 전하는 말〉에는, 사실주의의 전통적 묘사를 대체하는 수단으로 사진 자료가 활용되었다는 점과 이야기 서술에서도 객관성을 담보하고자 노력한 작가의 작업 의도가 잘 드러나 있다. '자연스럽게 찍은 사진처럼' 꾸밈이 없는 일상의 기록인 『나자』는 초현실주의 미학의 창작 기법에 속하는 '객관적 우연'을 환기시킨다. 브르통은 그것을 '인간의 무의식과 연결되는 외적인 필연성'이라고 일컫는데, 일상에서 겪은 우연하고 경이로운 만남에서 정신분석학적 심리치료thérapie와 같은

---

12 Magali Nachtergael, op.cit., p.62.
13 André Breton, op.cit., 2008, pp.6-7.

일치 현상을 경험하거나, 바로 그 현상으로 인해 자신 안에 숨겨진 욕망의 상태를 홀연히 인식하게 되는 상태이다.[14] 이 객관적 우연은 "일상생활에서 얻는 '우연한 습득물'을 통해 나타나는데, 이는 인간의 갈망을 객관화하는 상징적 오브제가 되어 외부 세계와 내부 세계를 이어주는 열쇠가 된다."[15] 이러한 브르통의 미학은 불규칙한 객관적 서사와 일상의 사진들로 이루어진 혼종 텍스트를 필연적으로 생산할 뿐 아니라, 현실 속에 억압된 자기 욕망을 우연히 일깨워 자기 정체성의 탐색을 가능하게 한다는 점에서 '사진-자서전'이라는 새로운 자서전의 형식을 예고하고 있다고 볼 수 있다.

1950년대에는 '누보로망Nouveau Roman'이라는 새로운 서술 방식을 추구하는 일군의 소설가들이 등장하여, 사진을 넣은 다양한 서사 모델을 제시한다. 사진-텍스트가 다큐멘터리의 성격을 띠면 포토-르포reportage photo-graphique나 포토-에세이photo-essay, 허구적 성격을 띠면 로망-포토 roman-photo로 불린다. 특히 시네-로망ciné-roman에서 흘러나왔다고 하는 로망-포토는 1947년에 등장하면서 사진-텍스트의 진정한 패러다임이 되었다.[16] 이 분야의 대표 작가는 알랭 로브-그리예Alain Robbe-Grillet이다. 그는 『지난 해 마리앙바드에서L'année dernière à Marienbad』와 같은 시네-로망ciné-roman에서부터 『함정Chausse-Trappes』이라는 국내에 거의 알려지지 않은 로망-포토 작품에 이르기까지 사진, 영상, 텍스트 간의 새로운 결합을 시도한 문인이다. 『함정』은 사진과 함께 한 여주인공의 간통 이야기를 다루고 있는데, 서사보다는 사진의 시각적 경험에 점진적으로 의지하여 긴장과 역동적 효과를 드러냄으로써 서스펜스의 독서로 이끈다는 평을 받고

---

14 신현숙, 『초현실주의』, 동아출판사, 1992, p.105.
15 Ibid., p.106.
16 Magali Nachtergael, op.cit., pp.93.

있다.[17] 그러나 '사진-자서전'이라는 본고의 주제를 고려할 때, 로망-포토 작품보다는 누보로망의 글쓰기가 지닌 새로운 형식들, 즉 관찰자의 극사실주의적 묘사, 인간이 사물처럼 살아가는 불확실한 세계 속의 표현인 익명성의 문제, 흩어져 방황하는 자기 자신을 퍼즐 조각처럼 맞추어 가려는 응집과 밀착의 욕구 등을 살펴보는 것이 보다 의미가 있을 것이다. 이를테면『질투*La Jalousie*』[18]에서, 인간과 사물을 객관적으로 관찰하고 세세히 묘사하는 로브-그리예의 글쓰기는 마치 카메라 렌즈를 직접 가까이 대고 찍은 것처럼 생생한 어느 일상의 기록이자 증거로 읽히기 때문이다.

한편 사진에 관해 잘 알려진 롤랑 바르트의 연구는 자아주의적 이미지와 주관적 이미지의 접근을 정당화시키는 일에 공헌했으며[19], 로쉬D.Roche는 '사진·전기적photobiographique'으로 보이는 종합적 장치 안에서 텍스트와 이미지를 섞어놓는다[20]. 점차 문학을 벗어난 예술 영역에서 텍스트, 사진, 사물들을 혼용하는 일상의 예술 작업이 다양하게 시도된다. 70년대 말부터 확산된 이 일군의 예술가들을 '서사-예술가artiste-narration'[21]로 분류할 수 있을 것이다. 이들 중에는 '이미지로 이루어진 자기 이야기 récit de soi en images'에 중점을 두어, 사진과 서사의 조립 속에서 개인의 경험과 사건을 재구성하고 그 안에서 자신의 존재를 탐색해 나가는 예술가들이 있다. 그 대표적 예가 다음에서 살펴볼 소피 칼Sophie Calle의 경우이다.

---

17 Ibid., p.97.
18 Alain Robbe-Grillet, *La Jalousie*, éd. Minuit, 1957 ;『질투』, 박이문, 박희원 옮김, 민음사, 2003.
19 Ibid., p.219.
20 Ibid., p.222.
21 크리스티앙 볼탕스키Christian Boltanski의『회상-이야기*Récit-Souvenir*』(1971), 디디에 베Didier Bay의『창문으로 바라본 나의 동네*Mon quartier vu de ma fenêtre*』(1969-1973)처럼 서사와 사진을 활용한 전기적 혹은 자전적 작품은 점차 현대 예술 생산의 주요한 양분이 되어간다.

2. '사진-자서전'의 사례 : 소피 칼의 『진실 된 이야기Des histoires vraies』[22]

– 소피 칼은 누구인가?

프랑스 파리 출신의 소피 칼(1953~현재)은 사진, 텍스트, 비디오, 일상의 사물 등 가능한 모든 실현 매체를 통해 주로 자신의 삶을 유희적으로 만드는 작업[23]을 하는 일종의 개념 예술가이다. 외국에서의 긴 방황을 마치고 돌아온 소피는 1978년 말 파리에 정착하여 사진가가 되지만, 특별히 찍을 사진 테마를 찾지 못한 채 할 일 없이 지낸다. 그러다가 문득 '멋진'[24] 아이디어가 떠오른다. 거리에서 사람들을 미행하기로 결심한 것이다. 미지의 사람들이 그녀의 잃어버린 발걸음을 인도해 주리라 생각한다. 그러다가 우연히 파리에서 두 번 만나게 된 남자를 뒤따라 다니며 베네치아까지 가기도 한다.[25] 이 실제 이야기로부터 『베니스에서의 추적Suite Vénétienne』[26]을 출간하는데,

---

22 Sophie Calle, *Des histoires vraies*, Actes Sud, 1994 ; 『진실 된 이야기』, 심은진 옮김, 마음산책, 2002.

23 소피 칼의 대표적 출간 작품들은 다음과 같다 :
- *Douleur exquise*, Actes Sud, 2003
- *Les Dormeurs*, Actes Sud, 2000
- *L'Absence*, Actes Sud, 2000: La Disparition/ Fantômes / Souvenirs de Berlin-Est
- *Doubles-Jeux*, Actes Sud, 1998: De l'obéissance (Livre I)/Le Rituel d'anniversaire (Livre II)/Les Panoplies (Livre III)/A suivre… (Livre IV)/L'Hôtel (Livre V)/Le Carnet d'adresses (Livre VI)/Gotham Handbook (Livre VII)
- *L'Erouv de Jérusalem*, Actes Sud, 1996
- *Des histoires vraies*, Actes Sud, 1994; *Des histoires vraies+dix*, Actes Sud, 2002

24 그녀의 내면 일기에 그렇게 적혀있다. "1979년 1월 1일 월요일, 나는 멋진 각오를 한다. 매일 누군가를 뒤따를 것이다.", Magali Nachtergael, op.cit., p.227에서 재인용.

25 À la fin du mois de janvier 1980, dans les rues de Paris, j'ai suivi un homme dont j'ai perdu la trace quelques minutes plus tard dans la foule. Le soir-même, lors d'une réception, tout à fait par hasard, il me fut présenté. Au cours de la conversation, il me fit part d'un projet imminent de voyage à Venise. Je décidai alors de m'attacher à ses pas, de le suivre. », Sophie Calle, extraits de *Suite Vénitienne*, Editions de l'Etoile, 1983.

그 남자를 직접 만나 겪은 내용이 아니라 그를 관찰하고 그가 다닌 장소들의 사진을 찍고, 그가 대화를 나눈 사람들을 인터뷰하여 만든 추리소설 방식의 사진-서사이다. 또한 만난 적도 없는 미지의 사람들을 자신의 침대로 초대하여 일주일 동안 계속 그들이 잠자는 모습을 사진으로 찍은 후, 그들의 수면 방식에 대한 논평과 인터뷰를 함께 싣는다. 1979년의 이 작업은『잠자는 사람들Les dormeurs』이라는 제목으로 1980년 11회 파리 비엔날레에서 전시되어 큰 호응을 얻는다.

  이러한 일상과 예술의 결합, 사진과 텍스트의 결합은 보다 내밀하고 때로 선정적인 주제로 이어진다. 호텔의 객실 청소부가 되어 손님들이 묵고 나간 호텔방의 모습을 사진에 담아 이야기를 만들고, 피갈이라는 파리의 유흥가에서 직접 스트립쇼를 하면서 찍거나 찍힌 사진들을 모아 이야기를 덧붙이고, 사설탐정을 구해 자신을 미행하게 한 후 얻어진 사진 자료들로 이야기를 재구성한다. 이렇게 탄생한 소피 칼의 주요 작품들은 대부분 우리 인생에서 무심코 사라지기 쉬운 흔적들이며, 이 사소한 자취들을 사진과 텍스트로 영원히 남게 하려는 것이 소피 칼의 창작 의도라고 하겠다. 2003년 퐁피두 현대 미술관 회고전 〈나를 보았나요Mas-tu vue〉에 등장한 소피 칼의 원본 수첩 (일지)들은 자신의 존재를 사소하지만 친밀하게 드러내주는 자기 입증 자료이며, 이를 토대로 한 그녀의 다수 작품들은 자서전 쓰기의 일환임을 충분히 짐작할 수 있다. 뿐만 아니라, 2007년 베니스 비엔날레 프랑스관에 올린 〈잘 지내기를 바라요Prenez soin de vous〉의 전시도 실제로 남자친구로부터 받은 이별 통보에서 비롯된 것이며, 자신의 존재가 100여 명의 타인(여성)들을 통해 객관적 거리에서 인지되고 치유되는 과정[27]이 암묵적으로 담겨 있다.

26 Sophie Calle, *Suite Vénitienne*, 57 photographies N&B, 16 x 20,5 cm ; 3 plans de la ville, 16 x 20,5 cm; 23 textes 21 x 29,7 cm, 1980, Collection privée

이제부터 살펴보려는 『진실 된 이야기』는 작가가 어린 시절부터 2002년까지 겪은 현실의 단면들이 녹아 있는 자전적 성격의 사진-텍스트 모음집이다. 60여 페이지의 분량과 작은 규격(19x10cm) 그리고 작가의 기억과 관련된 사진들과 함께 27개 테마로 제시된 이 짧은 이야기들은 1994년 악트 쉬드Actes Sud 출판사에서 처음 출간된다.[28] 2002년 두 번째 판본에서는 10개의 테마가 첨가되고, 2006년 개정판에는 2개의 이야기가 새롭게 추가되었다[29].

본고에서는 자서전 이론에서 일반적으로 제기되는 문제, 즉 '왜 자신에 대해 말하는가?', '어떻게 자신을 말하는가?'라는 두 가지 본원적 질문을 던지며, 『진실 된 이야기』의 구조와 내용을 간략히 분석해 볼 것이다. 이를 통해 자아 정체성을 재구성해 나가는 소피 칼만의 특징적인 작업 방식을 이해하고, 사진-자서전으로서의 잠재 가능성을 가늠해 보고자 한다.

- 왜 '나'에 대해 말하는가?

일반적으로 자서전을 쓰는 이유는, '고백을 하기 위해서', '과거를 되찾기

---

27 〈"이제 그만 끝내자는 이메일을 받았습니다. 저는 어떻게 답장을 써야 할지 몰랐습니다. 그것은 마치 저한테 보낸 게 아닌 것 같기도 했습니다. 이메일은 '잘 지내기를 바라오(Prenez soin de vous)'라는 문장으로 끝이 났습니다. 저는 편지의 이 말을 따랐습니다. 107명의 여성을 골라 저 대신 이메일의 의미를 해석해달라고 부탁했습니다. 그것은 헤어짐의 시간을 늘리는 저만의 방법이었습니다." (소피 칼, 「잘 지내기를 바라오」서문에서) (...) 소피 칼의 이메일을 전달받은 여성인권전문가, 그래픽 디자이너, 동화작가, 기자, 가수 등 여러 직업을 가진 여성들은 이 편지를 논리적으로 분석하거나 책으로 만들거나 춤이나 노래로 표현했다. 그렇게 해서 나온 결과물들은 베니스 비엔날레 프랑스관에 전시됐다. 개인의 경험은 작품의 소재가 되면서 점차 객관적인 사실로 변해갔다. 자신의 삶을 예술로 승화시킨 그는 '예술은 거리를 두고 인생을 바라보는 방법'이라고 말한다.〉, [전시시] 소피 칼 "내 삶, 객관적으로 보고 나니 치유 되더라", 한국 찾은 佛 개념미술가 소피 칼 1문1답, 2013년 3월14일, 유니온프레스.

28 본고에서는 이 1994년 초판을 주요 문헌으로 삼고 있으며, 때로 2002년 개정판((『진실 된 이야기 더하기 10 *Des histoires vraies +dix*』)의 번역본도 참고하겠다.

29 Sophie Calle, op.cit., 심은진 옮김, 〈옮긴이의 말〉, p.120.

위해서', '시간을 멈추기 위해', '자신을 정당화하기 위해' 등 여러 가지가 있다. 하지만 현대 자서전에서는 복잡하고 불확실하고 고정되지 않은 자신의 모호한 정체성을 텍스트의 유희를 통해 실현시켜 나가고자 하는 것이 가장 큰 이유일 것이다. 그렇다면 소피 칼이 자기 자신에 대해 말하는 이유는 무엇일까?

우선 어떤 장르의 독서인지를 유도하는 주요 부분인 겉표지를 통해 살펴보 겠다. 『진실 된 이야기』(1994년 판)의 앞표지에는 소피 칼의 이름이 제목보다 크 게 자리하고 있다. 자서전이란 '저자, 화자, 주인공 사이의 동일성이 전제된' 비허구적 서사이므로, 앞표지에 드러난 작가의 이름은 독서에 영향을 미친 다. 게다가 제목에 '진실'과 '이야기'라는 단어가 들어 있어 자서전 장르의 독 서를 자연스럽게 유도하고 있다. 또한 더욱 인상적인 것은, 작가 이름 위쪽에 '감은 (한 쪽) 눈'의 이미지가 흑색 배경 위에 둥근 원모양으로 환히 드러나 있 다는 점이다. 마치 무대에 불이 꺼지고 등장인물의 신체 일부만을 비추고 있 는 연극적 형상이다[30]. 뒤표지에도 똑같은 사진이 중복되어 나타난다.

그런데 이 책의 마지막 장에는, 〈타인 L'autre〉이라는 제목으로 짧은 서사 와 함께 표지와 동일한 사진이 다시 등장하여 '감은 눈'에 대한 해석적 실마 리를 제공해준다. 사랑을 나누는 남자가 평생을 같이 할 사람이 아닐까봐 두 려워 첫날밤부터 항상 침대에서 눈을 감아왔던 '나', 그러나 비로소 확신을 갖고 눈을 뜰 수 있었을 때 그가 떠나버렸다는 이야기이다. "한 순간은 늘 우리보다 앞서 있어 우리는 절대 그것을 잡을 수도 없고, 그 순간의 진정한

---

30 미국 작가 폴 오스터Paul Auster는 소피 칼의 실제 삶을 빌어 자신의 소설 『거대한 괴물』 속에 허구 인물로 만든다. 『진실 된 이야기』(1994년)의 마지막 장 속표지에는 바로 오스터의 책 속에 언급된 소피 칼의 '눈'에 대한 인용이 들어있다 : "Son sujet était l'oeil, la dramaturgie de l'oeil qui regarde en étant regardé, et ses oeuvres manifestaient les mêmes qualités qu'on trouvait chez (elle): une attention méticuleuse au détail, la confiance accordée aux structures arbitraires, une patience frisant l'insoutenable."(Paul Auster, *Léviathan*, Viking Press, 1992.)

모습을 알 수도 없다네."라고 이어지는 마지막 문장을 끝으로 책을 덮자, 뒤표지의 '감은 눈' 사진과 다시 만난다. 이 순간 그녀는 "자기 자신에게 집중된 무대 공연처럼 보이게 하는데, 내적이고 꿈꾸는 것 같은 상상의 장면 위에서 펼쳐지는 그 무대는 시각적인 것만큼이나 정신적"[31]이다.

'감은 눈–이미지'와 '〈타인〉–서사'의 종합적 장치 안에서 파악되는 '나'의 존재는 눈을 뜨고 보이는 대로 규정할 수 있는 대상이 아니라, 눈을 감고 꿈꾸듯 내면에서부터, 마치 타인을 대하듯 객관적 거리에서 바라보아야 할 대상이다. 그것은 언제나 순간을 놓칠 수밖에 없는 '나'이기 때문이고, '나'의 삶이라고 해서 스스로 확신할 수 있는 것은 아무 것도 없기 때문이다. 소피 칼은 이러한 이유들로, 눈을 감고 자기 존재의 본질로 들어가 보겠다는 자전적 계획을 은밀히 밝히고 있는 것이다. 따라서 겉표지에 드러난 모든 것이, '왜 '나'에 대해 말하려 하는지'를 염두에 두고 의도적으로 배치한 작가의 자서전 전략임을 알 수 있다.[32]

이어서 목차의 구성을 통해 작가가 왜 자신에 대해 말하는지 그 이유를 좀

---

31 Daniel Grojnowski, *Usages de la photographie*, José Corti, 2011, p.123. "Il s'agit pour elle de donner à voir un spectacle centré sur sa personne ; un spectacle qui se déroule sur une scène intérieure, imaginé, rêvé – mais en tout cas mental, autant que proprement visuel."

32 개인적인 생각을 부연하면, 여기서 작가의 '눈'은 자서전 장르임을 재확인시키는 보충 이미지이지만, 이 사진의 연극적(픽션) 분위기와 감긴 눈의 메타포를 고려할 때 독자들이 이 자전적 작품에서 기대하는 '솔직함'에 대한 작가의 유보적 의사 표시로도 해석할 수 있지 않을까 한다. 이에 덧붙여, 책표지 이미지는 2003년 퐁피두 현대미술관 회고전 〈나를 보았나요?〉의 포스터를 연상시킨다. 소피 칼 자신의 얼굴과 〈나를 보았나요〉라는 제목의 포스터는 마치 자신의 삶을 보여주겠노라고 선언하는 듯하다. 하지만 특이하게도 왼손으로 왼쪽 눈을 가리고, 오른쪽 눈은 뜨고 찍은 사진이다. 이는 마치 인간적 과시나 드러냄이 섬광처럼 빨리 사라진다는 메시지를 전달하려는 연극적 암시일 수도 있고, '보는 것과 보(이)지 않는 것', '드러내는 것과 감추는 것'의 이중적 관계를 드러내 보겠다는 작가의 예술적 사유로도 읽을 수도 있다. Sophie Calle, *M'as-Tu Vue?*, Exposition Paris, Centre Pompidou, 19 nov. 2003–15 mars 2004, Editions du Centre Pompidou, 444p.

더 살펴보겠다. 목차는 다음과 같이 다양한 테마로 구성되어 있으며, 한쪽 편에는 사진이 함께 제시되어 이미지-테마의 형식을 띤다.

- 초상화
- 코
- 처녀의 꿈
- 목욕가운
- 스트립-티즈
- 하이힐
- 면도칼날
- 연애편지
- 고양이들
- 침대
- 웨딩드레스
- 넥타이
- 목
- 주사위
- 선물
- 침대 시트
- 남편 : 열 개의 이야기
(만남-볼모-언쟁-건망증-발기-라이벌-거짓 결혼식-결별-이혼-타인)

목차에 일련번호가 매겨져 있지 않아 순서를 바꾸어 읽어도 될 것처럼 보인다. 하지만 사진 옆의 텍스트를 읽어보면, 소피 칼의 아홉 살 어린 시절 이야기로부터 시작된다. 때로 6살의 어린 소피도 회고 속에 등장하지만, 11살, 14살, 15살, 18살... 40살로 세월이 넘어간다. 자서전의 특징인 연대기적 순서를 따르고 있지만, 제목 구성만 보면 일상의 평범한 사물들이 뒤죽박죽

늘어져 있는 느낌이다. 앞서 겉표지를 통해 형성된 독서의 기대지평과 달리, 자서전의 테마로는 적합해 보이지 않는 이 사물들이 소피 칼의 삶과 어떤 상관관계가 있는 것일까?

첫 장에 나오는 어느 젊은 여인의 초상화 사진은 어린 시절 우편물을 뒤지다가 친부의 존재를 의심케 하는 편지를 발견하고, 그 훔친 편지를 다시 넣어 둔 '뤼스 드 몽포르'라는 15세기 그림이다. 다음 장에는 빨간 구두 한 짝의 사진이 인상적으로 제시되어 있는데, 아멜리라는 친구와 종종 백화점 물건을 훔치던 11살 때의 추억을 떠올리게 하는 마지막 도둑질의 노획물이다. 여러 통의 편지가 찍힌 사진은, 연애편지를 한 번도 받아 본 적이 없던 소피 칼이 대필 작가에게 100프랑을 지불하고서 건네받은 거짓 편지로서, "나는 늘 당신과 함께 했어요. 당신이 가는 곳이면 어디에나 있었어요."라는 한 구절의 인용구가 환상에 젖은 여인의 미소를 떠오르게 한다. 한편 다른 테마들과 달리, 〈남편〉에는 그렉 셰퍼드라는 남자와 만나 파경에 이르기까지의 결혼생활을 담은 10편의 이야기가 들어있다. 비록 이제는 소멸되었지만, 일상의 사물 사진들과 텍스트를 매개로 소피 칼에게 지나간 기억과 느낌을 되살려주고 있다. 이처럼 대부분의 테마를 이루는 사물들은 그 자체로는 큰 의미가 없지만, 소피 칼 개인의 총체적 삶 속에서 그녀의 존재를 확실하게 고착시켜 주는 거의 신화화된 일상의 사물들이다.

진실에 대한 믿음의 상실은 '나는 존재한다'는 현실의 확신을 통해 채워진다. (...) 소피의 작품은 우리가 현실이라고 확신하는 존재들로 범람한다. 작가와 인물로서, 그녀 자신을 구성하는 자서전들은 "연속적인 자기 표명으로서 순간적인 장면에 따라 기능하는 거대 자화상"을 이룬다.[33]

---

33 Anne Sauvageot, *Sophie Calle- l'art cameleon*, PUF, 2007, p.176.

'존재는 순간들의 운율을 위한 공명'이라고 바슐라르가 말했듯이, 소피 칼이 선택하는 수많은 현실의 단면들은, 진실이나 진정성이 의심의 대상이 되는 오늘날, 자신이 고유하게 존재한다는 믿음을 주는 유일한 삶의 파편들이다. 삶의 순간들 속에서 우연히 습득한 이 사물들만이 자신의 존재 의미를 현실적으로 고정시켜 준다는 믿음이 그녀가 자신에 대해 말하고 있는 근원적 이유일 것이다. 따라서 사진, 소포, 광고 포스터, 영수증, 노트, 편지 등 상이하고 비정형적인 매일 매일의 사물들을 취하여 창작하는 소피 칼의 예술 행위는 앞서 살펴본 초현실주의 계열의 '객관적 우연', 즉 일상에서 얻는 우연한 습득물을 통해 자기 무의식의 갈망을 객관화하는 상징적 오브제로 삼은 것의 연장선상에 있으며, 다른 한편으로는 일상의 것들을 객관적으로 끊임없이 관찰, 묘사하여 말해지지 않은 것들을 사물이 스스로 말하도록 이끄는, 그렇게 하여 존재의 부재와 회귀를 형상화하는 누보로망의 미학과도 연결된다. 특히 소피 칼은 누보로망 계열의 조르주 페렉Georges Perec이 실험한 모든 일상의 의례화ritualisation 작업에 관심이 깊었는데, 그녀의 적용 사례를 〈이혼〉이라는 장에서도 확인할 수 있다.[34]

– 어떻게 '나'를 말하는가?

소피 칼은 그녀만의 '나'를 말하기 위해, 사진과 텍스트를 활용한다. 이미지가 보여주는 것 속에 텍스트로 말하지 못한 것이 있고, 텍스트가 말하는 것 속에 이미지가 보여줄 수 없는 것이 있기 때문이다. 분명 그녀는 사진가로 출발한 예술가이기에, 주로 텍스트에 비중을 두고 사실 효과 혹은 데페이즈

---

34 "(elle) préfère rapprocher son expérience d'Un Homme qui dort de Georges Perec, à propos duquel elle confesse par ailleurs : "tout ce qu'il a fait, j'aurais voulu le faire."", Magali Nachtergael, op.cit., p.230.

망 효과를 내기 위해 삽화나 사진을 활용해온 20세기 문인들과는 다른 면모를 보일 것이다. 하지만 서사-예술가로 분류되는 소피 칼의 사진에 대한 예술계의 평가는 그녀의 사진 용도가 20세기 문인들과 그리 다르지 않으리라는 조심스런 견해를 갖게 해준다.

> 사진의 사용은 (그녀에게) 거의 빈약한 수단이다. 70년대 말 일상화된 미학의 상속자인 칼은 마치 이미지 그 자체로는 미학적 가치가 없던 것처럼, 대상 지시적이고 증명이 되는 사진의 가치를 우선적으로 탐색한다. 그녀는 자신의 탐문조사에서 사진을 행위의 입증으로 삼아 활용한다.[35]

이처럼 소피 칼의 사진은 피토레스크의 목적이나 예술적 의도보다는 누보로망 작가들의 글쓰기처럼 실증 정보로 이루어진 서사 기능을 한다.

그 일례로 위의 다양한 주제들 중에서 〈웨딩드레스 La robe de mariée〉라는 한 장을 선택하여 읽어보자. 제목만 보면 어딘가 행복한 신혼부부의 일화나 로맨틱한 감성이 묻어날 것 같은 테마이지만, 그저 평범한 드레스 (흑백) 사진 옆에 짧은 텍스트가 끼어 있다. 마치 모든 주관성이 배제된 조서나 보고서의 인상을 준다.

〈웨딩드레스〉
오래전부터 나는 무엇보다도 그것을 동경해왔다. 어린 시절부터. 11월 8일 -내가 서른 살이었을 때- 그가 집에 와도 된다고 했다. 그는 파리에서 몇 킬

---

35 "L'usage de la photographie est moyen, presque médiocre (...) Calle, héritière de l'esthétique banalisante de la fin des années soixante-dix, exploite d'abord la valeur référentielle et testimoniale de la photographie, comme si l'image n'avait pas de valeur esthétique en soi. Ses enquêtes utilisent la photographie en tant que preuves de ses actes (...)", Ibid., p.232.

로미터 떨어진 곳에 살고 있었다. 나는 자락이 땅에 조금 끌리는 비단으로 된 흰색 웨딩드레스를 가방에 넣어 가지고 갔다. 우리가 함께 보낸 첫날밤에 나는 그 옷을 입었다.[36]

이런 자서전 테마라면 더 길고 흥미로운 서술을 기대할 수 있겠지만, 소피 칼에게 텍스트 서사는 기대 이하로 매우 짧다. 서사와 이미지가 거의 등가의 속성으로 상호 결합하면서, "예술가가 만든 이 자연스럽지도 완전히 인위적이지도 않은 감정들은 관객들에게 정서적, 미학적, 연관적 파문을 일으킨다."[37]

그렇다면 소피 칼은 왜 자기 삶의 이야기를 어딘가 부족한 상태로 설명하고 있을까? 아마도 그것은 복잡한 현실과 잦은 상처로 인해 결코 고정될 수 없는 다중적인 자아를 인지하고, 이를 불연속적인 순간들 속에서 포착하고자 하기 때문일 것이다. 또한 자신과 타인과의 만남과 경험이 오래 지속되지 못하고, 수시로 모습을 드러냈다 감추었다 반복하며 변화무쌍한 현실에 사소한 흔적들만을 남겨 놓았기 때문이다. 따라서 '어떻게 나를 말하는지'에 대한 그녀의 자기표현 방식은 '나는 존재했는가(혹은 존재하는가)'라는 존재 자체의 위기 문제와 연결되어 있다고 하겠다.

소피의 작품 전체를 관통하는 것은 부재와 존재 간의 이 상징적 긴장감이다.[38]

---

36 Sophie Calle, op.cit., 1994, pp.30-31 ; op.cit., 심은진 옮김, 2002, pp.38-39. *긴팔 웨딩드레스가 시트 위에 펼쳐져 있는 회색조 사진이 텍스트와 함께 제시되어 있다.
37 Anne Sauvageot, op.cit., p.188.
38 Ibid., p.203.

소피 칼의 자기 이야기 방식은, 스치는 순간들 속에서 존재와 부재를 동시에 느끼며 살아가는 다중적인 자아의 느낌을 사물들과 그 배열의 형식적 효과를 통해 재현한 것으로 볼 수 있다. 미학적으로 완벽하게 구성되지 않은 느낌의 허구적 균열, 아마추어리즘으로 정의될 수 있는 '날 것'의 자료들로 조립한 그녀의 사진-서사는, 자기 재현의 단일성과 진실에 대한 믿음이 사라진 오늘날, 픽션과 현실 사이의 균형을 잡으며 보다 사실적인 효과를 끌어내고 있으며, 때로 극적 감동 효과까지 자아낸다.

3. '사진-자서전'의 전망

지금까지 우리는 개인 인성의 역사를 담고 있는 텍스트와 사진이 결합된 소위 '사진-자서전photo-autobiographie'의 현재를 이해하기 위하여 다소 긴 여정을 하였다. 즉 자서전의 전통적 규약에서 20세기 현대적 자서전의 변화된 양상을 살펴보았고, 이미지를 넣거나 이를 재현하는 20세기 문학의 새로운 실험 안에서 현대 예술문화에 확산되어 있는 '(사진)이미지-서사'의 기원을 찾아보았다. 그리고 자서전 장르의 범주를 열어 그 안에 '사진-자서전 photo-autobiographie'이라는 하위 장르의 발전 가능성을 엿볼 수 있는지 이해해 보고자, 사진과 서사로 자기 삶의 경험을 표현한 현대 예술가 소피 칼의 『진실 된 이야기』도 간략히 살펴보았다.

현대의 자서전은 자신을 인위적으로 단일하게 재현하는 '모두 다 말하기'의 허상을 버렸다. 그리고 픽션과 현실을 오가는 글쓰기의 유희를 통해 복합성과 모호함 속에 들어있는 자기 자신을 암묵적으로, 하지만 더욱 사실적으로 그려낸다. 한편 다다Dada나 초현실주의, 그 이후 누보로망의 영향에서 나온 작품들도 궁극적으로는 사물계(界)에 기대어 감추어진 자신의 무의식이나 심리적 사실들을 드러낸다는 점에서 일정 부분 자기 고백적이다. 따라서 오늘날 소피 칼과 같이 개인 서사에 관심을 두는 일군의 서사-예술가들이 존재할 수 있는 이유는 '자기 이야기récit de soi'의 전통을 지닌 프랑스 문학 서사의 유유한 흐름 안에 있다고 하겠다.

한편 '-주의isme'로 정의되는 집단서사보다는 개인서사가 차지하는 비중이 점점 커지는 현대문화에서, 개인의 체험과 추억을 일깨워 주는 기억의 촉매 역할로는 사진만큼 유용한 것이 없을 것 같다. 텍스트를 중시하는 문인들과 예술가들은 과학과의 연동이 가져온 이 유용한 사진의 매력을 서사의 부분적 대체와 사유의 견인력에서 찾는다. 앞서 살펴 본 소피 칼의 『진실 된 이야기』에서 사진은 서사와 더불어, '나'에게 부재에서 존재로의 이행을 확인시켜주는 사물의 매개체였다. 더 나아가 바르트의 언급처럼, 그것은 '화살처럼 나와서 자신을 관통하고 상처와 고통을 일으키는 우연, 즉 푼크툼punctum'[39]이 될 수도 있다.

20세기 개인 서사의 확장과 일상의 삶을 증거 해온 사진의 유용성을 고려할 때, 자서전의 현대적 변용이자 자전적 공간의 확장 안에서 '사진-자서전'의 탐색은 앞으로도 계속 중요한 의미가 있다고 본다. 소피 칼의 예술 작업을 두고 '사진가도 아니고 문인도 아니며 개념 예술가도 아닌, 어떤 한계 안에 집어넣을 수 없는 정의가 불가한 예술가'[40]라고 지칭하듯이, '사진-자서전'이 다양한 문학·예술 종사자들의 실험적이고 종합적인 시도를 통해 하나의 새로운 장르로서 더욱 활성화되기를 기대해 본다.

---

39 Roland Barthes, *La Chambre claire*, Gallimard, Seuil, 1980 ; 『밝은 방-사진에 관한 노트』, 김웅권 옮김, 동문선, 2006, p.42.

40 앞서 나온 작가 폴 오스터의 『거대한 괴물』 속에 들어 있는 허구화된 실제 인물 소피 칼에 대한 언급이다. 『진실 된 이야기』(1994년)의 첫 장 속표지에 적혀 있다.

자기진실성(Authenticity)과
남명 조식의 敬義思想

이상형

I. 현대 사회의 문제점 : 개인주의와 나르시시즘

현대 사회를 부정적으로 진단하는 책들이 늘어나고 있다. 불안한 현대사회, 분노사회, 피로사회 등이 그것이다. 롤로 메이에 따르면 '20세기 중엽은 중세기의 붕괴 이래 불안이 가장 많아진 시대이다.'[1] 과학기술의 발전으로 생산성이 예전에 비해 급격히 증가하고 이로 인한 열매를 더 많은 사람들이 나누는 지금 이런 부정적 현상의 원인은 무엇일까? 많은 이유가 있을 수 있겠

---

1   롤로 메이, 백상창 역, 『자아를 잃어버린 현대인』, 문예출판사, 1991, pp. 34-38 참조. 또한 세계보건기구(WHO)에 따르면 전 세계 인구 4%에 해당하는 3억2천200만 명이 우울증을 앓고 있으며, 2015년 기준으로 집계한 우울증 인구가 2005년 보다 18.4% 증가했다. (SBS, 유병수, "전 세계 3억2천만 명 우울증…10년 새 18% 증가", 2017. 2. 24.)

지만 필자가 생각하는 주요한 원인은 두 가지이다. 첫째, 삶의 의미를 잃어가기 때문이다. 인간의 행동과 삶은 자신이 부여하는 가치와 의미를 통해 구성되기에 자신의 행동과 삶이 무의미하게 될 때 절망하게 된다. 오늘날 의미상실이 증가하는 원인은 아마 의미의 원천이 고갈되고 있기 때문이다. 개인과 공동체의 분리를 전제하는 개인주의는 필연적으로 공동체에서 오는 의미를 부정하고 급기야 개인을 넘어선 타인이나 공동체와 관련된 삶의 목적이나 이상을 거부하기도 한다. 이런 개인주의적 삶은 공동선이나 연대에서보다 현실의 당면한 욕구의 충족에서 오는 일상적 행복에서 삶의 의미를 찾는다. 사회로부터 독립된 개인에서 규범적 원천을 찾는 개인주의는 공동체나 타인들과 갖는 관계의 도덕적 깊이를 인식할 수 없게 된다.[2]

둘째, 다원주의로 인한 모범적 인간상의 상실이다. 롤스에 의하면 다원주의는 하나의 사실이며, 오늘날 현대 사회의 가장 중요한 특징 중 하나이다. 일반적으로 다원주의는 다양한 가치관을 가진 사람들이 하나의 공동체에서 함께 사는 것을 의미한다. 이런 삶의 조건에서 나의 삶의 방식은 절대적으로 옳은 것이 아니며 타인의 삶의 방식 또한 나의 삶의 방식에 대해 우위를 가지지 못한다. 삶의 방식에서 비교우위가 사라진 상황에서 어떤 삶의 방식이 더 좋은지를 말해줄 수 있는 객관적 기준 또한 사라질 수밖에 없다. 이런 의미에서 다원주의를 낳은 자유주의는 긍정적 측면에도 불구하고 도덕적 상대주의나 주관주의로 흐를 수도 있다. 그렇다면 도덕적 불일치를 해결할 객관적 기준이 사라질 때 우리는 두 가지 문제에 부딪히게 된다. 첫째, '나는 또는 우리

---

2 설한, 「자유주의, 공동체, 그리고 문화: 킴리카의 정치적 자유주의 비판」, 『한국과 국제정치』 16집, 2000, p. 403 참조. 개인과 사회의 관계에 대한 문제는 자유주의와 공동체주의 논쟁에서 핵심적인 부분을 차지한다. 공동체주의자들은 자유주의에서 발생한 개인주의가 개인의 독립성을 과장해 왜곡된 자아관을 주장한다고 비판하며, 자유주의자들은 공동체주의의 연고적 자아가 전통과 연대를 강조함으로써 공동체에 매몰된 의존적 자아관을 가진다고 비판한다.

는 어떻게 살아야 하는가?'라는 윤리적, 실존적 물음에 답하기 어려워진다. 이는 도덕적 모범 또는 도덕적 기준이 사라진 상황에서 '좋은 삶이 무엇인가?'의 문제가 상호 공동의 합의를 통해 해결되기보다 개인의 선호의 문제로 축소된다는 것을 의미한다. 둘째, 다양한 가치관을 가진 사람들이 하나의 공동체에서 어떻게 조화롭고 안정적으로 살아갈 수 있는가의 문제가 심각해진다. 특히 탈형이상학적 시대로 규정되는 오늘날 다원주의로부터 발생하는 갈등과 대립을 해결하는 문제는 어떤 형이상학적 근거로부터도 정당화될 수 없다는 인식이 광범위하게 퍼져 있다.

그렇다면 이런 개인주의와 다원주의로부터 발생하는 문제, 특히 나의 삶의 의미와 우리 삶의 윤리적 조건을 구성하는 문제를 어떻게 해결할 수 있을까? 어떤 학자들은 개인주의와 다원주의를 낳았지만 또한 산업화와 합리화를 통해 자유와 해방을 이룩해 준 인간의 능력에서 이 문제를 해결하기 위한 단초를 찾고자 한다. 그리고 이런 의식에서 등장한 것이 바로 자율적 이성에 대한 믿음이다. 신을 부정한 인간이 자신의 문제를 해결하기 위해 의지할 수 있는 인간의 능력은 바로 이런 발전을 가져온 인간의 자율성이다. 인간의 자율성은 책임을 동반한 자유의 확대를 가져왔고 이런 자유는 자연과 전통으로부터의 해방을 통해 지식의 확장과 인간성의 진보를 가져오며, 윤리적 문제까지 해결할 수 있다는 것이다. 이는 롤스나 하버마스와 같은 자유주의자들이 사적영역과 공적영역을 구분해 사적영역에서 개인의 자유와 관용의 가치를 중시하고 공적영역에서 공동삶을 위한 보편적 원칙을 정당화하려는 노력으로 이어진다.

그러나 개인주의와 다원주의가 심화된 세계 상황은 이런 노력에 대해 심각한 의문을 제기하고 있다. 자율성을 통해 사적 차원에서 개인의 자유를 보장하며, 공적차원에서 자율적 동의에 기반한 보편화원칙을 통해 갈등과 대립을 해결하려는 전망은 새로운 문제를 야기하기 때문이다. 도덕적 이상을 잃어버린 개인은 자신의 욕망에 도덕적 의미를 부여하며 끊임없는 욕망충족의 굴레에 빠져들고, 공적규제는 경합하는 이론들간의 불일치로 인해 개인의 이해관계를 관철시키기 위한 도구로만 인식된다. 사적 삶에서의 개인이 자신의 욕망을 충족시키기 위해 공적규범의 원천, 즉 타인과 공동체를 자신의 욕망을 충족시키기 위한 수단으로만 간주할 때, 이런 자율성의 이상에 대한 믿음은 필자가 보기에 필연적으로 현대를 주관주의(subjectivism)와 나르시시즘(narcissism)의 문화[3]로 밀어 넣는다. 왜냐하면 나의 욕망을 우선시하는 삶의 방식에서 타인은 도구로서 또는 낯선 것으로 나에게 다가올 수밖에 없기 때문이다. 그리고 이는 실질적 타인과 만나고 이해하기보다 자기 속에서만 만족을 취하는 자기중심적 사고를 낳게 된다. 나와 다른 가치와 이해관계를 가진 현실적 타인을 만나기보다 자신 속에서 자신만의 타자를 만들게 되고 이는 결국 현실의 타자의 소멸로 귀결된다. 진정한 타자를 만나지 못하는 문화는 타자에 대한 불신 속에서 새로운 불안을 조성하며, 끊임없이 타자를 감시하는 사회로 나아간다. 결국 이런 자기중심적 사고와 생활 형태는 자기 속에서 만든 타자와 자신과의 경계가 모호하게 되어 정체성의 혼란을 겪게 된다. 내가 누구인지, 공동체에서 어떤 역할, 책임을 가져야 할지 모호할 때 내가 추구하는 삶의 도덕적 이상[4]

3 　찰스 테일러는 현대 문화를 나르시시즘의 문화로 규정하며, 이런 자기중심적 생활 형태의 두 가지 문제점을 지적한다. 첫째, 자기중심적 생활 형태는 자아실현의 목표를 개인적 차원으로 한정시키며, 둘째, 인간관계를 순전히 수단적으로 파악한다는 것이다. 따라서 이런 생활 형태들은 개인의 욕구나 열망을 넘어서 오는 보다 높은 차원의 요구들을 소홀히 다루거나 부당한 것으로 몰아붙이는 극단적인 인간 독존주의에 빠질 수 있다. (찰스 테일러, 송영배 역, 『불안한 현대 사회』, 이학사, 2015, pp. 75-79 참조).

4 　찰스 테일러에 따르면 도덕적 이상이란 '보다 더 좋은 삶 또는 보다 더 높은 삶의 형태에 대한 이상적 그림을 단순히 주관적 차원에서가 아니라 객관적 차원에서 규범적 기준으로 마련하는 것'이다. 그러나 그는 오늘날 도덕적 주관주의로 인해 이런 도덕적 이상에 대한 논의가 사라지고 불안한 현대 사회가 등장한다고 말한다. (찰스 테일러, ibid, pp. 28-29 참조).

은 사라지며 나의 삶의 의미는 소멸하게 된다.

이런 상황에서 우리 인간에게 더 이상 남은 규범적 원천은 없는 것일까? 과학기술의 발전으로 신과 자연이 더 이상 규범적 원천으로 작동할 수 없을 때 서양의 몇몇 학자들은 인간의 내면에서 자율성의 이상과 다른 규범적 원천을 찾고자 한다. 이는 자기 내면의 깊은 곳을 응시함으로써 우리가 만날 수 있는 자기 배려나 자기진실성의 이상이다. 필자는 이런 자기진실성 (authenticity)의 이상이 오늘날 한국 사회의 도덕 위기를 극복할 수 있는 하나의 규범이 될 수 있다고 생각하며, 이런 자기진실성의 전통이 한국의 유학적 전통에서도 면면히 이어져오고 있음을 주장하고자 한다. 이를 위한 하나의 예시로 필자는 조식의 사상에서 이런 전통을 확인할 것이며, 이 작업을 통해 조식 사상의 고유성과 함께 현대적 의미를 확인할 것이다. 이런 확인은 결국 오늘날 우리 사회에서 자율성의 이상이 가지는 문제점을 극복하고 21세기 새로운 인간상을 모색하는 연구에 기여하고자 함이다. 따라서 이 작업은 서양과 동양, 전통과 현대에서 발생하는 동일성과 차이성을 확인하며 이런 시공간적인 동일성과 차이성을 중심으로 가치의 서사를 마련함으로써 현대적 정체성 확립을 위한 노력으로 이어질 것이다.

II. 동서 형이상학적 세계관 : 근원적 동일성

조식 사상의 핵심은 유학의 기본사상에서 나온다고 할 수 있다. 여러 연구에 의해 조식 사상이 도교 및 불교와도 어느 정도 관련성을 가진다고 말해지지만, 가장 기본적인 조식의 철학은 원시유학이나 성리학에서 찾을 수 있을 것이다. 우리는 이를 「신명사도명(神明舍圖銘)」과 『학기유편(學記類編)』에서 확인할 수 있으며, 조식철학의 가장 중요한 목표가 경의를 통해 탁월한 성품을 이루는 것이라고 말할 수 있을 것이다. 그리고 성리학에서 말하듯이 이런 탁월한 성품은 인간의 본성이 우주만물의 존재론적 근거에 일치할 때 가능하게 된다. 이때 우주만물의 존재론적 근거는 주자가 말하는 도덕 형이상학의 존재론적 근거로서의 리(理)의 세계이다. 단순히 말해 주자는 '이 리(理)의 총체적인 근원을 "태극(太極)"이라고 불렀으며, 이 태극의 총체적 원리는 또한 동시에 모든 구체적인 개개 인간들이나 만물들에 내재적으로 존재하는 것으로 설명한다. 조식 또한 『학기유편(學記類編)』「삼재일태극도(三才一太極圖)」에서 천지인(天地人)의 삼재(三才)는 모두 태극(太極)인 리(理)를 공유하면서 그 원리에 따라 자기 존재의 의미를 구현하게 된다고 말한다.[5] 이런 점에서 우리는 성리학의 기본사상을 인간과 자연을 포함한 우주만물의 근원적 존재방식을 밝히고자 하는 일종의 우주론으로 이해할 수 있다. 유학, 특히 성리학은 인간을 포함해 자연의 형성, 변화의 이치를 밝히고자 하는 형이상학적 우주론이라고 말할 수 있을 것이다.

근대 자아의 정체성과 선의 관계를 해명하고자 하는 캐나다 철학자 찰스 테일러에게 있어서 우선적으로 관심을 끄는 것은 서양 근대의 사상적 특징과 대비되는 고대 사상이다. 왜냐하면 근대의 사상적 특징을 주체성 확립의 시대라 할 수 있을 때 이는 바로 고대 사상을 비판적으로 극복한 것으로 볼 수 있기 때문이다. 서양에서도 우선적으로 철학적 논의는 인간을 둘러싼 우주 세계의 질서와 조화를 해명하는 것을 목표로 삼았다. 그리고 이를 철학적 세계관으로 표현한 것이 바로 플라톤에서 나타나는 조화로운 세계 또는 이상적 세계의 질서이다. 선한 것은 인간 내부가 아니라 선의 이데아가 비춰진 모든 세계에 반영되어 있다. 이데아의 질서, 즉 존재자들의 질서는 선함에 맞춰져

---

5   李愛熙,「南冥 曹植의 「學記圖」의 변천과정과 그 의미」, 남명학회, 『南冥學과 韓國性理學』, 2002, pp. 80-81 참조.

있고, 이에 대한 인식에 기반해 이 질서에 우리가 따를 때 우리 또한 동일한 선함을 가질 수 있다. 이데아란 자연과 인간을 선하게 질서지우는 근본적인 우주질서의 원리라 할 수 있으며, 이런 사물의 존재방식이 우리에게 선함을 주는 규범적 원천이다. 따라서 우리의 도덕적 힘의 원천들은 외부에 있다.

자연세계에 대한 형이상학적 의미부여, 그리고 이에 따른 인간의 존재방식이 서로 얽혀 있는 거대 세계에서 인간은 구체적으로 어떤 생활방식을 취해야할까? 모든 존재의 의미가 자연의 이치에 의해 부여될 때 인간 삶의 목적은 이 이치를 이해하여 이에 따라 성공적으로 살 수 있는지에 달려 있다. 따라서 성공적 삶, 즉 좋은 삶의 모범은 자연의 이치이다. 윤리적 실천을 위해 전제되어야 하는 것은 실천을 위한 모범이며, 이 모범이 고대에서는 자연세계에서 나온다는 것이다. '존재의 거대한 고리의 원칙'[6]은 존재하는 모든 것에 의미를 부여할 뿐만 아니라 그 의미 연관 속에서 인간 삶의 방향을 결정하는 기능을 수행했다. 좋은 삶 또는 선은 우주적 질서를 모방하거나 우주적 질서가 부여한 인간의 역할과 지위에 맞게 행동하는 것이었다. 인간은 보다 더 큰 질서의 한 부분이며, 존재의 거대한 고리에서 다른 피조물들과 함께 자신의 자리에서 주어진 역할을 잘 수행하는 것이 하나의 선이었다.

이런 형이상학적 세계에서 성공적 삶을 위한 수양론은 우주론 안에서 자신의 의미와 목적을 가질 수 있게 된다. 우주질서에서의 상이한 역할은 인간 사회 계급질서에 그대로 반영되어 삶의 의미와 목적을 규정하는 역할을 수행하였다.[7] 우리 삶에는 목적과 기능이 부여되어 있으며, 이 목적은 계급질서 안에서 정해지고, 이는 우주질서의 반영에 따른 것이다. 이것이 서양 고대 목적론적 세계관을 규정하며, 또한 유학에서 '개인들에게 위계적 사회질서에

---

6 찰스 테일러, 송영배 역, 『불안한 현대 사회』, 이학사, 2015, p. 11.
7 찰스 테일러, ibid, p. 11 참조.

대한 절대적 순응과 전통과 관습에 대한 긍정을 강요하는 사회관계를 만들게 된다.'[8]

그러나 오늘날 과학기술의 발전을 이끈 근대 서구의 이성은 '탈주술화'의 길을 걸으며, 우주에서 '의미'를 벗기는 작업을 수행한다.[9] 우주가 의미를 잃을 때 인간 삶에 목적을 줄 수 있는 것은 인간 자신이며, 이는 서구 근대가 수행하는 내면화 작업이라 할 수 있다. 서구 근대에서 핵심적 가치가 된 자유는 바로 우주적 질서로부터의 해방 또는 이런 우주적 질서를 닮은 전통적 질서로부터의 해방을 의미한다. 모든 존재하는 것들은 이제 자신의 의미와 역할을 잃어버리게 된다. 그렇다면 나를 스스로 대상화할 수 있는 인간은 이제 나의 행동과 삶에 방향과 의미를 주기 위해 자신을 탐색해야 한다. 이성은 우주적 질서와의 일치가 아니라 스스로에게서 판단과 행동의 규범적 기준을 찾아야 한다. 내면으로의 전환, 또는 발견하는 질서로부터 구성하는 질서로의 전환을 의미하는 이런 근대는 자율성과 자기진실성의 두 갈래 길로 접어든다.[10]

III. 서양 근대의 혁명, 자율성의 이상과 그 한계 : 차이의 발생

존재하는 것들에게 의미를 부여하기 위해서든 인간 삶에 규범적 방향제시를 하기 위해서든 '고전적 질서가 사라진 뒤에 남는 것은 오직 인간 자기 자

---

8 장은주, 「유교적 근대성과 근대적 정체성」, 『시대와 철학』 제18권 3호, 2007, p. 406.
9 베버가 표현한 '탈주술화'를 테일러는 다음과 같이 표현한다. "세상은 '마법'이나 신성한 것 또는 이데아들의 처소였다가 이제 단순히 우리 목적을 이루기 위한 잠재적 수단들이 존재하는 중립적 영역으로 간주되게 된다. … 자연에 대해 도구적 태도를 취하는 것은 우리를 자연 속에 있는 의미의 원천들로부터 차단하는 것이다." (찰스 테일러, 권기돈/하주영 역, 『자아의 원천들』, 새물결출판사, 2015, p. 1012).
10 찰스 테일러, ibid, p. 289, 319 참조.

신과 자신의 능력뿐이라고 결론' 내리기는 쉽다.[11] 이런 맥락에서 모든 앎과 행동의 기준으로 인간의 능력을 제시하고 이 능력에 대한 믿음과 함께 책임을 지우는 것은 자연스러운 일이다. 고대 신분에 따른 권리부여가 배격된 후 자유로운 개인들은 자신의 권리를 위해 다른 개인들의 동의를 필요로 하게 되며, 이 동의를 할 수 있는 능력이 개인들에게 선험적으로 전제되어야 한다. 즉 행위주체들은 동의할 수 있는 개인적 자율성을 가진 존재로 인정된다.[12] 자신의 판단과 행동에 대한 믿음, 즉 자율성은 자연과 전통으로부터 해방되고자 하는 서양 근대 핵심적인 가치 중 하나가 되었다. 이 자율성을 통해 인간은 스스로를 판단 및 행동의 기준으로 삼을 수 있게 되었으며, 나의 외부에 있는 모든 것을 의심하고 회의할 수 있게 되었다. 즉 외부뿐만 아니라 자신조차 대상화하여 반성과 비판의 시험에 놓고 검증할 수 있게 되었다. 이의 결과는 당연히 기존의 전통뿐만 아니라 자연(법)과 우주 전체의 가치에 대한 검증이 가능함을 의미한다.[13]

외부세계에 대한 불신앙, 또는 자연을 도구적이며 기계론적으로 해석하는 것은 서구 근대의 가장 뚜렷한 특성일 수 있다.[14] 인간이 자연과 '거리두기'를 통해 규범의 원천이었던 자연이 무의미한 것으로 이해되고 이제 스스로에게서 삶과 행동의 규범이 도출되어야 한다.[15] 자연이 대상화될 때 자연의 질서

---

11 찰스 테일러, 송영배 역, 『불안한 현대 사회』, 이학사, 2015, p. 116 참조.
12 악셀 호네트, 문성훈/이현재 역, 『인정투쟁』, 사월의 책, 2011, pp. 222-223 참조. 호네트에 따르면 모든 권리 공동체의 정당성은 동등한 권리를 가진 개인들 사이의 합리적 동의라는 이념에 의존하고 있기 때문에 권리 주체들에게 도덕적 문제들을 개인적 자율성을 통해 결정할 수 있는 능력이 가정될 수 있어야 한다. (악셀 호네트, ibid, pp. 222-223 참조).
13 이 자율성을 가능하게 하는 것이 도구적 이성이든 아니면 좀더 가치 있는 것을 인식하고 행동할 수 있게 하는 실천이성이든 근본적으로 자율적 이성 능력은 외부세계(관습, 전통, 자연, 우주 등)에 대해 독립된 자유로운 주체의 내적 능력을 의미한다고 할 수 있다.
14 찰스 테일러, 권기돈/하주영 역, 『자아의 원천들』, 새물결출판사, 2015, p. 322 참조.
15 찰스 테일러, ibid, p. 331 참조.

는 더 이상 우리에게 삶의 의미를 부여하는 기능을 수행할 수 없다. 따라서 우리는 자연과 사회가 부여했던 다양한 목적과 가치들에서 떨어져 나와 이것들을 자유롭게 선택하고 변경하고 수정할 수 있는 인간이 된 것이다.[16] 그러나 이런 '계몽적 거리두기'는 인간과 자연을 분리할 뿐만 아니라 인간과 공동체 그리고 인간 내부도 감정과 이성으로 분리시키고 단절시킨다.[17] 이에 따르면 도덕적 원천이 외부에 있을 때 나는 타율적이다. 이에 반해 자율성의 이상은 자신의 선택 자체에 정당성을 부여하며 따라서 개인의 선택에 우선적 가치를 부여한다. 이의 결과는 "선택 이전에 존재하였던 기존의 의미의 지평은 암묵적으로 부정되"며, "선택 자체가 어떤 행위를 결정적으로 정당화시키는 근거"가 된다.[18] 선택을 할 수 있는 인간이 의미창출의 근원이며, 그의 삶의 목적은 자신의 결정에 달려 있다.

이런 자율성의 이상에 대한 평가는 양면적일 수 있다. 긍정적 측면은 많은 이들이 지적하듯이 자유의 실현이다. 나를 둘러싼 자연으로부터의 해방일 뿐만 아니라 이 자연과 연관된 사회적 관습으로부터의 해방이다. 우주적 질서, 자연으로부터의 해방은 자연을 무의미한 존재로 바라보게 했으며, 이는 자연을 중립적인 것으로 따라서 인간을 위해 이용가능한 것으로 인식하게 만들었다. 이런 서구의 근대화 기획이 과학기술의 발전을 통해 인류 지식의 확장, 생산성 향상을 촉발하였다. 또한 전통적 권위로부터의 해방은 계급질서를 부

---

16 이런 자율적 자아관을 현대 가장 영향력 있게 실현한 윤리학자는 존 롤스이다. 그는 현대 정치적인 정의원칙을 정당화하기 위해 자유롭고 평등한 인간을 전제하며, 이때 자유로운 인간으로서의 시민들은 그들의 가치와 목적에 독립해서 그들을 수정하고 변경할 수 있는 능력을 가진 것으로 전제된다. (존 롤스, 장동진 역, 『정치적 자유주의』, p. 37 참조). 목적과 가치들에 선행하는 자율적 자아를 일반적으로 자유주의적 자아관으로 규정하며, 이런 자아관을 현실에서 유리된 주체로, 즉 무연고적 자아로 비판하는 것이 공동체주의자 샌델이다. (마이클 샌델, 이양수 역, 『마이클 샌델 정의의 한계』, pp. 94~107 참조).
17 찰스 테일러, 권기돈/하주영 역, 『자아의 원천들』, 새물결출판사, 2015, p. 777 참조.
18 찰스 테일러, 송영배 역, 『불안한 현대 사회』, 이학사, 2015, p. 56.

정하며 보편적 권리의 확장과 함께 주권적 개인이라는 정치적 의미를 가지게 된다. 개인은 어떤 외부적 권위에도 묶여 있지 않으며, 권위의 발생은 개인의 동의에 의해서만 가능하게 된다.[19] 자율성은 민주주의의 발전과 함께 민주주의를 가능하게 하는 조건으로 기능하게 되었다.

이런 긍정적 측면을 무시할 수 없지만 자율성 발전의 역사를 '계몽의 변증법'으로 규정하며 자율성의 강조에 따른 부정적 측면 또한 오늘날 많은 학자들이 지적하고 있다. 근대의 자유와 자율에 대한 강조는 인간을 세계에 대한 중심에 서게 했지만 이런 인간 중심주의는 자연과 우주를 도구적 시각으로 바라보게 한다. 이는 곧 생태론적 위기와 인간성의 위기로 귀결될 수 있다. 또한 자유에 대한 강조는 필연적으로 전통과 공동체가 부여하는 의미지평으로부터 벗어나게 하며 사회에 대립한 이런 개인은 자기 자신에게로의 집중을 통해 삶의 의미가 축소됨을 경험한다.[20] 자율성은 '의미'에 대해 거리를 가진다는 것을 전제한다. 자율적 정신은 의미에 대립해 있으며, 이 의미를 취사선택할 수 있다. 이런 자율성은 개인주의와 결합되어 결국 자기도취의 문화를 발생시키며, 현대 사회 구성원들은 자기만의 세계에서 타자를 경험한다고 말할 수 있다. 자율성의 이상이 공동체와 사회, 자연의 요구에 대립하면서 자신 속에 자신의 규범을 스스로 정립하는 것에 있다면 이는 전통과 역사와의 단절 속에서 자신의 규범이 발생한 자신의 뿌리를 스스로 부정하는 것이다. 찰스 테일러에 의하면 이런 뿌리 없는 삶은 더 높은 목적이나 이상을 정립할 수 없는 '천박하고 진부한' 삶의 형태일 뿐이다.[21]

---

19 찰스 테일러, 권기돈/하주영 역, 『자아의 원천들』, 새물결출판사, 2015, p. 390 참조.
20 찰스 테일러, 송영배 역, 『불안한 현대 사회』, 이학사, 2015, p. 13 참조. 테일러는 이곳에서 현대 개인주의가 심각한 도덕의 위기를 초래한다고 진단한다. 그 중 가장 핵심적 문제는 개인주의가 자기에 대한 집중을 통해 삶의 의미를 축소시킨다고 말한다.
21 찰스 테일러, 송영배 역, 『불안한 현대 사회』, 2015, p. 59. 탈현대 철학은 어떤 의미에서 개인적 자율성을 비판한다는 점에서 이와 동일하다고 할 수 있다. 즉 한편으로 심리학적 주체비판

소극적 자유를 의미하는 이런 자율성은 삶에서 어떤 역할을 할까? 전통적 인간상이나 생활방식을 거부하는 소극적 자유는 '삶의 이상과 의미는 단순히 느끼는 것에 불과하다고 본다.'[22] 즉 내 삶에서 타인과 공동체의 의미가 배제될 때 남는 것은 나의 선택이 나의 욕망을 충족시키는가에 있다. 더 가치있는 삶, 더 좋은 삶에 대한 고민이 사라지고 생존의 문제가 삶의 중심에 놓일 때 자신의 욕구를 실현하는 것을 선으로 믿게 된다. 따라서 서양 근대 이후 인간을 욕구적 존재로 보는 경향이 나타난다. 이에 반해 조식이나 유가의 전통은 비록 인간의 욕망적 요소를 인정하지만 본성적 차원에서 선한 요소를 인정하는 듯하다. 조식은 『학기유편』, 「경성도(敬誠圖)」에서 정자의 말을 인용해 다음과 같이 말한다. "인간의 본성이 착하다는 것을 알지 못하면 학문을 말할 수 없다. 인간 본성의 착함을 안다면 반드시 충실함과 믿음으로 근본을 삼아야 한다."[23] 즉 인간의 마음속에는 이기적 욕망 외에도 이 욕망을 극복해 타인을 자신처럼 생각하는 마음이 있다. 서양 근대 자아의 원천을 탐색하는 테일러가 결론내리는 것 또한 자기내면을 중시하는 문화에는 '자기중심적인 부정적 형태로 이끌어 내리려는 모든 사회 구조적인 그리고 사람의 내면적인 요소들도 있지만, 다른 한편으로 내면의 고귀한 마음을 긍정적으로 밀고 나가려는 내재적인 추진력과 요구들이 또한 있다는 것이다.'[24]

은 개인적 행위의 탈의식적, 무의식적 충동력과 동기를 보여줌으로써 자율적 자아가 투명한 존재가 아님을 입증하며, 다른 한편으로 언어철학이나 구조주의자들은 개인이 언어나 구조에 종속되어 있음을 보여줌으로써 자율성 개념을 비판한다고 볼 수 있다. 이런 입장에서 호네트는 자율성 이념을 상호주관성 이론으로 해석함으로써 개인 해방의 규범적 이념을 도출하고자 한다. (악셀 호네트, 문성훈 외 역, 『정의의 타자』, 나남, 2009, pp. 291-298 참조). 그러나 주체를 상호주관적으로 해석하기에 앞서 우리는 주체가 처해 있는 선험적 구조를 먼저 해명해야 한다. 이런 맥락에서 주체의 도덕적 지평을 이야기하는 찰스 테일러의 자기진실성이 먼저 해명되어야 한다.

22 찰스 테일러, 송영배 역, 『불안한 현대 사회』, 2015, p. 54.
23 조식 엮음, 남명학연구소 역주, 『사람의 길 배움의 길, 학기유편』, 한길사, 2003, p. 185.
24 찰스 테일러, 송영배 역, 『불안한 현대 사회』, 2015, p. 101 참조.

IV. 자기진실성과 조식의 성(誠) 및 경(敬) 사상 : 근대의 동일성

1. 자기진실성과 조식의 성(誠) 및 경(敬)과의 관계

자율성의 부정적 현상을 극복하기 위해 자기진실성을 강조하는 현대의 대표적인 공동체주의자는 찰스 테일러이다. 그에 따르면 서구 근대 사상의 특징은 자기 내면에 대한 강조에 있으며, 이 흐름은 자율성의 이상과 함께 자기진실성의 요구라는 이중적 방향으로 전개되었다. 그러나 자율성의 이상이 오늘날 자연과 타인에 대한 거리두기를 통해 사람들 내면의 자연적 욕구를 최대한 효율적으로 만족시키기를 원하는 한 도덕적 이상에 대한 추구는 멀어질 수밖에 없다. 따라서 테일러는 이런 자율성의 이상을 비판하며, 이를 극복하기 위해 자기진실성이라는 규범적 이상을 내세운다. 왜냐하면 자신의 삶을 유의미하게 만들고자 하는 사람은 먼저 자신을 알아야 하며 이를 위해 자신의 내면을 직시해야 하고 이런 내면에 대한 응시는 '자기에게 진실하라!'는 규범으로 등장하기 때문이다. 그렇다면 자기진실성(Authenticity)이란 무엇인가?[25] 이 말 그대로 자기진실성이란 자기에게 진실하며, 진실해야 한다는 의미이다. 그렇다면 이는 나의 내면에서 진정한 '나'가 무엇인지, 즉 내가 바라는 것이 무엇이며, 나의 진정한 욕구 또는 가치가 무엇인지를 확인하라는 것이다. 따라서 이 도덕적 이상은 어떤 능력이나 순간적인 욕구, 쾌락에의 지향을 말하는 것이 아니라 자기를 자기답게 해주는 진정한 무엇이 자신의 내면

---

25 자기진실성 개념은 정체성 문제와 관련해 분명히 드러난다. "나는 누구인가?"를 물을 때 이는 "나에게 가장 진실한 것은 무엇인가?"라는 질문과 관련되며, 따라서 자기진실성 개념은 자기 정체성에서 가장 윤리적인 원천을 확인하는 질문이다. 이런 의미에서 트릴링은 자기진실성을 두 가지 의미, 즉 성실성과 진실성으로 구분하고 후자를 테일러의 뜻으로 파악한다. (송슬가/곽덕주, 「실존적·윤리적 자아정체성 교육: 찰스 테일러의 자기진실성 개념을 중심으로」, 『교육철학연구』 제38권 제1호, 2016, pp. 46-48 참조). 이런 맥락에서 Authenticity는 진실성, 성실성, 진정성, 자기진실성 등 여러 용어로 번역될 수 있겠지만, 내면에 대한 진실성을 요구한다는 의미에서 자기진실성으로 번역하고자 한다.

에 있다는 것을 의미한다. 즉 여기서는 나만의 느낌이나 나의 내면의 목소리를 확인하고, 진정하고 순수하며 고귀한 욕구를 충족하는 것이 나의 진정한 자아실현임을 의미한다.

내면을 확인하는 것은 '내가 누군인지'에 답하는 것이며, 이는 자기 정체성의 문제와 결부된다. 그리고 정체성의 물음은 자기에게 진실할 때 제대로 대답될 수 있다. 자율성이 우리의 능력에 대한 믿음이라면 자기진실성은 우리 내면이 가지는 의미생성 차원, 즉 가치에 대한 믿음이다. 왜냐하면 나의 정체성은 내가 부여하는 의미와 중요하게 생각하는 가치들로 구성되어있기 때문이다. 그렇다면 자기진실성은 나의 고유한 존재방식을 확인하고(眞實) 그 방식에 충실하고자(誠實) 하는 삶의 이상 또는 윤리적 이상일 수 있다. 이런 자기진실성에 대한 서양 사상의 뿌리를 테일러는 루소와 헤르더에게서 찾는다. 테일러에 따르면 특히 루소는 도덕성을 우리 내부에 있는 본성의 목소리로 생각했으며, 따라서 도덕적 구원은 내 자신과의 도덕적 접촉에서의 진정성을 회복함으로써 가능하다는 입장이다.[26]

이런 자기진실성에 대한 강조가 조식의 사상적 특징을 이룬다고 말한다면 과장된 것일까? 조식이 경(敬)과 의(義)를 강조하며, 특히 수양적 차원에서 경을 강조할 때 그 목표이자 방법은 성(誠)이라 말할 수 있다. 성(誠)은 일반적으로 진실함(眞實)과 성실함(誠實)을 의미한다고 말한다. 즉 성(誠)의 의미는 정주가 '진실무망'(眞實無妄)이라고 하듯이 "성실하고 진실하여 거짓됨이 없음"이다.[27] 그런데 유학에서는 이 성(誠)이 자연(天)의 본질이면서 인간도 지켜야 할 규범으로 제시된다. 먼저 자연은 진실하고 자신의 운행법칙에 따라 쉼이 없

26 Charles Taylor, "The Politics of Recognition", Amy Gutmann(ed.), *Multiculturalism*, Princeton University press, 1994, pp. 29–30.
27 윤사순, 『유학의 현대적 가용성 탐구』, 나남출판, 2006, p. 195 참조.

이 성실한 것이 자신의 이치이다. 따라서 진실과 성실의 이치에서 자연은 성(誠)하며, 자연에 포함된 인간도 자연의 성(誠)을 따라야 하기에 진실하고 성실해야 한다. 즉 사람들은 이런 자연의 진실하고 성실함을 내면에 받아들여 진실하고 성실해야 함이 자신의 규범이다.[28] 이런 의미에서 조식 또한 『학기유편(學記類編)』 「경성도(敬誠圖)」에서 '성은 하늘의 도리이며(誠者天之道), 하나를 위주로 하는 것을 경이라고 하는데, 그 하나란 성함(主一者, 謂之敬. 一者, 謂之誠)'외에 다른 것이 아님을 말한다.[29] 따라서 조식은 '뜻을 성(誠)하게 하는 것은 가장 긴박하고 절실한 일'이라고 표현한다.[30] 뜻을 진실하고 성실하게 하는 것, 이것이 바로 자기진실성에서 요구하는 자아실현을 위한 윤리적 규범이다. 훌륭한 삶을 위해 자신의 내면을 거짓 없이 진실되게 바라볼 것, 또는 꾸준히 성실하게 진실할 것, 이는 조식의 성(誠)이 의미하는 바이자, 자기진실성이 의미하는 것이다. 이런 조식의 성(誠)이 가진 의미가 자기진실성의 측면에서 이해될 수 있다는 것은 조식이 성(誠)을 위해 경(敬)을 요구하는 것에서 더욱 분명하게 드러난다.

인간이 성(誠)하기 위해 구체적으로 어떻게 해야 하는가? 이에 답하기 위해 먼저 성(誠)의 주체가 무엇인지 살펴보자. 즉 무엇이 성(誠)해야 하는가? 이는

---

28 "자연 운행의 법칙성과 쉼이 없는 성실성[誠]이 "자연 질서[天道]"라면 그것은 또한 지도자의 소임을 맡은 지식인[君子]들이 기필코 실현해 내야 할 성실성[誠之], 즉 "인륜 질서[人道]"였다. 공자에게서 자연의 쉼이 없는 운행은 더 이상 군더더기 말이 필요 없이 묵묵히 자기가 할 일만을 실천해 나가는 도덕적/이상적 행위의 전범이었다." (송영배, 「현대 사회의 불안 요인과 유교적 윤리관의 의미」, 찰스 테일러, 송영배 역, 『불안한 현대 사회』, 2015, p. 167). 따라서 '주자는 성(誠)을 하늘의 도(道)와 사람의 도(道)에 일관하는 중요한 개념으로 보았다. 하늘의 도(道)로 보면 자연의 이치(理致)로서의 천리(天理)가 성(誠)이며, 사람의 도(道)로 보면 덕행의 측면에서 성인(聖人)의 마음이 성(誠)이라는 것이다. 따라서 사람은 진실무망한 성을 획득하면 하늘의 이치를 따르는 성인이 된다.' (사재명, 「조선중기 남명의 교육이론계승: 인간 본성의 회복 강조」, 『남명학연구논총』 제십일집, pp. 280-281).

29 조식 엮음, 남명학연구소 역주, 『사람의 길 배움의 길, 학기유편』, 한길사, 2003, p. 180.

30 조식 엮음, ibid, p. 181.

바로 인간의 마음일 수밖에 없다. 왜냐하면 인간을 진정한 인간이게 하는 것, 즉 훌륭하게 하는 것은 바로 마음이기 때문이다. 조식은 "사람으로서 이 '마음'이 없다면, 비록 자신을 칭송하는 말이 천하에 가득 퍼졌더라도, 원숭이한 마리가 태어났다 죽은 것과 다름이 없을 것이다. … 마음은 죽고 육체만걸어 다닌다면 금수가 아니고 무엇이겠는가?"라고 말하며, 올바른 마음이 인간의 고유한 본성임을 주장한다.[31] 즉 '인간을 인간답게 해주는 도덕적 마음(道心)을 잃게 되면, 인간은 단지 자신의 욕구에 따라 행위하는 동물과 다를게 없다.'[32] 그리고 이런 도덕적 마음을 보존하는 것, 즉 마음이 성(誠)할 때(道心) 우리는 성인(聖人)이 될 수 있다. 그러나 성하지 못할 때(人心), 즉 사욕이나외부자극에 의해 자신의 본성을 잃어버릴 때, 우리는 금수와 같은 것이다. 따라서 조식의 「신명사도(神明舍圖)」는 마음 또는 마음의 구조를 나타내며, 이마음이 어떻게 성(誠)할 수 있는지를 보여준다. 즉 조식은 「신명사도(神明舍圖)에서 마음은 모든 일의 근본이며(태일진군) 이 마음이 어떻게 진실한 마음으로유지될 수 있는지를 나타낸다. 따라서 마음은 성(誠)할 수 있는, 즉 성인(聖人)이 될 수 있는 인간의 고유한 장소이다.

이런 성(誠)과 마음의 관계에서 우리는 경(敬)의 의미를 제대로 파악할 수 있다. 왜냐하면 경(敬)은 한 마디로 나의 마음을 바로 알고 진실한 마음을 유지하는 것이라 할 수 있기 때문이다.[33] 즉 경(敬)을 통해 우리는 성(誠)에 이를 수

---

31 남명 조식, 남명학연구소 역, 『남명집』, 한길사, 2001, pp. 257-258.
32 이현선, 「朱子學적 관점에서 본 南冥의 실천 유학」, 남명학회, 『南冥學과 韓國性理學』, 2002, pp. 169-171.
33 유학의 주요한 개념들은 다양한 의미를 포함하고 있다. 경(敬)의 의미 또한 선진유학에서말하는 일상생활에서 지켜야 하는 공경에서 시작하여 정이가 강조한 정제엄숙(整齊嚴肅)과주일무적(主一無適)으로 발전하고 주희가 수양론으로 완성하였다. 주희는 경(敬)의 개념에대하여 다음과 같이 언급하였다. '경(敬)이라는 한 글자는 성인문하의 참된 강령으로, 본심을간직하고 선한 성품을 기르는 요법이다. 경(敬)은 다만 마음을 하나로 하는 것이다.' (박영진, 「조식 敬義思想의 철학사적 함의」, 『溫知論叢』 제35집, 2013, pp. 246-248). 그러나

있다. 조식이 검명에 쓴 '내명자경(內明者敬)'의 의미는 내 마음에 진실하여 참된 자아를 찾는 것을 의미한다. 경(敬)을 통해 우리는 내 주위에 사소하게 발생하는 무수히 많은 일들에서 눈을 돌려 내 내면을 직시하는 것이다. 마음이 외부에 대응하여 발생하는 잡다한 현상과 욕망들에 눈을 감고 진정으로 나를 구성하는 것에 주의를 기울이고 관심을 집중하는 것이다. 이때 욕망에 의한 번뇌는 사라지고 차분히 내 마음에 집중할 수 있는 것이 경(敬)이다. 따라서 마음은 경(敬)을 통해 밝아지고 내 마음의 본성, 즉 내가 참으로 가치 있다고 생각하는 것이 드러나게 해준다. 성지(誠之) 공부는 경(敬)을 통해 가능하게 된다.[34] 이런 의미에서 결국 조식에게 윤리적 목표인 성(誠)은 경(敬), 즉 내면에 대한 수양(자기진실성)을 통해 가능하게 된다. 이는 마음이 경(敬)함을 통해 성(誠)하게 되는 것, 내면의 깊은 곳을 응시하여 진실함을 통해 자기 도덕의 원천을 확인하라는 자기진실성에 다름이 아니다.

이런 자기진실성을 위한 내면에 대한 강조라는 의미에서 조식 심성론의 고유성을 확인할 수 있다. 일신을 주재하는 나의 마음과 그 마음이 욕망에 흐려지는 것을 경계하는 경(敬)을 통해 성인(聖人)을 추구한 조식의 철학은 성리학이나 특히 조선시대 유학의 경향과 어느 정도의 차이가 있다고 할 수

필자는 마음을 성(誠)하기 위한 방법으로서의 경(敬)에 초점을 맞추고자 한다. 즉 이는 외부로부터의 사사로운 자극을 벗어나서, 내면의 마음을 관조하여 진실한 마음을 드러내는 것이다. 이런 의미에서 '사량좌(謝良佐)는 정이의 '경(敬)'설을 정밀하게 해석하고 "경(敬)은 항상 마음을 깨어 있게 하는 방법이다"(敬是常惺惺法)라는 의미를 덧붙였다. (김충열, 『남명 조식의 학문과 선비정신』, 예문서원, 2008, p. 275).

34 조식은 선조에게 올린 「무진봉사(戊辰封事)」에서 경이란 '정제하고 엄숙히 하여, 항상 마음을 깨우쳐서 어둡지 않게 하는 것이며, 한 마음의 주인이 되어 만사에 응하는 것은, 안은 곧게 밖은 방정하게 하는 것'으로 설명한다. (남명 조식, 남명학연구소 역, 『남명집』, 한길사, 2001, pp. 321-322). 따라서 『학기유편』「경성도」에서 '경은 안의 마음을 곧게 하여 성실에 이르게 하는 것'으로 마음이 성(誠)에 이르게 하는 공부의 핵심적 방법이 되는 것으로 이해될 수 있다. (엄연석, 「南冥의 『學記類編』에서 自然과 道德의 일관성 문제」, 『남명학』 제17집, pp. 201-202).

있다. 이황 유학이 마음의 작용이나 마음의 수양보다 만물의 근원이나 본질에 더 관심있다면 조식의 철학은 「신명사도」에서 마음의 수양을 강조하듯이 인성론 또는 수양론적인 측면에 강조점이 있는 것이다.[35] 왜냐하면 「신명사도」 자체가 마음을 수양하는 실천적 문제를 다루고 있기 때문이다. 그리고 이 「신명사도」에서 자기 수양방법으로 경(敬)을 강조한 것은 마음(내면)이 갖는 윤리적 의미를 인식하고 어느 누구보다 중요시했기 때문이다. 따라서 조선시대 유학이 리기론에 집중하고 만물의 이치를 밝히는 것을 가장 주요한 목표로 삼았다면 조식의 심성론은 이런 형이상학적 사유경향을 극복하고 서양 근대가 강조하는 내면으로의 전환, 즉 유학의 인성론적 측면을 강조한 것이라 볼 수 있다.[36] 이는 자기진실성의 관점에서 볼 때 하나의 중요한 시대적 전환이 나타남을 의미한다.[37]

---

35 조식의 이런 사상적 특징을 정순우는 조식이 도문학(道問學)보다 존덕성(尊德性)을 중시했다고 말한다. 왜냐하면 '이황이 인간과 자연이 상호매개하는 방식을 궁리를 통해 실현되는 것으로 파악했다면, 조식은 인간이 자연에 안김으로써만 가능한 것으로 파악하기 때문이다. 이때 조식에게 경이란 바로 이 인간과 자연이 숨김없이 소통하는 통로로서의 의미를 가진다. 이런 의미에서 조식에게 경은 천인의 완전한 합일을 이룰 수 있는 철상철하(徹上徹下)의 원리가 된다.' (정순우, 「남명 조식의 공부론에 나타난 초월과 관여의 두 흐름」, 남명학연구원 엮음, 『남명사상의 재조명』, 예문서원, 2006, p. 158).

36 김충렬에 따르면, "조선 성리학의 토론 주제는 리기론에 집중되었고, 논의는 사칠논변의 영향으로 추상적이고 관념적인 순수 사변 쪽으로 흘러갔다. 그런데 이러한 학문 추세에서 조식은 그렇지 않았다. 그는 언제나 유가의 현세간주의와 대인군자에 의해 인간 이상을 실현하는 행도에 발을 굳게 딛고 휩쓸리지 않은 채 그러한 공론을 의연히 배격했다." (김충열, 『남명 조식의 학문과 선비정신』, 예문서원, 2008, p. 161). 따라서 김충열은 '조선 성리학의 사칠논쟁의 가장 큰 결점은 주재하는 심을 배제하고 리나 기 자체에서 발하는 것을 논하고 있는 것이라고 말한다. 조식이 사칠논쟁을 대수롭지 않게 평가한 것도 바로 이 심을 사단칠정의 기조에 깔고 있지 않은 것을 못마땅하게 여겼기 때문이다.' (김충열, ibid, p. 186). 이런 점에서 김충열은 조식을 주심학자로 파악한다. (김충열, ibid, pp. 153-159참조).

37 조식이 마음을 강조하고 이 마음을 닦기 위해 경을 중시했다는 수양론적 측면에서 손영식과 이동환은 조식 철학을 주체성 확립의 철학으로 해석하고 있다. (이동환, 「남명 사상과 그 현대적 의의」, 남명학연구원 엮음, 『남명사상의 재조명』, 예문서원, 2006, pp. 16-19, 손영식, 「남명 조식의 주체성 확립 이론과 사림의 정신(I)」, 『남명학연구논총』, pp. 81-90). 특히 조식은 정인홍에게 다음과 같이 말한다. '배우는 것이란 요컨대 먼저 앎(知識; 인식 주관)으로 하여금

2. 도덕적 지평과 성(誠)과 경(敬)의 의미

이제 우리는 자기에게 진실하다는 것이 어떤 의미를 가지는지 살펴보아야한다. 왜냐하면 자기진실성의 이상이 추구하는 것은 단지 마음을 밝히는 것에만 있지 않기 때문이다. 마음에 진실하여 마음이 밝아질 때 우리는 무엇을알게 되는가? 조식에게 있어 밝아진 마음이 보여주는 것은 자연의 성(誠)이다. 하늘의 성(誠)은 우리 인간에게 경(敬)을 통해 우리가 따라야 할 절대적 규범으로 다가온다. 즉 '경(敬)을 실천하게 되면 치우치거나 헤매지 않으며, 中에 처하게 된다(主一無適). 그렇게 되면 내 안에서 천리(天理)가 분명하게 나타난다. 우왕좌왕하지 않고 하나로 가게 되면 그것이 곧 경(敬)이다. 이러한 경(敬)은 곧 자기 안에 있는 본래적인 모습을 찾아가는 하나의 수양방법이다.'[38] 따라서 경(敬)이 찾은 본래적인 자아, 성(誠)은 천리를 말하는 듯하다. 자기의 내면을 밝혀 자기에게 진실하게 될 때 우리에게 나타나는 이상은 하늘의 성(誠)이자 천리이다. 조식은 「원천부(原泉賦)」에서 '만물의 다양함이 한 가지 이치로 귀결이 된다. 이는 지극한 정성이 자연스레 나타나는 것, 은하수처럼 아득하여 이루 다 헤아릴 수 없도다.'고 말한다.[39] 그렇다면 조식에게 있어 인간

높고 밝게 하는 것이다. 예컨대 태산에 올라가면, 모든 종류(의 산들)이 다 낮게 있는 것과 같다. 그런 뒤에라야 오직 내가 행하는 바가 저절로 날카롭지/이롭지 않는 바가 없을 것이다.' 이는 손영식이 말하듯 절대적 자아를 확립하는 것으로 해석할 수도 있다. (손영식, 「남명 조식의 주체성 확립 이론과 사림의 정신(II)」, 『남명학연구논총』, p. 171). 왜냐하면 이 이미지는 프리드리히의 『안개 바다 위의 방랑자』를 떠올리듯이 외부사물에 대한 절대적 판단 주체의 우위를 떠올리게 하기 때문이다. 그러나 필자가 볼 때 조식이 마음을 강조했다고 하여 주체성 확립에 노력했다고 말하는 것은 쉽지 않은 일이다. 왜냐하면 이때 의미하는 마음이 무엇이며, 이 마음이 왜 중요한지를 함께 고찰해야 하기 때문이다. 만약 조식이 행동과 판단의 절대적 판단 기준으로 주체의 마음을 수양하는 것이 중요하다고 생각했다면 서구 근대 주체성의 맹아가 있다고 할 수 있겠지만, 조식이 강조한 마음은 마음과 선의 관련성에서 선에 도달하기 위한 마음의 수양을 강조했다고 보아야 한다. 오이환은 이를 사람마다 이미 태어날 때부터 온전히 갖추고 있는 양지를 현실의 모든 일에다 적용하여 발현시키라는 의미로 해석한다. (오이환, 『남명학의 새 연구 상』, 한국학술정보(주), 2012, p. 93 참조).

38 이미림, 「남명 조식의 현실적 사회개혁론」, 『한국철학논집』 제39집, 2013, p. 39.

의 성과 경, 즉 자기진실성은 모든 만물의 이치, 곧 천리를 드러내는 하나의 방법이다.

그렇다면 이때 천리(天理), 천도(天道)는 무엇을 의미하는 것일까? 인도(人道)가 성(誠)하고자 하는 마음이고 그 마음이 진실한 것이라면 이는 도덕적 행위를 위한 실천적 덕목이며, 천도(天道)로서의 성(誠)은 바로 그 도덕적 행위를 위한 근거라고 할 수 있다. 즉 천도(天道)로서의 성(誠)은 이상적 삶을 위해 우리가 따라야 할 도덕적 행위를 위한 근거, 원천으로 작용한다.[40] 물론 성리학의 리기론에 여전히 영향을 받고 있는 조식이었기에 『학기유편』「태극여통서표리도(太極與通書表裏圖)」, 「경성도(敬誠圖)」 등에서 보이듯이 천도로서의 성이 태극 또는 자연(天)의 법칙을 의미한다고 말할 수 있다. 이는 우리가 이미 고대 형이상학적 세계관에서도 보았듯이 조식에게 유학의 우주론적 사상의 영향이 남아있음을 알 수 있다. 그러나 이때의 자연법칙은 순수한 자연의 인과법칙이라기보다 인간이 닮아야 할 이념적 규범적 세계이다. 왜냐하면 조식은 「태극여통서표리도」에서 주자를 인용하여 "성은 성인의 근본(誠者, 聖人之本)"으로 인간이 지향해야 할 도덕적 모범상으로 제시하기 때문이다.[41] 따라서 천도(天道)로서의 성(誠)이 인도(人道)로서의 성(誠)을 위한 근거, 즉 도덕적 행위를 위한 근거로 볼 수 있고, 우리 행위나 삶이 추구하는 선들과 목적의 세계라 할 수 있다. 성(誠)이 삶이 추구하는 가치가 될 때, 우리는 경을 통해 이에 도달하고

---

39 남명 조식, 남명학연구소 역, 『남명집』, 한길사, 2001, p. 151.

40 엄연석에 따르면 "남명에 있어서 성 개념은 천도와 인도의 의미를 동시에 가지는 것으로서 인간이 천도를 본받아 인도를 실현하는 데 있어서 이들을 매개하면서도 핵심이 되는 개념이다. 곧 천도의 의미로서 성은 도덕적 수양의 근거가 되며, 인도로서의 성은 인간이 도덕적 행위를 행할 수 있게 하는 실천적인 경지를 뜻하였다. 또한 성이 인도의 실천적 덕목이 될 때는 성실함이 유지될 때 경건할 수 있다는 점에서 경과 밀접하게 결합된다. 그리하여 남명의 수양론에서 성은 지경, 수신 등을 위한 필수불가결한 전제가 된다." (엄연석, 「虛와 誠의 관점에서 본 南冥의 수양론」, 『국학연구』제10집, 2007, p. 458).

41 조식 엮음, 남명학연구소 역주, 『사람의 길 배움의 길, 학기유편』, 한길사, 2003, p. 61.

자 한다. 『학기유편』「경성도」「성도」에서 나타나듯이 "성실은 하늘의 도리이며, 공경은 인간이 하는 모든 일들의 근본이 된다. 공경하는 도리가 갖추어진다면 성실해져서 곧 하늘의 도리를 얻게 된다(誠者天之道, 敬者人事之本, 敬道之成, 則誠而天矣.)."[42] 그렇다면 천리는 하늘의 성이자 경을 통해 도달할 수 있는 성인의 삶이며, 결국 인간이 지향해야 하는 궁극적 목적, 즉 선과 가치라 할 수 있다.[43]

자기진실성을 통해 테일러가 보여주고자 하는 것 또한 이것이다. 과연 우리 내면에 있는 것은 무엇일까? 자율성에서 전제하는 텅빈 자아가 아니라면 우리 내면 깊이 자리한 것은 나를 형성하는 것들이다. 즉 나를 나이게끔 하는 것들이다. 자기진실성이 주체와 내면의 관계를 지시하는 것처럼 보이지만, 내용적 측면에서 나의 내면을 구성하는 것은 오로지 나에게서만 나오는 것은 아니다. 즉 나의 내면, 나를 구성하는 것은 오로지 사적인 욕구나 열망만이 아니라, '신성한 것 혹은 정치적인 문제, 혹은 땅을 가꾸는 일 등 개인적 욕구들과 전혀 관련 없이 독자적인 의미를 갖는 것 속에서도 찾아질 수 있다.'[44]

---

42 조식 엮음, ibid, p. 180.

43 이런 해석이 가능한 이유를 김충렬의 글에서도 확인할 수 있다. 그에 따르면 조식의 신명사도는 주희와 그것과 차이가 난다. 왜냐하면 조식은 '태일진군을 둘러싼 성곽이 '사솝'가 되는데, '신명지심'의 '사솝'인 심 밖에 다른 하나의 '사솝'를 설정하고 있기 때문이다. 그 이유는 주희의 경우, 주로 수양론에 입각해서 '심통성정'이라는 범주, 즉 내재 심성의 상호 기능 범주에서 논하고 있기 때문에 비교적 기본에 충실한 '신명사(神明舍)'이지만, 조식의 '신명사(神明舍)'는 주희의 '신명사(神明舍)' 범주를 한 단계 확충해서 내재 심성이 밖으로 발현하는 데 관심을 둔 것이기 때문이다. 주희의 '신명사(神明舍)'가 '태일진군'의 기능에 제한되었다면, 조식의 '신명사(神明舍)'는 도덕 실천의 과정 전반을 '사솝)'로 확충한 것인 셈이다.' (김충열, 『남명 조식의 학문과 선비정신』, 예문서원, 2008, pp. 305~306). 조식의 신명사(神明舍)를 나를 벗어난 수신제가치국 평천하까지 확충된 외재적 신명으로 해석하는 것은 논자가 볼 때 조식이 마음과 외부의 도덕적 선과 목적들과의 관련성을 인식했기 때문이다. 이는 자기진실성의 관점에서 들여다본 마음이 우리를 둘러싼 도덕적 지평에 관련되어 있음을 인식했기 때문이다. 마음의 집(神明舍)을 구성하는 것은 결국 도덕적 지평이기에 마음의 집은 당연히 외재적 선과 목적으로 확장되어야 한다.

44 찰스 테일러, 송영배 역, 『불안한 현대 사회』, 이학사, 2015, p. 107 참조.

우리는 이와 같은 생각을 조식이 선조에게 보낸 편지(戊辰封事)에서도 확인할 수 있다. "백성을 잘 다스리는 도는 다른 데서 구할 것이 아니라, 요점은 임금이 선을 밝히고 몸을 정성되게 하는 데에 있을 뿐입니다. 이른바 선을 밝힌다는 것은 이치를 궁구함을 이름이요, 몸을 정성되게 한다는 것은 몸을 닦는 것을 말합니다. 천성 안에는 모든 이치가 다 갖추어 있으니, 인(仁)·의(義)·예(禮)·지(智)가 그 본체이고, 모든 선(善)이 다 이로부터 나옵니다. 마음은 이치[理]가 모이는 주체이고, 몸은 이 마음을 담는 그릇입니다."[45] 즉 마음에는 이치가 담겨져 있고 이 이치는 바로 우리 삶의 방향을 지시해주는 선과 가치를 의미한다. 나의 마음은 내가 지향하는 선들과 내가 추구하는 목적들로 구성된다고 할 수 있다.

그럼 이 선과 목적들은 원래 어디에 있는가? 테일러에 따르면 이런 선들과 목적들이 우리의 도덕적 지평을 형성하게 되며, 우리는 이 지평에서 삶의 의미를 형성하고 방향을 정하게 된다. 따라서 도덕적 지평(moral horizon)은 선과 악이란 무엇이고, 무엇을 하는 것이 가치 있거나 가치가 없으며, 무엇이 나에게 의미와 중요성을 가지며, 무엇이 나에게 사소하거나 부차적인 것인가라는 문제들이 제기되는 공간을 의미한다.[46] 테일러에 따르면 이런 도덕적 지평은 하나의 공동체가 전통 및 역사와 문화를 통해 형성해 온 것이며, 삶의 선험적 (transzendental) 근거로 작용하는 것이다. 즉 나의 정체성은 이 도덕적 지평 속에서 나의 선과 가치를 선택함으로써 형성되는 것이다. 내가 누구인지를 안다는 것은 도덕적 지평 속에서 내가 선택한 선이 무엇이며 이 선이 그 지평에서 어떤 의미가 있는지를 안다는 것과 같다. 나는 내 삶에 의미를 부여하는 지평

---

45 남명 조식, 남명학연구소 역, 『남명집』, 한길사, 2001, p. 321.
46 홍성우, 「자아의 정체성과 도덕적 선의 관련성 문제−찰스 테일러의 견해를 중심으로−」, 『범한철학』 제25집, 2002, p. 171 참조.

에 근거해 나의 정체성을 규정할 수 있으며, 이런 역사, 자연, 사회, 연대적 지평들을 배제한다는 것은 내 삶에 의미 있는 모든 가능한 사항들을 배제한다는 것을 말한다.[47]

그러나 이는 우주의 질서에 대한 직관을 통해서가 아니라 우리가 내면의 목소리에 귀 기울이면서 알게 되는 것이다. 테일러가 자기진실성을 하나의 도덕적 이상으로 제시할 때 해명하고자 하는 것이 바로 내면에 있는 윤리적 원천을 드러내는 것이다. 그리고 이는 우리 각 개인이 질적으로 다양한 가치들로 얽힌 도덕적 지평에 근거해 나의 삶의 의미와 방향을 결정한다는 것이다. 그렇다면 내가 가치 있는 삶 또는 좀더 의미 있는 삶을 선택한다는 것은 이런 도덕적 지평에서 내가 어디로 가야할지를 결정한다는 것이다. 즉 도덕적 지평에 대한 반성 없이 나는 삶의 방향조차 잡을 수 없다. 왜냐하면 도덕적 지평 속에서 우리는 우리의 삶을 이해하며 자신의 올바른 정체성과 삶의 방향을 알게 되기 때문이다. 이런 시각에서 자아와 선의 관계를 이해하게 될 때 자율성의 이상도 우리가 역사적 과정에서 형성해온 하나의 선 또는 가치로 파악될 수 있다. 즉 자율성 또한 역사적 공동체가 특정한 시기에 추구한 하나의 가치이다. 따라서 자율성의 이상이 주장하는 도덕적 지평과 개인의 분리는 이런 필연적인 관련성을 부정하는 것이며, 이는 결국 자기 스스로를 오해하는 파국적 결론, 개인적으로 불안과 허무, 사회적으로 연대와 공동선의 부정으로 이끌게 된다.

---

47 찰스 테일러, 송영배 역, 『불안한 현대 사회』, 2015, p. 59 참조. 찰스 테일러는 선이나 목적들이 질적으로 차이가 있으며, 이에 따라 생활선, 구성적 선, 지상선 등으로 구별될 수 있다고 말한다. 다른 선들에 비해 비교할 수 없이 중요한 최고선은 그만큼 나의 정체성을 형성하는데 결정적이며, 따라서 다른 선들을 평가하는 기준이 되기도 한다. 다른 선들을 판단하고, 결정하며, 고찰하는 역할을 하는 최고선을 지상선이라 부른다. 그러나 이런 선들의 구별은 어느 정도 애매모호한 점이 있으며, 단지 선들이 질적으로 구별될 수 있음을 보여주는 것에 의미가 있다고 하겠다.

따라서 테일러가 이런 자기진실성의 전통을 회복함으로써 의도하는 것은 바로 오늘날 정체성 위기와 개인주의의 극복이다. 그리고 이는 진실한 자기에 대한 응시를 통해 개인의 정체성이 도덕적 선과 관련 맺고 있다는 것을 알게 될 때 가능하게 된다. 조식의 경(敬)은 '정신수양'을 의미하며, 이때의 정신수양은 마음을 늘 밝게 깨어 있도록 하는 것을 의미한다. 왜냐하면 이런 마음을 통해 우리는 자연의 이치를 알게 되고 그에 따라 행동할 수 있기 때문이다.[48] 그리고 이때 인간 삶의 모범의 근거이자 원천인 자연의 이치는 가치 있는 삶을 위한 궁극적 기준이자 인간 삶의 선과 가치를 해명해주는 도덕적 지평으로 이해된다.[49] 왜냐하면 천도(天道)로서의 성(誠)은 인도(人道)로서의 성(誠)과 경(敬)을 의미 있게 해주는 근거이기 때문이다.

그렇다면 이런 관점에서 우리 삶은 어떤 방향으로 질서지워질까? 우리 삶의 목적이 자아실현이라고 한다면 이는 자율성에 따른 삶과 다른 방향으로 나갈 것이다. 즉 자기진실성에 따른 자아실현은 '자아보다 더 중요한 어떤 것들이 있다는 점, 우리가 추구했을 때 중요한 의미를 갖고 삶의 실현을 위해 필요한 의미를 제공할 수 있는 어떤 선들이나 목적들이 있다는 것을 전제한

---

48 이는 조식이 선조에게 보낸 편지(戊辰封事)에서도 드러난다. "이른바 경이란 것은 정제하고 엄숙히 하여, 항상 마음을 깨우쳐서 어둡지 않게 하는 것입니다.… 그러므로 경을 주로 하지 않으면 이 마음을 보존할 수 없고, 마음을 보존하지 못하면 천하 이치를 궁구할 수 없으며, 이치를 궁구하지 못하면 사물의 변화를 다스릴 수가 없습니다." (남명 조식, 남명학연구소 역, 『남명집』, 한길사, 2001, pp. 321-322).

49 엄연석은 '주대(周代)이래 유가철학에서 보여주는 '자연[天]' 개념이 주로 인간의 삶에 요구되는 규범적인 질서의 궁극적인 표준의 의미로서 인간과 밀접한 연관성을 가지고 있다고 말한다. 따라서 그에 따르면 '조식은 순수법칙적인 자연에 대한 견해도 갖고 있지만, 이런 자연에 대한 관심과 규명은 결국 자연을 도덕적 본질과 실천규범의 근원이라는 성리학의 관점을 수용하는 것이다. 그렇다면 '자연'에 관한 조식의 주된 시각은 도덕적 이상과 관련하여 천인합일론적 관점에 서서 주로 자연과 인간을 유기적으로 통일되는 것으로 보는 것이다. 조식이 자연과 인간을 도덕적인 이상과 관련하여 결합하여 이해하는 것은『학기유편』의 여러 도표를 통하여 분명히 볼 수 있다. (엄연석, 「남명 조식의 자연관과 도덕적 자율의 문제」, 남명학회, 『南冥學과 韓國性理學』, 2002, pp. 140-145 참조).

다.'[50] 이는 이미 공동체의 문화와 전통, 역사가 나와 불가분의 관계를 맺고 있으며, 이런 삶의 선험적 조건이 나의 삶을 의미 있게 한다는 것이다. 자율성과 자기진실성의 이상이 삶을 내면으로부터 영위하고자 하는 점에서는 동일하나, 개인이 선에 독립적인가 아니면 선이 개인을 구성하는가라는 도덕존재론적 관점에서 차이가 발생한다고 볼 수 있다. 자유주의적 자아관은 개인을 선이나 목적을 자유롭게 선택하고 수정할 수 있는 도덕적 능력의 소유자로 전제하며, 자기진실성의 자아관은 가치나 선의 존재론적 그물망 속에 개인이 놓여 있음을 전제한다.

조식이 말하는 성(誠)과 경(敬)은 우리 삶의 가치가 외부와 관계없이 내면에서 생성해 내는 자율적 가치가 아니라 우리가 선택한 가치나 목적이 나를 둘러싼 타자나 세계 속의 의미로부터 나온다는 것이다. 이를 다른 말로 한다면 성과 경은 자기진실성의 관점을 통해 자아와 선의 밀접한 관계를 확인하고 선의 도덕적 원천에 다가가려는 노력이라고 볼 수 있다. 조선 성리학의 탐구주제가 리기(理氣)개념에 치우치고 인성론적 측면을 소홀히 했다면 조식은 성과 경을 통해 인성론과 수양론을 강조함으로써 우주론의 근거인 최고선과 자아의 일치를 시도했다고 볼 수 있다. 조식의 이러한 생각은 결국 가치 있는 삶의 모범을 우주론과 인성론의 조화에서 찾는 것이다. 필자가 보기에 이는 마음에 대한 성찰을 통해 도덕적 원천을 확인하고 이를 바탕으로 실천으로 나간다고 할 수 있다. 즉 자기 마음을 올바르게 하기 위해 마음을 밝게 하며 (敬) 이 밝아진 마음은 도덕적 선과 자신의 관련성을 알게 되고 반성과 비판을 통해 선에 충실, 성실, 진실하고자(誠) 하는 것이다. 이런 자기 진실성으로 드러나는 도덕적 지평의 확인은 '우리의 일상적 삶에서 구현되는 다양한 도덕적 서술들, 이를테면 도덕적 언어, 도덕적 신념과 가치관 등을 의미 있게 만

---

50 찰스 테일러, 권기돈/하주영 역, 『자아의 원천들』, 새물결출판사, 2015, p. 1025 참조.

들어주는 배경 또는 전제들을 구체화함으로써 우리 자신의 삶을 이해하고, 결국에는 우리 자신의 정체성을 확립해나가는 것을 의미한다.'[51] 결국 오늘날 개인이 불안하고 막연한 두려움을 가지는 것은 삶에 의미를 부여하는 도덕적 지평이 축소되거나 상실되고 있기에 자기의 정체성을 확립하는데 어려움을 겪고 있다는 뜻이다.

V. 자기진실성의 요청, 덕윤리와 조식의 실천사상

자율성의 이상은 '개인의 삶 전체를 규제해 줄 개인적 덕목과 성품의 이상이 무엇인지 또 인간의 삶 전반에 있어서 가치있는 것이 무엇인지에' 대해 말해주지 않는다.[52] 왜냐하면 이는 자율적 선택의 사항이기 때문이다. 이에 반해 자기진실성의 해명은 우리가 누구인지에 대한 해명을 통해 우리가 어떻게 살아야 할지를 알게 한다. 따라서 이런 자기진실성에 대한 해명은 조식이 적절히 지적하듯이 단지 삶의 방향성 제시에만 머물진 않는다. 왜냐하면 좋은 삶에 대한 해명, 즉 경(敬)을 통한 성(誠)의 제시는 직접적으로 좋은 삶을 살기 위한 동기로 작용하기 때문이다. 이것이 경(敬)과 더불어 의(義)가 강조되는 이유이다. 실천적 삶이 문제시되는 한 이는 바로 실천적 동기가 문제시될 수밖에 없다. 그러나 동기를 결단하는 우리 마음은 언제나 애욕에 휘말릴 수 있고, 주위 사물은 나의 욕망을 일으킨다. 따라서 자기진실성은 실천론에 의해 보완되어야 한다. 자기진실성을 해명한 조식에게도 가장 문제시되는 것은 실천의 문제일 수밖에 없고 따라서 조식은 구체적인 실천방법에 매진하게 된다. 많은 연구자들이 이미 지적하듯이 조식 사상의 가장 뚜렷한 고유성도 그

---

51 이연희, 「찰스 테일러의 관점에서 본 도덕행위자의 자아정체성」, 『윤리연구』 제102호, 2015, p. 101.
52 황경식, 『개방사회의 사회윤리』, 철학과 현실사, 1995, p. 277.

의 실천성에 있다고 할 수 있다.[53] 이황에게 보낸 편지에서 조식은 '요즘 공부하는 자들을 보건대, 손으로 물 뿌리고 비질하는 절도도 모르면서 입으로는 천리(天理)를 담론하여 헛된 이름이나 훔쳐서 남들을 속이려 하고 있다'고 말한다.[54] 이런 조식의 실천성을 필자는 의(義)의 측면과 실천적 체득의 두 측면에서 살펴보고자 한다.

의(義)는 내재적 의와 외재적 의로 구별될 수 있다. 이는 이미 서양 고대 플라톤과 아리스토텔레스에게서 정의(正義)를 분류하는 방식이기도 하다. 인간 내면에서 서로 충돌할 수 있는 감정과 이성의 조화를 의(義)로 볼 수 있고 사람 사이의 관계에서 공정함을 의(義)라 칭할 수도 있다. 이런 측면에서 볼 때 조식은 내재적 측면에서 엄격함을, 외재적 측면에서 신중함을 요구한다고 볼 수 있다. 왜냐하면 내재적 의의 측면에서 조식은 욕망이나 감정에서 발생할 수 있는 사사로운 욕구를 철저히 배격하는 것을 덕의 완전함이라 생각하기 때문이다. 이런 측면을 우리는 시에 대한 조식의 견해와 성성자라는 방울을 차고 다니며 스스로를 경각시킨 것 등에서 볼 수 있다.[55] 이는 사사로운

---

53 조식이 실천을 강조했다는 것은 이미 많은 학자들이 동일하게 지적하는 바이다. 대표적으로 『선조수정실록』에 소개된 조식의 학풍은 이런 실천적 성격을 강조한다. '식이 학문함은 마음에 얻는 것을 귀하게 여기고, 현실에 적용하고 실천함을 시급하게 여겼으며, 강론하고 따져 해석하는 말을 좋아하지 아니하여 일찍이 배우는 이들을 위해 경전이나 서적을 해설한 적이 없고, 다만 돌이켜 구하여 스스로 얻도록 했다.' (오이환, 『남명학의 새 연구 상』, 한국학술정보(주), 2012, p. 71).

54 남명 조식, 남명학연구소 역, 『남명집』, 한길사, 2001, p. 181.

55 '詩가 사람이 마음을 황폐하게 한다.'는 이유로 '詩荒戒'를 지니고 있었던 것도 이러한 견지에서 이해될 수 있다." (이상필, 『남명학파의 형성과 전개』, 와우출판사, 2005, pp. 84~85). 조식이 시나 예술에 대해 부정적 견해를 취했다면 이는 감정에 대한 부정적 입장에서 기인할 것이다. 물론 유학에서 심통성정(心統性情)의 의미는 마음이 성(性)과 정(情)을 통일하여 성과 정을 주재하고 통솔한다는 것이다. (전병철, 『남명의 심학』, 경상대학교 출판부, 2016, pp. 198~199). 그럼에도 불구하고 조식은 시대적 상황으로 인해 감정이 사욕에 흐를 수 있는 경향을 경계한다고 볼 수 있다. 정순우는 이런 조식의 욕망에 대한 엄격함이 객관세계에 대한 오해를 일으킬 수 있으며, 이것이 이황이 조식의 존양방식에 대해 거부하며 이단으로 해석한 이유라 말한다. (정순우, 「남명 조식의 공부론에 나타난 초월과 관여의 두 흐름」, 남명학연구원 엮음, 『남명사상의

욕구(人心)을 억누르고 도덕적인 것과 일치하려는 욕구(道心)를 따르는 인간상을 성인(聖人)이라는 모범적 인간상으로 제시하기 때문이다.

그러나 이런 사사로운 감정이나 사적인 욕구에 대한 철저한 부정은 오늘날 인간의 감정이 가치와 결합되어 도덕적 원천의 하나로 인정되며, 자본주의 사회에서 적절한 욕구 또한 필요함을 인정할 때 엄숙주의적(Rigorism) 요구라 볼 수 있다. 이런 점은 도덕적인 것을 이성적인 것으로 표현한 칸트가 도덕을 실천하기 위해 이성에 반하는 충동과 욕망을 철저히 억제하려는 엄숙함과 유사한 것이다. 칸트의 엄격함과 달리 이성과 감정의 조화를 통해 인간 품성의 탁월함을 추구한 덕윤리가 이런 점에서 현실성을 가진다면, 조식의 엄숙주의도 도덕적인 것의 우선성을 실천하려는 그 당시 그의 현실관을 반영한다고 할 수 있다. 왜냐하면 실천보다 이론을 중시하는 시대상황은 그로 하여금 좀 더 엄격한 실천적 생활에 대한 요구와 결합될 수 있기 때문이다.

외재적 측면에서의 수양은 '외단자의(外斷者義)'에서 볼 수 있다. 성(誠)과 경(敬)을 통해 자기진실성을 다했으면 이는 외적 측면, 즉 관계에서도 자연히 발현된다고 볼 수 있다. 왜냐하면 경(敬)을 통해 밝혀진 마음은 곧 자신의 선을 도덕적 지평 안에서 반성하고 검토하며(誠) 이를 통해 올바른 선과 목적들에 다가가려 노력하기 때문이다. 이때 우리에게 요구되는 것은 올바른 선과 목적을 가려 이 선과 목적을 실천하는 과정이다. 이런 의미에서 우리는 의(義)를 일반적으로 올바름이라 생각한다. 아리스토텔레스가 정의를 하나의 덕으로 간주하고 그 의미를 관계에서의 올바름이라고 한 이유도 여기 있을 것이다. 경을 통해 마음을 밝혀 마음이 선과 목적들과 관련 있음을 알고 사리사욕을 억제해 참된 선과 목적을 의를 통해 가려 실천하는 것이다. 경(敬)이 내면에 관계된다면 의(義)는 행위와 관계되는 것으로 시시비비를 가려 선에 맞는 올

재조명』, 예문서원, 2006, pp. 152-153).

바른 행동을 하고자 하는 것이 의이다. 그렇다면 시시비비의 기준은 어디에 있는가? 이는 다시 경을 통해 우리가 알게 되는 천리이다. 그리고 경과 성을 통해 이 천리가 우리를 구성함을 알게 된다. 따라서 의는 경을 전제하고 경은 의를 통해 실현된다는 의미에서 경의협지(敬義俠持)가 주장되며, 사욕으로부터 발생한 이기적 행동은 경하지 못해 의를 실천하지 못하는 행동이라 할 수 있다.[56]

안다하더라도 행하지 않으면 득(得)이 아니기에 품성의 탁월함을 중시하는 덕윤리도 체득을 중요시하게 된다. 아리스토텔레스가 플라톤과 달리 실천학의 목표, 예를 들어 의학의 목표는 건강함을 아는 것이 아니라 건강하게 되는 것이라 말한 이유가 여기에 있다.[57] 이는 습관과 실천을 통해 덕을 쌓는 것이 좋은 삶의 조건임을 인식하기 때문이다. 의(義)가 하나의 덕으로 인정될 때 덕은 체화되어야 하므로 이런 의의 발휘를 위해 조식이 체득을 중요시한 점은 덕윤리와 아주 유사하다고 할 수 있다. 조식 또한 "도회지의 큰 시장바닥에 노닐면, 금, 은과 진귀한 노래가가 없는 것이 없다. 온종일 거리를 오르락내리락하며 그 값을 말해 보았자 끝내 자기 집 물건은 아닌 것이니, 차라리 내

---

56 의(義)가 경(敬)에 보조적 역할을 수행하는가 아니면 대등한 역할을 수행하는가라는 논쟁이 있을 수 있다. 그러나 자기진실성의 관점에서 볼 때 경(敬)은 의(義)를 필수적으로 요청할 수밖에 없기에 경(敬)과 의(義)를 통일적으로 파악할 수 있다. 이를 경의협지(敬義俠持)라 한다. (사재명, 「조선중기 남명의 교육이론계승: 인간 본성의 회복 강조」, 『남명학연구논총』 제십일집, p. 275과 채휘균, 「南冥의 工夫 槪念에 對한 硏究」, 『동아인문학』 제5집, 2004, pp. 358-360 참조). 이런 의미에서 김충렬은 「신명사도명(神明舍圖銘)」을 해석하여, '안으로는 자기 속에서 일어나는 사욕과 싸워 이겨야 하고 밖으로는 감각기관인 耳, 目, 口를 통해 들어오는 세상만물의 유혹과 자극으로부터 유발하는 죄악을 물리쳐야 하는 것이다. 그렇게 함으로써 공동의 이상인 지극한 선에 이를 수 있다. 여기서 가장 중요한 것은 그러한 자아(太一眞君)를 만들고 지키는 공부이다. 이 공부의 요체가 경이요, 그를 밖으로 발해서 더불어 사는 모든 것과의 관계를 원만히 하고 모든 일의 처리를 합당하게 하는 것이 의이다.'고 해석한다. (김충렬, 『남명 조식의 학문과 선비정신』, 예문서원, 2008, pp. 335-337).

57 아리스토텔레스, 최명관 역, 『니코마코스윤리학』, 서광사, 1984, p. 41, (1097a).

베 한필로 생선 한 마리를 사 오는 것만 못하다. 지금의 공부하는 이들이 성리를 높이 말하되 자기에게 얻는 것이 없음이 이와 무엇이 다른가?"라고 말하며, 자득의 중요성을 강조하였다.[58]

『학기유편』「박문약례도」에서 조식은 앎을 이루는 것(博文)과 힘써 행하는 것(約禮)이 함께 되어야 하며, 그 방법으로 학(學)과 함께 습(習)이 될 때, 진정한 극기복례가 될 수 있다고 말한다.[59] 성품의 탁월함(聖人)을 위해 인간은 동물적 요소, 즉 자신의 사사로운 욕망을 이겨내고 진정한 본성을 찾도록 노력해야 한다. 이는 '가아와 진아의 치열한 싸움, 인욕人欲과 천리天理의 치열한 싸움'을 통해 진정한 자아를 찾는 과정이다.[60] 조식이 「신명사도」에서 마음을 성곽으로 둘러싸고 사욕에서 발행하는 것으로부터 마음을 지키는 과정을 전쟁으로 표현한 것은 우리가 좋은 삶을 위해 끊임없이 노력하고 실천해야 함을 의미한다. 조식의 '시살적 존양성찰(厮殺的 存養省察)'이나 「욕천(浴川)」이라는 시에서 표현한 것은 바로 이러한 사욕을 끊기 위한 다짐을 말한다고 할 수 있다.[61]

자기진실성이 자아와 도덕적 지평과의 연관을 밝히고 자아의 정체성을 해명했다면 이런 정체성에 대한 앎은 당연히 자기실현의 길로 이어지게 된다. 즉 자기정체성에 대한 앎은 실천적 삶을 요구하게 된다. 왜냐하면 윤리적 과제인 좋은 삶은 실천을 통해 완성되기 때문이다. 그렇다면 이런 실천이야말로 우리에게 주어진 도덕적 지평이라는 선험적 조건에서 자기 정체성을 확인

---

58 정인홍 찬 「행장」, 오이환, 『남명학의 새 연구 상』, 한국학술정보(주), 2012, p. 76.
59 조식 엮음, 남명학연구소 역주, 『사람의 길 배움의 길, 학기유편』, 한길사, 2003, pp. 203-204.
60 김충열, 『남명 조식의 학문과 선비정신』, 예문서원, 2008, pp. 203-204.
61 이상필은 조식의 「신명사명」에 나오는 구절을 인용해 「신명사도명」에 나타난 경(敬)과 성신(誠身)을 위한 실천방법을 시살적 존양성찰(厮殺的 存養省察)로 표현한다. (이상필, 『남명학파의 형성과 전개』, 와우출판사, 2005, pp. 43-45).

하고 자아실현의 길을 가는 것이다. 따라서 도덕적 삶을 지향하는 조식에게 성인(聖人)은 참된 인간에 대한 열망으로서 거짓 없고 진실한 인간을 상징하며, 참된 자아의 실현을 의미하게 된다.[62] 따라서 이런 자아실현의 길을 위해 성, 경, 의가 가장 중요한 가치로 드러날 수밖에 없으며, 이를 담고 실천하는 자기 마음이 중요하게 된다. 따라서 자기진실성의 관점에서 조식의 철학을 이해할 때 조식이 강조한 성-경-의의 관점이 분명히 드러나며 그의 실천적 철학의 고유성이 나타난다고 할 수 있다.[63] 이런 해명을 통해 우리가 어떻게 행동하며, 살아야 할지를 알려주는 것이 조식의 실천이다.

VI. 결론 : 조식 철학의 현실성

현대가 탈형이상학적 시대이며 다원주의 사회라는 것은 부인할 수 없는 사실이다. 그리고 이런 현대 사회의 특징은 특정한 좋은 삶의 방식을 다른 것보다 우위의 것으로 정당화하는 것이 옳지 못하다는 것을 함축한다. 모든 사람에게는 자아실현의 동등한 권리가 보장되어야 하며, '좋은 삶의 무게 중심을 보다 더 높은 영역에서가 아니라 이른바 일상생활에 두는 것을' 바람직한 것으로 여기게 한다.[64] 이는 우리가 추구하는 선들이 양적으로뿐만 아니라 질적으로도 예전보다 훨씬 더 다양해짐을 의미한다. 그러나 우리는 주어진 현실을 그대로 받아들이는 것이 아니라 보다 높은 삶의 이상이나 목표를 위해 '요구되는 보다 더 폭넓은 질서의 한 부분으로 자신을 바라볼 필요도 여전히

---

62 윤사순, 『유학의 현대적 가용성 탐구』, 나남출판, 2006, p. 194.
63 손영식 또한 조식이 경건함-의로움(敬-義) 혹은 성실함-경건함(誠-敬)의 수양론을 제시한 점에서 기존의 성리학과 차이가 있다고 말한다. (손영식, 「남명 조식의 주체성 확립 이론과 사림의 정신(I), (II)」, 예문동양사상연구원/오이환 편저, 『한국의 사상가 10人 남명 조식』, 예문서원, 2002).
64 찰스 테일러, 송영배 역, 『불안한 현대 사회』, 2015, p. 64.

있다.[65] 삶에 대해 진지하게 고민한다면 더 가치 있는 삶, 더 좋은 삶에 대한 물음과 대답은 인간에게 본질적이다. 오늘날 정체성의 위기나 도덕적 위기라 불리는 수많은 현상들은 도덕적 지평에 놓인 자아가 자신의 선 또는 가치들과의 관련성을 배격하고 자신의 위치와 방향을 잃어버리고 있기 때문이다.

오늘날 우리 현대인이 처한 이런 현실을 매킨타이어는 『덕의 상실』 첫 장에서 다음과 같이 묘사한다.

자연과학이 대재난의 결과로 말미암아 고통을 당한다고 상상해 보자. 일반 대중들은 일련의 환경재해들이 자연과학자들의 책임이라고 비난한다. 광범위한 폭동이 일어나고, 실험실들은 불타고, 과학자들은 구타를 당하고, 책과 기구들은 파괴된다. … 한참 지난 후에 이 파괴적 운동에 대한 반동적 움직임이 일어나, 계몽된 사람들은 비록 과학이 어떤 것이었는지를 대부분 잊었지만 과학을 부활시키려 한다. 그렇지만 그들이 가지고 있는 것은 단편들뿐이다. 실험들에 의미를 부여하는 이론적 콘텍스트에 대한 지식으로부터 유리된 몇몇 실험들에 대한 지식, 그들이 소유하거나 또는 실험한 다른 이론의 편린들과 전혀 관계지을 수 없는 이론의 조각들, … 논문 중에 남아 있는 낱장들, 찢겨지고 까맣게 타버려 완전하게 읽을 수 없는 것들이다. 그럼에도 불구하고 이 모든 단편들은 물리학, 화학, 생물학이라는 부활된 이름으로 분류되는 일련의 실천체계로 다시 구현된다. 성인들은 비록 지극히 단편적인 지식만을 보유하고 있지만 상대성 이론, 진화론, 연소이론이 가지는 각각의 장점에 관해 서로 토론한다. 아이들은 원소주기표의 남아 있는 부분을 암기하고, 유클리드 기하학의 일반원리가 부활한 듯, 이를 낭송한다. 아무도, 거의 아무도 그들이 행하는 것이 진정한 의미에서의 자연과학이 아니라는 점을 인식하지 못한다. 왜냐하면 그들이 말하고 행하는 모든 것이 일관성과 정합성의 기준에 일치하기는 하지만 그들이 행하는 것을 이해하는 데 필요한 콘텍스트들이 상실되고, 아마

---

65 찰스 테일러, ibid, p. 117 참조.

돌이킬 수 없을 정도로 사라졌기 때문이다.[66]

매킨타이어가 이런 사고실험을 통해 말하고자 하는 것은 우리의 실제적 도덕언어도 가상 세계에서의 자연과학의 언어처럼 무질서에 처해 있다는 것이다.[67] 왜냐하면 도덕의 언어도 콘텍스트가 결여된 채 전통과의 단절을 통해 자신의 의미원천을 잃어버렸기 때문이다. 이때 도덕은 이익추구에서 발생하는 상호대립의 문제를 해결하거나 현재에 유용한 단편적 처방으로서의 역할에 머물게 된다. 단순히 자신의 욕구나 관심을 해석하고 이에 따라 행동하고자 하는 사람에게 도덕의 선험적 지평이나 객관적 기준은 먼 이야기이다. 더 가치 있는 삶이나 더 높은 목적을 추구하는 도덕적 이상이 더 이상 의미가 없을 때 개인들은 자신의 정서에 따라 판단하고 결정한다. 매킨타이어에 따르면 현대 윤리학의 위기로 진단되는, 도덕적 논쟁의 해결 불가능성의 이유가 바로 여기에 있다. '정감적 자아'는 자신의 기분에 따라 윤리적 문제를 해석하고 도덕적 불일치의 문제는 심화되며 개인들은 파편화된다.[68] 여기서 도덕적 이상은 나올 수 없다. 왜냐하면 도덕적 이상은 인간의 역할과 그 역할에 대한 공동체의 합의에 의존하기 때문이다. 그리고 이런 합의나 공동선은 바로 역사적 공동체가 전통과 문화를 통해 형성해온 '좋은 삶이 무엇인가'에 대한 일련의 대답들로 구성된다.

서양에서 자율성에 대한 이상이 전통과의 단절을 수행했다면 한국에서는 외세에 의한 전통의 단절이 큰 비극으로 다가온다. 덕과 좋은 삶의 표준이 역사적 공동체의 전통과 문화를 통해 형성된다면 서양이든 동양이든 전통의

---

66 알래스데어 매킨타이어, 이진우 역, 『덕의 상실』, 문예출판사, 1997, pp. 17-18.
67 알래스데어 매킨타이어, ibid, p. 19 참조.
68 송영배, 「현대 사회의 불안 요인과 유적 윤리관의 의미」, 찰스 테일러, 송영배 역, 『불안한 현대 사회』, 2015, pp. 162-163.

단절은 도덕적 이상이나 좋은 삶이 무언지에 대한 물음에 답하기 어렵게 만든다. 특히 자본주의와 계몽주의로 인한 도구적 삶의 형식은 도덕적 이상을 추구하는데 부정적 결과를 낳을 수 있다. 예컨대 '더 이상 영웅주의나 존경받을 덕목 또는 삶의 보다 고상한 목적이나 죽음을 무릅쓸 가치가 있는 것들이 존재할 여지가 없다는 것이다. 왜냐하면 도구적 삶의 양식은 전통적 공동체들을 해체하거나 자연을 덜 도구적으로 대하는 이전의 생활양식을 몰아냄으로써 과거에 삶의 의미가 번성할 수 있던 기반을 파괴했기 때문이다.'69

이런 시기에 우리가 지향해야 할 것이 니체가 말하는 초인일까? 니체는 끊임없는 내적 갈등과 고뇌를 통해 새로운 가치를 지속적으로 창조해 나가는 '초인'의 이상을 현대 사회에 모범적인 '주체적 인간상'으로 제시하고 있다.70 그러나 전통과 문화의 가치를 부정하고 새로운 가치를 만드는 것은 자신의 존재기반을 부정하는 것이다. 우리는 도덕적 공간 내에서 우리의 삶을 영위할 수밖에 없다. 반성은 이 공간 내에서 이루어지며 이것이 쌓여 패러다임이 변하게 된다. 자기진실성은 우리의 정체성에 대한 해명을 통해 이런 작업을 수행하는 과정이다. 따라서 우리는 '공동체적 삶이 제공하는 의미의 지평, 즉 우리 각자의 삶에 의미와 가치를 부여하는 데에 있어서 중요한 것과 중요하지 않은 것을 구분하게 해 주는 배경적 규준으로서의 개념틀'71을 정체성을 형성하는 객관적 지평으로 인식한다. 이런 과정에서 자기진실성은 매킨타이어가 현대 윤리의 위기로 진단한 도덕적 상대주의나 주관주의를 극복할 힘을 얻게 된다. 따라서 자기진실성의 관점에 설 때 우리는 도덕적 전통을 회복함으로써 도덕언어의 무질서를 극복할 수 있다.

---

69 찰스 테일러, 권기돈/하주영 역, 『자아의 원천들』, 새물결출판사, 2015, pp. 1010-1011 참조.
70 찰스 테일러, 송영배 역, 『불안한 현대 사회』, p. 12 옮긴이 주2 참조.
71 송슬가/곽덕주, 「실존적·윤리적 자아정체성 교육: 찰스 테일러의 자기진실성 개념을 중심으로」, 『교육철학연구』 제38권 제1호, 2016, pp. 61-62.

그러나 물론 자기진실성을 통해 자아에 충실하며 동시에 도덕적 지평을 존중하더라도 이를 무비판적으로 수용하는 것은 기존의 질서를 고착화시켜 비판과 반성의 힘을 약화시킬 수 있다. 이런 점에서 때로 유학의 윤리 지향은 전통과 계급의 우선성으로 인해 개인에게 강제와 억압으로 다가올 수 있다. 그러나 자기진실성을 요구하는 도덕적 이상은 내면과 도덕적 지평과의 관계를 항상 문제시하고 상호비판과 반성을 함축하기에 개인과 사회를 해방시키는 규범적 힘을 내포할 수 있다. 예를 들어, 조식이 백성을 돌보지 않는 왕을 비판했다거나 출처에 있어 기존 학자들을 비판한 점은 자기진실성의 해방적 힘을 알게 해 준다.[72] 이런 비판적 정신은 자기진실성으로부터 자연스럽게 나온다고 볼 수 있다. 왜냐하면 자기진실성은 의미의 원천으로서 자신을 둘러싼 사회와 전통, 문화, 세계의 의미를 궁리하고 이 속에서 자신의 삶의 방향을 정립하고 실천하는 것을 의미하기에 이 과정에 비판과 반성의 철학적 모색은 필수적이기 때문이다. 즉 나의 마음에 대한 해명은 도덕적 삶의 궁극적 근거에 대한 모색으로 이어지며 이런 철학적 모색은 주체와 도덕적 원천, 그리고 그 원천을 구성하는 상호주체 간의 비판적, 반성적 작업을 의미하게 된다. 이런 비판과 반성의 내재적 과정에서 좋은 삶을 위한 해방적 힘을 가지게 된다.

　물론 조식이 말하는 경을 통해 이루는 진실한 마음과 하늘의 성이 자기진

72　선조에게 보낸 편지와 이황에게 보낸 편지에서 우리는 이를 분명하게 확인할 수 있다. 그리고 그의 출처관에서도 우리는 이를 읽을 수 있다. 조식은 말하길 '자기와 엄광을 비교할 때 엄광은 세상을 잊은 사람이지만, 자기는 세상을 잊지 않고 있는 점이 크게 다르며, 지성들의 기능은 출사해서 왕권을 돕는 데만 있는 것이 아니라 대도에 입각해 현실을 비판하고 도를 후세에 전하는 것이 출사보다 더 크고 중요한 기능이다.' (김충열, 『남명 조식의 학문과 선비정신』, 예문서원, 2008, p. 64). 논자가 보기에 이런 출처관은 자기진실성의 시각에서도 파악될 수 있다. 즉 자기를 바로 봄으로써 조식은 자아와 도덕적 지평의 관련성을 알게 되고, 이 도덕적 지평을 근거로 기존 세상의 가치를 비판할 힘을 얻을 수 있는 것이다.

실성의 이상이 가리키는 자기정체성과 도덕적 원천에 대한 해명이 아닐 수 있다. 그러나 세계의 형이상학적 근본원인이나 세계의 구조를 설명하기 보다는 내면으로의 전환을 통해 마음을 밝히고 도덕적 삶을 실천하고자 한 조식 철학의 고유성은 테일러가 회복하고자 했던 서양 근대의 또 다른 흐름인 자기진실성의 이상과 어느 정도 맞닿아 있다는 것을 부정할 수는 없다. 즉 유학에서 조식의 인성론과 수양론이 차지하는 위치는 내면에 대한 충실을 통해 자아와 선들의 관계를 밝히는 도덕 존재론이라고 할 수 있다. 따라서 이런 요구는 경과 성의 윤리적 행동을 요구하게 되며 이는 자기정체성에 대한 해명과 자기실현의 길을 가기 위한 조건이 될 수 있다.

이를 통해 우리가 확인한 것은 첫째, 자기진실성의 이상과 조식 철학이 가지는 형식적 구조의 유사성이다. 자기진실성의 이상이 말하는 것은 내가 도덕적 지평 속의 자아라는 것, 곧 도덕적 존재라는 것이며, 이런 도덕적 존재는 자아가 공동체의 선과 가치와 불가분의 관계를 맺고 있다는 사실에서 드러난다. 조식 철학의 목표도 경을 통해 내면을 응시하고 자기 본성의 도덕적 원천에 대한 해명을 통해 우리 삶의 방향을 제시하는 것이다. 나의 자아실현이 사회적 선과 가치에 대한 선택이라면, 이런 선과 가치에 대한 이해 없이는 나를 이해할 수 있는 길은 없다. 따라서 우리는 자기진실성의 규범을 통해 나와 세계를 이해할 수 있으며, 이런 해명을 통해 나의 삶을 도덕적이게 할 수 있다. 조식 철학의 고유성도 이런 자기진실성의 구조에 의해 명확해질 수 있으며, 조식이 경과 성을 통해 해명하고자 하는 것도 바로 이것이다.

둘째, 자기진실성의 내용적 측면에서 조식 철학의 목표는 '자기에게 진실하라!'는 도덕적 규범을 정립하는 것이라 할 수 있다. 그리고 이 도덕적 규범의 정당성은 하늘의 이치라는 보편적 정당화를 통해 가능하게 된다. 따라서 하늘의 이치는 우리의 행동과 삶을 방향지우는 도덕적 원천으로 기능한다.

그리고 이런 도덕적 원천은 어떤 삶의 방식이 더 좋은지에 대한 응답들로 구성되어 있다. 그렇다면 오늘날 한국인들의 가치가 혼란스러우며 마음이 불안한 것은 이런 응답들이 혼란스럽다는 증거이다. 이런 혼란 속에서 개인이 자신 안에서만 도덕의 원천을 찾을 때 나르시시즘은 피할 수 없는 결론이다. 조식은 자기진실성의 규범을 통해 우리의 의미원천을 확인하고 가치 있는 삶을 추구하도록 한다.

셋째, 오늘날 도덕위기와 도덕적 불일치의 문제는 의미 있는 삶, 가치 있는 삶에 대한 물음이 고갈되었다는 증거이다. 그리고 이는 우리가 전통과 단절됨으로써 가치 있는 삶에 대한 모범적 인간상을 잃어버렸다는 의미이다. 물론 오늘날 자유주의 사회에서 어떤 집단이나 인간 일반의 역할이 무엇이며 모범적 인간상이 무엇인지에 대한 공동의 합의는 어려운 실정이다. 그러나 만약 삶의 의미를 찾고 도덕적으로 가치 있는 삶을 추구한다면 의미원천 또는 도덕적 원천에 대한 해명은 필수적이며, 이에 따른 도덕적 모범상 또한 요청된다고 할 수 있다. 이런 점에서 조식의 철학은 자기진실성의 관점을 회복해 도덕적 모범상을 정립하려는 하나의 역사적 기획으로 볼 수 있다. 따라서 우리를 둘러싼 도덕적 지평과 정체성과의 관계를 강조하는 자기진실성의 도덕적 기획은 조식 철학의 전통을 회복함으로써 도덕적 이상을 세우는데 기여할 수 있다.

08

광서 박진영의 삶,
그리고 기억

강정화

Ⅰ. 들어가는 말

광서(匡西) 박진영(朴震英, 1569-1641)[1]은 조선 역사상 가장 혼란기라 할 16세기 후반과 17세기 전반에 생존했던 함안지역 지식인이다. 그의 생애를 대략 정리해 보면 다음과 같다.

20대 초반에 임진왜란이 발발하자 함안군수 유숭인(柳崇仁, ?-1592)과 함께 의병을 일으켜 큰 공을 세웠다. 이로 인해 3년 동안 일곱 차례나 조명(朝命)이

---

1   자는 실재(實哉), 시호는 무숙(武肅)이다. 선대는 본래 밀양 사람이었는데, 후대에 함안으로 이사하여 세거하였다. 조선 중종 때 무안현감(務安縣監)을 지낸 박류(朴榴)가 그의 증조부이며, 한성부 우윤에 추증된 박종수(朴宗秀)가 조부이다. 부친은 형조판서에 추증된 박오(朴旿)이며, 어머니는 재령이씨로 병조참판에 추증된 이경성(李景成)의 딸이다. 박진영은 19세 때 1587년 함안군수로 부임한 한강(寒岡) 정구(鄭逑, 1543-1620)에게 나아가 수학하였다.

내려왔으며, 선무원종고신(宣武原從功臣)에 책봉되었다. 1613년(광해군 5) 경흥도 호부사로 있을 때 인접한 지역의 오랑캐가 자주 반란을 일으켜 포로로 잡아간 조선인이 많았는데, 자신의 월봉까지 보태 이들을 소환하였다. 순천군수로 있던 1619년은 명청(明淸)의 교체가 이루어지던 시기로, 조선으로 몰려드는 중국인들을 내국인과 똑같이 구휼하여 명나라 조정으로부터 표창을 받았다. 황해도 방어사로 재직하던 1624년(인조 2) 이괄(李适)의 난이 일어나자, 도원수 장만(張晩, 1566-1629)을 도와 난을 평정하는데 결정적 역할을 하였다. 이후 논공행상에서 한 품계만 승차하고 공신에 책봉되지 않았으나, 공로에 대해선 입에 올리지 않고 함안의 광려산(匡廬山) 아래에 물러나 독서와 강학으로 일관하였다. 병자호란(1636) 때는 일흔에 가까운 노구에도 불구하고 근왕(勤王)하고자 남한산성으로 가던 중 화의가 성립되었다는 소식을 듣고 되돌아갔다. 향년 73세이다.

이렇듯 그의 생애는 전란기의 국난과 함께 했다고 해도 과언이 아니다. 그의 7세손 만성(晩醒) 박치복(朴致馥, 1824-1894)은, 조선이 겪은 가장 큰 난리 네 가지를 '임진왜란 · 이괄의 반란 · 인목대비 서궁유폐 · 병자호란'이라 거론하고는, 박진영이 이 모두를 겪으면서 공을 세웠다고 역설하였다.[2] 간송(澗松) 조임도(趙任道, 1585-1664)가 쓴 행장이나 미수(眉叟) 허목(許穆, 1595-1682)의 묘갈 등에서도 전란기의 활약상이 압도적으로 많은 분량을 차지하고 있다. 상하 1책의 『광서집』[3]은 한시 22수와 편지글 19통을 제외하면[4] 모두 부록문자로 이

---

2 朴致馥, 『晩醒集』 권12, 「跋先祖武肅公文集」. "我朝有四大厄難 曰島夷之搶也 曰逆适之滔天也 戊午西宮之幽辱也 丙子城下之孤注也 世之以勳勞節義名者 咸於其一 至於再而三而四 則蓋未之或觀焉 我先祖武肅公 生於世七十一年 適丁是會 協贊中興 扶植倫紀 旗鼎竹帛在在生輝 天之以多難啓我邦 而以公相終始者 其亦有數關於其間也"
3 박진영과 관련한 선행연구로는 2011년 본고가 최초이고, 2014년 문중이 주관하여 박진영의 임란 활동을 중심으로 한 『무숙공 박진영-그 애국의 생애를 기리다』를 출간하였다. 『광서집』은 출간 연도가 자세치 않다. 박치복이 쓴 발문에 의하면, "이제 다행히 은혜를 입어 삼학사와

루어져 있는데, 그 내용의 9할이 전란기의 활약상을 수록하고 있다. 게다가 전란기의 그의 활약은 수백 년이 흐른 이후까지도 역사 속에 고스란히 기억되어, 1871년(고종 8) '무숙(武肅)'이란 시호가 내려지고, 1880년(고종 17)에는 삼학사(三學士)와 함께 삼황대보단(三皇大報壇)에 배향되기에 이른다. 이는 박진영의 삶을 특징짓는 중요한 요소라 하겠다.

따라서 본고에서는 박진영이 보여준 전란기 지식인으로서의 모습을 확인하고, 그러한 삶이 함안을 비롯한 강우지역의 후인에게 어떤 모습으로 인식되었는가를 살펴보고자 한다. 특히 경상우도 지역을 중심으로 후대에 형성되는 박진영에 대한 인식 연구는, 전란기 지식인의 다양한 삶의 모습을 발굴하는 동시에 지방사 측면의 인물 연구를 촉진하는 계기가 될 것으로 생각된다.

박진영에 대한 당대인의 기록으로는 행장과 묘갈명을, 후대의 기록으로는 정조 때 제작된 『존주휘편(尊周彙編)』과 19세기 말-20세기 초 강우지역 문인의 기록을 주요 텍스트로 활용하였음을 밝혀 둔다.

함께 운병향안(雲軿香案)의 사이에서 삼황을 모시게 되었다"고 한 기록을 통해, 대보단에 배향된 1880년 이후 이를 기념하여 문집이 간행되었을 것으로 짐작할 수 있다. 『광서집』에 수록된 박진영의 직접적 기록으로는 한시 22수와 편지 19통이 전한다. 김낙진(2008), 「광서집 해제」, 『남명학 관련 문집해제(Ⅱ)』, 경상대 남명학연구소, pp.208-213.

4 한시 22수 중 절반은 광려산으로 귀향한 이후의 작품이고, 절반은 전란 중 읊은 것들인데, 그 중에는 차운시의 원운과 만시를 포함한다. 서간문 19편 가운데 동향의 벗인 조임도에게 준 것이 10통이고, 광해군 시절 대북과 의견을 달리하여 해서(海西)로 귀양 가 있던 설학(雪壑) 이대기(李大期)를 위로하는 글이 1편, 이괄의 난 때 반란군에 체류되어 있던 선승(善承) 이윤서(李胤緒)에게 회유하여 보낸 글이 1편, 단성에 살던 이도(權濤)와 단성향교에 보내는 각 1통, 그리고 아들 박형룡(朴亨龍)에게 학문을 권하는 편지 5통이 전부이다. 이들 편지는 전체가 판각 17면을 차지할 정도로 짧은 글들이며, 조임도에게 보낸 것 또한 10년 가까운 지방으로 고생할 때 약제에 관한 논의나 책을 빌려 준 것에 대한 고마움을 표현하는 등 지극히 일상적인 내용이다. 따라서 직접적 작품인 한시나 편지를 통해 박진영의 학문과 사상을 살피는 것은 어려울 것으로 판단된다.

II. 전란기 사인(士人)의 삶, 시의(時宜)한 처세

박진영은 어려서 부친 박오(朴旿)의 연분으로 황암(篁嵒) 박제인(朴齊仁, 1536–1618), 수우당(守愚堂) 최영경(崔永慶, 1529–1590), 죽유(竹牖) 오운(吳澐, 1540–1617), 대소헌(大笑軒) 조종도(趙宗道, 1537–1597), 각재(覺齋) 하항(河沆, 1538–1590) 등 강우지역의 쟁쟁한 선생들을 가까이에서 모시며 의문 나는 점을 질정하는 등 학업에 열중하였다.[5]

학문은 진실로 멀지 않나니	問學諒非遠
무엇하러 다른 뜻을 찾으리	何須別義尋
충성하고 효도할 곳 만나면	當忠當孝地
그때마다 내 마음을 다할 뿐	隨遇盡吾心[6]

유가에서의 독서란 그 핵심인 충과 효를 익히고, 현실에서 이를 실행해야 할 상황이라면 그때마다 자신의 마음을 다하는 것, 그것이 진정한 학문이라 말하고 있다. 곧 개인적 영리나 목적을 위해서가 아니라 시의(時宜)에 최선을 다하는 학문자세를 일컫는다. 위 시는 박진영의 학문관을 엿볼 수 있는 유일한 시 작품일 뿐만 아니라, 이후 그가 일생에서 보여주었던 삶의 자세와도 긴밀히 연관되어 있어 주목해 볼 만하다.[7]

---

5 朴震英, 『匡西集』卷上「年譜」. 그의 부친 박오는 자가 태희(太曦)이고, 호가 동천(桐川)이다. 문장과 덕행으로 칭송을 받았으며, 수우당(守愚堂) 최영경(崔永慶)의 문하에 들어 존경을 받았다. 함안군수 권용중(權用中)이 그의 학덕과 인품을 흠모하여 조정에 천거하기도 하였다. 陳克敬, 『栢谷實記』권1, 「交遊列傳」참조.

6 朴震英, 『匡西集』卷上, 「讀書」.

7 독서를 강조하고, 특히 경(敬)을 위학(爲學)의 기초이자 성현이 전수한 심법(心法)임을 강조한 것은 아들 박형룡에게 보낸 편지에서도 확인할 수 있다. 朴震英, 『匡西集』卷上, 「答子亨龍」. "此敬字 不存乎心 敬是爲學之基 聖賢傳授心法 只是持守此一敬字而已 毫忽頃刻 敢有慢易之意乎 同僚之間 切勿戲狎 一向持敬 則誠信在其中 着念勿忘"

이처럼 '시의'를 중시한 삶의 자세는 그가 인생의 기로에서 보여준 선택을 통해 보다 분명하게 확인할 수 있다. 특히 20대 초반 발발한 임진란에서의 창의, 이괄의 반란을 평정한 후 광려산으로 은거한 삶, 그리고 병자호란 시 근왕을 위한 노력 등에서 두드러진다. 이를 중심으로 살펴본다.

조선시대 사인은 무엇보다 독서를 통해 출사하여 경세제민을 목표로 하는 부류이다. 박진영 또한 여느 사인과 마찬가지로 학업에 열성적인 인물이었으나, 국가의 존망이 달린 큰 국난을 당해서는 흔쾌히 발분하였다. 더구나 24세의 젊은 나이에 발발한 임진란에 백의로 창의하였는데, 이러한 행위는 바로 시의를 중시하는 삶의 자세가 발현된 것이라 할 수 있다.

① 이때 망우당(忘憂堂) 곽재우(郭再祐) 또한 창의하여 의령 경계에 주둔하고 있었다. 공이 의기가 있음을 알고 함께 도모할 것을 청하였는데, 그 말이 매우 간절하였다. 공이 말하기를 "강을 연해 있는 여러 고을은 모두 적의 침공을 먼저 받을 지역이고, 또한 유공(柳公)과 함께 죽기로 싸울 것을 약속하였으니, 이를 배반하는 것은 불가합니다."라고 하였다. 곽공이 말하기를 "그대의 말이 옳다"라고 하였다.[8]

② 진해에 주둔한 적이 장차 함안군의 경계를 침범하려 하였다. 공이 분연히 몸을 돌보지 않고 친히 화살과 돌을 무릅쓰고 적을 맞아 싸웠는데, 물리친 적이 매우 많았다. 승세를 타고서 북쪽으로 적을 좇아가 50리쯤에 이르자, 그제야 비로소 피가 흘러 발에까지 적시고 포탄이 오른쪽 옆구리를 뚫고 지나갔음을 깨달았다. 많은 사람들이 모두 놀라고 탄복하였다.[9]

8   朴震英, 『匡西集』卷上, 「行狀」. "時忘憂郭公再祐 亦倡義駐陣宜寧界 知公有義氣 請欲同事 言甚懇到 公曰沿江列邑 咸先受賊之地 且與柳公約爲死生 背之不可 郭公曰 君言 是矣"

9   朴震英, 『匡西集』卷上, 「行狀」. "鎭海留屯之賊 將犯郡境 公憤不顧身 親冒矢石迎戰 所擊殺甚衆 乘勝逐北 至五十里許 始覺血流濺足 果砲丸穿過右脅皮膚間矣 衆皆驚服"

③ 뼈를 깎아낸 관운장은 진정 남아로다 　　雲長刮骨是男兒
　　나 또한 탄환이 옆구리를 적중했네 　　　我亦中丸穿脅皮
　　충정만은 오히려 다치지 않았으니 　　　獨有忠肝猶不碎
　　이 몸이 죽더라도 기개는 달려가리 　　　此身雖死氣驅馳[10]

④ 갑오년(1594) 봄 장천(將薦)을 받았다. 이해 부친상을 당했다. 염장을
　마치자 기복(起復)하여 다시 도원수의 막하에 이르렀다. 일시에 기복한
　자들 중 따르지 않는 자가 없었다.[11]

　①은 24세 때 창의하여 함안군수 유숭인(柳崇仁)과 함께 항전하다가 곽재우
의 진영에 갔을 때의 일이다. 박진영의 의기를 본 곽재우가 진영에 붙들어
두려 했는데, 마침 전선에서 싸우던 유숭인의 군대가 패했다는 소식을 받게
된다. 전세가 불리하니 낙동강 동쪽인 함안이 위급해졌을 뿐만 아니라, 자신
의 목숨 또한 위급한 줄 알면서도 유숭인과의 약속을 지키기 위해 전선으로
나가고자 했던 것이다. ②는 전장에서 자신의 몸을 돌보지 않고 물러섬 없이
싸우는 박진영의 모습을 기록한 것이며, ③은 몸에 탄환을 맞았을 당시의 심
회를 읊은 작품이다. 관우(關羽)가 전투 중 팔에 화살을 맞았는데, 뼈를 깎아
내는 시술을 받으면서도 태연할 수 있었던 그 기개를 높이 칭송하고 있다.
박진영 또한 탄환을 맞아 몸은 다쳤으나 적과 싸워 국난을 이겨내려는 그 기
개만큼은 변함없음을 표출하고 있다.
　④는 상중임에도 국난에 즈음하여 진중으로 나아가는 박진영의 모습을 표
현하고 있다. 무엇보다 효를 중시하는 유자(儒者)이나 절체절명의 국난에 복귀
할 수밖에 없었던 박진영의 선택과, 이를 따르는 여러 기복인의 모습을 확인

10　朴震英, 『匡西集』 卷上, 「擊倭被傷」.

11　朴震英, 『匡西集』 卷上, 「行狀」. "甲午春 被將薦 是年遭桐川府君憂 殯葬畢 起復還赴
　　帥幕 一時起復之人無不從"

할 수 있다. 문인의 집안에서 학업에 열중하던 사인이 국란에 직면하여 전장에 설 수밖에 없었던 선택, 이는 전란기 지식인으로서 박진영이 선택할 수 있는 시의한 처세였고, 또한 그의 삶을 가늠하는 중요한 부분이라 할 수 있다.

56세 되던 1624년 이괄이 반란을 일으켰다. 주지하듯 이괄의 난은 초반 반란군의 형세가 월등히 우세하여 며칠 만에 개성을 지나 한양에 입성하였고, 조선시대에 일어난 내란 중 국왕 인조와 대신들을 충청도 공주로 피난가게 만든 초유의 사건이었다. 당시 해서도방어사에 재임 중이던 박진영은 도원수 장만이 주둔하던 평양으로 가서 그와 합류하였다. 파죽지세로 몰아붙이는 반란군에 관군은 아무 대책도 마련하지 못하였다. 그때 박진영이 평소 알고 지내던 이윤서(李胤緖, 1574~1624)가 반란군에 포로로 잡혀 있음을 알게 되었다. 이윤서의 노비를 통해 대의에 따라 반란군 내부의 동조인을 모아 협공해 줄 것을 청하는 편지를 전달케 하였다.[12] 이윤서는 박진영의 편지를 받고 반란군 내에 있던 별장 이순무(李舜懋)와 함께 동조하는 군사 3천여 명을 데리고 탈출하였으나, 관료인으로서 반란자를 처단하지 못한 일을 자책하여 자결하였다. 결국 이 일을 계기로 전세가 완전히 뒤바뀌어, 반란군은 한양을 버리고 도주하였고, 인조는 한양으로 돌아오게 되었다.[13]

그러나 난이 평정되고 논공행상에서 박진영은 그 전공을 제대로 인정받지 못하였다. 전세를 바꾸어 난을 평정하는데 결정적 역할을 하였음에도 한 품계만 승차하는 것으로 마무리되었던 것이다. 그럼에도 불구하고 박진영은 불평의 말을 전연 입에 담지 않고 향리인 광려산으로 돌아갔다.

---

12 朴震英, 『匡西集』 卷上, 「與李善承胤緖」.

13 이 일과 관련해서는 『대동야승(大東野乘)』 권31 「속잡록(續雜錄)」 인조 2년(天啓 4년, 1624) 조 및 『승정원일기』 같은 날짜에 상세히 수록되어 있다.

오를 평정함은 성주를 말미암고	平吳由聖主
채를 사로잡음은 공들의 덕이라	擒蔡賴群公
필마를 타고 향리로 돌아가서는	匹馬歸田里
큰 나무 아래서 바람 쐬며 쉬리	高眠大樹風
눈물을 흘리며 어가를 모시다가	雪涕扶鑾駕
지금에야 옛 도성으로 돌아왔네	如今返舊都
때는 평정되어 아무 일 없으니	時平無一事
신하 또한 강호에서 편히 쉬리	臣亦臥江湖[14]

이 시는 이괄의 난이 평정된 후 자신의 생각을 읊고는 고향으로 돌아가면서 지은 것이다. 후한(後漢)의 개국공신이자 명장인 풍이(馮異)는 광무제(光武帝)를 섬겨 많은 전공을 세웠으나, 사람됨이 겸양하여 논공행상을 행할 때는 늘 자신의 공로를 내세우지 않고 큰 나무 아래에서 쉬고 있었는데, 당시 사람들이 그를 대수장군(大樹將軍)이라 부르며 칭송하였다.[15] 첫 번째 시는 전공 논의에 개의치 않고 나라를 위해 헌신했던 풍이장군의 처세를 본받듯, 박진영 또한 논공행상의 결과에 연연하지 않고 향리로 돌아가는 처연한 모습을 보여주고 있다. 비록 군왕이 도성을 버리는 급박한 상황을 당했으나, 이를 잘 평정하였으니 도리어 신하로서 자신의 임무를 다한 것에 안도하는 모습을 두 번째 시에서 볼 수 있다.

이렇게 물러난 박진영은 이후 세상을 떠날 때까지 출사하지 않았다. 논공행상으로 피폐해진 시류에 휩쓸리지 않고 퇴처한 박진영의 처세와 삶에 대해 동향의 조임도는 다음과 같이 읊었다.

---

14 朴震英, 『匡西集』卷上, 「甲子春 适亂平 詠志歸鄕二首」.
15 范曄, 『後漢書』 권17, 「馮異列傳」.

공적 이루고 기꺼이 물러남은 들은 적 없건만　功成恬退未曾聞
공이 홀로 초연하게 무리 중에서 빼어났도다　公乃超然獨出群
십칠 년 동안 온갖 영예와 치욕 잊고 사셨네　十七年間忘寵辱
변방을 돌아보니 비린내가 진동을 하는구나　回看楡塞漲腥氛[16]

　　내란을 수습한 혁혁한 공적이 있음에도 당시의 분분한 논의에 연연하지 않
고 담담히 물러난 박진영의 처세를 칭송하고 있다. 결구에서 보듯 여전히 비
린내가 진동하는 시정(時政)과 대비시켜 박진영의 처연한 삶의 처세를 더욱 높
이 평가하고 있다. 박진영은 퇴처의 삶에 대해 아래와 같이 읊고 있다.

스승의 문하에서 배울 때 내 들었나니　摳衣師席我曾聞
시종 강관의 무리 같을까 부끄러웠다네　終始羞同絳灌群
이십년 만에 돌아왔으니 무엇을 즐길까　卄載歸來何所樂
방 안 가득한 책은 티끌 없이 깨끗하네　圖書一室淨無氛[17]

　　'강관(絳灌)'은 한(漢)나라 개국공신인 강후(絳侯) 주발(周勃)과 영음후(潁陰侯) 관
영(灌嬰)을 가리킨다. 가의(賈誼)가 20세 때 문제(文帝)의 부름을 받고 조정에 들
어와 1년도 안 되어 예악(禮樂)에 입각한 문치정책을 건의하여 높은 지위에 이
르자, 주발과 관영 등이 시기하여 그를 쫓아내었다.[18] 박진영은 논공행상의
결과 그 시비고하를 두고 벌어질 어지러운 정치를 예견했던 것인가. 그의 퇴

16　『광서집』 권1에는 아래 시 「答趙澗松寄匡廬別墅」의 원운으로 수록되어 있다. 그러나 조임도의
　　『간송집(澗松集)』에는 박진영의 부음 소식을 듣고 지은 것으로 되어 있다. 셋째 구의 '十七年間'
　　을 중심으로 살펴보면, 이괄의 난이 1624년에 발생했고, 이해 광려산으로 은거하여 1641년에
　　세상을 떠났으니, 곧 17년간이다. 이 시는 박진영이 세상을 떠나자 그의 삶을 조망하며 지은
　　것으로 생각된다. 趙任道, 『澗松集』 續集 권1, 「聞朴平山訃」 참조.
17　朴震英, 『匡西集』 卷上, 「答趙澗松寄匡廬別墅」.
18　司馬遷, 『史記』 권102, 「張釋之馮唐列傳」.

처는 그런 혼탁한 시류에 끼이는 것도, 스스로 그런 사람으로 평가되기를 원치 않았던 신념의 결정이었던 것이다. 이 또한 그가 선택할 수 있는 시의한 삶의 자세였음을 확인할 수 있다.

위 시의 결구에서도 확인되듯 광려재(匡廬齋)로 돌아온 박진영의 이후의 실제 삶은 거문고와 독서로 일관하였다.[19] 그는 광려재에서 늦었지만 이제껏 못다 한 학업에의 열정을 불태운다. "쇠절구공이 만든 고인에 뜻을 두고서/ 책 상자 짊어지고 이곳에 올랐네/ 촌음을 아껴서 열심히 노력하리/ 남들보다 백 배나 더 노력하리"[20]라고 읊은 시에서 보듯, 비록 노년에 퇴처하였으나, 쇳덩이를 갈아 절구 공이를 만들던 그 노력으로 끊임없이 공부할 것을 다짐하고 있다. 그것도 모자라 남들이 한 번 노력하면 자신은 그보다 백 번 더 노력할 것을 다짐하고 있다.[21]

박진영은 이렇듯 문사이면서도 전세에는 국가를 위해 기꺼이 전선에 나서고, 난세에는 물러나 독서를 통해 무욕의 삶을 살았다. 그가 처한 상황이 어떠하고 그 순간 어떤 삶의 자세를 추구하든 대의와 순리를 따르는 처세였음을 알 수 있다. 이는 그의 노년에 발발한 병자호란에서도 여실히 드러난다.

> 왜구와 이괄을 섬멸하고 이내 몸 살아남아 　　殲倭殪适此身存
> 조금도 그 은혜 보답하지 못해 한스러웠네 　　尙恨涓埃未報恩
> 오늘 저 청성은 어찌 저리도 치욕스러운가 　　今日靑城何等辱

---

19 박진영은 거문고에 조예가 깊었던 듯하다. 행장이나 묘갈뿐만 아니라, 조임도가 그의 거문고 연주를 듣고서 보내 온 시와 그 답시가 전한다. 朴震英, 『匡西集』卷上, 「趙澗松致遠任道 聽琴贈詩 謹步以謝」 참조.

20 朴震英, 『匡西集』卷上, 「匡廬齋」. "古人志鐵杵 負笈此攀登 努力分陰惜 一之我百能"

21 『中庸』20章. "有弗學 學之 弗能弗措也 有弗問 問之 弗知弗措也 有弗思 思之 弗得弗措 也 有弗辨 辨之 弗明弗措也 有弗行 行之 弗篤弗措也 人一能之 己百之 人十能之 己千之"

하늘 우러러 통곡하나 말이 없고자 하누나	顧天號慟欲無言[22]
남조에는 한 분의 시랑이 있으나	南朝一侍郎
우리나라엔 세 분의 학사 있다네	東國三學士
통곡하노니 내 분문이 늦어져서	痛我奔問遲
그대들과 함께 죽지 못했음이여	不與子同死
죽은 자는 해와 달처럼 빛나고	死者日月光
산 자는 개돼지처럼 치욕스럽네	生者犬豕辱
장하도다! 저 굳건한 장부들이	快哉彼丈夫
내 원하던 바를 먼저 얻었음이여	先得我所欲[23]

그는 68세에 병자호란이 일어나 남한산성이 포위되자, 아들 박형룡에게 사후를 부탁하고 결사항전을 위해 강화도로 떠났다.[24] 첫 번째 시는 남한산성에 도착하기도 전에 화의 소식을 듣고서 통곡하며 지은 것이며, 두 번째는 끝까지 화의를 반대하던 삼학사 윤집(尹集)·오달제(吳達濟)·홍익한(洪翼漢)이 청나라에 볼모로 잡혀갔다가 끝내 처형되었다는 소식을 듣고 지은 것이다.

박진영은 임진란에도 이괄의 난에도 참전하여 적을 모두 섬멸하였고, 이후 향리로 물러나 침잠한 삶을 살고 있지만 우국충정의 마음만은 변함없었다. 조선에 이런 치욕을 안겨준 것뿐만 아니라, 칠순을 앞둔 노구이나 그 충정을 펼칠 기회조차 주지 않는 하늘을 향해 통곡하는 그 울분과 회한을 첫 번째

---

22 朴震英, 『匡西集』卷上, 「未至南漢 聞和事成 慟哭南歸二首」.

23 朴震英, 『匡西集』卷上, 「聞前校理尹公集·吳公達濟·洪公翼漢被害燕獄 痛哭有詩」.

24 朴震英, 『匡西集』卷上, 「寄子亨龍」. "近聞飛報 則南漢被圍已浹月 所謂講和 無異乞降 彼人終始靳持 靑城之辱 非久當有云 人臣到此生 且何爲吾計決矣 吾位至二品 年踰六旬 主辱臣死 古今通義 匹馬西赴 免胄肉薄 塗肝於漢原之草 棄骨於松坡之野 爲厲鬼殺賊 豈不快哉 人孰無死 得死爲榮 汝亦體父此心 勿過爲悲畫 聞的報後 以遺衣招魂 歸葬於先塋下 可也 累世承宗祀事甚重 汝須千萬愼旃 方今便道馳發胸血沸熱 萬不提一."

시에서 읽을 수 있다. 자신이 그토록 바라던 우국충정의 삶을 살다가 죽음을 맞이한 삼학사. 자신을 비롯한 살아남은 자들이 살아서 당할 치욕을 대비시켜 장렬하게 죽어간 삼학사의 의기를 더욱 격상시키고 있다.

요컨대 박진영은 일생 전란과 난세의 시기를 때로는 전장에 선 문인으로, 때로는 퇴처하여 자락하는 처사적 삶을 살았지만, 그러한 삶의 자세는 전란기 사인으로서의 시의한 선택이었다. 개인이나 가문의 영욕이 아니라 대의를 위한 선택이었기에 수백 년이 흐른 후에도 여전히 그의 삶은 충정의 표상으로 기억될 수 있었다. 이는 다음 장에서 자세히 살펴본다.

Ⅲ. 후인에 의한 기억, 숭명배청(崇明排淸)의 표상

1734년 함안에 세거하는 박씨종택의 서재에 화재가 발생하였다. 만 권의 책이 소실되고 『번천집(樊川集)』 한 책만 타다 남은 채로 있었는데, 그 책 속에서 패문(牌文)이 발견되었다. 바로 명나라 말기의 유격장군(遊擊將軍) 장괴(張魁)가 순천군수로 있던 박진영에게 보낸 것이었다.

『번천집』은 당나라 시인 두목(杜牧)의 시집인데, 박진영의 아들 박형룡이 두목의 사람됨을 좋아하여 늘 곁에 두었던 책이다. 본래 패문은 박진영을 포상하기 위해 순천관아에 보내졌으나 문중에서 보관해 왔고, 오랜 시간을 거치면서 그의 행적과 함께 잊혔는데, 이 화재로 인해 세상에 알려지게 되었던 것이다.[25]

1621년 청나라에 의해 명나라의 심양과 요양 땅이 함락되자, 많은 중국인들이 압록강변의 진강(鎭江)과 가도(椵島)로 피난하였고, 계속되는 전란과 굶주림으로 인해 조선으로 넘어오는 자가 많았다. 당시 명나라 조정에서는 요동

---

25 朴震英, 『匡西集』 卷下, 「皇明鎭江府牌」·「府牌事實竝跋」.

에 진강도독부(鎭江都督府)를 설치하고, 청나라 군대와의 전쟁에 필요한 군량과 물자를 전부 조선에서 제공할 것을 요구하였는데, 조선은 이들의 무리한 요구로 인해 곤경에 처해 있었다.

이때 박진영은 순천군수로 있으면서 군량 운반의 임무를 관할하였는데, 정성을 다해 그들의 요구에 현명하게 대응함으로써 시비를 불식시켰고, 또한 도망쳐 온 중국 난민 수만 명을 월봉까지 들여 진휼하였다. 이에 진강도독 손승종(孫承宗)이 조선 조정에 차문(咨文)을 보내 박진영에 대한 승진을 진언하였고, 유격장군 장괴는 순천군에 패문을 보내 박진영을 장려하였던 것이다.[26]

주지하듯 조선왕조는 개국부터 명나라에 대한 사대정책을 견지하였는데, 인조연간에 청나라가 명나라를 멸망시키자 이러한 대외정책의 기본골격이 흔들리게 되었다. 명·청의 교체는 화이론적(華夷論的) 관념에 젖어 있던 조선조 사인에게는 결코 일어날 수 없는 비정상적인 상태로 인식되었던 것이다. 이러한 인식은 효종연간에 북벌론적 사유로 전환되었고, 1644년 명의 마지막 황제인 의종(毅宗)의 죽음 이후로는 북벌론의 현실적 어려움을 자각하여 명나라에 대하여 의리론을 강화하는 방식, 곧 존주론(尊周論)으로 선회하였다.

그러나 이러한 존주의식도 시대가 흐르면서 점점 약화되었고, 새로이 화이관념을 강화시키기 위한 적극적인 대책수립이 필요하다는 여론이 대두하였다. 이러한 대책의 하나로 1800년(정조 24) 봄, 정조는 역대의 지사(志士)와 병자호란 때 척화를 위해 순절한 사람들의 정충대절(精忠大節)을 추념하여 『존주휘편(尊周彙編)』을 편찬하였다. 『존주휘편』은 병자호란 이후 200여 년 간 조선사회에 뿌리내린 대명의리 사상 및 충신·열사의 현창 작업을 정리한 것으로, 존주론을 확인함으로써 조선의 정체성을 분명히 하려는 시대적 사명을 담고

---

26 朴震英, 『匡西集』 卷下, 「皇明鎭江府牌」.

있었다.[27]

　박진영은 이처럼 조선사회에 대두된 존주사상을 대표하는 인물 중 한 사람이었다. 인조는 명나라가 멸망하는 1644년에 명나라를 위해 절의를 바친 인물들에게 대대적인 추숭작업을 시행하였는데, 박진영도 이 해에 자헌대부(資憲大夫) 병조참판 겸 지의금부사(知義禁府事)에 추증되었다.[28] 그는 또한 『존주휘편』 본전(本傳)에도 수록되어 있는데, 특히 명나라가 몰락할 때 조선으로 몰려온 중국인을 보살펴 줌으로써 장괴가 패문을 보내 칭송한 사실을 가장 먼저, 그리고 많은 분량으로 기록하고 있다.[29] 뿐만 아니라 그가 세상을 떠난 지 200여 년이 지난 1880년에는 병자호란 때 청나라에 볼모로 잡혀 갔던 소현세자 및 인평대군(麟坪大君) 등과 함께 삼황대보단에 배향되기에 이른다.

　　박공은 왜구와 이괄의 난리를 만나 모두 큰 공적을 세웠으나 그 사실이 기록되지 않았으므로 공론이 그것을 애석하게 여겼다. 그러나 이 패문은 없어지지 않았고, 공의 이름도 따라서 영구히 전해지게 되었으니, 또 무엇을 한스러워 하겠는가.[30]

　다산(茶山) 정약용(丁若鏞, 1762-1836)이 쓴 발문이다. 정약용은 서두에서 당시 상황을 자세히 언급하였는데, 평안도 지역에 흩어져 약탈과 구걸을 일삼는 중국 난민들, 명나라의 무리한 물자보급 요구 등으로 인해, 당시에는 아무리 뛰어난 신하라 하더라도 정사를 제대로 할 수 없었을 것이라 전제한 후, 박진

27　정옥자(1992), 「정조대 대명의리론의 정리작업, 『尊周彙編』」, 『韓國學報』 18집, 일지사, pp.77-79.

28　朴震英, 『匡西集』 卷上, 「年譜」.

29　朴震英, 『匡西集』 卷下, 「尊周錄傳」.

30　丁若鏞, 『與猶堂全書』 권14, 「跋防禦使朴公家所藏鎭江遊擊府牌」. "朴公値倭寇适難 俱建茂績 而不見紀錄 公議惜之 然此牌不泯 公名亦以永矣 而又何憾焉"

영의 치세와 대처 능력을 극찬하였다. 뒤이어 인용문에서 보듯, 박진영은 자신의 공을 자랑하지 않았고, 결국 기록으로 전하지 않아 여태껏 후세에 알려지지 않았음을 안타까워하였다. 그러나 이 패문이 세상에 알려짐으로써 박진영의 삶과 행적 또한 역사에 길이 남게 되었음을 다행스러워하고 있다.

> 이최응이 다음과 같이 아뢰었다. "박진영은 명나라 천계(天啓) 때 진강운향사(鎭江運餉使)로서 정성을 다해 병마를 공급하였고, 또 중국인 거지 수만 명을 살려 내었습니다. 이에 명나라에서는 자문(咨文)을 보내 장려여 관직을 높이게 하고, 진강부 유격장은 그 뜻을 새긴 패문을 먼저 보내 유시하였습니다. 그 패문이 지금까지도 그의 집안에 보관되어 있는데, 주묵(朱墨)의 흔적이 어제 쓴 것처럼 완연합니다. 국가의 장려는 실로 이미 극진하였습니다. 그러나 그 후손이 아직 황단(皇壇)의 제사하는 반열에 참여하지 못하고 있어, 참으로 억울하다는 탄식이 있습니다. 입참하도록 뒤미처 명한 일도 전례가 많이 있으므로 감히 아룁니다." 상이 이르기를 "그대로 시행하라."라고 하였다.[31]

대보단은 1704년 숙종이 임진왜란 때 군대를 파견했던 명나라 신종(神宗)의 은혜를 추모하기 위해 쌓은 제단으로, 명나라가 망한 후 청나라에 불복하고 대명절의(大明節義)를 대표하는 상징이었다. 영조 때에는 치제(致祭) 대상이 삼황, 곧 신종뿐만 아니라 의종과 명 태조까지로 확대되었고, 대명의식과 관련된 충신과 열사들을 추가로 배향하였다.

위 인용문은 박진영을 대보단에 배향하고 그 자손에게 제사에 참예할 것을 허락하는 고종(高宗)의 기록이다. 대명의리와 관련한 박진영의 행적은 명청 교체기의 시의한 대처와 중국 난민의 구휼로 인해 패문을 받은 사실로 일관한

---

31 『承政院日記』고종 17년(1880) 10월 10일조.

다. 이를 통해 박진영의 삶이 사후 수백 년이 지난 후에도 후인들에게 여전히 존주사상의 표상으로 인식되었음을 알 수 있다.

그렇다면 함안을 비롯한 강우지역의 후인들은 박진영을 어떻게 기억하고 있었는가.

공은 자품(姿稟)이 호준(豪俊)하였고, 임진란에 백의로 창의하여 선무훈종 공신에 책봉되었다. 갑자년 이괄의 변란에는 방어사로서 공적을 세웠으나 자랑하지 않았고, 품계는 가선대부에 올랐다. 병자년에 오랑캐가 갑자기 들이닥쳐 임금께서 남한산성으로 행어하였다. 공이 힘써 행재소로 달려갔으나, 중도에 화이가 이루어졌다는 소식을 듣고 통곡하고는 돌아갔다. 마침내 다시는 나오지 않고 광려산 아래에서 세상을 마쳤다. 작위는 숭정대부 판돈령부사에 추숭되었다. 세상에서는 그를 동계(桐溪) 정온(鄭蘊)에 비의하였다.[32]

박치복은 선조의 우국충정과 존주대의 정신을 선양하기 위해 그 패문을 여러 사람에게 보여주며 글을 청하였다. 이정운(李鼎運)·이익운(李益運)·이원조(李源祚)·허전(許傳)을 비롯하여 김병덕(金炳德)·윤병정(尹秉鼎)·이건창(李建昌)·정한규(鄭漢奎)·김석제(金奭濟) 등 많은 인물들이 발문이나 후지(後識)를 남겼다.

위 글은 박치복의 스승인 허전의 글인데, 말미에서 박진영을 정온에 견준 것은 주목해 볼 만하다. 주지하듯 정온은 병자호란 당시 명나라와의 의리를 내세워 화의를 적극 반대하였고, 항복이 결정되자 이를 수치스럽게 여겨 덕유산에 들어가 대의를 지키며 살다간 인물이다.[33] 그가 은거했던 거창 모리

---

32 許傳, 『性齋集』 권16, 「朴判敦寧家藏鎭江府牌跋」. "公姿稟豪俊 壬辰之亂 以白衣倡義 策宣武勳 甲子適變 以防禦使 立功不伐 進嘉善階 丙子胡兵猝入 上幸南漢 公力疾赴行 在中途聞業已講解 痛哭而還 遂不復出 終於匡廬山下 追爵崇政大夫判敦寧府事 世之桐溪鄭文簡公"

33 이기순(2011), 「鄭蘊에 대한 추숭과 평가」, 『남명학연구논총』, 남명학연구원, pp.215-230.

재(某里齋)는 특히 서세동점의 격변기인 조선말기의 수많은 사인에게 절의 숭상의 대표적 명승으로 인식되었으며, 특히 강우지역 학자들이 즐겨 찾아 자신들의 의식과 신념을 다지던 곳이었다.[34] 허전은 박진영의 삶을 세상에서 대명의리의 표상인 정온과 비의하여 인식하고 있다고 칭송하였다.

대수장군처럼 그때도 공적 자랑 않더니	大樹當年不伐功
늦가을 국화처럼 정절과 충의를 지켰네	寒花晩節葆貞忠
어지러이 자신을 파는 어리석은 무리 중	紛紜自衒空餘子
존주양이를 품은 사람이 얼마나 있을까	尊攘爲心有幾公
패문은 새 것처럼 상자에 보관되었건만	府牌如新藏素篋
신주는 옛날 같지 않아 하늘에 울부짖네	神州非舊泣蒼穹
백세가 지난 후에도 후한 은혜 입었으나	歸來百世蒙恩號
문무가 어찌 다르다고 말할 수 있으리?	文武何須說異同[35]
당시에도 겸허히 물러나 공적 자랑 않았고	謙退當年不伐功
왜구도 이괄도 물리치며 충정을 다하였네	南鑒西勤盡吾忠
주나라 높이는 대의는 조선국의 명분이요	尊周大義朝鮮國
이를 지키고 빛낸 이는 바로 무숙공이라	擁衛崇衛武肅公
성대의 은혜와 영광 죽어서도 빛나는구나	聖代恩榮光隧道
현손의 지극한 정성이 하늘까지 닿았다네	賢孫誠力徹皇穹
용화산과 낙수에 그 유풍이 남아 있어서	華山洛水遺風在
길이 후인에게 공경하고 흠모케 하는구나	長使來人敬慕同[36]

---

34 경상대학교 한적실 문천각에서 '모리(某里)'를 키워드로 검색하면 500여 개의 작품을 찾을 수 있는데, 그 가운데 19-20세기 인물의 작품이 대다수이며, 또한 동계의 절의를 숭상하고 전범으로 추앙하는 내용이 많다.

35 許愈, 『后山集』 권1, 「次朴武肅公震英延諡韻」.

36 李尙斗, 『雙峰集』 권1, 「謹次朴武肅公震英延諡韻」.

대보단은 높고도 높아서 하늘과 통하였고	大報壇高象緯通
여러 사람이 뜰 가운데 빙 둘러 시위했네	群公環侍列庭中
영원토록 명 황제의 성은을 잊지 않아서	千秋不忘皇王聖
세상사람 다 무숙공의 충정 알게 되었네	一代皆知武肅忠
붉은 휘장 아래 운거를 타고 강림하시고	紫蓋雲車來降格
제주를 땅에 뿌리니 강신하여 함께 하네	黃流玉瓚灌將同
드리운 그 은혜 영원토록 다함이 없으니	垂之終古無窮極
후손들이 이어받아 해동을 진동시키리라	來裔其承振海東[37]

첫 번째 시는 합천에 거주하던 후산(后山) 허유(許愈, 1833-1904)가, 두 번째는 함안 사람 쌍봉(雙峰) 이상두(李尙斗, 1814-1882)가 지은 것으로, 1871년 박진영에게 '무숙'이란 시호가 내려지자 이를 기념하여 읊었다. 그들에게 기억되는 박진영의 모습은, 우선 임진란 등 나라의 전란에 큰 전공을 세우고도 자신의 공적을 자랑하지 않는 겸허함을 지닌 인물이다. 또한 무엇보다 명청 교체의 혼란기에 존주대의를 지켜낸 선현으로 인식하고 있다. 명나라는 비록 멸망했으나 대명의식은 예나 지금이나 다르지 않음을 강조하고 있다. 그러한 인품과 정신은 수백 년 후에도 그대로 전승되어 국가의 추앙을 받을 뿐만 아니라, 용화산과 낙동강을 중심으로 한 함안에서 특히 지역의 유풍으로 남아 후인들의 경모의 대상이 되고 있음을 읊었다. 세 번째는 대보단에 추향되고 후손들이 제사에 참석하게 된 것을 축하하는 단계(端磎) 김인섭(金麟燮, 1827-1903)의 글인데, 이 역시 박진영이 보여주었던 대명의리 사상을 후인들이 이어받아야 함을 강조하고 있다. 조선말기 강우지역 지식인 사이에 형성되었던 대명의식의 중심에 박진영의 삶과 그 패문이 자리하고 있었음을 확인할 수 있다.

---

[37] 金麟燮, 『端磎集』 권1, 「朴武肅公震英 追配大報壇 有韻敬次」.

Ⅳ. 나가는 말

이상으로 임진란과 병자호란까지 조선의 가장 큰 국난기를 살다 간 함안지역의 지식인 박진영의 삶과 그를 기억하는 후인들의 기록을 살펴보았다. 지금까지 논의된 것을 정리하면 아래와 같다.

박진영은 20대 초반에 임진란이 발발하자 국난 극복을 위해 창의하여 큰 전공을 세웠으며, 명청 교체기의 혼란기에 명나라에서 무리한 요구를 해오자 현명한 대응과 처세로 국가적 위기를 모면케 하였으며, 또한 전란과 굶주림으로 조선에 몰려오는 중국 난민들을 내국인과 똑같이 구휼하고 민심을 수습하는데 노력하였다. 이로 인해 당시 진강도독부로부터 패문을 하사받기도 하였다. 또한 조선사회를 일대 혼란에 빠뜨렸던 이괄의 난에서는 기지를 발휘해 전세를 뒤바꾸고 난리를 평정하는데 공헌하였다. 병자호란 때는 노년에도 불구하고 근왕을 위해 남한산성으로 향했으나 중도에 화의 소식을 듣고 되돌아왔다.

이렇듯 그는 전란기 지식인의 전형적 삶을 살았던 인물이었다. 문인의 집안에서 학업에 열중하던 사인이 국가의 존망이 달린 국난에 즈음하여 과감히 전란에 나서는 처세를 선택한 것이다. 임진란의 창의, 이괄의 난을 평정하고 겸허히 퇴처한 삶, 병자호란에서의 노년 분투 등은 모두 개인이나 문중의 영달이 아닌 사의식(士意識)에 의거해 시의한 처세였다고 판단된다.

그럼에도 불구하고 후인에게 기억되는 박진영의 삶은 숭명배청의 표상이었다. 이는 임진란 이후 조선사회에 형성된 대명의리 정신과도 직결된다. 그는 강우지역 사인에게 존주사상의 대표적 인물로 인식되고 있었던 것이다.

조선후기에 더욱 강화된 대명의리 정신이 시대적 흐름을 제대로 읽지 못한 중화의식의 집착 내지 오류로만 평가할 것인지는 하나의 질문으로 남겨둔다. 다만 조선후기 대명의식은 당시 지식인이 견지한 시대정신이었다. 박진영은 당대 지식인의 한 사람으로서 자신의 처지에서 시의하게 처세하였던 것이고, 후인들은 그들 당대에 형성된 나름의 시대정신에 의거해 박진영의 삶을 숭명 (崇明) 의식의 표상으로 인식하고 있었던 것이다.

09

중세 유럽이념과 정치적 통합계획
-중세 유럽정체성에 대한 질문-

신종훈

I. 문제제기의 맥락

1980년대 후반 이후 본격적으로 연구되기 시작하여 1990년대에 이르면서 괄목할만한 연구 성과들을 내기 시작하였던 유럽정체성 연구는 유럽통합의 발전과 긴밀한 연동성을 가지면서 전개되었다. 유럽공동체가 공식적으로 유럽정체성에 대한 질문을 이슈화하기 시작한 것은 공동체 회원국이 6개국에서 9개국으로 늘어난 1973년 유럽공동체 정상들이 유럽정체성 선언(Declaration on European Identity)을 코펜하겐에서 발표하면서부터였다.[1] 이후 유럽에서 냉전

---

1   Paul Gillespie/Brigid Laffan, "European Identity: Theory and empirics", Michelle Cini/Angela K. Bourne (ed.), *European Union Studies* (Hampshire/New York, 2006), pp. 133-134.

의 종식을 전후해서 유럽공동체가 동유럽 국가들을 회원국으로 받아들이는 논의를 시작하고, 1992년 마스트리히트 조약을 통해서 유럽공동체가 유럽연합(EU)으로 새로운 옷을 갈아입게 된 것도 유럽정체성 연구가 활성화 되는 데 기여하였다. 기존의 정치적 혹은 경제적 설명 틀만 가지고 심화 확대되는 유럽정치의 복잡한 제도적 구조와 유럽적 차원의 사회형성을 설명하는 것의 한계를 인식하면서 유럽사의 장구한 과정을 통하여 구성되어 왔던 유럽정체성에 대한 질문들이 부각될 수 있었던 것이다. 21세기에 들어서면서는 중동부 유럽 국가들의 유럽연합 가입을 통해 유럽연합이 질적인 전환을 경험하거나 유럽헌법의 비준 거부로 유럽연합이 미래의 기획으로서의 방향성 상실의 위기를 맞이했던 2004/5년에도 유럽정체성에 관한 질문들이 새롭게 제기되었다.[2] 유럽통합 연구의 학문적 관심 축이 '통합'에서 '정체성'으로 이동하였다고 생각하는 학자가 생길 정도로 정체성 연구는 최근 성황을 이루고 있다.[3]

가장 최근의 유럽에 눈을 돌려보면 '유럽'에 대한 테러가 일상이 되고 브렉시트(Brexit)가 이슈가 되기 시작하면서 유럽인들의 유럽의 미래에 대한 불안이 극에 달한 상태에 이르렀음을 알 수 있다. 현 상황에서 유럽인들은 "유럽사에서 자주 그래왔듯이 유럽이 또 다시 기로에 서 있음"을 말하고 있다.[4] 특히 브렉시트를 목전에 두고서 유럽의 미래에 대한 불안감과 불확실성에 대한 경고가 여기저기서 강하게 메아리치고 있다.

"유럽정체성의 배는 해도에도 나타나 있지 않은 물길로 들어섰다. 배는 조그만 바람에도 흔들거린다. (…) 몇몇 선원들은 큰소리로 불만을 터뜨린다. 식

---

2 신종훈, 「유럽정체성과 동아시아공동체 담론 – 동아시아공동체의 정체성에 대한 비판적 질문」, 『역사학보』 221(2014), p. 236.

3 Monica Sassatelli, *Becoming Europeans. Cultural Identity and Cultural Politics* (Hamshire; Palgrave Macmillan, 2009), p. 24.

4 Gottfried Heller/Ulrich Horstmann/Stephan Werhahn, *SOS Europa. Wege aus der Krise – ein Kompass für Europa* (München; FBV, 2016), p. 7.

수와 음식은 충분하지만 지도와 망원경을 잃어버렸다. (…) 여행의 목적지를 알지 못한 채 (…) 현재를 지배하고 있는 것은 희망과 자신감이 아닌, 불안과 걱정이다."[5]

유럽헌법 비준 실패 이후 정체성 혼란을 겪고 있던 유럽연합이 처한 망연한 상황을 비유한 위의 언급이 현재에도 여전히 유효한 것 같다. 위기와 전환의 시기마다 유럽정체성에 대한 질문이 끊임없이 제기되는 것이 이제는 마치 공식이 된 듯하다.

이 글에서 다루고자 하는 중세 유럽정체성에 대한 질문은 이처럼 현재 유럽연합이 갖고 있는 위기의식을 그 배경으로 깔고 있다. 그렇다면 왜 하필 중세 유럽의 정체성에 대한 질문인가? 다음과 같이 답할 수 있을 것 같다. 유럽통합의 역사를 다른 대륙이나 문명권의 역사와는 구별되는 '유럽(혹은 서양) 역사의 특수한 발전(Sonderweg)'의 현주소로 볼 수 있으며 유럽의 특수한 발전의 기초가 중세에 마련되었다는 미터라우어(Michael Mitterauer)의 견해에 필자가 동의하기 때문이다.[6] 이러한 맥락에서 중세 유럽정체성에 대한 고찰은 현재 유럽공동체가 처해있는 위기에 대한 역사적 이해에 어느 정도 유의미한 도움을 줄 수 있을 것이라고 판단된다.

그렇다면 과연 서양의 중세에 유럽정체성이 형성되었다고 말할 수 있을까? 만약 말할 수 있다면 어떠한 성격의 정체성을 이야기할 수 있을 것인가? 최근 학계에서 유럽정체성에 관한 논의를 이끌어가고 있는 슈말레(Wolfgang Schmale)의 정의에 의하면 정체성은 개인이나 집단의 자기규정이며, 이때 유럽정체성은 집단적 정체성으로서 유럽적 자의식을 가지고 자기규정을 할 수

---

5 Jeffrey T. Checkel/Peter J. Katzenstein (ed.), *European Identity* (Cambridge, 2009), p. 1.

6 Michael Mitterauer, *Warum Europa? Mittelalterliche Grundlagen eines Sonderwegs* (München, 2003), pp. 8–9.

중세 유럽이념과 정치적 통합계획   249

있는 집단(das Kollektive)의 존재를 전제하고 있다.[7] 말하자면 유럽정체성을 특정한 집단들이 각 시대마다 유럽에 대하여 공유되어진 역사로부터 가지게 되는 자기이해라고 정의할 수 있다.[8] 그러나 유럽의 중세에 타자에 대한 배제와 상이함의 담론을 전제로 하는 유럽적 자의식을 가진 집단의 존재를 확인하기는 쉽지 않다.[9] 그러한 이유로 다수의 학자들은 유럽정체성이 형성된 시기를 유럽인들이 타자를 심각하게 인식하기 시작한 중세 말 혹은 근대 초의 어느 시기로 보고 있다.[10]

따라서 이 글에서 설명하려는 중세 유럽의 정체성은 중세에 유럽을 의식하는 자기규정의 주체가 불명확하다는 점에서 최근 학계에서 논의되고 있는 유럽정체성의 개념규정에 완전히 부합하는 것은 아니다. 엄밀히 말하자면 이글은 중세 말 근대 초를 전후해서 유럽의 정체성이 형성되는 것을 가능하게 만들었던 유럽정체성의 중세적 기원을 해명하는 데에 중점을 두고 있다.[11] 특정한 사회나 집단에서 정체성이 형성될 수 있기 위해서는 그 토양으로 그 사회

---

7   Wolfgang Schmale, *Geschichte und Zukunft der Europäischen Identität* (Stuttgart, 2008), p. 37.
8   신종훈, 「유럽정체성과 동아시아공동체 담론」, p. 238.
9   중세 일부 지식인, 저술가, 궁정 시인들이 유럽에 대한 이야기를 하였지만 그들을 유럽의식을 공유하는 집합적인 의미에서 집단으로 간주하기는 쉽지 않다. 뿐만 아니라 시대구분의 관례를 따라 중세를 1000년의 시간으로 파악할 때 일반화시킬 수 있는 중세 유럽의 정체성을 규명하는 문제도 쉽지 않다.
10 Werner Weidenfeld, "Reden über Europa – die Neubegründung des europäischen Integrationsprojekts", Nida–Rümelin/Werner Weidenfeld (ed.), *Europäische Identität: Voraussetzungen und Strategien* (Baden–Baden, 2007), p. 15; Wolfgang Schmale, "Eckpunkte einer Geschichte europäischer Identität", Nida–Rümelin/Werner Weidenfeld (ed.), *Europäische Identität: Voraussetzungen und Strategien* (Baden–Baden, 2007), pp. 63–64; Jürgen Mittag, *Kleine Geschichte der Europäischen Union. Von der Europaidee bis zur Gegenwart* (Münster, 2008), pp. 28–29.
11 요하네스 헬름라트, 「중세의 유럽. 기독교 유럽의 문제」, 이옥연 외, 『유럽의 정체』 (서울대학교출판문화원, 2011), pp. 3–4 비교.

나 집단이 가지고 있는 공동의 유대감과 통일성을 필요로 한다. 중세 유럽이 발전시킬 수 있었던 문화적 통일성이 유럽정체성 형성을 위한 토양이 될 수 있었다.

이 글에서는 중세 유럽의 문화적 통일성을 확인하기 위한 방법으로 먼저 고대로부터 중세까지 이르는 유럽이념(idea of Europe)[12]의 내용을 분석하게 될 것이다. 그리고 난 후 중세 말 유럽에서 제기되었던 유럽의 정치적 통합계획들을 분석하면서 문화적 통일성과 유대감이 정치적 차원에서의 통합을 향한 요구들로 표출되었던 흔적들을 확인할 것이다. 결론에서는 중세 유럽의 정체성이 20세기 이후 유럽통합의 과정에서 어떤 형식으로 흔적을 남기고 있는가 하는 문제를 살펴보게 될 것이다.

II. 유럽이념의 내용: 고대부터 중세까지

1. 고대의 유산으로서의 유럽이념

'유럽'이라는 이름의 어원에 대하여 모든 학자들이 동의하는 설명은 아직까지 존재하고 있지 않지만 다수의 학자들은 고대 메소포타미아에서 사용되었던 셈족의 언어 erib 혹은 erêb에서 europe이 파생되었을 것이라고 생각하고 있다. erib(erêb)이란 단어가 해가 떨어지는 혹은 가라앉는 이라는 의미를 가졌기 때문에 여기서 파생된 유럽은 서양의 의미를 이미 내포하고 있음을 알 수 있다.[13] 어원적으로 유럽이란 이름이 아시아적 기원을 가졌다는 사실

---

12 유럽이념은 각 시대마다 사람들이 유럽이란 단어에 결부시켰던 주관적 견해를 의미한다. 장-바티스트 뒤로젤 (이규현, 이용재 옮김), 『유럽의 탄생』 (지식의 풍경, 2003), pp. 19-20.

13 Heikki Mikkeli, *Europe as an Idea and an Identity* (London/New York, 1998), p. 3; Michael Gehler, *Europa. Ideen Institutionen Vereinigung* (München, 2005), p. 11.

외에도 소로 변신한 제우스에 의해서 크레타 섬으로 납치되는 페니키아 공주로 묘사되기도 하는 고대의 유럽신화에서 조차 유럽의 이름은 아시아적 기원을 가지고 있음을 알 수 있다.[14]

그리스 문헌에 처음으로 나타난 유럽의 이름은 신화적 내용을 가지고 있었다. 기원전 700년경 혹은 그 이전으로 추정되는 헤시오도스(Hesiod)의 『신통기(Theogony)』에 기록된 유럽은 자매인 아시아와 함께 신들의 딸의 이름으로 나타나며 그리스의 한 지역 보이오티아에서 제우스를 동굴에 가두어 놓고 지키는 여신의 이름이었다.[15] 기원전 6세기경 헤카타이오스(Hekataeus of Miletus)가 만든 세계지도에서 유럽은 아시아와 함께 세계를 양분하는 대륙으로 표기됨으로써 지리적 명칭으로서의 유럽이 등장하게 된다. 한 세기가 지난 기원전 5세기 경 헤로도토스가 살았던 시대에 세계는 좀 더 구체적으로 나뉘어져 있는 것으로 이해되었다. 헤로도토스는 그리스와 페르시아와의 전쟁의 역사를 기록한 자신의 저서 『역사들』에서 동시대인들이 세계를 유럽, 아시아, 리비아(아프리카)로 삼등분 하고 있음을 적고 있다.[16] 기원전 4세기를 살았던 철학자 아리스토텔레스는 유럽을 그리스 북부에 있는 지역으로 이해하면서, 유럽인들과 그리스인들 그리고 아시아인들의 성격의 차이를 기후의 차이와 연결하면서 설명하고 있다.[17] 유럽에 대한 이러한 기록들은 아시아의 서쪽에 있는

---

14 유럽신화는 여러 버전이 있지만 거의 모든 유럽신화에서 공통적인 사실은 유럽이 유괴된 아시아의 여인이라는 점이다. 고대 그리스인이 아시아와의 대결구도 속에서 스스로 생존해야만 했다는 사실을 감안한다면, 유괴된 유럽이 아시아적 기원을 가졌다는 신화의 설명은 유괴에 대한 복수의 성격으로서 양 대륙의 갈등의 원인을 상징적으로 보여주고 있다. Anthony Pagden, "Europe: Conceptualizing a Continent", Anthony Pagden (ed.), *The Idea of Europe. From Antiquity to the European Union* (Cambridge, 2002), pp. 33-35; Mikkeli, *Europe as an Idea and an Identity*, pp. 3-5.

15 Mikkeli, *Europe as an Idea and an Identity*, p. 3; Mittag, *Kleine Geschichte der Europäischen Union*, p. 22; 볼프강 슈말레 (박용희 옮김), 『유럽의 재발견』 (을유문화사, 2006), p. 32.

16 Mittag, *Kleine Geschichte der Europäischen Union*, p. 6.

유럽의 개념이 비록 정확한 지역과 경계를 확정하기는 어렵지만 중립적인 지리적 명칭으로 이해되고 있었음을 보여준다.

이처럼 중립적인 지리인 명칭으로서의 유럽의 이름은 그리스인들과 페르시아인들의 대립과 갈등이 심화되면서 생긴 아시아와 유럽의 대결구도의 틀 속에서 어렴풋하지만 특별한 의미의 정치·문화적인 함축성을 가지게 된다.[18] 헤로도토스의 『역사들』에서 유럽과 그리스는 아시아가 고향인 페르시아인들이 정복하고 싶어 했던 전쟁목표였고, 방어해야만 하는 그리스인들에게 유럽은 그 백성들이 자유를 가지고 있으며, 유럽인들은 아시아인들과는 달리 개인의 자의에 복종하는 것이 아니라 법에 복종하는 사람으로 묘사되고 있다.[19] 그럼으로써 헤로도토스는 최초로 '유럽인'이라는 단어를 쓴 사람으로 알려져 있다.[20] 그러나 데란티(Gerard Delanty)에 의하면 헤로도토스에게 있어서 유럽과 아시아는 여전히 지리적 개념에 머물렀고, 그에게 있어서 문화적이고 정치적 차원을 가진 것은 그리스인과 페르시아인을 구분하는 대비였다. 기원전 4세기 경 이소크라테스 때에 이르러서 그리스는 유럽과 동일시되고 페르시아는 아시아와 동일시되는 정체성이 만들어지게 된다.[21]

단순히 그리스어를 잘 못하는 사람을 지칭하고 구별하기 위해 사용되었던

17 장-바티스트 뒤로젤, 『유럽의 탄생』, pp. 31-32.
18 Kevin Wilson/Jan van der Dussen (ed.), *The History of the Idea of Europe* (London/New York, 1993), p. 16.
19 Pagden, "Europe: Conceptualizing a Continent", p. 37; Mittag, *Kleine Geschichte der Europäischen Union*, p. 23; Manfred Fuhrmann, "Europas kulturelle Identität. Geschichtliche Befunde", Walter Fürst/Joachim Drumm/Wolfgang M. Schröder (ed.), *Ideen für Europa. Christliche Perspektiven der Europapolitik* (Münster: LIT, 2004), p. 25.
20 Manfred Fuhrmann, *Europa - Zur Geschichte einer kulturellen und politischen Idee* (Konstanz, 1981), p. 7.
21 Gerard Delanty, *Inventing Europe. Idea, Identity, Reality* (London, 1995), p. 18.

의성어 barbaros에 문화적 의미의 야만인(barbarian)이란 뜻이 가미되는 것은 페르시아전쟁(기원전 492-479년) 이후부터였다. 헤로도토스는 페르시아 전쟁사를 기술하면서 아시아인들에 대하여 "여태까지 존재한 인종 중 가장 잔인하고 정의롭지 못한 민족들"이란 이미지를 만들어 내었고, 이후 다수의 그리스 연극들은 근친상간, 범죄, 인간 희생번제 등 온갖 종류의 부도덕 하고 흉포한 행동을 하는 사람들로 야만인을 등장시키면서 그리스인들과 야만인을 구분하는 관행이 확산되었다.[22] 물론 이러한 관행은 상이함을 열등함으로 간주함으로써 그리스 도시국가(polis) 내에 존재하는 노예제를 합리화 시키는 방편이기도 하였지만,[23] 그것은 후세의 유럽 역사가들이 그리스인 대 야만인의 구도를 유럽 대 아시아의 대결구도로 환치시키는 데에 일정부분 역할을 하였다. 그 결과 그리스 연합군이 페르시아를 격파한 살라미스 해전은 이후 유럽의 많은 역사가들에 의해서 유럽이 탄생하는 순간으로 기념되었다. 그러나 그리스의 도시국가들을 오늘날 의미에서 유럽의 경험공간과 등치시키기 어렵기 때문에 정치적 의미의 유럽의 개념이 그리스 시대에 탄생하였다고 주장하는 것은 여전히 무리가 있어 보인다.[24]

로마제국의 시대에도 유럽은 지리적 개념이었다. 물론 이때에도 유럽이 명명되는 정치적 상황이나 지리적 지식의 심화 정도에 따라서 유럽의 경계는 유동적이었다. 3세기 말 4세기 초 디아클레티아누스와 콘스탄티누스 황제 치세 때 유럽은 오늘날의 발칸반도에 해당하는 행정구역 트라키아를 부르는 이름이었다.[25] 그러나 395년 로마제국이 동과 서로 분리된 이후 유럽은 점점

---

22 조셉 폰타나 (김원중 옮김), 『거울에 비친 유럽』 (새물결, 1999), pp. 21-22; Wilson/Dussen (ed.), *The History of the Idea of Europe*, pp. 16-17.

23 조셉 폰타나, 『거울에 비친 유럽』, p. 22.

24 Mittag, *Kleine Geschichte der Europäischen Union*, pp. 23-24.

25 볼프강 슈말레, 『유럽의 재발견』, p. 35.

더 라틴 기독교가 자리 잡고 있는 제국의 서쪽을 지칭하는 개념으로 사용되었다.[26] 로마제국 시기의 지리학자들은 유럽을 오늘날 유럽대륙의 일부를 지칭하는 지역으로 알고 있었지만 그들의 지리적 지식의 한계로 인해서 유럽의 경계는 불명확하고 유동적이었다. 고대 세계의 가장 유명한 지리학자 스트라본(Strabon, 약 기원전 60년에서 기원후 20년경까지)은 유럽이 이베리아 반도, 라인 강 이남, 브리타니아 그리고 다뉴브 유역까지 포함한다고 생각하였다. 또한 그는 유럽이 아조프 해 북부의 추운지역과 타나이스 강(돈 강) 유역의 지역을 제외한다면 거주하기에 좋은 지역이라고 설명하면서 유럽 동쪽의 경계를 어렴풋하게 설명하였지만 스칸디나비아 반도가 존재한다는 사실을 알지 못했다.[27] 세계를 유럽, 아시아, 아프리카로 3등분 했던 전통에 서있던 1세기의 학자 플리니(Pliny the Elder)도 유럽의 동쪽경계를 타나이스 강(돈 강)으로 알고 있었지만 스칸디나비아를 몰랐고, 2세기의 지리학자 프롤레미(Ptolemy)는 스칸디나비아를 섬으로 알고 있었다.[28]

후세의 학자들에 의해서 로마문명이 유럽문명의 고향으로 간주되기도 하였지만, 로마문명의 중심지는 유럽, 아시아, 아프리카를 포함하고 있는 지중해 세계였다. 로마는 결코 유럽적이지 않았고 제국의 무게중심은 대략 3세기 말경부터 명백하게 제국의 동쪽으로 이동하였다. 로마제국 시대 로마시민과 야만인을 대비시키는 구조는 정치적 의미를 가질 수 있었지만 이때에도 정치적 함축성을 가지는 개념으로서 유럽이 설 자리는 없었다. 유럽은 단지 제국이 통치하는 지역의 지리적 이름에 지나지 않았다.

요약하자면 고대 세계의 사료에서 등장하는 유럽의 이름은 경우에 따라서

---

26 Mikkeli, *Europe as an Idea and an Identity*, pp. 13–14.
27 Ibid., pp. 11–12; 장-바티스트 뒤로젤, 『유럽의 탄생』, pp. 33–35.
28 Mikkeli, *Europe as an Idea and an Identity*, pp. 12–13; 장-바티스트 뒤로젤, 『유럽의 탄생』, pp. 35–36.

제한적으로 정치적 혹은 문화적 함축성을 가질 수 있는 여지를 남기고 있었지만, 그것이 정치적 혹은 문화적인 개념으로 사용되지는 않았다고 보는 것이 유럽의 이념을 연구하는 대다수 학자들의 견해다.[29] 로마제국 시대 유럽 지역에 살고 있던 사람들 가운데 스스로를 유럽인이라고 정의하는 사람을 한 사람도 찾을 수 없는 것처럼 고대세계에 유럽인이라는 개념은 거의 존재하기 않았다. 로마제국 말기 동로마제국이 제국 전통의 상속자로 주장할 수 있게 되면서 제국의 서쪽은 자신의 정체성의 기반을 점점 더 라틴 기독교에 의존하게 되었다. 이때부터 유럽과 서방(occident)은 기독교 세계와 동의어로 이해되기 시작하였고, 그럼으로써 이후 중세에 유럽의 이름이 정치적이고 문화적인 함축성을 가지게 되는 계기가 마련될 수 있었다.[30]

2. 중세 유럽이념의 개념적 확장: 기독교 세계로서의 유럽

중세의 유럽이란 이름은 한편으로는 고대의 유럽이념이 가졌던 상징성과 개념을 그대로 물려받았다. 중세에도 유럽과 소가 애무하는 모습으로 그려지는 유럽신화에 대한 표현이 여전히 사라지지 않았다. 그러나 고대의 유럽신화가 기독교 사회에 동화하면서 중세의 유럽신화의 상징성은 약간의 변화를 겪게 된다. 11세기 이탈리아에서 나타난 최후의 심판에 대한 묘사에서 지구는 소를 타고 있는 유럽으로 우화적으로 묘사되고 있다. 또한 유럽신화가 12세기 프랑스 문헌에서 새롭게 각광을 받게 되었을 때 이 신화는 기독교적으로 재해석되는 과정을 거치게 된다. 재해석의 결과 페니키아 공주였던 유럽은 인간의 영혼으로 바뀌었고 제우스는 영혼을 구원하기 위해 인간의 모습을

---

29 장-바티스트 뒤로젤, 『유럽의 탄생』, p. 29, 40.
30 Delanty, *Inventing Europe*, p. 23.

띠고 나타난 신의 아들로 변모하게 된다. 즉 중세의 유럽신화에서 제우스는 점차로 예수의 이미지로 변하게 되었고 유럽은 선택된 영혼이 되었으며 그 결과 유럽신화는 종교성과 도덕성을 가지게 되었다.[31]

고대로부터 물려받은 지리적 개념으로서의 유럽의 이름도 여전히 그 유효성을 잃지 않았다. 세계를 아시아, 유럽, 아프리카로 삼등분 하는 전통은 중세에까지 이어졌기 때문에 중세에도 지리적 개념으로서의 유럽의 이름은 여전히 사용되고 있었다. 그러나 기독교화한 중세의 지리적 개념으로의 유럽은 고대 말 교부들의 창세기 주해를 통해서 만들어진 노아의 후손들에 관한 해석이 기독교 세계에 적용됨으로써 축복받은 땅이라는 이데올로기적 성격을 가미하게 되었다. 그 해석에 의하면

아시아는 노아의 첫째 아들 셈의 후손들이 차지하였고, 아프리카는 저주받은 둘째 아들 함의 후손들이 차지하였고, 유럽은 축복 받은 셋째 아들 야벳의 후손들이 차지하였다. 따라서 중세 기독교인들이 살고 있던 땅 유럽은 축복받은 땅이라는 이데올로기가 퍼지게 되었던 것이다.[32] 원본은 존재하지 않지만 지금

그림 18: 이시도르 지도의 최초 인쇄본
(by Günther Zainer, 1472)

---

31 볼프강 슈말레, 『유럽의 재발견』, pp. 50-53.

32 창세기 9장에는 노아가 술에 취해 벌거벗은 채 자고 있는 것을 둘째 아들 함이 발견하고 두 형제에게 알렸고, 셈과 야벳은 아버지의 부끄러움을 감추기 위해 등을 돌린 채 아버지에게 가서 겉옷을 덮어주었고, 이후 노아는 함을 저주하고 셈과 야벳을 축복한 이야기가 기술되어 있다. 이 성서의 기록에서 세 아들들이 아시아, 아프리카, 유럽으로 퍼져나가는 해석을 처음 만든 사람은 1세기의 역사학자 요세푸스(Flavius Josephus)였다. 이후 초대교부 제롬(Saint Jerome)과 아우구스티누스(Augustine) 등은 요세푸스의 해석을 심화시켰고, 기독교인들은

까지 알려진 중세의 가장 오래된 지도로 추정되는 7세기 초 이시도르(Isidore of Seville)의 지도에는 셈, 함, 야벳이 각각 아시아, 아프리카, 유럽을 차지하고 있는 것으로 표현되어 있다. 카롤루스 마그누스(Carolus Magnus) 시대 당대 최고 지식인이었던 알퀸(Alcuin)은 창세기 9장을 해석하면서 셈이 아시아를, 함이 아프리카를, 야벳이 유럽을 물려받았다는 사실을 다시 한 번 확인해주고 있다. 이러한 성서해석을 통하여 지리적 개념인 유럽이 기독교 세계와 동일시되는 초석이 마련될 수 있었을 것이다.[33]

유럽이념이 신화적이고 지리적인 개념의 한계를 넘어서 새로운 차원으로 의미의 확장을 경험하게 되는 것은 중세 때부터였다. 중세를 거치면서 유럽이란 이름에 유럽적인 것이 어떠해야 한다는 문화적인 차원에서의 규범적 이상이 첨가될 수 있었다. 서로마제국이 멸망한 이후 서유럽에 정착했던 게르만족들은 서로 간의 동질의식이 없었고, 이전의 로마제국이 제공할 수 있었던 문화적 연결고리도 사라져버렸다. 이 와중에서 프랑크족이 국가를 건설하려는 노력은 800년 카롤루스 마그누스의 로마황제 대관에서 절정에 이르게 된다. 마침내 혼란에 종지부를 찍을 수 있었던 정치적 틀이 마련되었던 것이다.

크니핑(Franz Knipping)에 의하면 카롤루스 마그누스의 제국과 더불어 마련된 정치적 틀을 통해서 유럽은 고대문화와 기독교를 매개로 라틴계와 게르만계 민족들이 동질성을 체험할 수 있었던 문화공동체로 성장할 수 있었다. 그에 의하면 이때부터 유럽은 하나의 문화적 통일성을 가진 공동체로 사유될 수 있었다.[34] 유사한 맥락에서 이탈리아의 역사가 쿠르치오(Carlo Curcio)는 "유럽을

축복받은 야벳의 후손이라는 해석이 중세로 이어지게 되었다. Wilson/Dussen (ed.), *The History of the Idea of Europe*, pp. 19-22.

33 Ibid., pp. 22-26.

34 Franz Knipping, Rom, 25. März 1957. Die Einigung Europas (München, 2004), pp. 19-20; 신종훈, 신종훈, 「유럽정체성과 동아시아공동체 담론」, p. 240. 로마제국의 전통을 계승한 비잔틴 제국은 독자적 문명으로 스스로를 인식하고 있었다는 점에 있어서 당시

문화적 통일체나 정치적 통일체로 이해한다면, 그 기원을 카롤링 시대로 잡을 수 있다"고 언급하였다.[35] 실제로 카롤루스 마그누스 당대의 문헌에서 수도사나 시인들은 카롤루스가 유럽을 지배하고 있다고 생각하면서, 그를 "유럽의 존엄한 지도자", "왕, 유럽의 아버지", "유럽의 정상" 등으로 칭송하고 있다.[36] 카롤루스 자신도 스스로를 "유럽인들의 아버지(pater europae)"라고 불렀다.[37] 비록 이러한 표현들은 유럽의 정체나 경계에 대한 분명한 인식을 결여하고 있는 모호한 수사적 표현이지만, 이러한 표현들이 유럽이 하나의 통일체라는 사유에 기초하고 있음을 부정하기는 힘들 것이다. 뒤로젤은 800년 황제의 대관식을 통해서 동방의 제국에 맞서 탄생한 새로운 제국에 붙여진 이름들이 "기독교 공화국(Respublica Christiana)", "신성한 제국(Sacrum Imperium)", "서방(Occidens)", "유럽(Europa)" 등이었다고 말한다. 이때 기독교 공화국은 로마제국과 같은 보편제국을 의미하고 있었다.[38] 이러한 당대의 표현들을 통해서 우리는 유럽이 보편제국으로서의 기독교 공화국과 동의어로 사용되고 있음을 확인할 수 있다.

그러나 카롤루스 마그누스로 인하여 틀이 잡힌 유럽의 정치적 통일성과 문화적 통일성(9세기의 카롤링 르네상스[39])은 오래 지속되지 않았다. 10세기

문화적 공동체로 유럽은 서유럽에만 한정되어 있었다. Mittag, *Kleine Geschichte der Europäischen Union*, p. 27.

35 장-바티스트 뒤로젤, 『유럽의 탄생』, p. 54에서 재인용.

36 Ibid., pp. 56-57.

37 Pagden, "Europe: Conceptualizing a Continent", p. 45.

38 장-바티스트 뒤로젤, 『유럽의 탄생』, p. 53, 56; Josef Isensee, "Die Christliche Identität Europas", Walter Fürst/Joachim Drumm/Wolfgang M. Schröder (ed.), *Ideen für Europa. Christliche Perspektiven der Europapolitik* (Münster: LIT, 2004), p. 43 비교.

39 푸어만(Fuhrman)은 카롤루스는 자신의 통치기(768-814) 동안 중세 유럽의 기초, 특히 교육의 기초를 놓았다고 말한다. 다양한 민족들로 구성된 백성들을 하나로 묶을 수 있는 정신적 기초는 기독교였으며, 카롤루스는 기독교의 가르침이 제국에 관철되기를 원했다. 학교를 비롯한 교육제도의 창설 등 학문의 창달을 통해서 이룩할 수 있었던 문화적 통일성을 카롤링 르네상스라고 부른다. Fuhrmann, "Europas kulturelle Identität. Geschichtliche Befunde", p. 32.

제국의 와해와 함께 카롤루스의 유럽은 이후의 유럽인들에게는 다시 회복해야할 하나의 정치적 목표가 되었다. "카롤루스에 대한 기억과 전설"은 이후 중세의 역사에서 회복되어야 할 일종의 꿈으로서는 지속될 수 있었지만[40], 유럽의 정치적 통일성은 사라지고 말았다. 데란티는 10세기 카롤링 제국의 분할 이후 등장한 봉건제도 하에서 중심적인 정치적 권위의 부재는 유럽의 문화적 통일성에 대한 요구를 더욱 간절하게 만들었다고 설명한다.[41] 그와 동시에 지리적 개념이 아닌 정치적 문화적 통일체로서의 의미를 가지는 유럽이란 이름의 사용 빈도는 점점 줄어들게 되었고, 기독교 세계(기독교 공화국)라는 개념이 점점 유럽이라는 단어를 대체하게 되었다. 기독교 세계와 동의어로서 유럽의 개념이 다시 빈번하게 사용되기 시작하는 것은 유럽의 정치적 통합을 향한 계획들이 서서히 등장하기 시작하는 14/15세기 경부터였다.[42]

12세기의 고트프리(Godfrey of Viterbo)나 13세기 후반의 알렉산더(Alexander of Roes) 등의 저서에서 사용되었던 유럽의 명칭은 이제 명백히 '기독교 신앙의 땅'이란 지리적 개념으로만 나타났다.[43] 문화적 의미에서 유럽을 대신한 기독교 세계가 가지고 있던 통일성은 정치적 차원이 아닌 문화와 문명의 차원에서의 통일성이었으며, 그러한 통일성의 근거를 제공해 주었던 것은 대학, 봉건제도, 기사도, 수도원공동체, 라틴어 등 유럽전체에 퍼져있던 보편적 제도나 관습 같은 것이었다.[44] 유럽인들은 동일한 예배의식, 동일한 학문 언어, 대학, 수도원공동체 등의 유럽적 제도나 관습을 통해서 삶의 구체적인 영역

---

40 장-바티스트 뒤로젤, 『유럽의 탄생』, p. 53.
41 Delanty, *Inventing Europe*, p. 26.
42 Derek Heater, *Europäische Einheit - Biographie einer Idee* (Bochum, 2005), pp. 20-21.
43 헬름라트, 「중세의 유럽. 기독교 유럽의 문제」, p. 18.
44 Mikkeli, *Europe as an Idea and an Identity*, p. 30.

에서 통일성을 경험하고 공동의 기억들을 공유할 수 있었던 것이다.[45]

기독교적 동질성에 기초하고 있는 유럽적 감정들은 팽창하고 있던 이슬람 세계, 즉 위협적인 타자와 조우하면서 점점 더 강해졌고, 타 종교의 위협은 기독교 세계의 단결을 이끌어내는 촉매제 역할을 할 수 있었다. 이때 이러한 외부로부터의 위협에서 기독교 세계를 방어하기 위한 주도권을 잡게 된 세력은 교권이었다. 그 대표적인 예를 1차 십자군을 일으킨 교황 우르바누스 2세(Urbanus II)에게서 찾을 수 있다. 이슬람에 의해 제기된 도전을 통해 정치적으로 분열된 상황에서 황제의 보편적 권위에 대한 주장이 현실적으로 성지를 이교도의 공격에 맞서 방어하는 데 있어서 얼마나 공허한 외침인가가 드러나게 되었다. 이러한 상황에서 우르바누스 2세는 클레르몽 공의회(1095)에서 교회의 수장으로서 제국이나 국가의 백성들이 아닌 '그리스도인들'을 대상으로 예루살렘을 해방시키기 위해서 무기를 들라는 호소를 설득력 있게 하였고, 그 결과 1차 십자군 때 기독교 세계는 교황의 지휘 하에 통일된 전선을 형성할 수 있었다. 베라클로(Geffrey Barraclough)의 말을 빌리자면 유럽은 "일차 십자군 전쟁 때 자신의 역사에서 처음으로 통일된 행동"을 할 수 있었다.[46]

1453년 5월 오스만 제국의 군대에 의해서 콘스탄티노플이 함락됨으로써 다시 한 번 외부로부터의 위협이 기독교 세계의 안녕을 해치는 것으로 인식되었을 때 기독교 세계는 또 다시 연대의식을 강하게 표출한다. 비잔틴 제국의 멸망을 계기로 에네아 실피오 피콜로미니(Enea Silvio Piccolomini)가 황제의 위원의 자격으로서 1454년 프랑크푸르트 제국의회에서 십자군의 소집을 위해서 한 연설이 이러한 연대의식이 표현되었던 대표적인 예라고 볼 수 있다.

---

45 Knipping, *Rom, 25. März 1957*, p. 20 비교.
46 Geoffrey Barraclough, *Die Einheit Europas als Gedanke und Tat* (Göttingen, 1964), p. 17.

"고귀하고 고상한 사람에게 바른 신앙을 보호하고 (…) 구세주 그리스도 이름을 온 힘을 다해 영화롭게 하고 높이는 것보다 중요한 일이 어디 있겠는가? 그러나 지금, 콘스탄티노플이 적의 수중에 떨어지고 이렇게 많은 기독교인들의 피가 흐르고, 이렇게 많은 사람들이 노예로 전락한 지금, 기독교 신앙은 통탄할 정도로 훼손되고 있으며, (…) 그리스도의 이름은 견딜 수 없을 정도로 손상되고 모욕을 받았다. (…) 사실 수백 년이래 기독교 세계가 지금보다 더한 치욕을 당한 적이 없다. (…) 지금 우리는 유럽, 다시 말해서 우리의 조국, 우리의 집, 우리가 사는 곳에서 가장 참담하게 당했기 때문이다."[47]

이 연설에서 기독교 세계와 유럽은 명백한 동의어로 사용되고 있다. 뿐만 아니라 이후 피우스 2세(Pius Ⅱ)로 교황이 되고 난 후에 썼던 글들에서도 그가 기독교 공화국과 "우리의 유럽" 혹은 "기독교 유럽"을 명백한 동의로 사용한 것처럼 이제 유럽이라는 이름은 또 다시 정치적 개념을 가지고 사용되어지고 있다는 사실을 확인할 수 있다.[48]

III. 중세 유럽의 정치적 통합계획들

기독교 세계의 문화적 통일성은 그 자체로 일정한 한계들을 가지고 있었다. 우선 가톨릭 기독교와 동방 정교 사이의 분열에서 드러났듯이 그 통일성은 서방의 기독교 세계와 동방의 기독교 사이의 이분법과 경쟁에서 자유로울 수 없는 개념이었다. 데란티는 1054년 가톨릭과 동방정교가 완전히 분리된 이후 한 동안 유럽이념(기독교 세계의 이념)은 동방의 기독교를 소외시키기 위한

---

47 Enea Silvio Piccolomini, "Rede auf dem Reichstag zu Frankfurt", Rolf Hellmut Foerster (ed.), *Die Idee Europa 1300-1946. Quellen zur Geschichte der politischen Einigung* (München, 1963), p. 40.

48 Wilson/Dussen (ed.), *The History of the Idea of Europe*, p. 35.

도구로 사용되었다고 말한다.[49] 뿐만 아니라 기독교 세계 내부의 정치적 권력 문제 역시 분열과 갈등의 씨앗을 가지고 있었다. 기독교 세계 내에서 교황과 황제는 각각 세속의 문제에 대하여 최고의 권위를 주장하였고, 시간이 지나면서 영토국가들(territorial states)의 군주들도 자신들의 통치영역 내에서 최고의 권위를 주장할 수 있었다.[50] 중세를 지배하였던 교권과 속권의 경쟁으로 인하여 야기된 기독교 세계 통일성의 균열에 대한 우려가 팽배한 가운데 1291년 마지막 십자군 도시였던 아크레의 함락은 기독교 세계의 안녕이 위협받고 있다는 위기를 증폭시킬 수 있었다.[51]

기독교 세계 내부의 균열과 외부로부터의 위협은 기독교 세계가 문화적 차원을 넘어서 정치적 차원에서도 통합되어야 한다는 사유를 설득력 있게 만들 수 있었다. 당시 지식인들과 저술가들이 13세기 말부터 14세기 초 사이에 다양한 저술들을 통하여 기독교 세계의 효과적인 통합을 가능하게 하는 새로운 질서를 모색하게 되었던 것은 이러한 맥락을 가지고 있었다. 당시에 사유되었던 새로운 질서의 모색들은 교황권을 중심으로 하는 기독교 세계의 질서, 황제권을 중심으로 하는 세속적인 보편군주정의 수립, 프랑스 국왕이 주도권을 가지는 유럽의 국가연합 등 세 가지 상이한 관점에서 살펴볼 수 있다.

교황을 중심으로 하는 기독교 세계의 질서를 옹호하는 시각을 대표하는 것으로 교황 보니파티우스 8세(Bonifatius VIII, 1294–1303까지 교황)의 1302년 교서 'Unam Sanctam' 및 유사한 시기에 집필된 길베르(Gilbert von Rom)의 저술 『교회의 권위에 관하여(De potestate Ecclesiatica)』를 들 수 있다. 보니파티우스는 자신의 교서에서 교황의 지상권 주장에 대한 기존의 논리를 되풀이하고 있다.

---

49 Delanty, *Inventing Europe*, p. 28.
50 Mikkeli, *Europe as an Idea and an Identity*, p. 20.
51 Heater, *Europäische Einheit*, pp. 22–23 비교.

교서에 의하며 그리스도의 사제(vicarius christi)로서 교황은 위계질서가 있는 지상에서 최고의 정점에 서 있는 존재이며, 비록 교황이 세속 군주들에게 세속의 검을 사용할 수 있는 권한을 위임하였지만 세속의 군주들은 교황의 허락 하에 그것을 사용할 수 있었다. 따라서 보니파티우스에 의하면 세속군주들을 포함한 모든 인간들이 교황의 신하였다.[52] 유사한 맥락에서 길베르는 세속군주의 권력은 그것이 교회의 권위에 기초하고 있을 때만 정당하다는 입장을 대변하였다. 울만(Walter Ullmann)에 의하며 "길베르 저술들의 목표는 모든 인간들과 사태들에 관하여 (...) 이 지상에서 교황이 지상권을 가지고 있기 때문에 군주들은 교황의 신하라는 사실을 증명하는 데에 있었다."[53] 히터(Derek Heater) 역시 길베르가 『교회의 권위에 관하여』를 집필한 목적은 전체 기독교 세계에서 성과 속의 모든 문제들에 있어서 교황의 최고권을 옹호하기 위해서였다고 말한다.[54] 교황권을 옹호하는 이러한 논리들은 분열된 기독교 세계에서 교황을 중심으로 하는 질서를 구축하여 기독교 세계의 정치적 통일성을 강화하려는 목적을 가졌지만, 현실적으로 교권이 약화되어 가고 있는 상황에서 이러한 주장들만으로 기독교 세계에 통합된 정치적 질서를 부여하는 것은 사실상 불가능하였다. 실제로 프랑스 국왕 필립 4세(Philipp Ⅳ)와 교황 보니파티우스 8세의 대립에서 교황이 패한 사실은 이러한 주장의 무력함을 입증하고 있다.[55]

---

52 Ibid., p. 26.
53 Walter Ullmann, *A History of Political Thought in the Middle Ages* (Harmondsworth, 1965), pp. 124-125.
54 Heater, *Europäische Einheit*, p. 25.
55 교황 보니파티우스 8세는 성직자의 과세문제 및 재판권 문제를 두고 프랑스 국왕 필립 4세와 대립하다가 프랑스 국왕의 측근 인사들에 의해 린치를 당한 후 사망하게 되었고 1305년부터 교황권은 프랑스 국왕의 수중에 들어가게 된다. 홍용진, 「피에르 뒤부아의 『성지수복론』에 나타난 '기독교세계의 평화」, 『통합유럽연구』 9호(2014), pp. 7-9.

교황이 아닌 신성로마제국의 황제를 정점으로 하는 유럽의 정치적 통합을 옹호한 14세기 초 대표적인 지식인으로 우리는 단테(Dante Alighieri)를 거론할 수 있다. 대략 1311년 경 집필된 것으로 추정되는 그의 저서 『군주정(De Monarchia)』[56]은 로마제국이라는 보편제국 이념의 부활을 꿈꾸면서 당대의 신성로마제국 황제 하인리히 7세(Heinrich VII)를 정점으로 하는 보편적인 세계군주정(Weltmonarchie)을 수립할 것을 제안하고 있다.[57] 단테가 『군주정』을 통하여 제안한 보편제국은 교권과 속권의 명백한 분리에서 출발하고 있다. 단테는 성서가 가르치는 교황의 임무는 인간을 영원한 삶으로 인도하는 데에 있으며 세속의 일에 간여하는 것은 교황의 일이 아니라고 주장하면서, 인간들이 지상의 행복을 누리는 것을 돕는 일은 황제의 몫이라고 말한다.[58] 그는 또한 교황이 하느님으로부터 속세를 다스리는 권력을 받은 후 그것을 세속의 군주들에게 위임하였다는 교회의 주장을 부인하면서, 속세를 다스리는 권력은 황제가 하느님으로부터 직접 받은 것이라고 말한다.[59] 물론 단테가 교회와 관련한 교황의 권위를 부인하는 것은 아니었다. 단테의 논점은 세상을 통치하는 두 개의 검, 즉 영의 검과 속세의 검은 각각의 관리자들이 하느님으로부터 직접 받았기 때문에 교권과 속권은 동등하며, 따라서 교황과 황제는 상대방의 영역을 침범하면 안 된다는 사실을 분명히 하는데 있었다.[60]

이렇게 교권과 속권의 영역을 명백하게 분리하면서 단테는 이 지상의 제

---

56 Dante Alighieri, "Über die Monarchie", Rolf Hellmut Foerster (ed.), *Die Idee Europa 1300–1946. Quellen zur Geschichte der politischen Einigung* (München, 1963), pp. 26–34에 발췌문이 수록되어 있음.

57 Gehler, *Europa. Ideen Institutionen Vereinigung*, p. 57.

58 Dante Alighieri, "Über die Monarchie", pp. 32–33.

59 Ibid., pp. 32–34.

60 Rolf Hellmut Foerster, *Europa. Geschichte einer politischer Idee* (München, 1967), pp. 48–52.

국이 취해야 할 질서에 대해서도 언급한다. 그는 세상의 안녕과 이 지상에서 인간들의 행복을 위해서는 세속의 일을 관장하는 세속적인 보편 군주정이 – 황제가 통치하는 제국 – 필요하며, 여러 명의 군주들이 세계군주정을 다스리는 것보다 한 명의 세계군주가 다스리는 것이 성서적이라고 역설한다. 마치 전 우주를 관장하는 분이 하느님 한 분이듯이 인간은 한 사람의 통치자 즉 "세계군주(황제)"만 통치자로 가지는 것이 하느님의 창조질서에 부합하는 것이라고 말한다.[61] 이러한 주장이 전달하는 메시지는 분명하였다. 그것은 기독교 세계의 제후들과 군주들이 기독교 세계의 평화를 위해서 황제를 세계군주정의 최고의 권위자라는 사실을 인정하고 황제의 권위에 복속하라는 것이었다.

14세기 초에 황제가 정치적 정점에 서 있는 세계제국을 현실화하려 했던 단테의 구상은 실현가능성이 없었던 하나의 몽상적 희망에 불과하였다. 이미 그 당시에 황제는 단테의 구상을 다른 세속의 군주들에게 관철시킬 실질적인 힘을 소유하고 있지 못했던 것이다. 다시 말해『군주정』의 이상은 당시의 역사적 현실에 의해서 좌초될 수밖에 없었다. 그러나 학자들은 당시의 정치현실에서 단테의 구상이 가졌던 독창성만은 인정한다. 비록 단테가 국가 연합의 구체적인 방안을 제시하고 있는 것은 아니었지만 기독교 세계를 구성하는 각각의 국가들이 황제를 최고 권력자로 인정하면서 서로 간의 평화를 유지해야 한다는 단테의 구상은 유럽에서 연방제적 구조를 가지는 정치체제의 창설을 제안하는 것으로 해석될 수 있기 때문이었다.[62]

프랑스 법률가이자 저술가였던 뒤보아(Pierre Dubois)에 의해 1306년에 출판

---

61 Dante Alighieri, "Über die Monarchie", pp. 29–31.
62 Rolf Hellmut Foerster (ed.), *Die Idee Europa 1300–1946*, P. 25; Gehler, *Europa. Ideen Institutionen Vereinigung*, p. 59; Heater, *Europäische Einheit*, p. 28.

된 소책자 『성지수복론(De recuperatione terrae Sanctae)』[63] 역시 단테의 『군주정』과 유사하게 일종의 유럽 국가연합의 창설을 제안하고 있다.[64] 뒤보아가 유럽 국가연합 창설 필요성에 대한 실마리를 가져오는 것은 기독교 세계의 통일성이라는 사유로부터였다. 1291년 유럽 십자군의 마지막 보루인 아크레가 함락된 것을 빌미로 뒤보아는 성지를 수복하기 위한 십자군을 일으켜야 한다고 주장하게 된다. 그리고 그는 가톨릭 군주들 사이에서 평화의 보장이 십자군을 성공적으로 일으키기 위한 전제조건이라고 설명한다. 뒤보아에 따르면 "그러한 이유로 로마교회에 복종하는 모든 가톨릭교도들 사이에 그들 모두가 동일하게 하나의 유일한 국가로 결합하는 방식으로 평화가 보장된다면 이상적일 것이다. 하나의 국가로 결합하는 정도는 어떠한 이유로도 다시 분리되지 않을 정도로 강해야 할 것이다."[65] 여기서 뒤보아는 일종의 유럽 국가들의 연합을 제안하고 있는 것이었다.

뒤보아는 이러한 국가연합에서 평화를 보장하는 최고의 권력기구가 어떠해야 할 것인가에 대한 문제와 관련하여서는 단테와는 생각을 달리하고 있다. 단테에 의하면 황제가 평화를 보장하는 최고의 권위여야 했지만 뒤보아는 교황에 의해서 소집되는 모든 국왕들과 제후들로 구성된 공의회가 평화를

---

63 뒤보아의 『성지수복론』은 총 2부작으로 나누어져있다. 형식적으로는 영국의 국왕 에드워드 1세(Edward I)를 독자로 겨냥하고 있는(실제로는 유럽의 모든 국가들에 대한 제안임) 1306년 출판된 1부작에서 그는 유럽의 국가연합에 대한 자신의 견해를 피력하고 있다. 이후에 저술된 『성지수복론』의 2부작은 일종의 비밀문서 형식으로 프랑스 국왕에게만 전달되었고 그 속에는 프랑스가 유럽 국가연합을 이끌어 나가는 주도국이 되어야 할 것을 권유하고 있다. Heater, *Europäische Einheit*, p. 29, 31.

64 Gehler, *Europa. Ideen Institutionen Vereinigung*, p. 60. 뒤보아의 『성지수복론』을 심도 있게 다루고 있는 한국어 논문은 다음을 참조하라. 홍용진, 「피에르 뒤부아의 『성지수복론』에 나타난 '기독교세계의 평화'」, 『통합유럽연구』 9호(2014), pp. 1-23.

65 Pierre Dubois, "Über die Wiedergewinnung des Heiligen Landes", Rolf Hellmut Foerster (ed.), *Die Idee Europa 1300-1946. Quellen zur Geschichte der politischen Einigung* (München, 1963), pp. 35-36.

보장하는 최고기구의 역할을 맡아야 했다.[66] 뒤보아는 황제로 대표되는 제국의 패권적 지위를 대신하는 권위로서 유럽의 국가연합을 구상하였던 것이다. 물론 그에 따르면 이러한 국가연합을 이끄는 지도자는 프랑스 국왕이어야 했다.[67] 뒤보아에 의하면 국가연합 체제 하에서 유럽의 기독교 국가들 사이에서 전쟁은 금지되어야 했고, 평화의 파괴자는 군사적 혹은 경제적 제재를 피할 수 없었다. 국가들 사이의 분쟁의 조정을 위해서 뒤보아는 명망가와 고위성직자 등 9명으로 구성되는 일종의 중재재판소의 역할을 담당할 위원회를 공의회가 소집할 것까지 제안하고 있다.[68]

이와 같은 구체적인 내용을 가진 뒤보아의 유럽 국가연합 구상은 그 구상을 주도해서 관철해야할 프랑스 국왕 필립 4세가 자신의 신하의 제안을 받아들이지 않았기 때문에 실현될 수 없었다. 비록 실현될 수는 없었지만 뒤보아의 구상은 중세에 최초로 국가가 국제질서의 중심점의 역할을 하는 주체로 등장했다는 점에서 이후 근대국가들이 주체가 되는 역사발전의 방향을 희미하게 암시하고 있었다. 뿐만 아니라 황제나 교황 등과 같은 개인이 아닌 정상들의 회의를 특정한 정치공동체의 최고의 기구로 상정한 것은 유럽사에서 최초로 표현되었던 발상이었다.[69] 그러나 그의 제안이 아무리 독창적이었다 하더라도 그의 구상은 실현될 수 없었던 이후의 수많은 유럽통합의 계획들처럼 왕조적 혹은 패권적 목표들을 달성하기 위해서 유럽통합을 도구화 시킨 사례라는 오해에서 혹은 비판에서 자유롭기는 힘들 것이다.[70]

---

66 Ibid., p. 37.
67 Heater, *Europäische Einheit*, p. 32.
68 Pierre Dubois, "Über die Wiedergewinnung des Heiligen Landes", p. 37.
69 Foerster (ed.), *Die Idee Europa 1300–1946*, p. 35.
70 Mittag, *Kleine Geschichte der Europäischen Union*, p. 32.

IV. 결론

신화 속 공주 이름과 지리적 명칭으로 출현한 유럽의 이름은 중세를 거치면서 기독교 세계와 동의어로 사용됨으로써 문화적이며 정치적인 차원에까지 의미를 확대할 수 있었다. 늦어도 15세기 중반 에네아 실비오 피콜로미니가 기독교 세계와 유럽을 동일시하였을 당시 유럽은 이제 정체성을 가지는 운명공동체로 사유되었다. 기독교 세계로서의 중세적 정체성이 국가들의 체제라는 새로운 유럽정체성으로 서서히 대체되는 근대유럽에서 기독교 세계라는 명칭은 그 사용빈도가 점점 더 줄어들게 된다. 그럼에도 불구하고 통일된 기독교 세계로서의 유럽은 공유된 문화적 기억으로서 이후의 유럽사에서 끊임없이 재생되어 왔다. 시인 노발리스(Novalis)가 1798년 쓴 에세이 『기독교 세계 혹은 유럽』에서 "유럽이 아직 기독교의 땅이었던 시절, 인간이 사는 이 대륙을 하나의 기독교 세계가 아우르든 그때 그 시절은 아름답고도 영광스러웠네 (…)"[71]라고 말하면서 기독교 세계의 유럽을 이상화 한 것은 하나의 작은 예에 불과하다. 지금도 유럽의 도처에서 장엄한 아름다움을 자랑하고 있는 고딕 성당들은 오늘날까지 기독교 공화국 유럽의 정신적 통일성을 환기시켜 주고 있다.

20세기 후반 최초의 초국가적 유럽공동체가 창설된 이후 유럽공동체가 어떤 모습을 가져야 하고 어디로 가야할 것인가라는 질문은 명시적이건 암시적이건 끊임없이 이어져 오고 있다. 슈말레는 2차세계대전 이후 거의 모든 유럽의 조약들이 유럽정체성을 정의해 왔으며, 그 정체성은 공동의 역사와 문화 또는 공동의 유산에 그 기초를 두고 있다고 말한다.[72] 유럽의 역사를 통해

---

71 헬름라트, 「중세의 유럽. 기독교 유럽의 문제」, p. 1.
72 Wolfgang Schmale/Rolf Felbinger/Günther Kastner/Josef Köstlbauer, *Studien zur europäischen Identität im 17. Jahrhundert* (Bochum, 2004), pp. 7-11.

서 공유된 문화적 체험과 기억들이 공동의 유산이 되어 현재 유럽정체성 형성 및 정체성 규정에 여전히 핵심적인 역할을 하고 있음을 알 수 있다. 중세 기독교 세계의 통일성에 대한 기억이 여전히 현재 유럽정체성을 구성하는 중요한 한 축을 이루고 있다는 사실을 부정하기는 어려울 것이다.

물론 과연 현재의 유럽연합이 기독교적 유럽의 정체성을 전면에 내세울 수 있는가 하는 것은 또 다른 차원의 문제다. 유럽헌법 전문을 작성하는 과정에서 유럽인들의 자기규정과 관련한 최근의 논쟁에서 우리는 이러한 유럽인들의 고민을 읽을 수 있다. 2003년의 그 논쟁은 유럽의 문화적 유산으로서 기독교를 명시할 것인가라는 질문에서 시작되었다. 그 논쟁의 결과는 문제의 핵심을 우회하면서 '기독교적 유산'이라는 단어 대신 '종교적 유산'이라는 단어를 선택하는 것으로 결론지어졌다.[73] 유럽의 종교적 유산이 기독교적 유산을 의미하는 것이 명약관화함에도 불구하고 기독교적 유산을 명시하지 않는 이유가 유럽연합이 종교적 중립성을 보장한다는 약속 때문이라는 설명은 여전히 궁색하기 그지없다.[74]

유럽의 역사가 기독교 없이는 설명되어질 수 없고, 기독교적 유산은 부인할 수 없는 유럽의 역사적 현실이다. 이러한 과거의 유산은 유럽의 현재적 정체성을 형성하는 토양이 되었다. 그 사실을 부인할 수는 없다. 그러나 개인의 것이건 집단의 것이건 정체성은 지속적으로 변해 왔고 앞으로도 변할 수 있다. 유럽이 그래왔다.[75] 즉 문제의 핵심은 앞으로 유럽이 어디로 나아가야 하는가라는 물음이 될 수 있을 것이다. 유럽연합의 회원국들이 자신들의 현재적 관계와 미래의 목표를 어떻게 설정할 것인가에 따라 유럽의 정체성은

---

73 Thomas Meyer, *Die Identität Europas. Der EU eine Seele?* (Frankfurt a. M., 2004), pp. 14–15; 신종훈, 「유럽정체성과 동아시아공동체 담론」, p. 247–248.

74 Isensee, "Die Christliche Identität Europas", p. 46.

75 신종훈, 「유럽정체성과 동아시아공동체 담론」, p. 244.

일정부분 새롭게 구성되어 질 수 있기 때문이다.[76] 현재 유럽연합은 대부분의 국민이 무슬림인 터키와 회원국 가입협상을 공식적으로 하고 있는 중이며, 이슬람 국가 IS는 유럽연합을 공적으로 규정하고 끔찍한 테러를 지속하고 있다. 유럽연합이라는 배에서 내리겠다고 선언한 승객마저 나타났다. 유럽사에서 자주 그래왔듯이 유럽이 또 다시 기로에 서 있다는 푸념어린 읊조림이 그냥 무시할 수 있는 상투어가 아니게 되었다.

---

76 Ibid., p. 256.

클뤼니 수도원의 '위령(慰靈)의 날'과 장례(葬禮)

이정민

I. 머리말

그리스도교의 일상적인 삶은 망자(亡者)들의 달력으로 크게 채워져 있다. 매주 월요일은 특히 망자들을 위한 날로 여긴다. 만약 만성절(Toussaint) 다음날이 '위령의 날(la fête du jour des morts)'[1]이라면, 망자들은 성인들(saints)에게 가깝게 있다는 것만으로도 안도감을 가질 것이다. 왜냐하면 신 가까이에 있는 성인들은 망자들의 구원을 위해 기도해줄 수 있는 특권을 부여받은 중재자들이기 때문이다. 분명 중세인들에게는 평화스러운 임종과 경건한 장례를 거처 영혼

---

[1] 로마 가톨릭에서는 '망자들의 날(Commemoratio Omnium Fidelium Defunctorum)'을 '위령(慰靈)의 날'로 부르고 있다. 본고에서는 '망자들의 날'을 '위령의 날'로 표기한다.

구원의 확증을 보여주는 수도원 묘지에 묻힌다는 것은 하나의 특권이자 이상적인 죽음을 맞이한다는 것을 뜻한다고 할 수 있다. "교회는 수도승들이 신성시하는 사후 세계에 대한 두려움으로 아름다웠고 기독교 사회는 망자들로 고무된 이 거래들로 채워졌다."[2] 라는 표현에서도 알 수 있듯이, 사후(死後) 세계에 대한 두려움과 영혼 구원의 필요성과 안녕(安寧)에 대한 열망이 커질수록 성인과 성유물(les reliques, 聖遺物)에 대한 중세인들의 관심은 두드러졌으며, 특히 성유물 숭배는 980년경 클뤼니(Cluny) 수도원을 중심으로 확대되었다.

중세 초기 카롤링 시대는 성처녀, 금욕생활자, 결혼한 사람들을 포함한 전통적인 위계질서에 기도하는 자(oratores), 싸우는 자(bellatores)와 농사짓는 자들(laboratores)과 같은 3위계를 포함한 이른바 '교회 질서(ordines ecclesiae)'를 만들었다.[3] 부단한 기도와 성찬례 거행을 통해서 수도승들은 구원을 담당하는 대리인이 된다. 이와 더불어 카롤링 시대에는 형제애(la confraternité)라는 새로운 연대가 만들어지고 있다. 즉, 이승의 형제애와 저승의 기억이 만나 새로운 정치적 연대를 만든다.[4] 8세기 잉글랜드에서 등장한 만성절은 9세기 카롤링 시기에 더욱 확산되기 시작하였다.[5] 더불어, 모든 망자들을 만성절을 기념으로 연결시키고자 하는 생각이 등장하였다. 한 예로, 827년 메츠(Metz)의 수도승이자 트레브(Trèves) 대주교 아말라리우스(Amalarius)는 그의『교송(交誦)성가집(Liber de ordine antiphonarii)』에서 "성인들을 위한 기도 후, 나는 망자들을 위한 기도를

---

2 D. Barthélemy, "La paix de dieu dans son contexte", *Cahiers de civilisation médié-vale*, 40, 1997, p. 9.

3 E. Ortigues, "L'élaboration de la théorie des trois ordres chez Haymon d'Auxerre", *Francia*,, 14, 1986, pp. 27-43.

4 D. Iognat-prat, "Les morts dans la comptabilité céleste des Clunisiens de l'an mil", *Religion et culture autour de l'an mil: royaume Capétien et Lotharingie*, Paris: A. Picard, 1990, p. 58.

5 L. Pietri, "Les origines de la fête de la Toussaint", Les Quatre fleuves, Paris: Ed. du Seuil, 25-26, 1988, p. 57-71.

더했다. 사실 이 세상을 떠난 수많은 이들이 바로 성인들에게 영입되는 것이 아니다."라고 기술하고 있다.[6] 하지만 이 기도는 단지 특별한 이들을 위한 경우였다. 매년 며칠 동안 많은 수도원들은 망자들을 위한 특별한 기도를 하곤 하였다. 사망자 명부에 적힌 망자들을 기억하고자 그들의 이름을 읽으며 망자들에 대한 기억을 되새기며 수도승들에게 망자들을 위한 기도를 청하였다.

910년 9월 11일 아키텐느(Aquitaine) 공이자 마콩(Mâcon) 백 기욤(Guillaume)의 기증으로[7] 출발한 클뤼니 수도원 임종과 장례와 매장에 관한 교회의 전통을 적극적으로 계승하였다. 클뤼니의 다섯 번째 수도원장 오딜롱(Odilon, 994년-1048년)은 만성절 다음날을 위령의 날로 기념 추도하기 시작하였으며 이는 12세기말 서유럽 교회에 일반화되기 시작했다.[8] 이어서 위그 드 세뮈르(Hugues de Semur 1049-1109)는 전임 수도원장을 따라 클뤼니 달력에 맞춰 망자들을 집단적으로 기념추도하였다. 성 베드로(St. Peter)와 성 바오로(St. Paul)를 주보성인(主保聖人)으로 삼는 클뤼니가[9] 980년대 로마에서 성 베드로와 성 바오로의 성유물을 가

---

6 Symphosius Amalarius, Liber de ordine antiphonarii, Opera liturgica omnia, ed. Joanne Michaele Hanssens, Città del Vaticano: Biblioteca apostolica, 1950, Tom. III. C. 65.

7 《Quod ego Guillelmus, dono Dei comes et dux, sollicite perpendens ac proprie saluti, dum licitum est, providere cupiens, ratum, immo pernecessarium duxi, ut ex rebis quæ michi temporaliter conlata sunt, ad emolumentum animę aliquantulum inperciar...》 Recueil des chartes de l'abbaye de Cluny, tome 1, éd. A. Bruel, Paris: Imprimerie nationale, 1876, ch. 112, p. 124.

8 F. Plaine, "La Fête des morts du 2 novembre. Dates et circonstances de songe à l'Eglise universelle", Revue du clergé de France, 7, 1896, 445; Ambroise Guillois, Les Saints Evangiles des Dimanches et principales fêtes de l'année, Le Mans: Fleuriot, 1840, p. 538.

9 《Quod ego Guillelmus, dono Dei comes et dux, sollicite perpendens ac proprie saluti, dum licitum est, providere cupiens, ratum, immo pernecessarium duxi, ut ex rebis quæ michi temporaliter conlata sunt, ad emolumentum animę aliquantulum inperciar...》 Recueil des chartes de l'abbaye de Cluny, tome 1, éd. A. Bruel, Paris: Imprimerie nationale, 1876, ch. 112, p. 124.

져오면서 클뤼니 수도원 묘지에 매장되고 싶은 세속인들의 열정과 관심은 급증하였다.[10] 더불어 죽음과 장례에 관한 클뤼니 수도원의 눈에 띄는 활약에 세속인들의 기증과 봉헌이 쏟아졌다. 마치 사후 세계를 보증하는 것만 같은 클뤼니 수도승들과 영혼의 안녕과 구원을 열망하는 세속인들의 결합은 또 하나의 독특한 중세 그리스도교적 세계관을 만들어내었다. 뿐만 아니라, 이러한 고유한 종교적 기능을 현실 속에서 장례와 묘지매장에 관한 전례의식으로 입체화시켜냄으로써 클뤼니 수도원의 입지를 강화시켜나갔다.[11] 11세기 교황권을 정점으로 하는 중앙집권적 교회 질서를 구축하는 과정에서 적극적인 역할을 담당했던 클뤼니 수도원의 장례를 중심으로 하는 전례의식에 관한 관심은 상당히 정치적이며 전략적으로 보인다. 이러한 맥락에서, 본고는 위령의 날과 장례라는 죽은 이를 기억하는 방법을 제례함으로써 사후 세계를 연결하는 통로이자 매개체를 담당하는 클뤼니 수도회의 종교적 기능과 역할이 가지는 역사적 의미를 살펴보기로 한다. 이는 11세기 교황을 정점으로 하는 교회 위계 질서가 완성되어가는 과정에서 주목해야할 중세 그리스도교적 세계관에 기반한 정치·종교적 전략이었다고 할 수 있을 것이다.

II. 클뤼니 수도원장 오딜롱과 위령의 날

1. 위령의 날(La fête du jour des morts)

초기 교회 신학자들은 생전에 저지른 죄 때문에 고통을 받는 망자들의 영혼을 구하기 위한 기도를 설명했지만 이는 어디까지나 개인적인 영역이었다.

---

10 H.E.J. Cowdrey, *Two studies in Cluniac History 1049-1126*, Roma: Las, 1978, pp. 116-117.

11 D. Iognat-prat, "Des morts très spéciaux aux morts ordinaires; La pastorale funéraire clunisienne(XIe-XIIe siècles)", *Médiévales*, 31, 1996, p. 80.

망자들을 위한 기도는 초기 그리스도교 공동체의 전통이며 이는 성서에서도 쉽게 찾을 수 있다. 마카베오서(Liber Machabaeorum) 하권은 피비린내 나는 전투 후 마카베오는 전쟁에서 사망한 자들을 위로하고자 제물을 제공하고자 예루살렘으로 만이천 드라크마(drachme)을 보냈다.[12] 이러한 전통은 성 아우구스티누스(St. Augustinus)에서도 발견된다. 성 아우구스투스는 그의 어머니 모니카가 임종을 앞두고 "내가 죽으면 어디든 묻어도 상관이 없다. 그러나 나를 기념하는 것을 주님 대전에 가지고 가는 것만 부탁한다."[13]라고 말했던 것을 기억하며 망자들을 기념하고 그들을 위해 제대에 제물을 바치는 것은 경건한 일이라고 설명한다.[14] 그러나 성 베네딕트의 계율(La Règle de saint Benoît)에서는 망자 추도(追悼)의 전통이 나타나지 않지만 초기 중세 수도원 공동체의 교의(敎義), 성인전 연구와 전례의식에 막대한 영향을 준 교황 그레고리우스 1세(Grégoire le Grand)에서 그 전통이 계승되고 있음을 찾아 볼 수 있다. 교황 그레고리우스 1세의 저서 『대화록(Dialogues)』의 4권은 죽음과 사후세계를 다루고 있다. 죽음을 맞이하는 자들이 보는 것과 망자들의 환영(幻影)을 교회가 이해하는 교의로 기술해내고 있다.[15] 교황 그레고리우스 1세는 죄를 경중(輕重)에 따라 나무, 건초와 짚처럼 3영역으로 나누고, 가벼운 잘못은 용서받을 수 있다고 설명하면서 속죄와 정화에 관한 교의를 더욱 강화시켰다. 또한 교황 그레고리우스 1세는 금화 두 닢을 숨기고 청빈의 서약을 어긴 유스투스(Justus)라는 수도승의 일화를 소개하고 있다. 임종을 맞이한 유스투스는 수도승들에게

---

12 성서에는 '망자들이 죄 때문에 고통을 받는 것으로부터 해방시키고자 망자들을 위해서 기도한다는 생각은 성스럽고 칭송받을만하다.';마카베오 2권, XII.

13 St. Augustin, Confessions, trad., L. Moreau, lib. IX, cap. 11, p. 230. Paris: E. Flammarion, 1914.

14 De Cura pro moritus

15 R. Gryson, "Grégoire le Grand. Dialogues. T. Ⅲ (Livre Ⅳ)", *Revue belge de philologie et d'histoire*, tome 59, fasc. 1, Bruxelles, 1981, p. 212.

도움을 청했으나 아무도 감히 그에게 다가가고자 하지 않았다. 그의 친형제였던 코피오수스(Copiosus)가 유스투스에게 왜 모두가 그를 혐오하는지를 설명해주었다. 교황 그레고리우스 1세는 금화 두 닢을 숨기고 청빈의 서약을 어기고 죄를 씻지 못한 채 사망한 유스투스가 어떠한 배려도 없이 거름구덩이에 던져질 것이라고 설명한다. 그러나 교황 그레고리우스 1세는 고인이 된 유스투스를 구원할 수 있는 유일한 방법으로 망자에게 주어진 30일간의 보속 기간에 해당되는 30일간의 미사를 동료 수도승들에게 권유하였다. 30일 후 유스투스가 코피오수스에게 나타나 자신이 구원되었다는 소식을 전해주었다.[16] 망자를 위한 30일간의 미사와 영혼 구원의 효과에 감동한 교황 그레고리우스 1세는 망자들을 위한 기도를 적극적으로 고무하였다. 클뤼니 수도원은 망자들을 위한 30일의 기도를 '성 그레고리우스의 미사'라고 불렀다. 이에 교황 보니파키우스 14세는 이 같은 교회 관습은 성스러운 것이며 모든 신자들은 언제나 이를 행해야 한다고 강조했다.[17] 또한 벡(Bec)의 수도원 출신인 로체스터(Rochester) 주교 간둘프(Gandulphe)는 거의 매일 2대의 미사를 드렸는데 그 중 두 번째는 언제나 망자들을 위한 미사였다.[18]

망자들에 대한 기념은 클뤼니에서는 성삼위대축일(la Trinité) 후 2일째 되는 날에 시행되었고 에스파냐에서는 세비야(Séville)의 이시도르(Isidore)가 매년 성령강림대축일(la Pentecôte) 다음날 망자들을 기념하는 미사를 제안했다. 그러나 이 같은 기도들은 단지 교회 공동체에만 국한되는 것이었으며 어느 누구도

---

16 J. Ntedika, "L'évocation de l'au-delà dans la prière pour les morts. Etude de patristique et de liturgie dans la prière pour les morts.", *Etude de patristique et de liturgie latines(IVe-VIIIe siècles)*, Louvain-Paris, 1971., p. 109.

17 《Fideles omni saeculo eamdem consuetudinem pariter receperunt.》, De Sacrif. miss., lib. III, cap. XXIII.

18 P. Ragey, *Histoire de Saint Anselme*, t. I, Paris, Lyon: Delhomme et Briguet, s. d., 1889, p. 250.

모든 망자들을 위한 축일의 필요성을 공식화하지는 않았다. 클뤼니의 5번째 수도원장 오딜롱은 11월 2일을 모든 망자들에 대한 추도를 하는 기념일로 잡았다. 1050년대 초반 클뤼니 수도승 조살드(Jotsald)는 망자들에 대한 수도승들의 임무에 관한 오딜롱의 말을 인용하면서 1030년부터 클뤼니에서 만성절의 다음날인 11월 2일이 망자들을 기억하는 날로 출발하고 있음에 주목하고 있다.[19] 또한 피에르 다미엥(Pierre Damien)은 클뤼니 수도승들의 망자들을 위한 봉사에 관해서 언급하기도 하였다.[20] 이후 『로마 순교자 명부(Martyrologe Romain)』에서도 모든 그리스도교도 망자들의 주보성인 오딜롱에 관해서도 집중하고 있으며[21] 르 고프(J. Le Goff) 또한 연옥이라는 개념의 출현에 있어서의 클뤼니 수도원의 역할에 주목하였다.[22]

오딜롱의 재임 동안 클뤼니는 2가지 주요한 변화를 경험했다. 먼저, 980-1020년 사이 서프랑크 공권력의 약화를 경험하는 동안에 수도원은 독립적인 영주권을 가지게 되었다.[23] 그리고 998년 클뤼니는 교황 그레고리우스 5세로부터 면제 특권을 받았다.[24] 반세기 동안 오딜롱은 수도원을 조직하

---

19 Jotsald, *Vita sancti Odilonis*, *PL.*, 142, col. 926C-927B, trad., D. Iognat-prat, *Religion et culture autour de l'an mil: royaume Capétien et Lotharingie*, Paris: A. Picard, 1990, pp. 55-56. '위령의 날'이 1030년부터 시작되는 것으로 가장 많이 받아들여지고 있다; *Liber tramitis aevi Odilonis*, ed., P. Dinter, *Corps Consuetudinum Monasticarum*, 10, Siegburg: F. Schmitt, 1980, 126, pp. 186-187.

20 P. Damien, *PL.*, 144, col. 925-944.

21 《Apud Silviniacum sancti Odilonis abbatis Cluniacensis, qui primus commemorationem omnium fidelium defunctorum prima die post festum Omnium Sanctorum in suis monasteriis fieri praecepit; quem ritum postea universalis ecclesia recipiens comprobavit》, *Propylaeum ad Acta sanctorum decembris ediderunt Hippolytus Delehaye,... Martyrologium romanum ad formam editionis typicae scholiis historicis instructum*, Bruxelles: Bollandianorum typographi, 1940, 1.

22 J. Le Goff, *La naissance du purgatoire*, Paris: Gallimard, 1981, pp. 171-172.

23 G. Duby, *La société aux XIe et XIIe siècles dans la région mâconnaise*, (Bibliothèque générale de l'Ecole pratique des hautes etudes 6e section), 2e éd., Paris: S.E.V.P.E.N., 1971, p. 145.

였고 이미 960년대부터 활동이 활발한 필사실(scriptorium)의 역할을 발전시켰다.[25] 또한 오딜롱 재임 기간에는 문서집(cartulaire) 형태의 클뤼니 문서들을 정리하는 첫 작업이 시작되었다. 관례집과 문서집은 천년 경 클뤼니 수도원에서 망자들의 기억을 운영하는 방법에 관한 중요한 정보를 제공한다. 이 문서집들은 장례와 매장을 위한 봉헌에 관한 소중하고 상세한 기록들을 제공한다. D. 이오그나 프라(Iogna-Prat)는 클뤼니 수도원 설립부터 수도원장 성 위그(Saint Hugues)의 재임 마지막 시기인 1109년까지 클뤼니 수도원으로 시행된 봉헌을 분석한 D. 포에크(Poeck) 연구 결과 중 장례와 매장을 목적으로 시행된 봉헌에 주목한다. 마이얼(Maïeul) 수도원장 재임 동안에는 637개 봉헌 중 72개, 오딜롱 수도원장 재임 동안에는 704개 중 124개로 증가했다가 성 위그 수도원장 재임 시기에는 654개 중 73개로 축소하고 있으므로 장례를 위한 봉헌은 오딜롱 수도원장 시기에 최고조에 달하는 것으로 보인다.[26]

2. 사망자명부와 수도원 외부 사람들(extra monasterium)

1060-1080년대 장례 업무는 클뤼니 수도원에게는 수도원과 소수도원의 통합을 이끄는 주요한 요소가 되었음과 동시에 중소 귀족들과의 '장례를 매개로

---

24 J. F. Lemarignier, "L'exemption monastique et les origines de la réforme gré-gorienne", dans *A Cluny, Congès scientifiaue, fêtes et cérémonies liturgiques en l'honneur des saints abbés odon et Odilon(9-11 juillet 1949)*, Dijon, impr. de Bernigaud et Privat, 1950, pp. 288-334.

25 이미 999년경 클뤼니 수도원의 수서본들의 스타일에 변화가 생긴다. 글씨가 크고 진해지며 잉크는 더욱 까맣게 바뀌며 장식이 들어가기 시작한 페이지 레이아웃은 보다 우아해진다: M. C. Garand, "Copistes de Cluny au temps de saint Maïeul(948-994)", *Bibliothèque de l'Ecole des Chartes*, 136, 1978, p. 23.

26 D. Poeck, "Laiengräbnisse in Cluny", *Frühmittelalterliche Studien*, 15, 1981. 101(Maïeul), 122, 176(Odilon), 152(Hugues) 재인용; D. Iognat-prat, "Les morts dans la comptabilité céleste des Clunisiens de l'an mil", *Religion et culture autour de l'an mil: royaume Capétien et Lotharingie*, Paris: A. Picard, 1990, p. 57.

하는 거래'는 클뤼니 수도원에게 새로운 활기를 제공했다. 장례를 매개로 하는 거래는 기증과 이에 대한 보답으로 이루어졌다. 봉헌물을 받는 수도승 사제들은 제대 앞에 놓인 제물을 영적인 것으로 변화시키는(transmutatio) 중요한 역할을 담당하였다. 보다 체계화된 장례 업무의 한 단계로 성체 경배 중에 언급해야 하는 살아있는 자들이나 망자들의 이름이 기입한 여러 책들(libri confraternitatum, libri memoriales, libri vitae)이 작성된다.[27] 즉, 카롤링 형제애와 사망자 명부를 합친 이 책들은 카롤링 형제애와 사망자 명부의 유산이자 천년의 수도원 가족(familia)이 라는 의식을 반영한 결과물이라고 볼 수 있다. 주요 수도원들의 사망자명부는 출신과 종족이 다양한 그리스도교도들을 연결시켜주는 공동체의 기도와 감정의 연대를 보여준다. 수도원에서 수도승이 죽을 때마다, 이 수도원과 연결된 교회와 수도원은 망자를 위한 기도에 참가하게 되며 이 사망자명부는 '망자들의 두루마리 글(rouleau des morts)'이라고도 부른다.[28] 사망자명부는 크게 종신(終身)적인 것과 연간(年刊)적인 것으로 나누고 때로는 개인적인 것도 덧붙여진다. 11-12세기 수도원은 마치 사후 세계로 상징되며, 영혼의 치유를 위한 장소이며 현재의 희망과 미래의 안녕이 공존하는 장소이다.

『오딜롱 시기의 첩경(捷徑) (liber tramitis aevi Odilonis)』에 나타나는 사망자명부는 크게 서원(誓願)을 한 수도승들(monahcus nostrae congregationis)와 '벗(amis)'이라고 불 리는 왕, 공, 백과 같은 세속인들로 나뉜다.[29] 『오딜롱 시기의 첩경(捷徑)』의 34장은 클뤼니 수도승들 중 수도원 본원이 아닌 외부(extra monasterium)나 분원

---

27 N. Hyughebaret, *Les documents nécrologique*, Turnhout: Brepols, 1972, pp. 13-14.

28 M. L. Delisle, "Des monuments paléographiques concernant l'usage de prier pour les morts", *Bibliothèque de l'école des Chartes*; 2e série, t. III, mai-juin, 1847, 5e livr., p. 369.

29 한 예로, 오딜롱은 '매우 소중한 벗(ami très cher)'인 앙리(Henri)2세가 예수탄생, 성모 마리아 취결례, 부활주일, 예수승천대축일과 성모승천대축일에 보석, 성유물단장구, 왕홀과 십자가 등을 봉헌했다고 전한다; *Liber tramitis aevi Odilonis*, 23, 42, 68, 108, 151.

에서 죽은 이들 그리고 클뤼니 수도승들의 죽은 부모들에 관해서 다루고 있다.[30] 수도원 외부인들은 '수도승들의 군대(turme)'라는 표현으로 나타난다.[31] 또한 클뤼니 수도원의 사망자명부에는 귀족 기증자의 이름과 가문 이름이 적혀 있다. 성교회를 지키고, 모든 살아있는 혹은 고인이 된 신자들의 구원과 평안을 위해서 클뤼니 수도원에서는 끊임없는 기도, 성체 미사와 봉헌이 지속되었다. 그러므로 이 수도원을 괴롭히는 모든 교만은 우리와 공동체를 잘못되게 만들 것이라고 오딜롱은 기술하고 있다.[32] 1010년경 불드리쿠스(Vuldricus)는 그의 아내와 자녀들이 지켜보는 가운데 신과 성 베드로에게 자신의 영혼을 치유 받기 위하여 묘지에 묻힐 것을 원하며 봉헌을 한다고 밝히고 있다. 특히 성 베드로가 심판의 날에 그의 좋은 변호인이 되어 줄 것을 기대한다고 덧붙이고 있다.[33] 수도승들은 임종을 앞둔 신자들의 봉헌을 받고 그

---

30 『오딜롱 시기의 첩경(捷徑)(*Liber tramitis aevi Odilonis*)』, éd. P. Dinter, *Corpus Consuetudinum Monasticarum*, 10, Siegburg: F. Schmitt, 1980, pp. 196–202, pp. 278–281.

31 '군대(turme)'은 라틴어 'turma'로부터 유래하며 고대 로마 기병대 ala의 10분의 1(약 30명의 기병 중대) 또는 군대를 의미한다. 이 단어는 클뤼니 문서집에서 종종 수도승 공동체를 가리키는 의미로 사용되곤 한다; ex)《Sacrosancto et exorabili loco in honore Dei et beatorum aposto lorum Petri et Pauli consecrato, Cluniensi monasterio, situm in pago Matisconensi, ubi preest domnus Hemardus abbas, cum turma monchorum》, *Recueil des chartes de l'abbaye de Cluny*, éd. A. Bernard–A. Bruel, *Collection de documents inédits sur l'histoire de France*, Paris: Imprimerie nationale, 1871–1887, I, 806(951년 4월 7일 문서).

32 《Igitur quia in eodem loco iuges orationes et missarum caelebrationes et elemosine fiunt pro statu sanctae Dei aecclesiae et omnium fidelium vivorum et defunctorum salute et requiem ipsius dispendium commune omnium nostrum est detrimentum》, H. Zimmermann, *Papsturkunden 896–1046*, Wien: Verl. der Österreichischen Akademie der Wissenschaften, 1984.

33 《In nomine Verbi incarnati. Ego Vuldricus et uxor mea Oltrudis et filius meus Maiolus et filia mea Altuldis donamus Deo et Sancto Petro ad locum Cluniacum unum curtilum cum prato et vinea in villa Donziaco; et terminat a cercio terra Sancti Nicecii, a mane via publica, a medio die terra Sancti Petri, a sero gutta currente. Facio autem hanc donationem pro remedio anime mee et in locum se-

들에게 기도, 미사, 묘지 매장, 사망자명부에 이름 기재 등 영적 봉사를 제공한다. 이것은 클뤼니 수도승들과 세속 귀족들과의 정치적이며 전략적인 거래이자 세속 사회와 사후 세계를 끈끈하게 연결시켜 중세 그리스도교 사회의 중요한 성격을 만들어내었다. 그러나 이 거래에서 가난한 자들(paupers)은 언급되고 있지 않다.

11세기 클뤼니 수도원은 2개의 묘지를 가지고 있었다.[34] 하나는 수도승들을 위한 것이었고 나머지 하나는 세속인들을 위한 것(populare cimeterium)이었다.[35] 한 예로, 958년 8월 오다(Oda)라는 여인은 사후 클뤼니 수도원에 받아들여져 그녀와 그 가족의 영혼의 안녕과 구원을 받는 것을 대가로 기증을 하고 있다.[36] 심지어 1024년 교황 요하네스 19세는 파문에 처해진 자가 영혼 구원의 은총을 얻고자 클뤼니 수도원 묘지에 매장될 것을 원한다면, 그에게 용서와 자비를 베풀어서 그의 구원을 도와야한다고 밝히고 있다.[37] 이처럼, 클뤼니

---

  pulture; ut Sanctus Petrus sit mihi bonus advocatus in die judicii.》, *Recueil des Chartes de l'abbaye de Cluny*, 1-4, éd., A. Bernard-A. Bruel, Paris: Imprimerie nationale, 1871-1887, 2676, 1010년경.

34 클뤼니는 3차례에 걸쳐 Cluny I(910-945), Cluny II(954-981), Cluny III(1088-1095)으로 수도원 건물을 확장시켜나갔다.

35 속인을 위한 묘지는 『오딜롱 시기의 첩경(捷徑)』에서 여러 차례 언급되고 있다.(142, p. 206; 200, p.280; 206, p. 284)

36 《Ego oda femina dono de rebus meis que sunt site in pago Lugdunense, in agro Gasniacense, in villa Gemellis: hoc est unum curtilum cum manso et vinea atque arboribus; que res his finibus terminatur: a mane terra et vinea de ipsa hereditate nostra... Infra istas terminationem, totum vobis dono ad integrum pro remedio anime mee, et pro remedio parentum meorum, et pro senoire meo, nomine Vendranno, et pro seniore meo Gislemaro. Dono etiam predicto monasterio Cluniacensi et alias res juris mei que ad ipsum aspiciunt, in vineis, campis, pratis, silvis, aquis aquarumque decursibus...》, *Recueil des chartes de l'abbaye de Cluny*, tome 1, éd. A. Bruel, Paris: Imprimerie nationale, 1876, ch. 1051.

37 《Obtineat in eo locum justus, nec repellatur pœnitere volens iniquus. Præbeatur innocentibus charitas mutuæ fraternitatis, nec negetur offensis spes salutis et indulgentia pietatis. Et si aliquis cujuscunque obligatus anathemate eundem locum

수도승들은 속인 기증자와 후원자들의 묘지 매장을 수용하면서 사후 세계에까지 영향력을 확장시켰다.

III. 클뤼니 수도원의 장례

1. 구원을 위한 옷 갈아입기(vestitio ad succurendum)

수도승들은 세속인과는 사뭇 다른 세상의 전문가들이었다. '구원을 위한 옷 갈아입기' 의식에서 설명된다. 모든 기독교인들이 받을 수 있는 이 권한의 원칙은 간단하다. 즉, 모든 기독교인은 임종 시 수도승의 옷을 입을 수 있다. 심지어는 건강할 때 수도승들을 괴롭혔던 불한당 같은 영주들에게도 이 호혜는 주어진다. 기독교인들이 수도승 옷을 수의로 입고 매장되는 것은 사후 세계에 대한 일종의 보장이었다. 즉, 신이 그들의 복장을 보고 그들을 알아본다는 것이다. 단지, 영원한 종교적인 맹세를 하는 순간 한 가지 불편한 점이 있다. 즉, '구원을 위한 옷 갈아입기'는 수도승의 서원처럼 여겨졌으므로 이 의식을 행한 자가 사망하지 않을 경우 그는 수도승의 삶을 살 의지가 없음을 속히 밝혀야만 했다. 11세기경, 생 브로라드르(Saint Broladre)의 트레한(Tréhan)[38]에서 한 병자가 몽생미셸(Mont Saint-Michel)의 수도승들에게 수도승 옷을 청했다. 수도승들은 그의 불안감을 달래기 위해 수도승의 옷을 주었고 그는 기증을 했다. 착의식(着衣式)의 은총을 잃고 싶지 않아서 몽생미셸로 간다면 그는 수도승과 같은 은혜를 가지게 될 것이라는 것을 명기했고 만약 죽음을 피한다면,

---

expetierit, sive pro corporis sepulturâ, seu alterius suæ utilitatis et salutis gratiâ, minimè à veniâ et optatâ misericordiâ excludatur, sed oleo medicamenti salutaris fovendus benigniter colligatur. Quia et justum sic est, ut in domo pietatis et justo præbeatur dilectio sanctæ fraternitatis, et ad veniam confugienti peccatori non negetur medicamentum indulgentiæ et salutis.〉, *Ibidem*, ch. 8.

38 돌 드 브레타뉴(Dol-de-Bretagne)에서 멀지 않은 곳에 위치.

자신이 원할 경우, 수도원 공동체에 입회를 할 것이라고 밝히고 있다.[39]

1097년 교황 우르바누스 2세가 클뤼니계 수도승들에게 매장 권리를 인정하자 세속인들 역시 클뤼니 수도원의 묘지에 매장됨으로써 클뤼니 수도원(Ecclessia Cluniacensis)의 구성원이 되고자 했다.[40] 묘지 매장의 경우, 어떤 이들은 묻힐 땅을 제공하기도 하고 다른 이들은 수도승들에게 매장을 위하여 자신들의 시신을 수도원으로 옮겨줄 것을 요구하였다. 979년 로베르(Robert)는 엄청난 자신의 잘못에 대한 보속과 미래에 대한 준비뿐만 아니라 자신의 아내 발부르주(Walburge)의 구원을 위해 묘지를 얻고자 농노의 동산과 부동산을 기증했다. 그래서 로베르는 수도승들에게 샤트뇌프(Châteauneuf)에 있는 발부르주의 시신을 찾아서 클뤼니까지 이전할 것을 문의했다.[41] 사실, 『오딜롱 시기의 첩경(捷徑)』에서는 망자의 시신을 이전하는 의식을 다음과 같이 소개하고 있다. 수도원 묘지로 시신을 옮기는 과정은 모든 세속인에게 해당되는 일반적인 전례로 진행된다. 먼저 수도승들이 시편을 노래하고 젊은이들이 앞서고 기도하는 사람들이 뒤에 서서 행진한다. 이어서 출관(出棺) 의식이 있고 수도원으로 돌아온다. 하지만 비천한 이들의 경우는 사제에게

---

39 *Cartulaire du Mont Saint-Michel*, trad. P. Bouet et O. Desbordes, Le Mont-Saint-Michel: les Amis du Mont-Saint-Michel, 2005, f° 70; cf. Guillotin de Corson, Pouillé historique de l'archevêché de Rennes, II, Mayenne: Éd. régionales de l'Ouest, 1997, pp.528-529.

40 Bulle du 17 avril 1097, *Bullarium sacri ordinis cluniacensis*, éd. P. Simon, Lugduni: apud A. Jullieron, 1680, 28.

41 《donò eciam tam pro mea redemptione quamque etiam pro redemptione uxoris meæ Vualburgis, sive illius corporis sepultura, quicquid videor habere in Lantoniaco villa, in pago Matisconensi sita, videlicet vineas, pratos, campos, silvas, et tertiam partem de molendino Letaldi, et franchisias quas ibi habebam; ea itaque ratione hoc donum facio, ut predictam conjugem meam sepeliant, si mortua fuerit sive in Castello Novo, sive in tali loco proximo ex quo possibilitas sit monachis illam Cluniaco conducere.》, *Recueil des Chartes de l'abbaye de Cluny*, éd., A. Bernard-A. Bruel, 1-4, Paris: Imprimerie nationale, 1871-1887, 1471.

맡겨진다.[42]

　1095년 10월 25일 교황 우르바누스 2세는 공식적으로 클뤼니 영주령의 경계를 확정하였다.[43] 특히 980년대 로마에서 성 베드로와 성 바오로의 성유물을 가져오면서 클뤼니 수도원 묘지에 매장되고 싶은 세속인들의 열정과 관심은 급증하였다.[44] 성 베드로와 성 바오로의 성유물을 확보한 클뤼니는 이른바 '소(小) 로마(Roma)'로 변모했다.[45] 장례와 관련되어 자주 관심을 끄는 성인은 바로 성 베드로이다. 매년 3차례에 걸친 클뤼니 수도원과 관계를 맺고 있는 가문들이나 수도승들의 부모들을 공동 추모하는 중 2번째는 성 베드르와 성 바오로 대축일 후 8일째 해당되는 7월 6일에 시행된다.[46] 장례를 위한 봉헌은 종종 성인들에게 직접 올린다. 세속인들은 '피에타의 집(domus pietatis)'인 클뤼니 수도원 묘지에 묻혀 심판의 날에 획득하게 될 구원과 영혼의 안녕을 보장받길 열망했다. 1125년 귀구에(Guigues)는 다음과 같은 이유로 망자들의 기일을 추도하는 것을 거절하였다.

　　"우리는 많은 이들이 매번 망자들을 위한 봉헌을 준비하고 성대한 식사를 준비하고 미사를 드리고자 준비하는 것을 들었다. 이 관습은 연회와 미사가 반반으로 될 기회를 제공하기 때문에 결국 금욕을 없어지게 하고 돈으로 기도

---

42 D. Iognat-prat, "Des morts très spéciaux aux morts ordinaires; La pastorale funéraire clunisienne(XIe-XIIe siècles)", *Médiévales*, 31, 1996, p. 85.

43 'Designatio sacri banni seu limitum districtus, in quo monasterium Cluniacense exercet plenum jus et quasi jurisdictionem episcopalem, facta per Uranum papam II in ipso Clunacensi coenobio', *Bullarium sacri ordinis cluniacensis*, éd. P. Simon, Lugduni: apud A. Jullieron, 1680, 25.

44 H.E.J. Cowdrey, *Two studies in Cluniac History 1049-1126*, Roma, 1978, pp. 116-117.

45 D. Iognat-prat, *Ordonner et exclure*, Paris: GF Flammarion, 2000, p. 36.

46 G. de Valous, *La monachisme clunisien des origines au XVe siècle*, 2vol., Paris: A. Picard, 1970, p. 404.

를 하게 만든다."[47]

    특히 20명 정도의 수도승들의 공동체에서, 망자들을 위한 기도를 노래하는 것과 음식물과 포도주를 부수적으로 나누어주는 형태로 참가자들에게 보상을 확신해주는 것은 자연스러웠다. 기증자들이 후하게 대접하는 것처럼, 분배는 일상적인 것보다 훨씬 우월한 부분이다. 만약 망자들을 위한 기도를 수도원 일과 중 하나로 추가한다면, 노동 시간은 그만큼 줄어들 것이다. 이러한 측면에서, 수도승은 거의 지속적인 노래 기도와 시편응송을 멈추지 않고 해야만 하는 기도하는 물레방아처럼 될 것이다.[48] 성 베네딕트 계율은 수도원 일상을 모두 세세하게 규제하지 않았기 때문에 수도원 일과 시간을 재구성을 위한 관례 사용은 불가능했다. 1063년 여름 클뤼니를 방문한 엄격한 은둔자 피에르 다미앵은 클뤼니 수도승들이 너무 부유하고 긴장이 풀려졌다는 것을 발견했다. 마콩 주교와의 갈등을 해결하고자 추기경을 불러 올 것을 원했던 성 위그는 자신의 수도원의 질서가 어지러워지는 것을 원하진 않았다. 그는 빵과 물만으로 단식하고 혹독한 규칙을 가진 피에르 다미앵에게 클뤼니를 소개하고자 하였다. 성 피에르 다미앵은 건물의 아름다움과 고요함에 경탄하였으나 더욱 고된 단식과 엄격한 규칙 준수를 제안하였고 성 위그는 엄격한 규칙 준수는 충분하다며 조용히 이를 조용하고 단호하게 거절했다.[49] 3년 뒤, 몬테카시노(Monte Cassino)의 수도승들은 피에르 다미앵의 제안을 수용하였다. 몇 달 뒤, 새로운 절제의 결과는 오랫동안 고통 받던 수도원의 심각

47 *Coutumes de Guigues*,, Guigues Ier le Chartreux, Paris: Éd. du Cerf, 1984, C. 41.

48 J. Dubois, "Les moines dans la société du Moyen Age(950–1350)", *Revue d'histoire de l'Eglise de France*, tome 60, n°164, Paris, 1974, p. 31.

49 *Vita Sancti Hugonis, Bibliotheca Cluniacensis*, Matiscone: sumptibus typisque fratrum Protat, 1915, pp. 460–461.

한 위기의 시작이 되었다.[50]

2. 클뤼니 수도승의 장례

11세기 클뤼니는 장례에 관한 가장 중요한 수도원이 되었다. 1080년대 초반 수도승 베르나르(Bernard)는 어느 수도승의 죽음을 기술하고 있다. 즉, 그의 임종부터 매장 후 추도의 달까지 전례의식과 그 과정에 관해 상세한 기록을 전하고 있다.[51] 동료 수도승의 죽음을 위한 클뤼니 수도승들의 제스처와 말들을 재구성하는 것은 11세기 부르고뉴에 위치한 수도원에서 행해진 영혼을 매개로 이루어지는 경제, 다시 말해서 영혼 구원을 위한 기독교인들 사이의 상호작용과 교환에 관한 새로운 접근을 가능하게 한다.[52] 쇠약해진 수도승이 자신이 곧 세상을 떠나게 될 것을 느끼고 수도원장이나 부수도원장에게 종부

---

50 Dom J. Leclercq, *Saint Pierre Damien, ermite et homme d'Eglise*, Roma: Las, 1960, p. 138.

51 F. S. Paxon, *The Death ritual at Cluny in the central Middle age*, Turnhout: Brepols, 2013, p 51.

52 《Frater qui se infirmitate ingravescente senserit se in proxima ab hoc seculo migraturum de omni conscientia sua domni abbati, vel priori confitetur et si in capitulum vuit ire ostendit priori vel per se vel per infirmarium, et postea adducunt eum duo fratres inter manusm si est adeo infirmus et petit veniam, reumque se de multis negligentiis contra deum et contra illos confitetur, absolvit, omnesque de suis sedibus altius inclinant, Postea reducitur, reductus rogat ut oleo infirmorum unguatur, et tunc collocatur in lecto tali id est ad terram demiisso, ubi fratres possint undique circumstare. Tunc prior qui tenet ordinem innotescit armario et armarius previdet cuncta ad hoc necessaria scilicet sacerdotem, quem indui facit alba, et stola, et conversos qui deferant aquam benedictam, crucem et candelabra, et ipse portat oleum. Tunc paratis omnibus precedit processio et subsequitur sacerdos, per antiquam consuetudinem totus conventus, imposito quinquagesimo psalmo, et postea si opus fuerit adjunguntur, Deus in nomine tua, Miserere mei deus miserere mei, Deus misereatur, Deus in adjutorium meum.》, *Coutumes de Cluny, et ordinaire liturgique(1101-1200)*, Paris: Bibliothèque nationale de France, Département des Manuscrits, Latin 13875, fol. 47v°.

성사(終傅聖事)를 청하였다. 그의 동료 수도승 2명이 그를 부축해서 데리고 가자 그는 용서를 청하고 생전에 하느님과 그의 동료들에게 지은 많은 죄를 고백한다. 부수도원장은 그를 사죄(赦罪)하고 모두가 아멘이라고 응답한다. 또한 그는 자신에게 잘못한 다른 이들을 사죄하고 다른 이들은 자리에서 깊숙이 인사한다. 그를 의무실(醫務室)로 데려가고 그는 환자들에게 주는 성유를 발라달라고 요청한다. 그는 침대로 돌아가고 수노승들은 그 주위를 에워싼다. 수도원장이 '아르마리우스(armarius)'[53]에게 이 순간을 알린다. 아르마리우스는 별이 있는 흰색 제복을 그 수도승에게 입히고 자신은 성유를 준비하고 동료 수도승들에게 성수, 십자가와 초를 가져오게 한다. 준비가 끝나면, 오랜 관습에 따라, 필요한 것들을 가져 온 이들이 앞으로 가고 사제와 모든 공동체 구성원들이 그 뒤를 따른다. 시편 50을 노래하기 시작하고 필요하다면 시편 53, 56, 66과 69를 이어서 부른다.

수도승의 죽음은 수도원의 종소리로 알려진다. 장례의식은 종소리로 시작된다. 수도승의 시신을 성모 마리아 교회[54]로 옮기는 동안 종은 다시 울리고

---

53 아르마리우스는 클뤼니에서 전례의식과 도서관을 책임지던 수도승을 가리킨다. 그는 도서관 사서와 성가대 단장의 역할을 겸하고 있다;M. Fassler, "The Office of Cantor in Early Western Monastic Rules and Customaries: A Preliminary Investigation', *Early Music History*, 59, Cambridge: Cambridge University Press, 1985, 29–51. 한 예로, 교황대리인의 역할을 수행했음과 동시에 아르마리우스의 역할도 수행했던 수도승 마이올(Maïeul)에 관한 연구가 있다; M. C. Garand, "Copistes de Cluny au temps de saint Maïeul(948–994)", *Bibliothèque de l'Ecole des Chartes*, 136, 1978, p. 9.

54 교황 그레고리우스 7세는 1075년 클뤼니 수도원과 인접(circumjacentibus) 교회들 즉, 성 마리아교회(St. Mary), 성 마올루스(St. Maiolus)와 성 오딜로(St. Odilo)에 대한 불입권(immunitas)을 비준했다. 성 마리아 교회는 1064년 샬롱(Châlon)의 주교가 헌증한 것으로 보이며 수도원 내에 있던 성 마리아 교회는 아닌 것 같다;Gregorius episcopus servus servorum Dei dilecto in Christo filio Hugoni Abbati Monasterii sanctorum 《Apostolorum Petri&Pauli constructi in loco qui dicitur Cluniacus suisque succes-soribus ibidem Regulariter promovendis in perpetuum…Proinde juxta petitionem tuam praefato Monasterio cu tu praeesse dignosceris, cum capelis circum-jacentibusm videlicet sanctae Mariae, sancti Majoli et sancti Odilonis, hujusmodi

장례미사와 묘지에 그 수도승의 시신을 매장하는 순간까지 종소리는 계속 된다. 클뤼니에서 종의 주요 역할은 미사와 성무일도를 위해 공동체를 교회로 불러들이는 것이라 할 수 있다. 죽음을 알리는 종소리는 신을 부르는 역할을 수행함과 동시에 천국으로 가는 길을 찾아야 하는 새롭게 해방된 영혼을 위해 수도승들이 전력을 다해 기도를 해야 한다는 것을 상기시키는 알림이었다. 성구(聖具) 관리인은 임종자리를 둘러 싼 수도승들을 그대로 두고 성수, 향료, 향, 십자가와 촛대를 가지고 온다. 그리고 시종은 실과 바늘을 가지고 와서 매장을 위해 망자가 입을 옷을 마련한다. 준비가 끝나면, 수도원장은 시신에 성수를 뿌리고 시신을 놓을 담요에 향을 피운다. 수도승들이 시신을 씻기고 옷을 입히고 천으로 싼 다음에 매장 전에 죽은 수도승의 시신을 처리하기 위해 만들어진 의무실 옆에 있는 작은 방으로 옮긴다. 막 사망한 수도승에게 옷을 갈아입힌다는 것은 그의 영혼이 천상(天上) 불멸(不滅)의 옷을 입는다는 것을 의미한다. 아르마리우스는 그들과 함께 일종의 연도(vigilia, 煉禱)[55]를 노래하고 성모 마리아 교회 밖에 있던 나머지 수도승들은 함께 연도를 시작한다.[56]

수도승들은 시신의 성기를 제외하고는 머리부터 발끝까지 씻기고 난 후, 셔츠를 입히고 셔츠와 같은 재질의 고깔을 씌우고 취침용 슬리퍼를 신겨 준다. 이러한 베르나르의 세세한 기술은 또 다른 중요한 정보를 알게 해준다.

---

privilegia praesenti authoritatis nostrae decreto indulgemus, concedimus atque sitmamus, Statuentes nullum Regum vel Imperatorum, Antistitum.》 *Bullarium sacri ordinis Cluniacensis*, ed., P. Simon, Lugduni : apud A. Jullieron, 1680, p. 18.

55 본고에서는 '연도(煉禱)'로 번역을 하였다. 클뤼니에는 'vigilia'라는 특별한 형태의 기도가 있는데, 이는 수도승이 사망한 당일 밤에 매 시간마다 반복되는 응송 형태의 특별한 기도이다.

56 F. S. Paxon, *The Death ritual at Cluny in the central Middle age*, Turnhout: Brepols, 2013, p. 208.

망자로부터 다양한 부류의 수도승들 외에 이러한 장례 의무를 수행할 수 없는 두 부류의 집단이 있다. 즉, 요리를 준비하는 자들과 장엄미사를 집전하는 성직자들이다. 시신과 접촉한 이들이 공동체의 식사를 준비하는 것은 위험성을 가질 수 있고 아침 미사나 소소한 미사를 준비하는 이들과 달리 장엄미사나 대미사를 집전하며 성체를 만지는 성직자들 역시 시신과 접촉하는 일은 권장할만한 것은 아니라고 할 수 있다. 의무실에서 성모 마리아 교회까지 상여(喪輿)를 메고 나갈 때 공동체는 연도를 바치며 기다리고 있다.[57] 집전사제는 전례의 다음 단계를 알리고 수도승들은 상여를 교회 안으로 옮겨 놓는다. 집전사제가 제대를 두드리면 모두들 고개를 숙이고 기도를 드린다. 이 기도는 이사야서에서 나오는 내용으로 응답송을 올린다. 클뤼니에서는 장례 기간 동안 두 번째 저녁기도의 첫 번째 독서 후 응창성가가 있다. 응창성가가 끝나면 공동체는 상여가 이동될 때 수도원의 모든 종들이 울리고 공동체는 '신의 일(opus Dei)'을 외치면서 하늘을 향해 죽은 수도승의 영혼을 부른다. 장례의식 중 교회 문지방(limen)을 넘어가는 순간은 가장 핵심부분이다. 이는 망자의 영혼과 육신이 천국으로 가기 위한 일정을 알리는 발걸음이다. 교회에서 묘지로 향하는 장례 행렬은 침묵 속에서 진행된다.[58]

IV. 맺음말

중세에는 그리스도의 현존과 보호 아래 성스러운 장소 가까이 잠들고 싶어하는 그리스도교인들의 욕망이 거의 절정에 다다랐다. 809년 카를루스 마그누스의 제지에도 불구하고 권력 있는 성직자나 대귀족들은 이 욕망을 달성할

---

57 F. S. Paxon, *The Death ritual at Cluny in the central Middle age*, Turnhout: Brepols, 2013, p. 209.
58 *Ibid.*, p. 211.

수 있었다. 교회 사람들은 성직자의 장식 도안이 새겨진 복장을 입은 채 매장
(埋葬)이 되는 일종의 특권을 누렸으며, 이를 모방한 세속 귀족들은 기사의 복
장을 하고 칼집을 옆에 둔 채 매장하기도 하였다. 그리고 유언장에 그가 바라
보는 가장 우아한 곳에 묻힐 것을 요구하기도 하는데 이는 그의 육체가 평화
스럽게 부활을 기다리고자 하는 바램으로 보인다. 바로 망자의 영혼이 평화
스럽게 쉴 수 있는 대표적인 공간이 바로 수도원 묘지이다. 만성절 다음날을
위령의 날로 기념하기 시작한 클뤼니 수도원은 11세기말 장례 의식을 완성한
서유럽의 가장 이름난 수도원이었다. 망자를 기념하고 망자의 영혼 구제와
안녕을 위한 살아있는 자들의 끊임없는 기도와 관심이 요구되는 것은 초기
교부 신학자들과 카롤링 시대로부터 이어지는 전통이다. 이를 계승한 클뤼니
수도원장 오딜롱과 그의 동료 수도승들은 수도원 외부의 사람들까지 수도원
묘지에 매장할 수 있는 기회를 부여함으로써 세속인들과의 지속적이고 긴밀
한 유대를 마련하였다. 만성절 다음 날을 위령의 날로 제정하고 장례와 매장
을 위한 봉헌을 집중적으로 받았던 클뤼니 수도원장 오딜롱은 여러 기적
(miracula)을 행하고 클뤼니 수도원을 확장시켜나갔을 뿐만 아니라 신의 평화와
신의 휴전을 적극적으로 설파했던 인물이었다.[59]

클뤼니 수도원은 위령의 날을 교회의 주요 전례로 확산시킴과 동시에 임
종에서 장례에 이르는 전례 의식의 절차를 정형화시켜 나감으로써 11세기
서유럽 교회의 중심부 자리를 마련하였다. 이는 교회 질서 재확립과 교황권
강화를 뒷받침할 수 있는 버팀목이자 1200년대까지 클뤼니 수도원 개혁운
동을 뒷받침하는 출발이기도 했다.[60] 931년 교황 요하네스 11세는 클뤼니

59 D. Iognat-prat, *Ordonner et exclure*, Paris: GF Flammarion, 2000, p. 328.
60 클뤼니 수도 기증자인 아키텐공 기욤은 클뤼니 수도원에게 수도원장 선출권을 양도하고
   이 수도원을 교황권 아래에 두는 것에 동의했다:《...trado dominatione, Clugniacum scilicet
   villam, cum cortile et manso indominicato, et capella quæ est in honore sancte

수도원장 오동(Odon)에게 수도원 개혁 때문에 거절당한 모든 수도승을 수용하는 것은 물론이거니와 세속인들로부터 클뤼니 수도원을 개혁할 수 있는 모든 책임을 허가했다. 998년 4월 22일 교황 그레고리우스 5세는 클뤼니 수도원에게 면세 특권을 부여했고,[61] 1024년 5월-7월 교황 요하네스 19세는 모든 클뤼니계 수도원에게 면세특권을 확장시켰다.[62] 특히, 1097년 교황

Dei genetricis Mariæ et sancti Petri, apostolorum principis, cum omnibus rebus ad ipsam pertinentibus, villis siquidem, capellis, mancipiis utriusque sexus, vineis, campis, pratis, silvis, aquis earumque decursibus, farinariis, exitibus et regressibus, cultum et incultum, cum omni integritate…Sintque ipsi monachi cum omnibus prescriptis rebus sub potestate et dominatione Bernonis abbatis, qui, quandiu vixerit, secundum suum scire et posse eis regulariter presideat. Post discessum vero ejus, habeant idem monachi potestatem et licentiam quemcumque sui ordinis, secundum placitum Dei adque regulam Sancti Benedicti promulgatam, eligere maluerint abbatem adque rectorem, ita ut nec nostra nec alicujus potestatis contradictione contra religiosam duntaxat electionem inpediantur. Per quinquennium autem Rome ad limina apostolorum ad luminaria ipsorum concinnanda, X solidos prefati monachi persolvant; habeantque tuitionem ipsorum apostolorum atque Romani pontificis defensionem; et ipsi monachi corde et animo pleno prelibatum locum pro posse et nosse suo edificent…》, *Recueil des chartes de l'abbaye de Cluny*, tome 1, éd. A. Bruel, Paris: Imprimerie nationale, 1876, ch. 112, pp.125-126.

61 《Privilegium Gregorii papae V per quod se ob interventum Otonis III. Imperatoris confirmare omnia loca et Monasteria quæ ab aliquibus Christianis Regibus, Episcopis, Ducibus, seu Principibus fuerunt Monasterio Clun. concessa, et per sanctos Abbates Bernonem, Odonem, Eymardum, et Majolum acquisita, quæ enumerat. Decernit deinde ut nullus Episcopus seu Sacerdos pro aliqua ordinatione seu consecratione Ecclesiæ, Presbyterorum, aut Diaconorum, Missarumque celebratione, nisi ab Abbate Clun. invitatus veniat Cluniacum: sed liceat Monachis Clun. cuiuscumque voluerint ordinationis gradum suscipere ubicumque suo placuerit Abbati. Vult etiam Abbates, qui consecrandi erunt, de ipsa Congregatione cum consilio fratrum communiter eligi, et ad eos consecrandos quemcumque voluerint Episcop. advocari. Bull. Clun.》, *Bullarium sacri ordinis Cluniacensis*, ed., P. Simon, Lugduni : apud A. Jullieron, 1680, p. 1, col 1.

62 《Privilegium Johannis papae XIX per quod declarat se ob interventum sancti Henrici, Romanorum Imperatoris confirmare omnia Monasteria et loca ad Cluniense Monasterium pertinentia, et ei ab aliquibus fidelibus Christianis Regibus, Episcopis,

우르바누스 2세의 클뤼니계 수도승들에 대한 매장 권리 인정뿐만 아니라 클뤼니 수도원의 묘지와 장례에 관련되어서 자주 언급되는 성인이 클뤼니 수도원의 주보성인 중 성 베드로라는 사실은 클뤼니 수도원의 사후 세계에 대한 관심은 상당히 정치적이며 전략적이다. 특히 980년대 성 베드로와 성 바오로의 성유물을 확보하면서 마치 또 하나의 축소된 '로마'가 되고자 했던 클뤼니 수도원이 11세기 신의 평화운동을 비롯한 제1차 십자군 원정으로 이어지는 교황권 강화와 교회 질서 확립의 토대가 된 것은 우연이라고 보기는 어렵지 않을까? 여기에 죽음과 망자들을 기억하는 방법과 사후 세계에 대한 보장, 그리고 위령의 날과 장례와 수도원 묘지 매장에 관한 클뤼니의 관심은 수도승들의 고유 역할을 극대화시키는 과정으로 이어진다. 이것은 '구원을 위한 옷 갈아입기'나 사망자명부에서 명확히 드러난다고 할 수 있다. 죽음과 망자에 대한 기억 그리고 장례와 매장이 전례로 구현될 때 세속인들은 사후 세계에 대한 보장을 물질적 혹은 정치적 후원과의 거래로 획득하기 시작했다. 클뤼니 수도승들과 세속인들의 상호 교감과 이해관계가 맞물리는 거래들은 클뤼니 수도원과 세속 권력자들과의 긴밀한 유대관계를 형성시켰

Ducibus, seu Principibus anteà concessa. Prohibet quoque ne quis Episcopus, vel Sacerdos pro aliquâ ordinatione seu consecratione Ecclesiæ, Presbyterorum, aut Diaconorum, Missarumque celebratione, nisi ab Abbate Cluniensi invitatus, veniat Cluniacum: sed liceat Monachis Cluniensibus cujuscumque voluerint ordinationis gradum suscipere ubicumque suo placuerit Abbati. Similiter vetat ne quis Episcopus vel Sacerdos possit excommunicare Fratres Clunienses ubicumque positos. Decernit prætereà Cluniense Monasterium omnibus ad se ob salutem confugientibus fore misericordiæ sinum; et statuit quòd si aliquis cujuscumque obligatus anathemate idem Monasterium expetierit, sive pro corporis sepulturâ, seu alterius suæ utilitatis et salutis gratia, benigniter excipiatur oleo medicamenti salutaris fovendus. Denique definit electionem Abbatis Clun. pertinere ad congregationem ipsius loci. Jean XIX, pape, confirme les privilèges de l'abbaye de Cluny.), *Bullarium sacri ordinis Cluniacensis*, ed., P. Simon, Lugduni : apud A. Jullieron, 1680, p. 8, col 2, n.2.

다고 해도 과언이 아닌듯하다. 또한 한 가지 중요한 사실은 죽음과 장례를 통해 사후 세계를 대표하는 수도승들이 수도원과 소수도원의 통합을 이끌어 내고 스스로도 클뤼니 수도원의 장례와 매장 의식의 정형화를 자연스럽게 받아들임으로써 교회가 제안하는 교의와 종교적 혹은 도덕적 가치를 수용하게 된다는 것이다. 무엇보다 클뤼니 수도원이 제안하는 틀을 갖춘 장례와 매장 의식 그리고 클뤼니 수도원의 묘지에 묻힐 수 있는 권리는 당시대인들에게는 영혼 구원과 부활에 대한 확신이었다. 죽음은 사후 세계를 최후의 목적지로 이해하는 중세 그리스도교 사회를 움직이게 하는 원동력을 제공하였던 것이다.

논문 출처(논문 수록순)

※ 이 책에 실린 글은 기존의 논문을 수정 및 보완한 것이다. 논문의 출처는 다음과 같다.

- 정영훈, 「최인훈의 『화두』에 나타난 미국 체류의 의미」, 『우리어문연구』 59호, 2017.9.
- 김서윤, 「〈용문전〉의 자아실현 서사와 그 교육적 활용 방안」, 『고전문학과 교육』 제36집, 2017.10.
- 천대진, 「삼언소설 속 간신의 형상에 관한 고찰」, 『동아인문학』 제41집, 2017.12.
- 김미정, 「포크너와 멜빌의 화자 및 시점전략 연구―에밀리와 바틀비를 새롭게 기억하며」, 『미국소설』 22권 1호, 2015.2.
- 천현순, 「포스트휴먼 시대 인간의 조건이란?-사이언스 픽션 영화에 재현된 복제인간의 정체성 문제」, 『브레히트와 현대연극』 제38집, 2018.2.
- 박선아, 「자서전의 현대적 양상, '사진-자서전' 연구―소피 칼의 「진실 된 이야기」의 경우」, 『프랑스문화예술연구』 제44집, 2013.5.
- 이상형, 「자기진실성(Authenticity)과 남명 조식의 敬義思想」, 『남명학』 제23집, 2018.3.
- 강정화, 「광서 박진영의 삶, 그리고 기억」, 『함안의 인물과 학문 Ⅱ』, 함안문화원, 2011.12.
- 신종훈, 「중세 유럽이념과 정치적 통합계획 - 중세 유럽정체성에 대한 질문」, 『통합유럽연구』 7권 2집, 2016.9.
- 이정민, 「클뤼니 수도원의 '위령(慰靈)'의 날과 장례」, 『중앙사론』 제46집, 2017.12.

저자 소개

- **강정화**

  경상대학교 한문학과와 동 대학원을 졸업하였다. 지리산 관련 유람문학과 산수문학을 비롯해 경남지역의 인물·누정·고문헌 등을 집중 연구하고 있다. 현재 경상대학교 한문학과 교수 및 경남문화연구원 책임연구원으로 재직 중이다. 저역서로『유일문학(遺逸文學)의 이해』,『선인들의 지리산 유람록 1-6』(공역),『선인들의 지리산 기행시 1-3』(공역), 논문으로「조선조 문인의 지리산 청학동 유람과 공간인식」,「승산마을 허씨가의 의장(義莊)과 그 활동」외 다수가 있다.

- **김미정**

  2011년 뉴욕주립대학교에서 윌리엄 포크너의 소설과 알프레드 히치콕의 영화를 라캉과 데리다의 이론으로 연구하여 박사학위를 받았다. 현재 경상대학교 영문과 교수로 재직 중이며 영미소설, 영화, 문화, 비평이론 등을 가르치고 있다.

- **김서윤**

  서울대학교 국어국문학과 졸업 후 동 대학교 국어교육과로 학사 편입하여 학사, 석사, 박사 과정을 마쳤다. 잠신고등학교에서 국어교사로 학생들을 가르쳤고, 지금은 경상대학교 국어교육과 교수로 재직 중이다.

- **박선아**

  연세대학교 불어불문학과를 졸업하고, 파리-소르본 대학교에서 프랑스 현대문학 연구로 박사학위를 받았다. 현재 경상대학교 불어불문학과 교수로 재직 중이다. 저서로『La Fonction du lecteur dans Le labyrinthe du monde de Marguerite Yourcenar』,『튀니지의 역사』,『프랑스 문학에서 만난 여성들』(공저) 외 다수의 논문들이 있다.

- **신종훈**

  독일 마부르크 대학교 역사학과에서 1998년 석사학위, 2007년 박사학위를 받았다. 2009년부터 2011년까지 서울대학교 서양사학과 초빙교수로 있었으며, 2012년부터 현재까지 경상대학교 사학과 교수로 재직 중이다.

- **이상형**

  독일 프라이부르크 대학교에서 "Moralität und Sittlichkeit–Versuch einer Synthese im Hinblick auf die Ethik des Guten"으로 2010년 박사학위를 받았다. 2010년 교육과학기술부/한국연구재단 주최 제1회 창의연구논문상을 수상하였다. 2016년부터 현재까지 경상대학교 철학과 교수로 재직 중이다. 저서로『철학자의 행복여행』, 논문으로「윤리적 인공지능은 가능한가」, 「감정과 공공성」외 다수가 있다.

- **이정민**

  2007년 파리 IV–소르본 대학교에서 서양 중세사 연구로 박사학위를 받았다. 2014년부터 2017년까지 세종대학교 교양학부 초빙교수로 있었으며, 2017년부터 현재까지 경상대학교 사학과 교수로 재직 중이다.

- **정영훈**

  서울대학교 국어국문학과 및 동대학원을 졸업하였다. 2004년 중앙신인문학상(평론)을 수상하며 등단하였고, 계간『세계의 문학』편집위원을 역임하였다. 2009년부터 현재까지 경상대학교 국어국문학과 교수로 재직 중이다. 저서로『최인훈 소설의 글쓰기와 주체성』, 『윤리의 표정』, 『한평생의 지식』(공편) 등이 있다.

- **천대진**

  경희대학교 중어중문학과를 졸업하고, 경상대학교 중어중문학과에서 석사학위와 박사학위를 받았다. 현재 경상대학교 중어중문학과 강사 및 영남대학교 중국언어문화학과 박사후과정 연구원으로 활동 중이다. 저서로는『삼언(三言) 소설이 된 역사인물』등이 있다.

- **천현순**

  2007년 독일 쾰른대학교 독어독문학과에서 상호매체성 이론으로 문학 박사학위를 받았다. 2008년부터 2013년까지 이화여자대학교 이화인문과학원에서 HK연구교수로 있었으며, 2017년부터 현재까지 경상대학교 독어독문학과 교수로 재직 중이다. 저서로『매체, 지각을 흔들다』, 『인간과 포스트휴머니즘』(공저) 등이 있다.